U0929787

张恨水散文全集

北京人随笔

张恨水 / 著

时代文艺出版社

图书在版编目（CIP）数据

北京人随笔 / 张恨水 著．—长春：时代文艺出版社，2015.8
（张恨水散文全集）

ISBN 978-7-5387-4114-8

Ⅰ．①北… Ⅱ．①张… Ⅲ．①散文集－中国－现代 Ⅳ．①I266

中国版本图书馆CIP数据核字（2015）第056107号

出 品 人　陈　琛
产品总监　郭力家
责任编辑　吴运兴
装帧设计　孙　利
排版制作　吴　桐

张恨水散文全集
北京人随笔

张恨水 著

出版发行 / 时代文艺出版社
地址 / 长春市泰来街1825号　时代文艺出版社　邮编 / 130011
总编办 / 0431-86012927　发行部 / 0431-86012957　北京开发部 / 010-63108163
网址 / www.shidaicn.com
印刷 / 三河市万龙印装有限公司
开本 / 710mm × 1000mm　1 / 16　字数 / 315千字　印张 / 21.75
版次 / 2015年8月第1版　印次 / 2015年8月第1次印刷　定价 / 68.00元

图书如有印装错误　请寄回印厂调换

闲适冲淡与家国情怀

——张恨水散文札记

谢家顺

对于自己的散文创作，张恨水有两次提及，一次是写于1944年五十寿辰的《总答谢》："不才写了三十四年的小说，日子自不算少，其累计将到百来种，约莫一千四五百万字"，"关于散文，那是因我职业关系，每日必在报上载若干字"，"朋友也替我算过，平均以每年十五万字计算，二十六年的记者生涯，约莫是四百万字。"[①]另一次是写于1949年的《写作生涯回忆》："我平生所写的散文，虽没有小说多，当年我在重庆五十岁，朋友替我估计，我编过副刊和新闻二十年，平均每日写五百字的散文，这累积数也是可观的。"[②]"对散文我有两个主张，一是言之有物，也就是意识是正确的（自己看来如此），二是取径冲淡。小品文本来可分两条路径，一条是辛辣的，一条是冲淡的，正如词一样，一条路是豪放的，一条路是婉约的。对这两条路，并不能加以轩轾，只是看作者自己的喜好。有人说辛辣的好写，冲淡的难写，那也不尽然。辛辣的写不好，是一团茅草火，说完就完。冲淡的写不好，是一盆冷水，教人尝不出滋味。"[③]

以上文字，一说自己散文创作数量，一表达自己的散文主张，是张恨水生前仅有的关于散文创作的自述文字。这对研究他的创作成就而言，益发显得珍贵。

---

① 张恨水《写作生涯回忆·总答谢——并自我检讨》，重庆《新民报》，1944年5月20日至22日。

② 张恨水《写作生涯回忆·上下古今谈》，北平《新民报》，1949年2月4日。

③ 张恨水《写作生涯回忆·散文》，北平《新民报》，1949年2月5日。

较之小说创作，张恨水散文创作贯穿于他写作生涯始终，与他的思想性格、感情心态、生活阅历有着更为直接的联系，因而加强其散文研究，将具有透视作家心灵世界、观照作家创作思想的直接意义。

一、张恨水散文分期

早期（1912年—1919年）

张恨水少年时代，即受过严格的散文读写训练，十二岁那年，在两个月内，模仿《聊斋》《东莱博议》笔法作文，完成论文十余篇，其中文言习作《管仲论》颇得（萧）先生和父亲的赞赏。

真正开始散文写作，约在他十九岁那年秋天。他流落汉口，替一家小报写填补空白的稿子，并开始以恨水为笔名发表文章，这些稿子，除诗词外，也包括小品随笔和散文游记。

1916年冬，二十一岁的张恨水回故乡自修期间，在写小说的同时，写作题为《桂窗零草》的笔记，这是张恨水较正规的笔记散文。

1917年春，张恨水应郝耕仁之邀作燕赵之游。这是一次半途而废的旅行，虽旅途艰辛，却开阔了张恨水的眼界，促使他写了一部长篇游记《半途记》。这段流浪生活对张恨水的创作影响很大，“一来和郝君盘旋很久，练就了写快文章。二来他是个正式记者，经了这次旅行，大家收住野马的心，各入正途，我也就开始做新闻记者了”。

1918年至1919年，张恨水在安徽芜湖《皖江日报》工作期间，还曾负责两个短评栏和一版副刊的编辑工作，除写长篇小说外，还写“小说闲评”之类的论评式散文。

以上这些散文，因年代久远，或文稿丢失或报刊散佚，我们已无法见到，尤其是《桂窗零草》和《半途记》。

丰硕期（1919年—1938年）

张恨水开始大量写作各类散文，是在1919年秋到北京以后至1923年，这期间他任北京《益世报》助理编辑、芜湖《工商日报》驻京记者，以撰写通讯为主。直至1924年5月、1925年2月，他先后主编北京《世界晚报》副刊《夜光》、《世界日报》副刊《明珠》，张恨水的散文进入第一个密集发表期。长期新闻工作的锻炼，使张恨水成为一位阅历丰富、才思敏捷、注重纪实、面向社会的散文作家。

1934年5月，张恨水首次西北之行，创作了系列游记散文《西游小记》，内容反映了当时西北地区的民生疾苦。1936年他自办《南京人报》，自编副刊《南华经》并写了大量散文。

全盛期（1938年—1949年）

这一时期张恨水的散文创作贯穿于他在《新民报》工作的全过程。1938年1月，张恨水到达重庆即被陈铭德聘为《新民报》主笔兼副刊主编。自1月15日起，在副刊《最后关头》连续发表《忆南京》系列散文、《杏花时节忆江南》等多篇散文及大量杂感；特别是1941年12月1日至1945年12月3日开设《上下古今谈》专栏，张恨水每日一篇，累计发表杂文一千多篇，字数达百万字，这些是张恨水杂文的代表作。值得一提的是，这一时期，张恨水还结集出版了仅有的两本散文集《水浒人物论赞》与《山窗小品》。此外，张恨水又连续发表了回忆北京、南京的系列散文《两都赋》，以及《蓉行杂感》《华阳小影》等系列散文。这些作品的发表，体现了张恨水在抗战时期的散文创作已呈全面丰收的态势。

抗战胜利后，张恨水除主持北平《新民报》工作外，还以副刊《北海》为园地笔耕不辍，先后有《东行小简》《还乡小品》《北平的春天》《山城回忆录》《文坛撼树录》等系列散文问世，以及大量杂感、杂谈发表。

晚期（1949年—1963年）

1949年1月至2月13日，长篇回忆录《写作生涯回忆》在北平《新民报》连载。1955年夏，病后的张恨水南行皖沪等地，创作的中篇游记《京沪旅行杂志》于当年9月在香港《大公报》发表。1956年春末夏初，张恨水应邀参加由全国文联组织的作家、艺术家赴西北参观旅行活动，并写作游记《西北行》在上海《新闻日报》发表，这些散文，叙写了西北地区面貌的变化并抒发了作者由衷的喜悦之情。这一时期，张恨水还创作了一些描述首都北京风光的游记散文。直至1963年，张恨水应全国政协《文史资料》编辑部之邀，写作长篇回忆录《我的创作和生活》。

张恨水一生到底创作了多少散文？迄今为止，我们尚无法做出具体回答，只能做一个粗略的估计，有人对他已发表的散文作品进行过估算，其文字总量在六百万字左右，其中半数以上是新闻性散文，在中国现代新闻史上具有一定的价值；文艺性散文约两百万字，两千多篇，数量之多，在现代散文史上也属于屈指可数的丰产者之一[①]。

二、张恨水散文特点

张恨水的散文作品，就其性质而言，可以将其粗略划分为新闻性散文和文艺性散文。限于篇幅，笔者在此仅就其文艺性散文作一评介。

（一）杂感文

这类散文在张恨水散文创作中比重最大。从二十世纪二十年代至四十年代，写作杂文近三十年，创作数量大、延续时间长，与作家长期担任报纸主笔副刊主编有关。这种随写随发的杂感散文，取材广泛，选题随意，关注社会人生，反映现实生活，反应快速敏捷，议叙海阔天空，形式不拘一格，笔锋多趣微讽。题材几乎触及政治、经济、道德、文化以及世态、人情、风物、习俗等社会生活的各个方面。

早在二十世纪二十年代，张恨水作为一个编辑和记者就主张新闻自由。他认为报纸应敢于讲真话，敢于为人民呼吁，直言不讳，揭露社会黑暗。如1928年“济南惨案”时，张恨水在《世界日报》副刊上连续发表了《耻与日人共事》《亡国的经验》《学越王呢学大王呢？》《中国不会亡

① 董康成，徐传礼《闲话张恨水》，黄山书社，1987年版，第195页。

国——敬告野心之国民》等一系列文章，揭露了日本帝国主义者的侵略罪行，表达了与日本帝国主义战斗到底的决心。又如《我主张有官荒》对当时的官场黑暗进行了揭露；《无话可说的五卅纪念》表达了作者对北洋军阀政府镇压学生运动的愤慨、对学生爱国行为的赞颂之情。

抗战时期，要在报刊上讲真话极其困难，国民党当局对陪都重庆报纸的检查十分严格，他的不少杂文被书报检查官剪掉、抽稿、开“天窗”。他主编的《最后关头》，也不得不改名为《上下古今谈》。张恨水谈到这一专栏时曾说：“上至宇宙之大，下至苍蝇之微，我都愿意说一说。其实，这里所谓大小也者，我全是逃避现实的说法。在重庆新闻检查的时候，稍微有正确性的文字，除了‘登不出来’，而写作的本人，安全是可虑的。”①而在实际中，张恨水一方面要揭露黑暗现实，另一方面要不被当局抓辫子，保全自己。他采取多种多样的手法，将鲜明的战斗性与巧妙的灵活性有机结合，将历史与现实巧妙结合，以古讽今；将普通科学常识与社会问题巧妙结合，以此喻彼。比如通过谈贾似道的半闲堂，影射孔公馆；通过谈杨贵妃，暗示夫人之流；通过谈和珅，提到大贪污；通过说雾，提到重庆政治的污浊；通过讲淮南王鸡犬升天的传说，影射权贵们狗坐飞机的事。声东击西，含沙射影，既击中贵要的要害，又使之无可奈何。

这些杂感文，或借鉴历史，以古讽今借题发挥，或以此喻彼运用对比，或以甲衬乙，形式生动活泼，短小精悍，往往一事一议，平易晓畅，适应不同阶层读者的阅读需求。

（二）小品文

这类散文包括两个部分，其一是对文艺作品、文艺体裁、文艺思潮和文艺流派等进行评论和考证的专著和专文；其二是自己作品的序跋、创作经历的回忆和创作经验的漫谈等。

在第一类中，结集出版的有《水浒人物论赞》，散篇发表的有《长

① 张恨水《写作生涯回忆·上下古今谈》，人民文学出版社，1982年版，第68页。

篇与短篇》《短篇之起法》《水浒地理正误》《〈玉梨魂〉价值堕落之原因》《小说考证》《中国小说之起源》《旧诗人努力不够》《著作不一定代表人格》《泛论章回小说匠》《北望斋诗谈》《武侠小说在下层社会》《〈儿女英雄传〉的背景》《章回小说的变迁》《文化入超》《在〈茶馆〉座谈会上的发言》等。这些文章选题面宽，论述范围广，议论引经据典，博古通今，叙议结合，寓渊博的学识与丰富的艺术体验于随笔浅谈之中，反映了张恨水在各个历史时期的历史观和文艺观，其中不乏真知灼见。

在第二类中，主要作品有《春明外史》的前序、后序、续序，《金粉世家 · 自序》《剑胆琴心 · 自序》《啼笑因缘 · 作者自序》《作完〈啼笑因缘〉后的说话》《新斩鬼传 · 自序》《八十一梦 · 前记》《水浒新传》的原序、新序等，以及一些专门介绍作者自己创作经历的文章，如《我的小说过程》《总答谢——并自我检讨》《写作生涯回忆》《我的创作和生活》等。这些文章，或介绍和评述自己的作品，或回忆自己的写作与生活，均能实事求是，毫无某些文人自吹自擂的恶习，写得谦虚谨慎，诚挚感人。同时也表现了他自强不息、奋斗不已的精神追求，这些文章是我们当今研究张恨水创作道路、文艺观形成的第一手材料。

这些小品类散文包括抒情写景、纪游记事、怀古咏史的小品文和游记等。早期习作《桂窗零草》《半途记》是其开端，二十世纪三十年代的《西游小记》《白门十记》，四十年代的《华阳小影》，五十年代的《南游杂志》《春游颐和园》《西北行》等都是其中的佳作。其抒情写景散文代表作是抗战时期创作并结集出版的《山窗小品》，这本散文出版后颇受好评，曾再版多次。

张恨水的小品文取径冲淡、清新洁雅、隽永多趣，具有较强的知识性和可读性。究其源，一方面，受中国古代散文“言之有物”“文以明道”思想影响，对散文取实用态度；另一方面，可上溯魏晋南北朝散文，直接继承和发扬了明清两代小品文朴质冲淡的艺术风格，主张散文风格冲淡平和，在意境创造、抒写情趣、驾驭语言等方面都达到了很高的水平。这类散文有写名胜古迹、名山大川的，但更多的是写人们时常所忽视的身边小景、生活中细小的琐事。他的《山窗小品》里的六十二篇短文“乃是就眼前小事物，随感随书”而成，虽称小品，但内容大都摭拾重庆乡间的寻常风物着笔，如珊瑚子、金银花、小紫菊等山间花草，禾雀、斑鸠与雄鸡一类乡野动物，以及卖茶人、吴旅长、农家两老弟兄等寻常人物，或描述其仪容姿态、行为举止，比拟绝伦且刻画逼肖，可谓传神写照，文风沉郁浅淡，从平常习见的事物中发掘诗意，富有生活气息，读来亲切感人。展读《路旁卖茶人》《吴旅长》诸篇，感觉历史情境并不久远，山窗风物虽平常，家国忧思犹在肩。

与《山窗小品》连载的同时，是《两都赋》，共二十六篇，其时张恨水任职重庆《新民报》，居住在重庆郊区南温泉三间茅屋之中，面对家破国亡的现实，对于曾经居住的北平、南京，不禁悠然神往，以忆旧笔法，采取日常清谈式白话行文，回忆南北两旧都的旧时巷陌、市井人流，间有斜阳草树、断井残垣的历史沧桑寄寓其中。凡北平之琉璃厂、陶然亭，松柴烤肉、大碗凉茶，南京之中山陵、鸡鸣寺，椒盐花生、铺子烧饼，乃至杨柳、梧桐类树木，均流于作者笔端，处处充满诗情画意，清淡秀雅之中透露出闲情逸致，并在每文文末，将闲适灵动的笔锋一转，时有哀伤叹惋、言近旨远意旨流出，家国前途之忧思、个人身世之飘零，深得杜甫沉郁苍凉之气韵，不尽之意趣与无限之惆怅兼而得之。

两者相较，《两都赋》白话行文，《山窗小品》文言写就，虽文笔取径及描绘对象不同，但其中蕴含的一片抗日救国之心、一腔家国情怀却历历可见。

《西游小记》是作者西行的一组游记，文中尽数描述了所游历地区的地理状貌、文物古迹、风土人情，同时还融合了丰富的历史文化知识、历朝历代的掌故以及作者浓厚的人文关怀，是游记散文的经典之作。

综观张恨水的散文创作，他写在二十世纪二十年代的散文显得有些单薄，三、四十年代的作品则走向丰满和成熟，而五十年代则显得力不从心，行文枯涩生硬，缺少情趣。

张恨水执着于小说创作而又青睐散文，固然是记者的职业需要，但更深刻的原因却在于他的根深蒂固的中国传统文学观念。传统文学观念轻小说而重散文，张恨水是一位旧文学根底极深的文人，自然难以避免这种观念的影响。也许正是传统观念影响加之中国古代散文（特别是明清笔记小品）的艺术熏陶，才使作家养成了特别看重散文、欣赏散文，并勤于写作散文的习惯，由此形成了一种闲适冲淡中寓家国情怀的独特散文风格。

基于此，我们研究张恨水时，理应不能忽视对张恨水散文的搜集、整理与研究。

（谢家顺：池州学院中文系教授，安徽省张恨水研究会副会长。）

目录

湖山怀旧录

白门十记

蓉行杂感

两都赋

东行小简

还乡小品

山城回忆录

京沪旅行杂志

北京人随笔

西北行

湖山怀旧录

（一）

恨水不敏，行已中年，无所成就。年来卖赋旧都，终朝伏案，见闻益寡。当风晨月夕，抱膝案头，思十八九岁时，飘泊江湖。历瞻山水之胜，亦有足乐者。俯首微吟，无限神驰也。因就忆力所及，作湖山怀旧录，非有解嘲，实思梦想耳。

谈江南山水之胜者，莫如吴头楚尾，所谓江南江北青山多也。大概江北之山，多雄浑险峻，意态庄严；江南之山则重峦叠嶂，风姿潇洒。大苏谓："欲把西湖比西子，淡妆浓抹总相宜。"则不但西湖如此，江南名胜，无不如此也。

西湖十景，山谷仅居其三，曰双峰插云，曰南屏晚钟，曰雷峰西照（原名雷峰夕照，清圣祖改夕为西，平仄不调，觉生硬）。而原来钱塘十景，则属山谷者较多，计有灵石樵歌、冷泉清啸、葛岭朝暾、孤山霁雪、两峰白云，盖十居其五矣。

双峰插云者，就西湖东岸，望南北二高峰而言。每当新雨初霁，一碧万顷，试步湖滨路，园露椅上，披襟当风，满怀远眺，则南北二峰遥遥对峙，层翠如描，淡云微抹。其下各山下降，与苏白两堤树影相接，尝欲以一语形容，终不可得，若谓天开图画，则尚觉赞美宽泛不切也。

（原载1929年6月11日北平《世界日报》）

（二）

近年南游来者，辄道西湖之水，日渐污浊，深以为憾。盖其泥既深，鱼虾又多，澄清不易也，然当予游杭时，则终年清洁，藻蔓长，无底可见。而四围树色由光相映，遂令湖水成一种似白非白，似蓝非蓝，似碧非碧之颜色。俗称极浅之绿，曰雨天青，近又改称西湖水，其名甚美，惜今日已不副实耳。

南屏晚钟，宜隔湖听之，夕阳既下，雷峰与保俶两塔，倒影波心，残霞断霭，映水如绘。游人自天竺灵隐来，漫步白沙堤上，依依四顾，犹不欲归。钟声镗然，自水面隐隐传来，昏鸦阵阵，随钟声掠空而过，则诗情如出岫之云，漾欲成章矣。

西湖水景，除里外湖而外，则当推西溪，两岸梅竹交叉，间具野柳，斜枝杂草，直当流泉。小舟自远来，每觉林深水曲，欲前无路，及其既前，又豁然开朗。蒹葭缥缈，烟波无际，远望小岫林，如画图开展。两岸密丛中，时有炊烟一缕，徐徐而上，不必鸡鸣犬吠，令人知此中大有人在矣。

西湖为中国胜迹，文人墨士，以得一至为荣，故各处联额，无一非出自名手。孤山林和靖墓、林典史墓（太平天国之役殉难者，名汝霖）、林太守墓（清光绪朝杭州知府，有政声，名靖。）前后相望，太守墓石坊上有联曰："树枝一年，树木十年，树人百年，两浙无两；处士千古，典史千古，太守千古，孤山不孤。"曾游西湖者，皆乐诵之。至于少保墓联："赤手挽银河，君自大名垂宇宙；青山埋白骨，我来何处哭英雄。"此则艺林称赞，无人不知矣。苏小坟上有联曰："桃花流水渺然去；油壁香车不再逢。"集得亦佳。

（原载1929年6月13日北平《世界日报》）

（三）

湖滨路有一茶楼，凡三级，雕阑画栋，面湖而峙。尝于漠漠春阴之日，约友登楼，临风品茗。时则烟树迷离，四周绿暗，而湖水不波，又觉洞明如镜。即而大风突起，湖水粼粼，遍生皱纹，沿湖杨柳，摇荡者不自持，屡拂栏前布帏而过。所谓山雨欲来风满楼者，临其境而益信。此茶楼之名颇雅，日久已忘之，唯内马路有一旅社，名湖山共一楼，惜不移此耳。

南北二高峰，均在湖滨十里以外，予客杭仅十日，因登灵隐之便，一游北高峰而已。峰在灵隐之后，自灵隐五百罗汉堂侧，拾级而登，直至山顶，约合一万尺。山之半，曲折而西，有庵曰韬光。松竹交加，绿阴碍路，遥闻泉声泠泠然，若断若续，出自树草密荫中。转出竹林，有红墙一角，则庵门是矣。庵建石崖上，玲珑剔透，有翼然之势。人事与自然，乃两尽之。庵旁有一池，石刻之龙首，翘然于上，僧刳竹为沟，曲折引泉达于龙顶，水如短练，自龙口中吐出。池中有鱼，非鲤非鲫，红质而黄章，长约尺许，水清见底，首尾毕显。寺顶有石堂，登临俯视，钱塘江小如一带，江尽处为海，只觉苍茫一片，云雾相接而已。堂外有石匾曰韬光观海，以此，然未列于西湖十景也。

（原载1929年6月14日北平《世界日报》）

（四）

词家“三秋桂子，十里荷花”二语，致引金人问鼎，胡马南窥，西湖桂花之盛，当可想见。向来游湖者，极道九溪十八涧之美，而不知九溪杨梅岭一带，重翠连缀，秀柯塞途，极得小山丛桂之致。据杭人云：八九月之间，木叶微脱，秋草半黄，堆金缀玉，满山桂子烂开，桂树延绵四五里，偶来此地，如入香海。每值月白风清，万籁俱寂，云外香飘，距山十余里人家得闻之。予闻语辄神往焉。

云栖之竹，几与孤山之梅齐名。到杭州者，实不得不一访游之。其地翠竹数万竿，密杂如篱，高入霄汉。小径曲折，迤逦而入翠丛，时有小泉一眼，自林下潺潺而来，石板无梁，架泉为渡，临流顾影，须眉皆绿。林中日光不到，清凉袭人，背手缓步，襟怀如涤。竹内有小鸟，翠羽血红啄，若鹦鹉具体而微。于人迹不闻时，山鸟间啼一二声，真有物我皆忘之慨。

外省游人至杭，如入万宝山中，目迷五色，不知何所取舍，而栖霞之与烟霞云栖，往往误而为一。栖霞洞在葛岭之后，深谷之中，竹树环列，狗见吠客，则游人不期而至洞所矣。初入为一山寺，若无甚奇，旁有石洞，坦步可入。及至洞内，忽焉为佛堂，忽焉为缝，忽焉又为屋，曲折阴晦，如非人世，洞最后露一口朝天，古藤垂垂，山上坠下，旁有水滴声，若断若续，不知出于何所，真幽境也。

（原载1929年6月15日北平《世界日报》）

（五）

小瀛洲即放生池，三潭印月，乃其一部分也，洲与湖心亭、阮公墩鼎峙外湖水面。自孤山俯瞰，此洲如浮林一片，略露楼园。乃驾小舟而来，则直入青芦，可觅得石级登陆。陆上浮堤四达，于湖中作池，真是有路皆花，无处不水。其间楼阁、虚堂以空灵胜，卐字亭以曲折胜，盈翠轩以清幽胜，亭亭以小巧胜。亭曰亭亭，可想其倩影凌波，不同凡品。若夫清潭泛影，皓月窥人，一曲洞箫，凭栏独立，居然世外，岂复人间？

游湖当坐瓜皮小艇，自操桨，则波光如在衣袂，斯得玩水之乐。湖中瓜皮艇，长丈许，中舱上覆白幔，促膝可坐四人。舱内备有棋案（高仅盈尺，面积如之），可以下棋；备有短笛，可以奏曲；备有档勺，可以饮水。如此榜人，诚大解事，真所谓有六朝烟水气者矣。

西湖各地之以花木名者，云栖以竹名，万松岭以松名，九溪以桂名，白堤以桃柳名，平湖以荷名。初与旧景不甚相合。此外苏堤春晓，成为一片桑柘，柳浪闻莺，则草砾蛙鸣，此又慨乎人事变幻不定也。

（原载1929年6月16日北平《世界日报》）

（六）

苏小小墓在西泠桥之南。六角小亭，近临水滨，湖草芊芊，直达亭内。冢隆然，高约三尺许，在亭之中央。唯坟之上下，遍蒙鹅卵石，杂乱不成规矩，未知何意？据杭人云：游人在湖滨拾石，立西泠桥上，遥向亭内掷之，中冢则宜男。杭人之迷信于此可见一斑矣。

杭俗迷信之甚者，莫如放生一事。如禽如兽，固可放生，即一虫一鱼，一草一木，亦莫不可放生。且放生亦有专地，将鱼虾放生者，多在小瀛洲行之。将龟蛇放生者，多在雷峰塔行之。将竹放生者，多在天竺行之。竹何以放生？未至杭州者，必以为妄矣。此事大抵出之于好出风头之妇女，与庙中僧约，指定山上之某某数株，为放生之竹。僧乃灾刀炙字于上，文曰：某月日某某太太或某小姐放生，自此以后，竹即不得砍伐，听其老死。竹所临地，必在路旁。放生之竹，路人悉得见之，放生之人，意亦在是也。一竹之值，不过一二元，一经放生，僧不取，由放生者随助香资，因之一竹之费，且达数十元矣。

（原载1929年6月18日北平《世界日报》）

（七）

灵隐寺前之飞来峰，名震宇宙，实则不甚奇，其实才如北海中之琼岛耳。山脚一涧琤琮流去，是谓冷泉，涧边有亭，即以泉名之。亭中之联，以峰与亭为对，最初一联曰："泉自山中冷起，峰从天外飞来"；次改为"泉自几时冷起，峰从何处飞来"也。今所悬者，则为"泉自冷时冷起，峰从飞处飞来"也。

沿湖人家坟墓，布置清幽，花木杂植，偶不经意，辄误认为名胜。而墓之有是数者，亦殊不少。计岳庙之岳武穆坟，三台山之于忠肃坟，民元前之徐烈士（锡麟）墓，西泠桥之苏小小墓，孤山之林和靖处士墓，冯小青墓，英雄儿女，美人名士，各占片土。其他如牛皋等墓，自宋以还当不下数十处，尤不能一一列举也。

墓地最清幽动人者，莫如小青坟，坟在孤山南角水榭之滨，梅柳周环，浓荫四覆，小亭一角，仅可容人，伏于墓上。由林和靖墓至此，草深覆径，人迹罕到。白午风清，轻絮自飞，凄然兴感，令人不知身在何所。予于湖心亭壁上，见冷香女士题句，咏小青坟云："古梅老鹤尽堪愁，郁郁佳城枕习流。分得林花三尺土，美人名士各千秋。"清丽可诵。

（原载1929年6月19日北平《世界日报》）

（八）

数年前，每作痴想，于二三月间，雇亭子小舫一艘，略载书籍数十卷，茶、笔、床、香炉及丝竹之乐器数事，携童子或苍头一，助理茶水之需，于是放舟平河小荡间，顺流所之，不择市集，则舟穷十日之游，当不仅得画图百幅矣。

吴越间问道，既分又四达，而野渡平桥亦比比皆是。板桥多于平岸间巍然高拱，下通一孔，孔洞然如城门。嵌石联于两边，联语多偏重于农事，或嵌乡名于内，佳者殊少。然此事已成定例，又无桥不联也。河水不广，遇桥则更狭，每两舟于桥畔相遇，则一舟择此边之广阔处小泊，以待彼舟之过。恍如入阵之车过函谷诸险，必驻马让人也。

"好是日斜风定后，半江红树卖鲈鱼。"客有游松江者，偶忆此诗，不能不一尝鲈鱼之味矣。由松江至嘉兴，所谓一衣带水之隔，绿野平畴间，小河如人家池塘，轻舟快，穿桑柘从中而行。每当日午风清，绿莽深处，辄泛出瓜皮小艇，尾逐客舟前。后询之，则卖鱼者。鱼价甚贱，去市价至四五倍，渔舟既来，令人不能拒绝，渔人于水舱中出鱼篓，遥见银刀乱掷，间得巨口细鳞之物，鲜美异常，又非松江市上之鲈可比矣。

（原载1929年6月22日北平《世界日报》）

（九）

恒人有言曰：上有天堂，下有苏杭，若乎苏州之风景，未可没也。好游而未至苏州者，有二处必知之，一曰寒山寺，一曰虎丘。盖词人吟咏，见诸篇章，可闻之久矣。寒山距阊门有七里许，夹河桑林匝翠，一望无际。林外有石道，平坦可步。行近得一石桥，横跨两岸，即枫桥也，桥畔有人家数百户，是曰枫桥镇，寺在镇后，约三进，其间虽略具楼阁，然绝无花木草石之胜。有一楼，架一巨钟，盖应张继诗“夜半钟声到客船”句而特设者。殿外廊间，有石碑二，一破裂，一完好，皆尽《枫桥夜泊》诗，字大如碗口，作行书，极翩然有致。据僧云，旧碑系张继自书，新碑则拓而复勒者。然张继吟诗，何曾题壁，伪托可知。

苏杭一带，小河如棋盘蛛网，港里交通，随处可达。平常人家，大抵前门通陆，后门通河，于河更引支流一湾，直达院内，曾于友人席上，夸谈“江南好”以为乐。一友曰：“吾家环野竹篱笆，中植芭蕉、海棠、月季、腊梅之属，四时之花不断，罢钓归来，引船入篱。”座有北人，不待其语毕，即笑曰：“诈也，时安有引船入篱之事乎？”予即白其景实，且谓江南人家家有船，正如河北人家家有车。河入篱内，虽属为奇，而江南之河，大都宽仅数丈，水平浪稳，小舟如床，妇孺可操。且人家所分支流有恰容一小舟者，则其入篱，自可能矣。

（原载1929年6月23日北平《世界日报》）

（十）

胥江由将门入城，支渠绕街市，河流汩汩，沿人家绕户而过。晨曦初上，居民启户而出，上流人家虽倾倒污秽，下流人家自淘米洗菜，妇孺隔河笑语，恬不为怪。外地人谓苏州人物俊秀，其因在此，谑已。

一泓曲水，七里山塘，昔人谓其处朱楼两岸，得画船箫鼓之盛，盖朱明之际，昆曲盛行，此者架船为台，在中流奏技，出城士女，或继舟以待，或夹岸而观，山塘一带，遂为繁盛之区。降及逊清，此事早不可复观。今则腥膻扑鼻，两岸为鱼盐贩卖所矣。

山塘处曰虎丘，妇孺能道之江南胜迹也，此山之所以奇，在平畴十里，突拥巨阜。山脉何自，乃不可寻。初在外观之，古塔临风，丛楼隔树，孤山独峙，一览可尽，及入其中，则高低错落，自具丘壑，回环曲折，足为半日之游。唯太平天国而后，花木摧残殆尽，蔓草荒芜，瓦砾遍地，殊煞风景耳。

（原载1929年6月24日北平《世界日报》）

（十一）

江南人士，谈苏州者，无不知有留园。园为江苏巨室盛宣怀之别墅，在阊门外大约二里许。园中亭台曲折，花木参差，极奇巧之能事。园中最胜处，中为一巨池，石桥三折其上，南端为水榭，杂植桃杏杨柳之属。偏西为紫藤一巨架，与一小亭，相互倒映水中。其余二面为太湖石，间植梧桐、木樨，山下左设小斋，后植竹，宜读书。右为虚堂，无门。春草绿入其中，可小饮望月。略举一斑，其他可知。园之成传费四十万金，以予计之，成当不至此耳。

予曾读书苏州学校，为盛氏之住宅，与留园盖一墙之隔。其理化讲堂，即留园之一角，划入校中者也。教室上为西式红楼，下为精室。小苑三面粉墙，一处掩以雕栏，两处护以垂柳，廊外首植淮橘四株，其次为塞梨碧桃，交互则生，其三为垂丝槐五六本，更杂以紫薇，最末则葡萄一架，梅花围于四周。雕栏下有古井一，夭桃两树覆于上，夭桃之上，则为翠竹一排，盖隔墙之竹林也。相传此处为杏荪寝室，故其外之花木，罗列至于四季。予住校时，即卜居于此。花晨月夕，小立闲吟，俱感清趣，湖海十年，豪气全消，而一念及此，犹悠然神往。数年前乘沪车经过苏州，每见桑林之上，红楼一阁，恍然如东坡老遇春梦婆也。

与留园齐名者，有拙政园、植园、西园三处。植园以地僻未游，西园附于西园古刹（亦盛氏所建），简陋无足称，拙政园为八旗会馆之一部，虽小于留园，而池馆依花，山斋绕竹，皆精美绝伦。有玲珑馆者，满院怪石，不植花木，浅苔瘦蔓，繁华尽洗。石林中有一木屋，高不及丈，并无几榻，只设一蒲团，门上悬竹板，联曰：“扫地焚香盘膝坐，开笼放鹤举头看。”恰如其分。

（原载1929年6月27日北平《世界日报》）

（十二）

虎丘之胜，有剑池、憨憨泉、拥翠山庄、云岩禅寺、冠云台、千顷云、阖闾墓、真娘墓、试剑石、点头石、千人石等处。拥翠山庄，沿山之半，建筑楼阁，南望天平上方诸山，如青幛翠屏，遥遥环峙，西望麦地桑田，一碧无际，名曰拥翠，得其实也。阖闾墓渺不可得，真娘墓亦土垠崩溃，杂生荆棘，当予游时，颇感不快。近得友人书，墓已仿苏小坟，建亭植树，且拥翠山庄一带，亦遍树桃李数百株，虎丘满山锦绣，已不如数年前之荒落矣。

清某君咏虎丘诗曰："苍苔翠壁无人迹，小立斜阳爱后山。"此非经过人真不能道。盖虎丘奇，在于土垠之中自生奇石。前山剑池，削壁中开，下临幽泉，人以为奇。其实斧凿之痕，斑斑可辨。而后山则石崖陡立，无阶可下，蔓藤塞泉，自有幽趣。且唯至后山，能现虎丘真形，而信此山非人工所造也。

（原载1929年6月28日北平《世界日报》）

（十三）

江金焦之景，人所美称，金山一寺，吾国老妪耳熟能详之处也。金山在江岸，步履可往，焦山则在中流，非舟才渡。客京口者行旅匆匆，多至金山而止。金山寺乃俗名，实则为江天禅寺。寺背山面江，雄壮开朗，寺后有塔，下建一亭曰江天一览，额为清圣祖御笔，曾国藩所重摹。圣祖之字，本极构板，曾书竟能貌似，可谓学其君者。登此四望，群山迤逦东来，能相连接，大江浩浩，为山所围，横卧其中，形势颇奇。为沿江带名胜所未有也。

天下第一泉，距金山约半里许，泉周围以石栏，可以平观。泉流固平，而其中则有微浪鼓起，作欲跄突状，即泉涌也。相传一泉原在江底，汲水者以铁桶沉江，上覆以盖，盖端另悬一索，可以将盖移动，度桶已及泉，则启之如容泉入，然后覆盖上升于江面。按此泉所在地，及以铁桶汲泉两说之事理，皆不可能，可决其无稽也。

（原载1929年6月29日北平《世界日报》）

（十四）

焦山之景，不以山胜，而以水胜。不以观水胜，而以听潮胜。凭栏注视，波浪翻涌，直奔眼底，如身在舟中。但小坐山阁，下不见长江，则波浪冲击山石，雷鸣鼓碎声。山上松涛起落，龙吟虎啸声。山谷回响，断山残雨声。是真是假，亦有亦无，又令人如坠大海，不能久坐。忽然清磬一声，自树林中又传来，始知身在山上。使欧阳修、金圣叹来此，则《秋声赋》讫《口技》两篇，当能多所借助，渲染更有声势矣。

（原载1929年6月30日北平《世界日报》）

（十五）

金陵为龙盘虎踞之地，于秀丽之中，寓以雄壮之气。以其都江南，真无逾于此矣，舟自上流头来，遥见下关楼台隐隐如在水平线上，其后青山一发，隆然高起，即狮子山也。山在仪凤门内，雉堞绕山麓而过，山作狮子伏地状，树林丛密，又若蜷毛纷披也者，愈增其威势。金陵北临长江，所谓飞鸟莫渡，此山更卓然独立，遥遥与浦镇韩王台对峙，不啻金陵之北门锁钥。

吾人读《桃花扇》《板桥杂志》诸书，见其写金陵三月莺花，六朝金粉，极尽秀丽繁华之能事，辄不觉薰人欲醉，悠然神往。一至下关，匆匆摒挡行李，即驱车入城，一访前朝胜迹。而事实与传言有极端相反者，则入仪凤门而北，水田无际，野柳成林，寒街冷巷，荒凉满目。访雨花台唯有乱石载途，入明故宫只是瓦砾遍地，登北极阁亦复蛛网封门，凭栏小立，令人有荆棘铜驼之感。

袁子才随园，为曹雪芹家故物，即见时心焉向往之大观园也。吾人爱《红楼梦》之为一代名书，更又慕袁子才为一代才子，既来金陵，即令俗务杂集，而此处亦万不能不拨冗一观。出鼓楼西行，于稻田中得鹅卵石砌成之小路一弯，迤逶前进，皆在小山之麓，无何得一碑，上书曰小仓山，碑旁有乱砖砌成之小屋一间，极似土地祠。门以石瓦封之，空其上如破洞，探头内视，洞黑如漆，阴霉之气，中人欲呕。门上有横额，大书特书袁子才先生祠也。袁子才一生，风流放诞，享尽清福，而其专祠溃败，一至于此，亦所谓身后萧条者已。

（原载1929年7月2日北平《世界日报》）

（十六）

小仓山如蛇盘，如蟹伏，岗曲峦屈，乱草丛生，小径无人，不辨四向。山下有小坡，二三人家，负山种菜，求之随园诗所述小仓山诸胜，迄无所获。继于对山崖下，复得一巨碑，碑书曰：随园遗址。碑后有小记，述随园荒落，久为茂草，袁子才之孙，自四川宦游南下，觅出旧址，将袁墓重修理之。是则袁死葬随园，可以伏为，但碑口亦无丘垄，袁墓何在，仍不可知，登山遥望，唯鸟粪塞途，荒草迷径而已。

由小仓山更西行，山愈幽，草愈密，忽闻清筹一声，则抵清凉山矣。山有寺曰清凉禅寺，寺有楼曰扫叶楼，楼前小岫平铺，茂林丛聚，颇得萧旷之致。楼窗洞开，清风入座，秋日槐树初黄，夕阳淡抹，凭栏听秋声，别有境界。予尝有句曰："落叶无人扫，乱山相向愁。"写实也。

（原载1929年7月3日北平《世界日报》）

（十七）

湖以莫愁名者，以人名地也，民间传说，中州有女子曰莫愁者，嫁金陵卢氏，家湖上，会夫婿远游，深闺寂寞，颇有悔教封侯之感，湖为莫愁者是以名焉，然考之书籍，事又大谬，梁武帝歌："河中之水向东流，洛阳女儿名莫愁。……十五嫁为卢家妇，十六生儿字阿侯。"初未云嫁金陵卢氏也，又《旧唐书·音乐志》：《莫愁乐》出于《石城乐》，石城有女子名莫愁，善歌谣。一按石城为湖北钟祥县，清时有莫愁村在，初非石头城人也，后人以洛阳之莫愁，误作石城之莫愁，更以钟祥之古名石城误为金陵之古名石头城，于是两莫愁籍贯皆非矣。唯《寰宇志》，才记莫愁为南朝妓，后人承之，至以莫愁湖与苏小坟、真娘墓并称，形诸篇章，渐流于俗，苟其事为莫须有，不亦唐突古人之甚耶？此事世人多为舛误，故考证之。

莫愁湖既非卢家少妇之乡，则郁金堂亦不应在莫愁湖上，因此堂由于卢家少妇郁金堂一语而来也，堂中现无若何遗迹，其东偏有一庵，名曰华严殿。古屋牵罗，矮墙依树，萧条殊甚，堂上供明中山王徐达位，有联云："此地曾传汤沐邑，何人错认郁金堂。"未免有点儿山气，余皆长联颂中山者，因非所好，不能记忆。转不如堂外水心亭联："一片湖光比西子，千秋乐府唱南朝。"落落大方，不着痕迹也。

（原载1929年7月4日北平《世界日报》）

（十八）

二三百年来，金陵屡遭大劫，名胜古迹，凋残垂尽，青溪张丽华祠，瓦宫寺、凤凰台，皆不识所在，乌衣巷斜阳惨澹，无复王谢之堂。虎踞关蔓草凄迷，亦失为花之市，游览既多，弥增感慨！

尝夜泊燕子矶，草木蓊郁，苔气扑人。月小天高，绝无人影。夜潮汩汩，撞打矶头乱石，湃然而起，悠然而息，前赴后继，阵阵入耳。悲风吹来，水木中老鸦，为之呱呱惊起，伏枕假寐，如非人境。推窗北眺，江流浩浩无声，水月相映，若在大雪中。隔江渔火两三星，闪烁作光，愈似此处与人寰隔绝也者。“淮水东边旧时月”“金陵渡口去来潮”，一时两尝此种境况，虽吴道子有巧夺造化之功，亦无法书出也。

（原载1929年7月5日北平《世界日报》）

（十九）

堂上有胜棋楼为徐中山当日胜棋处，登楼远望，翠岫明湖，悉收眼底，中山千秋事业，一代能臣，特于此胜地留下遗迹，则当更有不朽者。孙中山先生酷爱金陵，生则主张迁都于此，死又葬于紫金山，一徐一孙，前后遥遥相对，亦可谓“德不孤”矣。

出朝阳门约七八里，大道平平，康庄适步，翁仲石兽相对峙，亘延二三里而不绝。道左有大碑高逾数丈，述朱太祖起兵建业事。由此北向，即达孝陵之门，门凡三，启其左右以纳游人，危墙高耸，有如巨宫。正中高殿一，空洞虚朗，了无陈设。殿中孤悬太祖像，额突，目巨，鼻隆，下额前伸如瓢把之中，如见雄壮之气。或曰：太祖遗容有二，一丰颊美髯，蔼然可亲，五岳朝天，近不可犯，此近于后说者，盖真像也。

穿此殿而过，乃为陵寝，陵高十丈，平列如小山，茂草人立，并无荆棘。陵前柏林萧疏，幽渺苍古，陵外松林环绕，隔绝人寰。登陵北望鸡鸣、老君诸山，层层拥护，南望翠野平芜，三茅山在百里外，若隐若现，以风景论，此处亦良足多也。今中山先生墓，与明陵相去约三五里，丰碑华表，均足千秋。朱元璋亦不失为种种革命人物，德不孤矣。明春拟作大河南北之游，当一展观。而十数次来往金陵，均为走马看花之客，只记此寥寥数语，亦难尽新都之美。读者欲一商量六朝山水，愿订来岁之约焉。

（原载1929年7月7日北平《世界日报》）

（二十）

采石矶为长江天险之一，中流扼守，大军莫渡，今则江流绕迁，南岸沙渚，与矶相连，游人步履可登，失其倒挽狂澜之势矣。相传李白酒醉，弃舟捉月，于此蹈水而死，因之好事者于矶上构祠专供太白，于舟中遥望，见山亭水阁数处，藏掩于山石水木间，若夫月白风清，长江如练，芦花十里，作雪乱飞，则水天一色之间，当亦有人呼之欲出矣。

吴头楚尾之间，为江东八郡要地，孙吴遗迹，在在皆是。芜湖对江，有矶石，中流遥望，其大如拳，明沙浅水处，寒芦瘦柳，秋意袭人。矶上有祠，祀昭烈帝孙夫人，即今日京剧中孙尚香投江处也。矶名曰忠，似与贞烈灵祠，苦不相称。习为惯事，亦无一非之者。昔有人过此，书联云：“思亲泪落吴江冷，望帝魂归蜀道难。”工稳绝伦。数百年来，艺林引为佳话，今犹悬殿上也。

（原载1929年7月8日北平《世界日报》）

（二十一）

小乔墓有二处，一在湖南岳州，一在安徽南陵，未知孰是也，某年客南陵，于南城香由寺后，得一墓茔，墓背郭而筑，前后植野竹百十竿，白杨四五树，游人披草莱前往，不胜幽郁之致。碑上大书东吴周大都督乔夫人之墓，墓旁有联曰：“千年来，本贵贱同归，玉容花貌，飘零几处？昭君冢、杨妃茔、真娘墓、苏小坟，更遗此江左名姝，并向天涯留胜迹。三国时，何夫妻异葬，纸钱杯酒，浇奠谁人？筤篁露、芭蕉雨、菡萏风、梧桐叶，只藉他寺前野景，常为地主作清供。”上联拟不于伦，下联杂，殊非佳构，但其语气颇甜，故尚忆之。

（原载1929年7月9日北平《世界日报》）

（二十二）

四川之峨嵋，安徽之黄山，同以仙境名。峨嵋余不得而知之矣。黄山则地僻人稀，中多奇境，而唐宋所留道院禅宇，又处处落以太古遗痕，山外人因闻名不易至也，遂以其幽异而仙之。客有作皖浙间之游者，闻三十六峰，固无不为之神驰耳。

黄山之游，欲尽其美，必以七日。而山中多云，酿散丛林间，时作巨雨，又易阻行程，故游人入山，必挟雨具。且定十日之游，山中多庙，随处可投宿。唯除慈光寺一二寺外，僧多俗俚不可近，客来，僧尝披袈裟迎寺外，合掌问讯，作鹭鸶笑。既入其门，或具斋，或供茗，亦极殷勤之能事。所以然者，则向客索香钱或化缘也。故游山住庙，与住旅舍无异，且其价绝昂，二餐一宿，约需番饼三枚，否则秃头怒筋暴张，挥袖送客矣。

黄山之峰三十六，名色奇异，各有命意。莲花、芙蓉、桃花，取其形，以花名之也。天都、云门、始信，取其峻，以险状之也。朱砂、青鸾，取其色，直呼之也。老人、鳌鱼，取其形意名之也。

（原载1929年7月11日北平《世界日报》）

（二十三）

黄山之云，时滃郁林壑间，日蒸而散，风吹而聚，若黄梅时节，则满山常在云雾中。游人行丛莽间，虽在中午，有如将暮。及天开日朗，回视衣衫尽湿。盖人行云中，蒸汽所沾染也。有时林间叶上，作点滴声，偶扑衣襟，亦如雨点。昂首察天，又无所有。此非雨，乃云留树间，凝成水点，而坠落也。若非作深山大壑之游，安得解此奇趣。

黄山之寺，随在皆是，或居山腰，或立山顶，或临绝壁，或依石涧，山中奇景，凡尽为和尚所占有。闻僧又绝俗，见客来，唯知索钱，借山开佛店，此与沿西湖筑洋楼，同是一样煞风景事也。但山中胜迹，因僧寺既多，修饰保存，亦颇有力，不能抹煞，否则玷污名山，真可尽逐去之耳。

（原载1929年7月12日北平《世界日报》）

（二十四）

三十六峰之中心曰大悲顶，登其顶而望之，则千山万壑，围绕四周。高风吹过，山涛尽起。登高一呼，四方响应者，于此验之矣。抬头望天，高不盈丈，天都云门，几与天相接。尔时构一奇喻，环列各峰，有如翠柱拔地而起，天则张此白幔，覆于翠柱之上。人立大悲顶上，则坐白宫之中央也。俯视脚下，长松万株，直连青云，或倒挂，或怒张，或环旋，奇伟变幻，不可名状。松林之侧，忽然平坦，细草蒙茸，端石如镜，是曰丹台。相传为轩辕炼丹处，故人置一鼎于旁以实其说。事虽不经，而鼎确漫灭不可识，当为千百年物也。

黄山之石有二奇，一为朱砂峰之红石，一为始信峰之石笋。每夕阳西下，照见朱砂峰霞光焕彩，如朱涂火漆，令人目眩神移。求之他山，殊不可得。石笋则其尖齿齿，穿地而出，有绝似竹笋者。是否人为，不敢私言。然即人工所为，亦殊隽古可玩也。

（原载1929年7月13日北平《世界日报》）

（二十五）

天都、莲花两峰，对立而起，夹辅文殊院左右，昂首仰视，矗立云霄，每值大雨前后，两山藏云，汹涌而出，汜溢天半，直迷宇宙，既而云渐展，雨渐凝，则云波漾，有如潮起。万山之中，若开巨湖，山人号此景曰云天铺海。市井中人，意象所不能揣想其境于万一者也。

由慈光寺至文殊院，道经老人、天都二峰，老人峰不甚峻，遥望伛偻做迎人状，老态可掬，逾峰则天都峰壁立当前，前去无路，峰下有古松一株，枝柯横出，如伸巨臂。游人登天都，必经其下，是名曰迎客松，谓两面望之，松皆恋恋过客也。去此道忽窄，一径如线，横盘山腰间。胆小者至此，恒以背倚壁，蟹行而过。俯视足下，则松萝倒挂，不见平地，是曰小心坡。度坡已，石梁横跨，始脱重险，是曰断凡桥。不必游其地，视此名色，当亦矫舌不下矣。

逾断凡桥之后，两山尖夹峙，中间一缝，缝约二尺许，仅容一人扪探而过，盖天门也。出天门，豁然开朗。山峰罗列，松杉夹道，小径通幽，可直达莲花底矣。

（原载1929年7月14日北平《世界日报》）

（二十六）

少年漂泊南北，虽至穷困，而不忌山水之好。游西湖时，与张楚萍偕日几，不谋一饱，而环湖步行，一匝，约四十里，其乐不倦。但限于资斧，亦有不克往者，黄山之游亦如是，乃半道而废，他日有缘，当订重来之约也。

（原载1929年7月16日北平《世界日报》）

（二十七）

昔人有诗曰："绝似凌云一枝笔，夜深横插水晶盘。"盖咏小孤山也。孤亦作姑，彭刚直诗："十万大军齐奏凯，彭郎夺得小姑回。"是相称已久矣。山在安庆上游一百八十里，壁立江心，四无依傍。竹木相连，绕山环植。山上有小姑庙，楼阁随山层层而上，至其巅，则小塔如锥，立树丛中，愈增此山挺拔之势。

小孤山坐东而面西，西向山势平缓，东向山势陡立，故自上流来，则见之如翠螺浮水，层次可数，自下流来，则见之如石塔沉江，摇摇将没。此处北岸为洲，南岸为山，江流来自千里，至此劈分为二，遂北湍急而南萦回。长江民船至此，一上一下，别山而行。小孤山在水中，俨如通衢中指挥车辆来往之警察也。

先伯祖父昔宦江右，岁暮归皖，至小孤山，大雪漫江，船覆坠水而死。江流急，尸不可得，故愚家人有道经小孤山者，恒备酒浆，向山而吊。某年与父游，乘长江大舢板至此。时已疏星照水，晚雾横江，小孤山沉沉，隐隐在水天一色之间，缥缈如室中楼阁。山头凉月如丸，照见江流闪闪作光，如金蛇一道，自山底漾来，其景奇诡，非诸墨所可形容。先伯祖父生前善画作诗，酒饮无量，窃叱其在天之灵，得凭轼于此，亦无憾乎？楼头少妇怕见花开矣。

（原载1929年7月17日北平《世界日报》）

（二十八）

当南九铁路未成时，由长江赴南昌，以水行经鄱阳湖为便。九江下游六十里，为湖流入江处，是曰湖口。历来用兵要地也。湖水清碧，江水黄浊，江湖两水汇合之点，有界线一条，长及数里，青黄不接，清浊判然。乘木质舟经此，人执两勺，可左手取清水，右手取浑水，颇饶趣味也。

湖口西为平洲，东为石山，此山即石钟山。苏子瞻谓山底有穴无数，风水相吞吐，遂发镗鞳之声云者，颇觉持之有理。然登石钟山，以小石与山之巨石相撞，则其声亢亢然，闭目聆之，恍如金铁之器相撞。则与山下有穴，风水相搏之处，若不相关，未知于此以外，是否另有其他理由也。

石钟山自东南绕来，其势若椅圈，湖口县倚山面水筑城，恰在椅圈中。于水面遥望，古堞青山，有唐人工笔画意。山上有楼阁数座，沿山上下，以石廊连结之，舟人指点，历历在目。小时避风口内，曾登山一游，仿佛半为古刹，半为仙阁。昔年彭玉麟督长江水师，曾驻节于此，山上楹额，多出名人手笔，惜以年事久，不能举其一二矣。

（原载1929年7月18日北平《世界日报》）

（二十九）

江南山水，名驰世界，为碧眼儿所倾倒者，西湖而外，厥唯庐山矣。五月而后，暑气渐蒸，大江南北数千里，中外之人士蝇趋蚁附，争至庐山避暑，故苍松白石，得与显贵为林，深谷流泉，且引海人斗富。古人所谓六朝云雾中藏灵迹者，今已掘发无余。公诸于世，山之幸欤？山之不幸欤？仍当问之于山中耳。

庐山胜地，游人所聚集之处，则为牯牛岭，近人以牛字不雅，简称为牯岭，唯西人译之为Cooling，较有意，义谓清凉地也。牯岭距九江四十余里，陆行者半，有汽车者半，山行者亦半。山路高三千余尺，凿石成径，沿壁为栏，处处化险为夷。然山数峰，石级数千，地高林远，身入云雾，人初不料顺此以往，有地如牯岭，高楼广厦，雕栏画栋，繁华一如城市也。

（原载1929年7月19日北平《世界日报》）

（三十）

牯岭沦为租借地，此亦为吾人国耻之一，其事有专籍，吾文可毋述。吾人经此地，见夹道浓荫，康衢如画，西人所开之马路也。楼阁连云，绿林掩映，西人建筑之别墅也。清池见底，幽花四绕，西人之游泳池也。软草如茵，翠栏低覆，西人之排球场也。石柱巍峨，钟楼高峙，西人之会议厅也。深山大谷之中，见此布置，令人惊叹。此外如电灯、如电话、如电报局、如邮局，所以利交通者，又无不备具。然识者以我之胜地，由人经营之，人愈视为乐土，我愈可耻矣。

牯岭之南，有地曰松林路，长松万株，绿荫蔽天，每值天长日午，西人士女，牵裙挽臂，群游其地，憨嬉舞蹈，大会无遮，山中故老见之，每诧为人间奇事，山灵有知，当不免有此之感矣。

我国知识阶级，以游山必居牯岭，深以为耻，遂于小天池建天一公司，莲花谷建筑新村，以此，对抗小天池西邻牯岭租界，居庐山之东北面，鄱阳湖云气空蒙远与天接，依石闲眺，胸襟开朗，天一公司建大池旅舍于此，背山面湖，得清爽两字。居此者，晨旦而起凭栏，观湖中日出，则晨曦水雾，别有情趣。与登沿海诸山观沧海日出，又不同也。

（原载1929年7月20日北平《世界日报》）

（三十一）

去小天池北行，即为莲花谷，教育界中人，联群而至，于此建筑新村。吾游时，建筑未久，在草创中，近来或已成规矩矣。青年协会，设暑期学校于此，其建设一如城市中。读书与运动，二者并重。石壁上有刻字如斗大，为“四年五月七日之事”八字。当为居此学生所为，而后牯岭来者，皆为此语所警云。

庐山以两事垂世不朽，一曰云雾，二曰瀑布。以其奇幻不可言状，极宇宙之大观也。水行溯扬子及鄱阳湖，陆行沿南九铁路百余里外，即见群峰插天，云雨落下，渐近渐移，渐移渐变。始之视为高峰者，今则变为平谷。远之视为山黛者，近又变为苍霭。其离奇变化，非山为之也，云雾为之也。亦非纯由云雾为之也，乃游人所经水陆程途，辄易其方向为之也，苏东坡诗：“不识庐山真面目，只缘身在此山中。”其实山外之不易识，尤胜于在山中也。

（原载1929年7月21日北平《世界日报》）

（三十二）

庐山潭渊无数，然者水有自来。最奇者，乃为天池山之天池，峰头自凹，劈为水槽，长约五六十尺，广亦二三十尺，虽其结构，半出人工，而水贮池中，终年不涸，亦一奇也。池中有小动物，似鲵鱼而长不盈尺、过者少见，呼为龙鱼，其实为爬虫类之一种，名曰蝾螈。江西赣州一带，所产甚多，人以此处独有，池既名天，鱼亦成龙。以吾度之，或者得自赣南，特蓄养此中耳。

与天池遥遥相对者，则莫如黄龙潭。潭在两峭壁之间，深险无似。两崖苍暗，日光不照，扶石下降及潭，苔气清晦，冷风袭人，瀑布自两山缝中，直泻入潭，潭上如在空蒙烟雨之间。天池在山峰，此则在涧底；天池开朗，此则阴晦；天池清浅，此则幽深，可谓处处相映相反矣。

（原载1929年7月22日北平《世界日报》）

（三十三）

庐山之瀑布，随处皆是，故峰巅树梢，常闻水声潺潺。以予所经，当以三叠泉为第一，青玉峡为第二，玉渊为第三，画家山水秘诀，泉分三叠，不图人间果有此境也。泉由大月山来，遥濯五老之背。其第一叠，如一幅白练，从天而下。声若洪雷，下击山石，石绝坚，水激倒射，大者如雪团，小者如甘霖，分飞四散，坠绕盘石而去。第二叠发自石下，泉经巨刨，沿溪小作盘旋，更至悬崖，崖壁立数百尺，无一木一石，与水相拒，泉遂如水晶帘子一挂，下临绝地。第三叠上有曲溪引水，转折前行，水来势其猛，不受溪范，则翻腾起伏，浪花汹涌约数折，巨石当溪头，下复为崖，于是泉劈为二，如玉龙一对，下饮涧中。凡此三乐，共一千二百尺，既雄壮，亦奇诡，泉之可观，诚无有过于此者。然泉在五老峰后，披荆前往，道途绝险。非好奇之士，亦往往裹足不前进。

（原载1929年7月23日北平《世界日报》）

（三十四）

青玉峡之瀑布，完全以雄取胜。三山鼎峙，中成二涧。一水来自双剑峰，一水来自鹤鸣峰，若双方竞走，争欲到此。水不大而湍急特甚，数里外即闻沙沙之声。继而会于山口，下注为潭，即青玉峡也。距青玉峡约里许，为秀峰寺，于寺外见白虹一道，于黄岭绝顶，腾空而下，远山青色，若为画破，风木争鸟之间，若有一阵金石之声，忽断忽续，来自半天，即为瀑布之声。徐凝诗："万古常如白练飞，一条界破青山色。"即指此。东坡老以其不超脱，置之为恶诗，然今日以写实文言之，固不得非之矣。

（原载1929年7月24日北平《世界日报》）

（三十五）

玉涧之瀑，不在高，亦不在奇，而在于猛。萧山南九十九峰支流，汇于三峡涧后，斜流疾走，若不可挽，奔波里许，突遇巨石，于是倾力相撞，发巨声若洪钟。石下有潭，平坦而积水甚深，自崖上以石投潭中，其势极促。故在上面其声澎然，落下而其声又隆然。一唱一和，山谷争鸣。立崖上以石投潭中，如击金革，其声清脆可听。由此潭为涧，涧坠成潭，或浅或深，或广或狭，共以十二数，潭之平浅者，水清见底，解衣入浴，身背清流，足蹈软沙，并剪哀梨，无以喻其快适，于此小歇，足以慰跋涉之苦也。

玉涧之最末一潭，名曰金井。潭上有桥，跨两崖间，其势如半环，长可及十丈，高亦六七丈。桥为唐时所建，工程最奇，乃以山上巨石，互相嵌合，架空而成。西人游历至此，喜降级至潭，立而瞻仰，咨嗟赞叹，辄以为如此古迹，不图于山中得之。立桥上凭栏俯视，目眩心动，不耐久注，桥曰观音桥，又曰三峡桥，盖此水一脉遥传，本来自三峡，不忘所本也。桥之左为慈航寺，右为招隐泉，宽以屋覆之，说者指为天下第六泉云。

（原载1929年7月26日北平《世界日报》）

（三十六）

庐山之水，尚有两处特点可记者，一为王右军洗墨池，一为温泉。洗墨池在归宗寺左，虽方广不过丈许，而水色黝黑，若方洗砚。掬之在手，亦复如常，大概为土色所衬托也。温泉去归宗寺亦不远，泉流坦地上，长约半里，以手试之，不可久置，泉沸处水泡滚滚如珠起。行人常于村中购鸡卵，投沸处浸之，顷刻可熟，较之北平汤山温泉，似过之无不及也。

温泉所在，为粟里之西偏。粟里，陶渊明故居也，居人皆姓陶，半耕半读，有乃祖风。访陶墓，乃不可得。于此南望，山色青翠，霭然可亲，五柳先生所谓“采菊东篱下，悠然见南山”者，乃在是欤?

（原载1929年7月27日北平《世界日报》）

（三十七）

古人之评庐山者，谓之“博大雄奇”，仔细玩味，觉无一字虚设。而峰巅云雾，或白练一缕，横锁山腰，或雪雾层层，露一尖顶，聚散之间，横添庐山姿势。

双剑峰与香炉峰比翼而立，无限白云，自山谷出，远望如沉香蒸气，徐徐上升，已视为奇矣。然遥观五峰或如武夫怒立，或如老翁俯视，披云带雾，相与拱揖天半，又视香炉为奇焉。五老峰以第三峰为最险，乱石嵯峨，曲折山路，回视左右四峰，怒掷而去，偃蹇而来，绵延数里，似断不断，如为人造，两峰连接处，恒通以峭壁小径，故五老似为一山，而恰能起落各自为主。向来游人称五老之胜，盖有由矣。

云雾非数高峰专有也，他处亦皆有之。据卜居牯岭者云：每值阴暗，则细雨如毫发，漫天飞舞，楼台树木，皆失所在。就岭上马路徐行，但闻前途人语，不见其影，似此，则云之浓厚，亦复可知矣。

（原载1929年7月30日北平《世界日报》）

（三十八）

庐山寺，不减于黄山，如秀峰、栖贤等五大丛林，皆建于晋唐，尤较黄山之建筑久远，然大抵丹垩剥落，殿宇倾圮，无复壮之象，而元明以后新寺，则多轮奂，吾国人，不善保守古代建筑，可见一斑。今之游山者，多往万杉寺，古木参天，山径通幽，林中雄樟数十棵，青翠拂云。当五六月花开时，香闻数里，游人所盛道者也。

万杉之樟，曰五爪樟。黄龙之杉，曰婆娑宝树，皆人所习闻者。杉共三株，高在百尺外，叶似针形，条则如柳，风舞婆娑，颇似其名，相传为晋代僧自印度移来，共十余株，今仅剩此，以时计之，已历二千余年，信为实物。庐山森林局，对此特别注意，围以木栏，以防万一，国中汉柏唐槐，于此可并称三老矣。

（原载1929年7月31日北平《世界日报》）

（三十九）

由白鹿洞至海会寺，一路回望五老、九奇诸峰，错综交织，极为奇诡，海会寺傍山而面湖，在湖山胜处，藏经阁第三层，望鄱湖烟波接天，轮舶远来，轻烟一缕，如在云际。南康城郭暧暧，在山隈水角，隐约可辨。是盖至庐山最南端矣。

庐山胜迹虽多，然山谷崎岖，荆莽载途，遨游辛苦，不如赏玩西湖之乐。居山旬日，每于赤日当空，短衣张盖，升降山上，所涉及半，即已疲病不堪。遂与同游诸子，作他年再来之约。今相别将及八年，而把握无期，际此风停叶静，长午如年，一思牯岭夏屋渠渠，有人居绿天深处，把茗临风，开窗观瀑，别有清凉世界，则不禁神驰，忘汗下之涔涔矣。

（原载1929年8月2日北平《世界日报》）

（四十）

庐山之胜，从来仅播于唐人诗歌。自宋之白鹿书院立，而庐山之名乃益著，吾人既自分亦系读书种子，则既至庐山，不能不一访白鹿洞矣。洞在五老之麓，有径可通南康大道。一路泉声树影，情景幽雅。桥跨石，名曰贯通，桥头立石坊，上书名教乐地四字，院门仿孔庙制，端庄严肃，一洗地处名胜佛家气象。入院为礼圣殿，礼门之外，配以案阶，泮池之上，贯以峻桥，万世师表之额悬中央，七十二贤之位列序，殿上祀先师像，四配十哲，分礼左右，俨然大成遗规也。礼圣殿之外，有宗儒祠，祀周、朱、陆、王及二程，有先贤祠，祀有三先生、李涉、李渤等二十余人，有邵先生祠，祀康节与二泉，祀李空同、蔡忠襄、侯广成。有朱子祠，供朱子像。祠后即白鹿洞也，洞如城门，中置一石鹿，了无他异。若在寺观，当不点缀神怪之说也。

（原载1929年8月3日北平《世界日报》）

（四十一）

书院之讲学风处，昔时在会文堂。堂中颇开朗，清好无尘，而梁栋古朴，不事雕琢，不愧读书人所居。堂外有敞院，不植花木，青草如茵，中蓄小池如圆镜，所在尤见清爽。而屋外山林，青翠四绕，人声不到，如居绿城，朱熹有联云：“鹿豕与游，物我相忘之地。泉峰交映，知仁独得之天。”在老儒眼中，确有此情形，不得认为作头巾语也。

昔年予肄业南昌农林学校，农桑科设于进贤门外，森林科则在白鹿洞书院。予因入农科，住南昌本校，森林科同学来夸匡庐之胜，每为神往。及予游白鹿洞时，森林科搬迁回本校，所遗教室及一切新建筑，多已颓废，有此好读书地，弃置不顾，令人惋惜，唯附近林木，茂盛整齐，各标以名，则学校成绩，独有存者。皖赣人士，屡有就白鹿洞院，组织匡庐大学之拟议，沧桑多变，迄未成立，将来或终得一日实现也。

（原载1929年8月6日北平《世界日报》）

（四十二）

鄱阳湖南起进贤，北至湖口，西自吴城，东抵饶州。由湖口往南昌一段，赣人谓之湖梢，盖湖面最宽处，达百八十里，梢则缩而为槽，宽不过一二十里而已。湖梢水既深，其流湍急，易生风浪，湖口、星子之间，有地曰老爷庙，两岸流沙，一白无际，波涛汹涌，如入雪海。舟行至此，多所戒备。庙在沙滩上，装点特甚，中祀一偶像，蓝脸面赤，则舟人所谓老爷是也。询其究竟，乃为一大鳖，令人哑然失笑。然舟人过此，辄于船头鸣锣焚纸，杀鸡滴血，叩头为烧。且相语戒云蓝字，素嗜鳖者，无不惴惴焉，甚至预造所乘舟之模型，帆索具备，若小儿玩物，至此，即泊岸献诸庙中，故庙中尺许小舟，不下千百。自轮船通后，首破此恶习，鳖亦无如人何？近据赣人云：江西省政府，已毁此庙矣。

八九月之间，秋涨已过，芦花浅水，洲屿杂出。湖水就其深处，分为港汊无数。舟行港中，穷通曲折，如航小河。野菱索蔓水面，恒平数里，舟人伏舷上，一手牵蔓，一手取菱实，顷刻可以盈筐。又湖汊随处有丈许小渔舟，隐于芦中，见舟过，渔人辄于芦中探头相问，要鱼么？据父老言，二十年前，湖中鱼有卖三文一斤者，即近年，每斤亦不过卖四五十文，合之银价，才二三分耳。水产之丰，可想见矣。

赣江入湖之处，有大镇曰吴城镇，合樟树、景德、河口，为江西四大镇之一。背面而湖，有巨阁立于镇头，曰望湖亭，登亭远眺，四周皆水，帆船进出，如示股掌。昔周瑜在鄱阳湖练水军，于此设帅台，盖古时练水军最扼要地也。

（原载1929年8月7日北平《世界日报》）

（四十三）

由南昌至饶州，必穿湖而过，秋夏水涨，面积过宽，渡湖者，恒作数日之准备。俟风日清平，然后尽一日之力，由康山渡湖尾，沿湖岸而行。唯值顺风，则放舟直过，亦属恒事。故渡湖有一日而了者，有旬日而不了者，全以天气为转移也。五六月之间，黄梅雨期方过，夏涨骤至，湖水接天。舟行入湖，四无涯际，稍南行，则康山青青一发，如浮水面。凭栏偶瞩，不觉涔涔汗下。山有庙祀朱洪武。相传洪武破陈友谅时，陈登山远望，见湖中野鸭成群，以为朱之水军大至，弃康山而遁。语虽不经，可想湖上闲眺，极迷离惝恍之致也。

（原载1929年8月8日北平《世界日报》）

西游小记

今岁五月，予作陕甘之游，意在调查西北民生疾苦，写入稗官。至于风景名胜，旅程起居，则非稗官所能尽收，乃另为一记游之文，投之本志。与本志主编赵先生约，盖已三月于兹矣。今征尘小歇，寄居牯岭，虽寓楼斗大，然开窗北视，远及百里，但见长江如带，后湖如镜，烟云缥缈，胸襟豁然。觉赵君之约，未容久违，遂即趁此逸兴，把笔追志。文以白话为之，取其通俗。而其内容，着重于旅行常识，俾为将来西北游者，略作参考。间以风土穿插之，以增阅者兴趣而已。记游之文，此本不合，然《旅行杂志》之命意，似当如是也。文中有图，亦记者所自摄，初为此道，佳构甚鲜，择其略可者入之，亦点缀篇章之意云耳。

1934年8月7日，序于牯岭望江楼。

头一站到郑州

西北这两个字，包括得很广，计有陕西、甘肃、宁夏、青海、绥远、新疆六省。我们要游西北，决定自己是要到哪几省，然后择定路线，大概到绥远、宁夏、新疆去，可以由平绥线到包头，再骑骆驼（现在也有汽车了，但是时通时塞）。到陕西、甘肃、青海去，那必定由陇海路到潼关，再换汽车前行。我家居北平，所以是由平汉路到郑州，在郑州换陇海车西进的。说到由北平到潼关，本来不必在郑州勾留的。平汉通车晚上十一点多钟到郑州，陇海由东向西的通车，也是十一点多钟到。你若是买联运票，大可以下了平汉车，就跳上陇海车去。可是有一层，你若打算中途在洛阳下来玩玩，那就不便当。因为陇海车到洛阳，是上午三点多钟，你由郑州上车，不曾睡好，又得起来，而且混乱了一夜，第二日恐怕也没有精神游历。为了这一点，我决定第一站，住在郑州先看一看这新兴的商埠。郑州的旅馆，尽有几层高楼的。不过很少新的设备，而且租界旅馆里所有的不良现象，那里都有。你若是要图清净，不妨住在中国旅行社招待所。那里设备很新，铁床、浴间、抽水马桶，都有。像那住惯了上海，非抽水马桶不能出恭的朋友，这里是你唯一的歇脚地了。

在郑州的小勾留

在三十年前，郑州火车站边，不过是几十家草棚子而已。现在可了不得，那中山路，一望也是几层楼的高大洋房。马路虽不十分宽，却很是平整。中国、交通、上海各大银行，这里都有分行，绝不是三十年前草棚子里的住客，所梦想得到的事。你若是西行的人，到了郑州，就得想一想，有些什么旅行必备的东西，买了没有。假如是没有买的话，可以在这里买齐。因为到了西安，虽然也买得着，可有的不好，有的太贵。现在，我代拟一张西行采办单子。将来有西行的人，可以参酌这个单子自办。

必备品：行军床、温水壶、旅行药品、伞、雨鞋、手电、灯、指南针、表、精盐、茶叶、手巾囊、口罩、罐头、饼干（以上两项，若游华山，千万带着，别忘了）。

补充品：打汽炉子、锑质锅壶、滤斗、糖（西边糖很贵，华山上也缺少）、水果、日记本、茶壶、碗、筷子、小刀、行李袋（或油布）、望远镜、地图、寒暑表。

这单子，看官看到，以为有些滑稽，怎么连滤斗都写上了？其实并不滑稽。因为到甘肃境里去，沿路的水都是黄泥汤，能过滤一下，自己在打汽炉子上烧着喝，不是放心得多吗？关于这些采购的东西，看官向下看我的游记，自然知道用处。

子产祠与碧沙岗

在郑州把东西购办齐了，就可赏玩赏玩郑州的名胜了。照各种游记上说，这里有梅山、泰山两处山景，但是离街市已经有四五十里，专去游历的人，大概很少。就以附近而论，城里有个子产祠，传说是郑子产的故里。但是志书上说：郑国京城，离此还有二十里，传说也许是靠不住的。祠在县东街，由车站方面一直东行就到。祠是一个四合房子，没有什么，院子里有几块碑，现在有警察驻在祠里，没什么可看。祠外五十步，有一座塔，名舍利塔，传说是元朝建筑。

到郑州的旅客，有一个地方必去玩玩的，就是碧沙岗。离郑州约五里路，坐人力车去，来往给一元钱好了。这个地方，原来是冯玉祥部下的阵亡将士墓，在墓前，用了几十亩地，筑成了个园子，花木很多，在郑州这工商业繁盛的地方，只有感到喧嚣，有这样一个地方，那是很可一新耳目的了。园子是坐南朝北的，门很阔大，上书碧沙岗三个大字，你自然知道是谁人的手笔。进门一条很宽的人行路，穿进一架如船篷式的葡萄架，长约十丈，这很有点意思。南行，有一道池子，池上架有石桥。迎面一架东西，挡住了眼帘，便是纪念塔了。塔前三角式，建有三个亭子，用花木陪衬着。若是在中国文人脑筋里，必定题上大招、千秋，等等名字。冯先生脑筋里，如何会放进这一套，所以这三个亭子的名字，是民族、民权、民生。三民亭后，有一个纪念堂，可不叫五权了。穿过这个堂，后面就是阵亡将士的灵堂了，里面供了无数牌位。在这堂后，就是墓地，那墓是由北而南，一排一排的葬。墓上栽有果子树，睁眼一看，累累然，点不清数目。各墓前，都有小碑。碑上题字，记有军职、籍贯、阵亡地、年龄。我和同行的工友小李，作了一种不相干的工作，就是对年龄方面，加以调查。发现了，最小的十五岁，普通都是十八九岁到二十四五岁。假使他们还活着的话，比我还年轻哩。我情不自禁，这样慨叹的说了一句。我到这里的时候，是阳历五月初，当然，北方天气，还是南方暮春，所以这里的月季、木香之类，开得正茂盛。灵台前有几十棵牡丹、月季，开得更是红艳艳的，这真象征着这里的军人魂了。

尝尝黄河鲤吧

在郑州，有一件游玩以外的事，必定要尝尝，就是黄河鲤。鲤鱼这东西，在别处是个儿大，肤子粗。唯有黄河鲤，只是尺来长，肤肉很嫩。可是有一层，吃黄河鲤，必得到几家大的河南馆子去吃，那才是真的，而且好吃。平常一条黄河鲤，大概总要卖到两块多钱，或者三块多钱，这是早晚市价不同的。伙计们用绳子提了鱼的鳍，可以送给主顾来看。那鱼比筷子长，而且乱跳，那你就点点头说："好！"伙计说："怎样吃？清蒸，红烧，醋溜，干炸……"你觉得有两样吃法都是所喜的，你就说："清蒸，红烧两做吧。"那末，你仿佛是内行了。吃河南馆子，还有一件事是有趣的，假如我们有五六个人去，汤和甜菜，你不必点，因为馆子里会敬你这两样的。你坐下，伙计端上来，第一碗就是敬菜，叫开味汤。汤大概是鸡肉汁，洒上点胡椒、香菜。吃到中间，他还要敬你酸辣汤、炒八宝饭之类。（八宝饭可炒，也只河南馆子有。）你见了这些东西，你千万别问伙计，我没点这个，你怎么送来？那表现你没吃过河南馆子，可是笑话了。

开 始 西 行

我在郑州住了两日，搭下午五点钟的西行车子去洛阳。我坐二等，小李坐三等，这一列车，可不大好。二等车里，是硬木凳，连电灯也没有。但是车行不多时，到洛阳只十点钟，可以睡觉。动身前，我曾换了两块零钱，如四省银行角票，及当百文二百文的大铜子之类。其实，这是错了。

四省角票，只能用到潼关。大铜子，到了洛阳就不行了。以后的游客，请只带中央角票得了。由郑州西去，乡下风景还不坏，树木丛中，不断地发现土寨子。这寨子，俨然是个缩小的城池，也有四门，甚至还加上碉楼，乡下人都住在里面。好的寨子，外面还有濠沟吊桥。《水浒》上常说什么庄，什么寨，由这里证明，那是事实了。在车窗子里向外眺望，我最觉得好看的，便是庄子外的桐花。这个桐，不是梧桐。那树叶子比梧桐小得多，也是一干直上。在树叶子里，簇拥着成球的粉红花，真是欲红还白。一路随时可以看到，是他处所没有的。古人所指的“郎是桐花，妾是桐花凤”，必是这桐花无疑了。二等车上有茶，泡了来，随便喝，到洛阳给茶房三角钱好了。也有饭，中餐，一元，一菜一汤，可以吃饱。小李告诉我，三等车上也有茶，一毛五一壶，而且是不大爱加开水呢。

灯笼晃荡中到了洛阳

洛阳这个地名，说到口里，就觉得响亮，最近把这里一度改了行都，那就更贵重了。火车在黑暗里奔驰，我不时的由玻璃窗里向外张望，并没有什么，只是乌压压的一片低影子。我想着，一切留到明天再看罢，就坐着打瞌睡去，及至耳朵里听到人声嘈杂时，听到茶房说，到了洛阳了。匆匆的，收拾了行李，就走下车来。哈！这是新闻，那月台上很大的一片地方，只竖了两根长木头竿子，在上面挂了一盏小小的汽油灯，只是些混混的光，照着纷乱的人影子乱挤。在空场子南方，有了新鲜的玩意儿了，长的，方的，圆的，扁的，大大小小，罗列着一堆灯笼。我走近去，听到有人喊，中州旅馆吧？名利栈吧？大金台吧？这让我明白了，这些灯笼是旅馆里接客的。在郑州我就打听清楚了，洛阳以大金台旅馆为最好，这大金台三个字送到了耳朵里，我就决定了到他家去。将栈伙叫了过来，取了行李，受了检查，让栈伙引着路，我们就跟了他走。打灯笼的店伙，引着一车行李先走，另一个店伙，拿着手电筒，左右晃荡着引了我后跟。我所走的，是一条窄窄的土街，两边人家，都紧紧地闭着大门，每隔四五家门首，在那矮矮的屋檐下挂着一个白纸的方形吊灯，有的写着安寓客商，有的写着油盐杂货，仿佛我由二十世纪一跃而回到十八世纪了。我心里头简直说不出是一种什么感想。糊里糊涂的，随着那晃荡的灯笼，转了一个弯，这街上倒有几盏汽油灯，乃是理发店和洋货店，其余依然在混混灯光中。后来在一个圆纸灯笼下，我们进了一所大门。灯笼上有字，便是大金台了。这旅馆既像南方一条龙的房子，一层层向里，又有点像北方的房子，每进都是三合院。我挑了一间最好的房子住，里面是一副床，铺板，一张方桌，两把木椅，隔壁有间小黑屋子，一铺一桌，就让工友小李住了。那地皮还没收拾好，虽是土质，倒有些像鹅卵石铺面的，脚踏在上面，和上海新亚大酒店的地毯，有点儿两样。伙计送进一盏煤油灯来，昏黄的光，和这屋里倒很相衬，只听到小李在隔壁和店伙说：这是最好的旅馆，若不是最好的旅馆呢？我在这边听着，也笑了。

到洛阳应留意的几件事

到洛阳，就是内地了，一切物质文明，去郑州很远，旅馆还是江南小客栈那种组织，第一是没有电灯，电话也很少（其实用不着），而且房间里也不预备铺盖。平常房间价钱由五角至一元二角，茶水还另外算钱。吃饭，到外面馆子里去叫，每晨有五六角，可以吃得很好。看官若也西行，当你到车站的时候，就可以叫栈伙来照应。不过你的行李挂了行李票的话，要立刻就到行李房去取。等到检查行李的军警走了，那就要等他明晨再来了（这是指乘晚车来的人而言）。再说，洛阳有两个车站，东站是进城去的，西站是西宫。西宫是驻军重地，游历的人，大可以不必上那里去。就是由东站下车，也有进城不进城之别。车站到城里，还有两三里路，晚上是进不了城的。好在客栈都在车站边，若是作短期游历的人，就可以住在车站。

白马寺及其他名胜

洛阳是周汉唐许多朝代，建过都的所在，自然是古迹很多。不过到了现在，多半不可寻访了，只有汉朝的白马寺，北魏的龙门雕刻，这还是值得游人留恋的。现时来游洛阳的人，也都是注意这两个地方。到了次日早上，我叫店伙来问了一阵儿，知道到白马寺是二十多里路，到龙门是三十多里路，坐人力车子，当天都可以来回，每辆车子是一块钱。至于土匪，以前是出城门就备不住会有，现在绝对没事。我听了这话，半信半疑。不过最近有朋友到白马寺去过，我是知道的，且不问去龙门如何，我就决定了今天先到白马寺去。草草的吃了一些点心，由店伙雇好了两辆车，我和小李就于九点多钟出发。车子离开车站大街，穿过了一片麦田，先进了北门。这街虽是土铺的，两边的店铺，倒也应有尽有。东街上有几家古董店，我曾下车看了一看，十之八九，都是假货，连价钱我也不敢问。游客要在洛阳买古董，这应该找路子到古董商家里去看货，好东西是决不陈列出来的。出东关，经过一座魁星楼，到东大寺，这寺，也是唐代建的一座大丛林，现在却剩了一片瓦砾。寺旁有破的过街楼一间，旁边树立一幢碑，大书夹马营三字。士大夫之流，对于这个地名，或者有些生疏，可是爱说赵匡胤故事的老百姓，他们就知道，这是赵匡胤出世的地方。当年宋太祖作小孩子的时候，常是和那些野孩子在这里胡闹，后来他作了皇帝，在开封登了基，想起年小淘气的事，还回来看看呢。在这街口上，有个宋太祖庙，是后人立的，据说里面有一间屋子，就是赵家母子安身之所。如今只有大门是完整的，里面住了些和赵匡胤倒霉时候相同的人，也就无须寻访了。由这里坐了车子，顺了大路走，约莫走了十里路，车夫忽然停下车，指着很深的麦田里说：“先生，可以看看，这里有古迹。”我心里想着，这麦田里哪有东西？上前一看，麦里横着一块石碑，上书：管鲍分金处。管是指管仲，鲍是指鲍叔。鲍叔说管仲穷，分钱给他用，历史告诉我们，这是真的。不过鲍叔分钱给管仲，是不是在大路上干的事，这可是个疑问。洛邑那是周地。管仲齐人也，是到周地来和鲍叔分金吗？所以这一处名胜，我打一句官话，应当考证。再过去五六里路，就是白马寺了。说起这处寺，真个也是提起了此马来头大。在这里，也就当先研究研究这个寺字。寺，在汉时，也是一种官署，并不是专为出家人供佛修行的所在。现时，我们在戏里头还可以听到，如大理寺正卿这种话。汉朝明帝的时候，印度和尚摩腾、竺法兰带了佛经到东土来传道。因为他们那些佛经，是用白马驮来的，因之万岁爷在洛阳西雍门外盖了一幢官舍，供应这两个僧人，就叫做白马寺。这寺虽是屡废屡建，但是佛经同和尚初次到中国来的纪念，考古的人，是应当来看看的了。那庙门三座，坐北朝南，也不见怎样雄伟。进门有一片大院子，左右两个大土馒头，这便是最初到中国来的两个和尚的坟，一个葬着摩腾，一个葬着竺法兰。正面大殿，有三尊大佛，两边十八尊罗汉。这罗汉是明塑，有两尊神气很好。殿外两厢配殿，正在修理着呢。听说戴季陶院长到过这里，捐了一笔款子，所以庙里又大兴土木了。庙后有个高阁，还有点旧时的形式，里面供了一尊二尺多高的玉佛，也是新运来的。高阁边，有个敞轩，游人可以小歇。在那里和僧人谈笑，知道这庙，在两年前，本来破烂不堪。自国府一度把洛阳作了行都，许多政府要员都到这里来过，觉得这里是中国佛教发源地，不应该消灭了，大家提倡复修起来，捐款很多，而且还在上海找了一个老和尚德浩，到这里来当方丈呢。关于白马寺的沿革，院子里碑上记得有，在此前一届的修理，在明朝嘉靖年间。大意说：汉明帝永平七年甲子，四月八日，帝寝南宫，夜梦金人，上因君臣之对，遂使人至西域求佛道，乃得摩腾、竺法兰，帝大悦，至十四年辛未，敕于西雍门外，建白马寺以居之。唐时，规模渐废，宋太宗命儒臣重修，以后历有兴废，明正德年间更大为修理。嘉靖年记。

由这点看起来，因为这是佛教源流所在，历代都设法保存它的了。庙的左边，不到半里路，有一座汉塔，现在还是好好的。这塔六角实心，仿佛一条大钢鞭，竖在地上，倒和平常不同。塔在土台子上，有好些个碑石，竖在旁边。最令人感到兴趣的，就是大金国的碑。南宋时候，金人曾取得了洛阳。碑上刻了许多金国汉官名姓，这也可以说是汉奸碑了。塔边，有狄仁杰的墓。

游白马寺须知

由洛阳到白马寺，并不是大路，中间只有个十里铺地方，可以歇歇。那里茶馆子，用瓦缸盛着冷水，放在屋檐下，送给过路人喝。我们若怕喝凉水，那就另花二三十枚铜子，叫茶店烧水喝好了。可是那水很混浊，茶叶也有气味，最好是用水瓶子，在洛阳背了水去喝。水既不好，吃的自然也没有，所以又当带一些点心在路上吃。人力车夫到了白马寺的时候，若遇到卖凉粉油饼的，他得和你借钱买吃的。那完全是揩油，你斟酌着办。回到了洛阳去，时候还早，你可以叫车夫，拉你看看别处景致。据我所知道的，城里有中山公园（可以看点古物）、周公庙、邵康节祠、二程祠、范文正公祠。这一些，我只到了周公庙。庙在西关外，改了图书馆了。庙里唐碑最多，大大小小，有好几百块，多半是墓志铭。现在分藏在许多屋子里，嵌在墙上和砖台上。后殿有周公像，现在是图书馆办公的地方，不能去看了。游周公庙，还要在图书馆签名，不然门警不让进去的。游了这些地方，和车夫说明，加他二三角酒钱，他很愿意的。反正是一趟生意，乐得多挣几文。游客呢，也免得二次进城。

关 帝 冢

孙权杀了关羽，将首级送给曹操。曹操就把首级配个木身子，葬在洛阳城外。这冢，现时还在。游关帝冢，和游龙门是一条路，坐人力车，依然是一元钱来回。出南门，渡过洛水（过渡钱，人车一角），顺着大路前进，约莫十里路，看到一带红墙，围住了柏林，那就是关帝冢了。进门有道乾石桥，先到正殿。殿上除了关羽像而外，根据《三国演义》，有四个站将的像。墙边放一把青龙偃月刀，长约一丈。刀形，是龙口里吐出半边月亮来，故名。后殿分三间，一是塑的行像，可以坐轿子出游的。一是看书像，一是卧像。这后面，有个亭子，靠了土墩，那就是首级冢了。庙里并没有僧道，现时归官家管理。

龙门石刻

出关帝庙，再南行，远远看到一带山影，那就是龙门。因为这里有北魏石刻，洞里又有许多前代人的碑记，所以有许多人不远千里而来，要看一看。其实，真要为游龙门而来，那会大大扫兴的。听我慢慢说来，到龙门约一里多路，有个龙门堡，开有茶饭馆子，可以在那里先吃东西。面饭倒是都有，只是一不干净，二又太贵，一个人吃点喝点，总要花一块钱。出堡，不必坐车，可以步行。前面就是伊水，在伊水两岸，东边是伊阙，西边是龙门。伊阙山不大陡，所以那边石刻不多。这边呢，在面河的石壁上，高高低低，大大小小，都就了山石，刻着佛像。顺了山崖走，共有石楼、斋袚堂、宾阳洞、金刚崖、万佛洞、千佛洞、古阳洞等处。只是一层，大小佛头，一齐让人偷了去。小佛呢，连身子，都由石壁上挖了去。到了佛崖上，仿佛游历无头之国，你说扫兴不扫兴呢？石洞以斋袚堂宾阳洞最好，把山石凿空了，里面成为一个佛殿。宾阳洞外，有个石阁子，可以凭栏玩赏伊阙。龙门二十品在古阳洞顶上刻着，拓帖的人，要搭架倒拓，很费工夫。唯其是拓帖不容易，所以石刻还保存着，要不然，和佛像一样，早坏了。千佛洞万佛洞工程浩大，是在石洞壁上四周刻了无数的小佛像，然而现在也都没有头了。石像完整的，只有金刚崖，要爬崖上去，才可以看到。这也就因为石像太大，不容易偷割的原故，所以还完整些。在龙门买字帖，也要带眼睛。洞里卖的字帖，多是用原帖刻在木板上，翻版印出来的，这是游人一个小小学识，顺此奉告。

洛阳并无秀丽风景

古人说得好，三月洛阳花似锦。洛阳这个地方，当然山明水秀，可爱煞人，何以我所记的洛阳，却一点描写也没有呢？我就说：古人所说的洛阳，到底是怎么样，我没有看见，我不能胡说，若以现在的洛阳而论，关于风景方面，实在没有什么可写的。就把我向白马寺这条路说，所经过的，全是麦田。那道路有时在一条土沟里，有时在土坡上。只有人力车经过土坡上的时候，似乎有点儿趣味。因为这土坡纵切面所在，正有人开了窑洞门，车子在土坡上走，就是在人家屋顶上跑了。除了这个，再找不出有兴趣的了。向龙门这一条路呢，在洛阳的南关，有一条长廊巷，倒是特别。就是两旁人家，在大门外都有一截走廊。廊不很宽，约有四五尺，每截廊，都是四根黑柱子下地，截截相连，于是整条巷子，都有廊子了，这是别处所看不到的。其次便是乡下的寨子，我们由他寨前过，更看得亲切些，有那寨子筑得很好的，城外有濠沟，沟上还架着桥，那寨门的形式，也和普通城一样，不过小一点。在这一点上，我们可以想到河南农人团体是很坚固的了。此外，洛阳附近，并没有什么好看的山，洛河伊河，都是黄水。龙门伊关，虽有许多古代建筑，却并没有深林茂草来陪衬，再说那破坏的程度也就只有增加游历家的不痛快罢了。

历史上的洛阳

洛阳既是并没有什么可游玩之处，何以名字这样的响亮呢？老实说一句，那就因了历史的关系。说起来话长。在周武王手上，他灭了殷朝，大概觉得西岐实在不如东边，就在雒邑做了房子，方才回朝。成王手上也照办，周公还把殷朝的九鼎，放在洛邑，到了平王，索性迁都到洛邑来过舒服日子了。那个时候，有两个城，一个叫王城，一个叫下都。汉高祖原也想在洛阳建都，被张良谏止了，可是还把这里叫东都。东汉世祖，就安都在洛阳。魏曹有五个都城，是洛阳、谯、许昌、长安、邺，可是到了还在洛阳住着。司马氏篡魏，由武帝到怀帝，都在洛阳做皇帝，这叫西晋。后魏孝文帝也是由平城迁都到此，过了好几代。隋炀帝手上，把洛阳还大大的建设了一下，叫作新都。唐朝，有东西二京，洛阳是东京。武则天做女皇帝，就由西安迁都洛阳。五代梁太祖篡唐，在开封登基，迁都洛阳。五代唐庄宗也迁都洛阳，叫洛京。一直到宋，大概是经过多年的兵火，洛阳糟蹋得不像样子了，才定都开封，把洛阳由东京变作西京。洛阳在历史上，作过许多朝的都城，所以念书的人都知道很有名了。此外割据分封，在历朝都是要地。依我想，那大概都是为了政治和军事的关系，才把洛阳这样抬起来的。原来的洛阳古城，离现在的洛阳，往东有三十里之遥，所以白马寺，汉朝在西雍门外，如今反在东门外二十多里。于今的洛阳，已不是周汉都城遗址。周城东西十里，南北十三里。隋朝最大，周围七十三里，唐朝还有建筑，到了五代，就残废了，在后周世宗手里，改筑新城，周围由七十三里改成八里，直到现在没有变更，这便是洛阳城有名无实的原因了。

由洛阳到潼关

我是个读线装书出身的人，中了线装书的毒，把洛阳看得过于重要，所以到西北去，特地在洛阳下车，勾留两天，现在既没有看到什么，我也就从此告别，在勾留的第三天绝早，上午四点钟，搭了由东向西的陇海车子前往潼关。在这一截路上，所过的十有九成是黄土山，不过山上还有草木，有时看到乡下人在土坡上挖一个洞进去，洞外一片平地，外面围着一圈土围墙。就是这样三五人家，配上几棵树，就成一个村落，倒也别有风趣。最妙的是大斜坡上，下面窑洞的顶，是中层窑洞的庄稼地，中层窑洞的顶，又是上层窑洞的庄稼地。这样一层一层推上去，有推到五六层的。所以在一方高原斜坡上，有时能容纳上百户人家，却看不到一间屋。火车呢，过了观音堂而后，大大小小，要钻十几个土洞子，车上电灯老亮着。就不钻土洞，车窗两面，没有山水和绿野，不是黄土壁子，也是高低不齐的土丘和土坡。到这里，我开始觉得有一种烦腻了。其实，我真是少见多怪，假使要继续的往西走，比这更困苦的地方，那还多着呢。若要烦腻，只有回头向东走了。火车在烦腻的地方，这样的继续向前走着，直到坐在车窗子里可以看到黄河了，那就快到潼关了。因为到了潼关附近，铁路是筑在黄河边上的。

潼关是个有趣的县份

由西向东，由东向西的行旅商贾，都要经过潼关这个总口子，所以这地分是很重要的地方，在军事上，那更不必说。因为如此，旅客由火车上下来，这里检查得很严格。那种办法，是把旅客出站的栅栏给关上了，放进七八个旅客，检查完了，再放七八个。天气好是无所谓，若遇到大风大雨，那只好对不住了。这个地方，本来是个陕西门户，并非政治区域，原来叫潼关卫，由军人把守，到了民国，才改成县，所以许多老地图上，还找不出潼关县来。这里出城两里路，就是河南省境，出北门又是黄河，对岸是山西，因之这个县城东北两方是没有属地的。向南最长的属地，也只二十里。其趣一。听说全县有八万人口，县城里倒占有四万多人口。其趣二。潼关人民，都是守军后代。分为军人民人两种，军贵而民贱，军人才算是本地人。许多军人跑到邻县去种地，他们可要向潼关纳粮，政治上也是潼关管辖，就是在河南境内也是照办。潼关虽小，倒有许多殖民地。其趣三。潼关名曰关，其实也是个很大的城池，依着黄河，靠着土山，锁住了来往的大路。东门在黄河边上，上面有两个字，潼关。原来这地方，是山西、河南、陕西三省交界点，本来是相当的繁华，自从陇海通路到这里，立刻在西门外辟了土马路，差不多的东西，都可以买得到了。

潼关的风景

潼关这地方说是襟山带河，其实那山是焦黄的土山，有些地方，开了层层叠上去的块田，便是西北特殊的景致，自潼关以东，便没有了。潼关城西角，有山叫麒麟山，顺着四周，层层向上，开了田一千多亩，这也可见这里的土山，不是东南山谷那种形式了。这山上明朝筑有山河一览楼，现在倒坍了。但是这里还留有一个钟亭，亭里有钟一口，是金代大定二十九年，河东北路姓杨的人铸的。明朝万历年间，黄河大水，把这钟涌到了潼关，本地人以为水能涌了铁走，这是奇事，叫这钟作神钟，盖一个亭子，把它悬起来。这钟打一下三省可以听到。这倒不是神话，因为潼关在三省的交叉点上，自然钟响三省可听到了。这里最好的风景，要算在北门城上看风凌渡。看官在地图上可以看到，黄河自绥远由北而南，到了潼关西方，忽然一个大转弯。这转弯的北岸，就是风凌渡，归山西永济县的地界。对岸相望，看到几户人家，一些船只，夹在那狂流浩浩，黄沙白日当中，这和在江南看江景又不同。江景是白浪翻腾之中，烟草迷离，云树苍茫。这里呢，一片黄水，两头是天，天也是雾气腾腾的，带点儿黄色。若是有船过河呢，那船既宽且短，上面车马拥挤，在黄河沙泥里，弯弯曲曲，慢慢过去。若是加上一轮西落的太阳，仿佛人转生太古时代去了。以我在各处看黄河而论，我觉得这里第一。风凌二字，有人写作风陵，说是女娲氏的坟，因为女娲姓风也。这当然是靠不住的一个故典，因为女娲这个人，到底是有没有，就大有问题呢。关于这一类的荒唐故事，变成的名胜，还有一处，就是这里东街上的一株古槐。《三国演义》上有一段趣史，说曹操在潼关遇到马超，马超一枪刺去，刺在槐树上。马超问："曹操何在？"曹操说："曹操在前面。"等马超由槐树上拔出枪尖来，曹操可就去远了。这一株替曹操受刺的槐树，就是现在这一棵。树已然不长在街上了，树下地基，被人家占据了。左边是家广货铺，右方是家生药铺，树干嵌在墙壁里，树头由屋顶上伸出来。树虽不是汉朝的，大概至少是宋元的，因为在那墙壁上暴露出来的一部分，不到半圆，已经一人不能伸手比齐了。树顶大部分枯了，另外有些青枝。当我参观这树，和它拍照的时候，有一只大鹰，站在上面，点缀得苍老入画。看官到潼关，要访问这株树，必得记住，在当地警备司令部对门生药铺里，不然，是无从查考的。此外，出潼关有个第一关，也可以去看看。在土山中间，破出一条路，两面土坡削立，很是险要。由这里弯曲两转，直到面前，有个鼓楼式的关门，门向西面大书金陡关三字额，向东一面，又写作第一关了。关外二十多步路，立有一块碑，上刻五个大字，秦豫交界处。

华山之游

由潼关到华阴

潼关这地方是不足以勾留的。离潼关四十里的西岳华山，这可是中外闻名的好地方。读《旅行杂志》的朋友，想到华山去的人，大概是不少。我是专程去过一趟的，可以详详细细把经验写一写，作为将来游人的引线。游客在潼关，先当买双布底鞋，预备上山，其次，便是预备一根手杖。至于其他应用的东西，在郑州那段游记里，我已经给诸位开上一张账单了，这里不赘。再者，中国旅行社，有华山路程图，一毛钱一张，也当买一张。最好买一本陇海铁路旅行指南，那书上关于华山也说得不少，可以参考参考。由潼关到华山，坐汽车可以到山脚玉泉院，坐人力车同，坐火车只能到华阴。我到华阴去，坐的是每日一次的材料车，车价三角五分，现在已经有特别快车了。华阴站，只有一间卖票房，站外是无所有的。火车到时，有推小车赶脚的，在空地里，预备送人到玉泉院去。人力车，这里不大看见。我下车时，因为在车上，临时遇到四位游华山的游客，邀着同伴，他们有不愿骑驴的（而且驴也不够我们应用），将带的行囊交给小车推着，步行到华阴县去雇人力车。这里进城约莫有半里路。殊不料进城之后，街上冷冷清清，只有几个驻防兵来往，并无人力车。一直跑到西关，才找着六头驴。直到后来我由西北东回，坐汽车路过华岳庙（离县城五里），才知道一切买卖，都在华岳庙，人力车大队人马也驻扎在那里。由华阴到华山脚下玉泉院，共是八里路，平平坦坦，步行也没有什么吃力。驴价很便宜，两头一角五分。小车走一趟，也只要四五毛钱。

玉泉院午餐

为什么将玉泉院午餐作题目呢？因为上山的人，必定要在这里下汽车换人力车，再换轿子上山。就是不换代步，然而上山由这里起头，也应该做一个准备。所以索性趁了这准备的时间，就在这里打尖了。就以庙宇而论，这也是华山第一个道院。院门坐南朝北，进了大门，便密遮遮的是丛乱树林子。据传说，这里有六棵无忧树，但是我在树林里找了半天，也找不出一棵奇怪的树，同游乱猜的人，究竟也不知道哪几棵树是。在树林子西边，大石块下面，有一道清泉，流着淙淙的水，这就是玉泉，华岳的水，到这里就算出山了。水边树下，有一个石舫，两方被树挡着，若不留心，就看不到。舫很小，看过颐和园的石舫，这也就无足为奇了。再向西有个小石头屋子，叫希夷洞，里面有陈抟睡觉的铜像。华山这个地方，带着道家的臭味很浓，尤其是陈抟这个人，乡下妇孺都知道，他们顺口都叫陈抟老祖。这玉泉院就是宋朝皇祐年间，为陈抟建筑的。所以这里，特别有陈希夷的睡像，因为他生平好睡，一睡五百年，也是人人知道的。院西，有一带曲廊，通着山阁子，在那里看华阴以北，平原无界，倒也大观。在水池子上，有一块很大的石头，完整无缺，在石头上盖了一个亭子，叫山荪亭。人家都说，华山的石头好，这块石头，是先给游客报个信了。转到正殿，中间立有很高的牌位，写着西岳华山之神。旁边有一副前清督学黎荣翰的对联，是“初地入神山，到此且厉餐酌水；丸甸通古塞，望中见归马放牛”。这倒是实话。因为到华山五峰，只有一条路上去，这一条路的谷口，就在玉泉院的右手，这里真是第一关，那上联也就说得清清楚楚，到此且厉餐酌水的了。当我们到了后殿，院里的老道，也就出来相迎。开了西边的厢房，让我们进去坐。这里三间房，两明一暗，中间陈列了桌椅，两边屋子里摆两张大木头炕，炕上铺着蓝布被条，四四方方的长枕头，这是很显明的表示，这里乃是变相的旅馆，可以让游客安歇的了。那老道先烧了一壶茶来，后来又问我们是吃了饭上山呢？还是煮点儿面吃呢？出家人倒真是客气，仿佛可怜我们似的，要布斋给游客吃呢。可是游客倒不可大意了，这也是买卖。我们和道人约好了，就在这里吃饭，请他快点预备。那老道听说，亲自到厨房里去催取，不到一小时，东西就办来了，有炒粉条、炒酸菜、炒鸡蛋之类，另外两大盘黑馍，各人一碗挂面。口味，自然是谈不到，饱也就勉强可以吃饱，所以不能吃苦的先生，最好是多带罐头了。吃过了饭，我们一共是六个人，送了老道三块钱，他虽不说少，也不曾怎样表示太多，大概我们所送的钱，那是适得其中了。在我们吃饭的时候，玉泉院附近，那些做抬轿生意的人，早就来了二三十个，散在院子里等候生意。我们吃完了饭，他们就围着来说生意。说了许久，由玉泉院到青棵坪，每名轿夫价洋一元一角，每乘轿子，轿夫二人，另外有背东西的夫子，照轿夫半价。玉泉院到青棵坪是二十五里，坐轿是到这里为止的。由青棵坪上去，轿子也不能抬，勉强要坐，在险要的地方，要把轿子拆了，到平妥些的地方，安上轿杠再抬。而且那条路，是险要地方居多，有轿子坐的时候也少。所以坐轿子上华山，不必论地点，当然是到青棵坪为止的。说到这里的轿子，那也极其简单，就是两根木杠子架了一把靠背木椅子走。上山，人靠了椅背，下山，人倒坐着椅子，两只脚由靠背缝里插出去，人在椅靠上，做凭栏看山之势，倒是很有趣的。

由玉泉院到青棵坪

现在该说游山了。出玉泉院不到半里路，就进了谷口，这里上山的路，就是顺了两山夹峰里的山沟，弯弯曲曲的往上走。先到的张超谷，说是南汉的张超住在这里，现在全是乱石。过去不多路，石壁上刻了三个大字，王猛台。说是当年王猛在华阴屯，在这里筑台点将的。由这里去，山路开始险起来，轿子常是在极窄的山崖路上走，上起山来，人几乎可以睡在椅子上。因为路总是离不开山涧的，在山涧里看到有一块大石，其大如屋，略像一条大头鱼，是光绪十年六月六日，山水冲下来的。后之好事者，在石头上凿了石鱼两个大字。石鱼过去，是第一关，轿子穿过一个石门，上前不多路，便是三圣宫。由谷口到这里，只是五里，轿夫要歇一歇的了。华山上的小道观，多半没有正式的大门，路边就是大殿。轿子歇下来，老道就请你坐下喝茶，摆出那列入古董之列的果盒来。果盒里大概总是胡桃、花生、干红枣这一类东西。有的放些不大卫生，年岁很老的糕饼，当然以不吃为妙。走路口易渴，茶虽不好，也要喝。喝好了动身，我们不给钱，对老道说：下山再给。老道连说不要紧，请便。这并不是老道特别大方，就因为华山上下是一条路，游客下山，非回到原路不可，所以他落得大方。我们为了这个，也就免得来回给两次钱，这是游客必知的一件事。三圣宫之后，路慢慢的高了，也就走到了石壁中间。迎面石壁上，露出了一个崖，崖里有个长的缺口子，长约十几丈，是希夷峡，土人叫老君试凿。说是老君磨好了凿子要开华山，先在这里试一凿子，一凿子下去，就凿下这一二十丈长，七八尺阔，这么一条缝来。陈希夷死后，原来葬在峡下，从前有石坡子垂了铁链可以上去看看，老道就指着他们老祖的尸骨化钱。明嘉靖年间，有姚一元这个人，用石匣子把它埋在玉泉院。前清手上，石匣被水洗刷出来了，陕西抚台，依然把它送到峡上去，而且把铁链子断了。加上山洪几次大发，把路冲了，于是这希夷峡就只能望不能去。过去，是莎萝坪，已走十里，轿夫二次歇肩。进了谷口以来，就在山缝子里钻，或走在涧东，或走在涧西。到了这里，山谷忽然宽阔起来。据前清名士抚台毕秋帆的笔记，说这里有莎萝树一块，绿阴占两亩地，还有很清的泉水，现在都没有了。在这里，有个坐西朝东的道院，门口挂着莎萝坪的匾额。坪这个字，就是说平坦地方的意思。所以有坪字的地方，便是上山一个休息处所。道院这里也可以打尖寄宿，不过是上不上下不下的地方，打尖寄宿，都不合宜。在莎萝坪下面，是一条宽山涧，对岸山壁上，是大小上方。大上方在山顶上，看得不大清楚。小上方在石壁中间，离地有四五十丈的所在，就山石凹凸的部分，盖了几间屋子。在屋门口坠下一条铁链约七八丈，由铁链子下端达到石壁凿的石级上，若是我们估量看，大概都不能爬，可是有人说，那里住了一位八九十岁的老道，一天不知上下几十次呢。由这里去，要经过白鹿龛、白蛇出洞、十八盘各名胜。白蛇出洞在几十丈高的石壁缝里伸出一个石蛇头来，远望非常的像，我那工友小李看到，失声大叫长虫，长虫，他倒以为是真的呢！再到毛女洞休息。这里，不过一个小道院在路边上，没有什么奇怪。可是由这院后，在丛草坡上，斜斜的上去，高到白云深处，那是毛女峰。相传秦始皇死后，在提去殉葬的宫女里面，有个宫女，不堪忍受这活埋的痛苦，由骊山跑了出来，躲在这山上，吃树叶喝泉水，遍体长了绿毛，在唐朝还有人看见，所以叫毛女峰。峰上有毛女祠，原来有石级有铁链子，人可以爬了去，现在石级坏了，铁链子也断了，没有人敢去了。轿子由这里再进一站，就是青楪坪。这里，是在两山合缝，一个山鼻子的下面。所以山涧由左手绕出来，上去不再有宽道了。半个峰顶，上下有两个道院，一个叫西道院，一个叫北道院。在北道院门口，向下望来的路，直伸进山底缝里去，小得成一条沟。抬头望后面的小峰，一个套一个，直像插进天云里去。紧靠着道院是后面一个小山锥，就是画家画山水的那个山鼻子，在那山鼻子上，长了许多青苍的老树，一峰直上，很有画意，只是用摄影机不好照。图上两棵树后的山影那就是的了。我们的轿子，歇在西道院门外，我们照例受这院里老道的招待，喝茶擦脸，轿夫到了这里，他还不住的兜生意，说是上面过了若干里，还能抬。这话切不可信，带轿子上去，那是白花钱的。我们打发了轿夫，单留下三个背夫，代扛干粮水果之类。背夫所以比轿夫价廉，就因为吃喝住宿，都是我们的。过了这里，上山非手脚并用不可，决没有余力可以再拿东西。甚至于身上衣服脱下来，还得人代背着，所以这背夫一项开销，又是千万少不得的了。

回心石游人回心

由青棵坪东行，绕过了一道山洞，路就小了，常是乱草把路挡着。那路也是一步高似一步，弯曲了南去。慢慢的走到石壁下，迎面伸出一个石头嘴子，上面刻了回心石三个字。经过这石头嘴子，在石壁上，也新刻有这三个字，修理山道的人，对于这里怎样的注意，也就可想而知了。为什么叫回心石呢？原来走到这里，石壁迎面而起，已经没有了路。在山壁下，有一道没水的山沟，大小石块，在里面横七竖八的立着。要由这里过去，在光石壁上，凿着几个人脚迹，也横了一道铁链子，手扶铁链，那里可以去。此外在几块大石头上，大步也可以跳过去。那边呢？正是一道石壁的缝里，非转过去看不到前路。胆小的游人，或者筋力不够的，在这里望望那高的青天石壁，只好回去，所以叫回心石了。不过来游华山的人，都有点冒险性，真正回心的却也很少。

第一道险路千尺幢

回心石那地方，虽然是险，不过几步路，心一横也就过来了。转过了石嘴子，无论什么人，就得啊哟一声。原来这地方，并不是路，也不是山坡。经我仔细的观察，我有点明白了。乃是几万万年前，这山壁上，裂了一条暗缝，一线直上。后来上华山巅的人，找不到路上去，就利用了这条暗缝，窄的地方加宽，塞的地方打通，陡的加曲，就借了原来的地壳，一层一层凿了石头坡子，让人上去。在这石砌下面，抬头向上一看，青隐隐的，不见日光。那种逼陡的程度，不亚于我们在家里靠墙的梯子。好在这石缝不大宽，两个人同走，就有问题，而且两边都悬有铁链子，两手抓了铁链子，总不会跌倒。我上去的时候，索性两手扒着上面的坡子，这倒也无所谓。爬到半中间，回头看看，下面同来的人，面目都有点儿看不清，这倒有些害怕，继续的向上走，石缝窄得刚容一个人，而且也格外加陡，伸了身体上去，豁然开朗，仿佛是上楼的人，进了楼口一样。看官看看我照的那张影片，有个人由地里露出半截身体来，那就是幢顶，又叫天井，这可见我不是撒谎吧？在这缝口上，有两扇铁板门，到了晚上就要盖上。华山上下只有这一条道，也就只有这一个门，要说咽喉要径，这里可真有点像华山的咽喉了。在这洞口上，是上下两条石缝相接的地方，闪出了两个屋子那么大一块平坡。压着下面山缝口，盖了一间石头屋子，叫灵官殿，有两个老道在里面住着。在这块平坡上，摆有两张桌子，是老道预备下给行路人歇脚喝茶的。以这个地方为界，下面来的一条山缝，叫千尺幢，由这里上去，叫百尺峡。

百尺峡内惊心石可惊

百尺峡叫个峡字，那倒是很对的。千尺幢这个幢字的用意，可就有些不懂。至于千尺百尺那四个字的形容，也不十分相合。千尺幢的石头坡子，是四百九十几个，高约六百多尺。百尺峡虽只有八十多个石头坡子，每个坡子的高度，相隔很远，也决不止百尺。不过在上过千尺幢之后，再走这短程的险路，那就轻松多了。百尺峡，也是一个石缝，不过千尺幢的石缝，有时连上面都遮住了，深入石里。百尺峡倒有一线天光，比较亮些。在进这峡不过两三丈的地方，有一块扁扁的大石，有几万斤，从上落下，嵌在石缝中间，看那相嵌的地方，兀自有好大的裂痕，人呢，偏是要由这块嵌空的大石头下钻了过去。假使那大石落了下来，那是一种什么情形呢？因之这块石头上，就题了惊心两个大字，这倒货真价实，一点也不夸张。在石头另一方，却又刻了悟心石三个字，这当然有些宗教意味，仔细想想，也很有道理。

老君犁沟又一陡壁

出了百尺峡，可以走几步平路，然后随着山峰或上或下，或左或右，抬头一看，有一幢崭新的庙宇，附着在石壁上，那是群仙观。在青棵坪望北峰，看到半天里去，有点点房屋影子，就是这里了。华山上，绝少有见方十丈的平地，容许人来盖屋子。这群仙观在北峰峰脚下，正是极陡的所在，本不容易盖房子。可是这里的老道，硬把石头在斜的石壁上，支住了一条长方形的地基，上下两层盖了二十来间屋子，工程很是不小。观外就是万丈深岩，在高低不齐的屋墙外，配上几棵老树，那风景是很好的。由百尺峡到这里，已出了一身臭汗，而且观后又是陡壁，走到这里，非有长时间的休息不可。等精神略略复元了，顺着观墙一步一步的爬上石壁去，这里是北峰第一险道，名叫老君犁沟。其实，这不是路，就是在峭壁上，横着开了石头坡子。左手是脚插不下去的高岭，右边是望不见底的深崖。就在这峭壁下挂了一条铁链，让我们手扶铁链上去。这里不像是千尺幢，那石头坡子有时是一层跟着一层，有时四五步路，才有一个坡子。尤其是那最陡的所在，坡子只有半边，平常石头坡子容两只脚，这只好容一只脚了。我倒给它取了个名字，叫做半边梯。在这种地方，本是停留不得，可是由群仙观到老君犁沟，共有五百七十多层石坡，每个坡又相隔不近，一口气如何爬得上去。不但是两腿酸麻，就是这两只手抓住铁链子久了，也是汗向外冒。所以我爬的时候，只有三五十个石坡，必定停一停，喘过那口气。同行九个人，除了那三个背夫，他们比较自然外，我们都是力尽筋疲，谁也跟不上谁，拉成一条很长的线。甲喘着气，回头望望乙，问道怎么样？乙也喘着气回答，有点吃不消了。不过这险路虽走得吃力，想起生平不曾经过，那又极为有趣。所以大家走走，还带着谈谈笑笑。我生平游历，喜欢独来独往，但是像游华山这种地方，我就不主张一个人出游，游伴是越多越好，因为借着大家谈笑的工夫，可以把疲劳忘记一些了。直把这陡壁爬了一个够，迎面有块石头，刻上了老君犁沟四个字。背夫说，在这山崖下，有老子犁沟的痕迹，但必定爬着石崖伸头去望。这自然是一种荒唐的神话，我们一行人不要去听，只在这块石头下，稍微歇了一歇，继续的向上爬。于是老君犁沟这条险路，告一段落。

猢狲愁祀孙悟空

我常说中国的神佛偶像，十有八九，出在《封神榜》和《西游记》小说上，稍微有知识的人，决不能信。华山这座山，自汉朝以来，就让许多江湖术士拿去做了幌子，说是神仙出没的所在。在汉朝的时候，大家都说轩辕在这里遇仙。到了唐朝，轩辕隔得太远了，就说老子在这里修道。到了现在，老子又隔得太远了，于是乎就大捧陈抟。一个陈老道还不够，就不免找出许多理想上的神仙来凑趣，所以封神榜上的人，在华山上，是走错了路都可以遇到他的偶像。这也是因为这座山是老道霸占了，道家出色的人物，就很贫乏，不得不借重小说家笔下的角色了。我为什么这样说，就是到了猢狲愁，产生的感想。猢狲愁这地方，爬过犁沟就是，山壁直上到顶，在那下面，有条曲折的路，行人由了这路走，可无法走到猢狲愁。至于所以有这个名字，相传以前有许多猴子走到了这里，也爬不上去，特表而出之，也是形容人不能上去的意思。在这路口上，有个土地庙那样大的神龛，里面供了四尊偶像，乃是孙悟空、猪八戒、沙和尚、唐三藏。孙猴坐在中间，下面有一木牌，写明了齐天大圣之神位。我那工友小李看到，他大为抗议，说是齐天大圣怎么样子大，大不过师父去，怎么唐僧倒坐在旁边。何况孙猴拜佛求经以后封了战斗胜佛，齐天大圣这个名号，早由玉帝取消了，乃是非法的，不能用。这抗议，不知他向谁提出，然而可见得这山上的老道，胡闹得他们的信徒也有些怀疑了。

北　　峰

上华山，是由北向南的，所以华山五峰，总是先到北峰。照着华山五峰而说，以南峰为最高，西峰为最幽深，美丽可就是北峰了。他这个峰，虽是五峰最低的一个，可是一峰独上，四面都是悬崖，尤其是北面，可以用句文言来形容，乃是拔地而起。可是朝南的一方，在半中间，却又渐渐地倾斜着。在这里，抱着山腰子有一条路，一直到峰前。远远看到有个牌坊，上写云台第一门。门下，是一块完整不缺不裂的大石头，石头宽约两丈，此外自然是悬崖，在石头上，有铁链子的栏杆，开了石头坡子，直向一座道观而去。这道观叫云台峰，远望着，一层屋脊高似一层，好像有好几进呢。我们来了，一位有胡子的老道，直迎着我们到大门外来。这里一个山顶上的庙配着两三棵老松，一株零落的古柏，在夕阳影里，我真觉得是一幅画了。我们受着这老道的欢迎，走进庙去。这庙的构造，是华山上最妙的一处，它完全在这条山脊梁上，一层层的向后作去。这山脊梁有多宽呢，不过三丈多罢了。这观里每进都是三开间，不够宽的，就在两边崖壁支起木柱子来，用板子铺着，将平面加宽，所以中间，尽管是平屋，不上一步梯子，两面全是楼。我们到的这天，游人很多，老道将我们迎到前楼来住。这楼，与正殿地平线是平面，下头可是庙门洞，又成了前是楼后是平地了。我不是谈这道观的房子，我是说由这点看来，可以想到这道观是在怎样陡峭的地方建立起来的。这前楼中间是食堂，两面是客房，每房两张大木炕，一桌两椅。我们一行六人，分住着这两间房。另外三个背夫，他们另有老道招待。这一天的游程，就此完结。

北峰之夜

游华山的人，第一晚上，总是住在北峰的，这北峰的饮食起居，当然有描写之必要。在我们将行囊安顿以后，又来一个老道，胡子长些，身上穿的那件蓝布道袍，也整齐些，似乎是个当家的。向我们同行的人，一一都道过了辛苦，这就吩咐小道士们打水洗脸。于是有个穿短装的老道，头上戴着一块瓦式的道巾，打热水洗脸。盆倒是瓷铁的，只是毛手巾黑一点，也给我们一小块肥皂。两个屋子里，送有两壶茶，自然是茶末子泡的，我带有茶叶，请他另泡了。同行的那几位上海朋友，他们是小开一流，带的吃物很多，已开始吃糖果冲牛乳喝。屋里昏黑了，中间点了一只蜡，两屋却是煤油灯。我踏着楼板，看到石块墙上，映着这烛光，又是古装的老道，穿来穿去，我这份儿感想，只觉得特别，可没有用笔写出来。休息一会儿，短装老道，就请我们去吃晚饭。在正殿边，有个较大的山楼，里面已有两桌游人吃饭了。我们单吃一桌，菜是两碗萝卜片儿，两碗豆渣似的豆干片儿，两碗酸菜，一碗金针炒粉条，一碗萝卜片儿汤，每人一大碗黄米饭却共用两盘子黑馍。我想这四位小开，怎样下箸？然而他们也是早就预备好了，拿了三只罐头来，乃是栗子烧鸡，红烧牛肉，不必说吃，只把眼睛瞧瞧，先就咽下一口唾沫下去了。老道所做的菜，不但是不能充分的搁油，便是盐也有点舍不得多放。所以我愿把这菜单子开出来，提醒以后的游人们必得带罐头。好在我也当过不少日子的穷小子，吃饭不论粗细，倒吃了一碗半饭，找补一碗小米稀饭。饭后各自回房，便倒上炕去。这炕是木板上，铺着一条薄薄的蓝布褥子，还有一条红布盖被，虽是也薄点，却幸不十分脏，只是这枕头是木头做的，实在不受用，只好将衣包袱拿来一用。这时，墙外面呼呼作响，有了大风，本来山峰这样高，便是没风，我想空中也不能太平无事。当那窗板格格作响的时候，我想着，若不是这屋子罩着，在这几千尺高，两丈阔的地方站着，那怎么得了？假似风大，把这屋子吹倒了，又怎么办？我幻想着，有点害怕了，于是下了炕，推开木板，伸头向外看去。面前便是插天高的一座山影，下半黑沉沉的。平常看山，不怎样怕人，这可有些让人不大安神了。在山影子左右，配上几点星光，我觉得我在天上了。将窗户关着，再上床睡，便又是一种感想。在这里，我得倒补一笔，就是洗脸之后，都洗过了脚，因为脚上出的汗和细沙混成一片，脚上又凉又不平。这时躺在炕上，脚不凉了，可是由胯骨以下，有形容不出的一种酸痛，伸了腿不舒服，缩了腿更酸。盖的被既暖和了，华山上的小动物，骚字右边那吃人的东西，开始动员了，始而只在边疆上，如两腿两臂上，小小侵略，我虽派了五个指头去围剿，可它们化整为零，四处狂窜，后来直入胸腹，我十个指头就疲于奔命了。没法，索性不管，睡了再说。可是，云台峰的真武宫内，道爷们又做晚课了。锣鼓钹，大铃，一齐发声。我敢断言，这声音在北峰前后十里之内，这样夜静，谁都听得见。我这卧室，离宫只有一个天井，能不有所闻吗？不知道是我疲乏极了呢，还是那吃人的小动物，被法器惊散了呢，还是道爷这晚课的功用，等于陈玉梅的催眠曲呢？我终于是失了一切知觉。

北峰最高处

北峰之夜，虽如上面形容，那样不堪，不过这情形总是特别的，人生有这么一晚，足够事后去咀嚼。若是那锣钹改为木鱼，我想那趣味是更深长了。我们睡得早，起来得也早，五点半钟就各下床，六点半钟，吃过了早饭。我们商量之下，付给了老道六块钱，以为老道或要争论，他却多谢了。原来全华山的老道，以北峰人为最多，而且也比较得有知识，据说，不是十分的钱少，他们不说话的。可是不要钱也不行，因为他们有二十多个人，全靠了游客的旅费过活。华山上不能种地，道观是没有庙产的呢。一路上山，曾听到背夫说，北峰有老君挂犁。我想着，便是神话，这犁也必定年月久远，趁了未出发之前，去看这老君挂犁，由这云台观穿过真武宫、三宵殿、吕祖殿，直达到庙后，由庙后出去，就是药王殿。在庙门口就是斜坡，砂石的地，光滑滑的走不上去，顺着这坡子，斜拖了铁链子下来。我们抓着这铁链子上去，便是一大石头山坡，在两面的古松，歪歪曲曲，杂着那纷披的长草，隔了那松树叶子，望那东方出来的鸡黄色太阳，有那微微的凉风在身上拂着，虽是身体极是疲倦，可是我觉得精神一振。在这小峰上，有块圆钝的石头，起着波浪式的皱纹，以我猜想，那是北峰的最高处了。在这里立着木牌，写明由陡坡下去，那是老君挂犁。那个陡坡的形式，倒像一堵墙的缺口，两手抓住铁链子下去，便是山峰下的一条窄路，直通到山峰的转弯处所，上面斜伸了几棵老松树，下面罩一个小小的神龛子，很有些画意。这庙后就是石头峭壁，上面挂着一把平常农家用的铁犁，这就是所谓李老君的挂犁了。我仔细端详了一会儿，决不像是一百年前的农具，而且那犁尖上的钢铁，还是雪亮的，这要说是春秋时代的东西，真有些可疑了。我且看看这神龛子里有些什么。伸头张望时，里面有个老君的偶像，在庙墙上有块石头刻的碑记，写明了老君挂犁，尾上记着，咸丰某年某月弟子某某立。我看罢，不觉呵呵大笑。跟我的小李，他也明白了，笑道：这里老道真笨，既是说老君挂的犁，为什么又刻上咸丰年间这块碑呢？

上天梯的前后

在北峰向对面看去，只见高岭迎面而起，有一条羊肠小道，顺着山脊梁一线，直上青云。在那半中间有个小小的房屋，仿佛是那神话书上的升天图，那就是我们的去路了。离开北峰的时候，我们同伴互相笑说着，腿酸还没有好一点，又要上这样的山岭，是否能达到目的地，自己可都没有把握了。去北峰不到半里，开始就扶着石岩上去。第一个地点叫铁牛坛。这里无非是路窄而已，还不曾见得十分险。又只半里，路到了尽头。路尽处，是一堵石壁，由下向上看那石壁的顶，很有些像人家的墙头。在这里，由上面垂下两根铁链，在铁链中间，有二十多层石坡。那种陡法，除了我们小时淘气，爬墙掏麻雀窠而外，生平可没有走过第二种这样的路。所幸这个上天梯，并没有千尺百尺，仅仅就是这二三十层石坡而已，把这梯子爬过来了，在那里可以向北看日月崖。所谓日月崖也者，就是在一堵无高不高的石壁上，显出两个赭色的印子，一个像半边月形，一个像圆太阳，我觉得也不怎样的像。由这里南去，经过金天洞、圣母宫、三元洞几个地方。这三个地方，都是在石崖上建筑起来的，我们都是穿了过去。过了这里，就是土人叫的阎王边，又有人说叫阎王碥。不管是边或者是碥吧，顾名思义，其要命也可知。这里的情形，和老君犁沟又不同。犁沟悬崖的一方，深而不陡，路也不是一直的。我曾在阎王边上面，向下进行的照了一张相，看书的将上面的情形玩味一下，也就可以想到这阎王两个字的名实相符的。

苍 龙 岭

这是华山最有名的一个地方，所以有名，让我慢慢说来。我们经过了那一尺宽的阎王碥，约莫有一里路，就是太华峰龙门，龙门也是一个庙，就是人要上山，必须由这庙里的小夹道中爬坡而上。出了龙门，开始踏着苍龙岭。这地方，俗名又叫鲫鱼背，那是再形容得相像也没有。由青棵坪上山而来，无论地方是怎样的陡，只有一面是悬崖，一面是陡壁，或者凿了壁走，像千尺幢、百尺峡是。或者贴了壁走，像犁沟、猢狲愁是。只有这苍龙岭，两面都是悬崖，一条三里多路长的峭岭，拱起鲫鱼背来，让人在上面走，两面是一点什么依靠也没有。假使窄狭的地方，在两边向下一望，胆小的人，真会晕了过去。传说唐朝的韩愈游华山，到了这地方，因为有点感触，就痛哭起来。自唐朝以后，就开始随岭凿了石坡，而且后来慢慢在两边树了栏杆，加了铁链，到了现在，这才可以让我们从容过去。还有一层，在别的险要的所在，游人一鼓作气，就可以冲了过去。但是走苍龙岭可就不行。因为这地方，共有三里路长，把它当鲫鱼背吧，游人恰是由尾巴那个所在，跑到脊梁上去，高而且长，走一程子还得休息一会儿。于是游人就感到游华山的好处，不但是越走越险，而且是越险越伟大，越伟大还是越不敢睁眼胡张望。我虽是走得十分的疲乏，有了这种感想，也就相当愉快了。

金 锁 关

走完了苍龙岭，就到了五云峰，这是上下两条山岭一个交界的所在，游人到这里，两腿麻木，周身出汗，心跳口喘，必得休息休息，找点水喝的。这里一个道观，坐南朝北的开着门，门口便有杈丫的老树，铺着一块绿荫，凉风习习的，正好歇脚。观两边悬岩，全是几百年的老松树，在树杪上向下望去，黑雾沉沉的，猜不到那是什么所在了。绕到五云峰后面，便是铁手坡，在那里可以看仙人掌。仙人掌的构成，和日月崖一样，乃是黑影的石壁上，直升入半天里去。在那里有五道高低不齐赭色长印子，分叉上伸，好像人的手印。因为那样高的所在是人工不好做作的，于是生出了许多神话，名之为仙人掌了。再由这里过去，就是鸡盘架，这个地方很有趣，一向却不见到游华山的人提起。先是由一个小石嘴子下去，有个亩把地大的山谷，谷里涌起些石头，仿佛是人家花园堆的假山。绕个弯，上了这堆石头，再绕个弯，又跌下去。下去不算，第三次上坡，才算到了直前的路。这石头堆里，很挤窄歪曲，有几道铁链，人扶了链子左右上下，闹个不停，说是鸡盘架，倒是形容得尽致的。这就到了金锁关了。这关的形势很好，在一条直线的石坡上，是一个峰头。这峰头只北通下，南通上，东西两边，都是深崖，就在这里，盖了间石头屋，两面圆门进出，很像平常的关口。这门塞死，里面四峰，和外面的北峰，就不相通了。因为这个缘故，这里乃叫做通天门。经过了无上洞，就到中峰。

中　峰

中峰又叫香炉峰，在一个山腰的道路上，立着道观的大门，门就对了山腰的壁子。后来我们全部考察了一下，这并不是山腰，乃是中峰和东峰相连系，这中峰的峰头，只在东峰的半腰。这大门所对的，乃是东峰向北迤来一部分。中峰的峰头，让庙宇盖住，已经是看不见了。这庙跨着南北两个小峰头建筑，却是很巧妙的，全是将下层的平地，和上层的平地，改造成楼阁的样子来。由南面的石梯，转到了前殿那里供着《封神榜演义》上的凌霄、圣母等三位女菩萨。殿上有暗楼，在楼梯边贴了字条，由此拜活娘娘。这活娘娘三个字，太可注意了，我告着奋勇，在颤巍巍的暗梯上，摸着上楼。其实这里也只有一尊女菩萨的偶像，那个字条，显系老道骗乡愚的。在这殿外，就是斜伸出去的一个山尖，一块完整的石头，平坦可步。站在这石头上，四处一看，西边一只山头，像鳌鱼头，那是西峰。东边一带横峰，从中露出一个顶子来，那是东峰，这一个峰头，便显得低了。我们因了三个背行囊的引导，在这里吃午饭。这里连豆腐干也没有，米既是十分粗糙的，菜里头几乎可以说不曾搁盐，因之我们都没有吃饱。不过他们这里的休息地方，布置得很干净，推开窗户，下面是深壑，对过是西峰之壁，风景很好，由金锁关上来，人是累极了，在这里喝碗水，歇歇腿，却也不妨。

中　污

这个名称，念起来有点拗口，这是由于李攀龙的笔记中的话，削成上四方，顾其中污也。污这个字，在这里不当污秽说，当着低凹的地方说。因为东西南三峰，像三个指头，直立起来，谁不靠谁，在这谁不靠谁的中间，自然是凹下去的，这就叫中污。由南峰南去，不是北方的路，只管向上了，这倒要一步一步下去。中间一条道，就在东西两峰的脚下。因为这里是低洼的地方，三峰里的水，都向这里灌注。所以到了这里，也开始听到那潺潺之声。两旁山壁下，草木都长得很密，尤其是西峰的山麓，一层一层的树，直推到顶上去。一路行来，都是又陡又险的地方，到了这里，可以让游人便步走去，而且是树影泉声，耳目一新，当然是这地方可以有名了。由华山脚下到中峰，全是一条路，并不分岔，唯有到了中污，方才分开来。这里有两条路，一条是由西峰到南峰去的，一条是由东峰到南峰去的。游客无论是先东后西，或先西后东，都可以转半个圈子，依旧回到这里下山。不过为了回程不再上高峰起见，却是先到东峰的好。因为回路由南峰到西峰，是由山梁上过来，还是渐渐向下呢。若是先到西峰，那末，要由南峰下来，再向那逼陡的高峰走上去，那就劳逸不均了。我们所走的这条道，就是由东峰而南峰，再到西峰去的。

东　峰

经过了中污，达到东峰的脚下，我们抬头看去，光石头的山壳，一直到顶，大概又须重重的劳累我们一番，我们于是随便在石头壳子上坐着，先转过一口气来。在这地方，石壳上现出了一丈见方的一个池子，里面盛满着绿油油的水，有道士在那里洗衣服，离着这池子不远，另有个小池子，上面树有木牌禁止洗濯，想必是饮水池，那水的颜色，可不大好，于此可以想到华山纵然奇绝妙绝，对于泉水这一项，是令人不无缺憾的。休息了片刻，在那光石头壳子上，踏着凿的坡子，扶着架的铁链，就继续登山。东峰的形势，仿佛是人倒插了一只巴掌，向南有两个子峰，是食指与拇指。向北虽也有高下的峰峦，却是相连，而我们所上去的路，就是中指拱起所在了。踏着一半路的所在，石头坡子就向里弯转着，在这个地方可以休息五分钟。游客到这里向上下两面望着，只有在石壳上架着的铁链，是可以帮助上山的，此外是一棵长草可抓着的都没有。当那铁链子中断的所在，遇到光滑的石坡少不得用手扒着。我因为想起故乡一句土话，宁肯走一步歇一步，却不肯扒，看到朋友扒着石板走的时候，我不由得哈哈大笑。他们问我笑什么，我可不肯说。为什么不肯说呢？原来我安徽故乡的土话，乃是乌龟爬石板，不是路。再上去一半的路，便到了峰庙所在。庙是坐东朝西的，庙前仅有几棵老树点缀着，并无什么特别之处，那道观后，一条弯曲的山脊，满带了青葱的颜色，缓缓的高而北去，上面还有几处景致，同伴的想到还有西南两峰没去，却是望而却步了。

鹞 子 翻 身

站在东峰的道观外面，向南看去，在这下面，有一条横峰，完全是朱肝色的石面，而且两面削成，由宽而细，是个锐角形，长的是非常奇怪的。在那尖角的所在，盖有一个石头亭子，那叫下棋亭，相传陈抟和赵匡胤在那里下象棋，赵匡胤下不赢陈抟，就把华山输给他了。这当然是神话，不去管他，可是那亭子里真有一块石头棋盘，一副铁铸的棋子，每个棋子都有茶杯大。又相传把那棋子偷一个回家去，可以生儿子。但是生了儿子之后，必得将棋子送回。可是偷去不生儿子的呢，也许懒得将棋子送回，所以相传到了现在，棋子差不多没有了。这都是耳闻老道说的话，是否可靠，不得而知。又一说，那是秦昭王派工用钩梯上华山建筑的铁亭子，是卫叔卿的博台。话虽如此，秦朝的建筑，能这样保留到现代吗？当然也不可靠。再说那下棋亭虽摆在面前，可是在这里悬崖之下，相隔有二里地，便是做鸟雀飞过去，也得要相当的时间呢。然则到下棋亭偷棋子的人，又是怎样去的呢！有倒是有一条路可去，叫做鹞子翻身。这鹞子翻身，就在东峰的道观墙角下，是个悬崖的缺口所在。这缺口下有一串铁链子垂了下去。平常的悬崖，有的看得见底，有的看不见底，然而下脚的所在，必然可以看见的。这鹞子翻身却不然，这崖上悬下去的铁链，也看不到一尺长，下端怎么样？没法子知道。据替我们背东西的夫子说：我们手盘住这链子吊了下去，脸是朝外，但是身子由崖口下去之后，必须翻着向里，用脚去摸索石壁上登踏的地方。等到脚踏到实地之后，才两手挨次的盘了链子下去。因为这样，所以叫鹞子翻身，其实倒不很深。他虽这样的说了，可是下脚的地方，眼睛看不到。眼睛所看到的，是比东峰远出一二里路的下棋亭，至少是比这里低下去五百尺。我们一行人商量之后，得的结论是：假如愿意自杀的话，那法子也很多，不必在这里实行呢。

南天门与念念喘

东峰下来，向对过走去，石壁歪曲着，长草塞了路，始而好像是很荒凉。朝南望，有一幢正在重修的道观。面前有所石坊，上面大书三个字南天门，奇观又在这里了。由这里的玉女宫进去，便是神妙台，乃是个平面的石峰，约莫有两丈见方。这石峰下面，云雾缭绕，略微看到一些深青色的影子，那是山谷，或者是丛林，都不好分辨，文言文里，有下临无地四个字的成语，若是借到这里来用，却也千真万确。加之这个小小的峰顶，又是在一排山峰突出来的一小尖角，只觉那半空里的风，呼呼的向着身上吹来。我经过了华山这些个险地，也总算是有些经验的了，可是我只敢在石峰的中间站着，稍微前进一点，不但是我心房里有些呼吸不灵，感到空虚，便是我这两腿，也不懂什么缘故，只管瘫软下来。这台叫着神妙，真个有些神妙了。台的左边，便是东峰的峰脚，右边呢，是南峰的后背。这南峰之背，由天上直插到深崖下去，其陡险也不待言。那山背和这神妙台，却隔了一条山沟，不知古来是什么好事的人，却由这里架了一道双板木桥，渡了过去。木桥底下，那是不能看的，看了只有发晕。然而这还不算，渡桥过去，就到了念念喘了。写到这里，得先解释这个名字，据本地人说，念念喘，是陕西土话，害怕的意思。我想，念念，大概是说一呼一息之中的念头，喘呢，就是喘气了。解释了这个名词之后，便可以写这里的形状。它是在像城墙似的陡壁中间，横插了若干根铁梁，每根梁的距离，总有四五尺远，在铁梁上面，架着一块其宽不到一尺的木板。木板里面，石壁上也凿有一条路，这一条路三个字，不是信笔写的，真正是一条。最宽不过一尺，窄处只有三四寸，和那木板共并起来，不能过二尺。木板底下，自然是空的，空到看不到下面有什么。外面虽也有栏杆，那栏杆的立柱，也是相距四五尺一根，也决不能遮拦什么。石壁上原有铁链，可是在半中间又断了。在这个地方，看上面的石崖，抬头应该会掉下帽子，看下面的深壑，只有黑影，人扶了那城墙似的石壁，踏了这架空万丈，其宽二尺，闪闪要断的板桥，这是一种什么境味？当时我看到，固然捏一把汗，事过半年，现在我提笔写到，还是在悠然神往之下，两脚发酸呢。念念喘，的确是念念喘。这念念喘的木桥栈道，约有四五十步，尽头是朝元洞。因为我们不敢走那木桥，洞里是什么情形，不得而知，当时有和我同行的背夫一人，自告奋勇，扶着石壁去了。我们看见他钻进石壁一个洞里去，却在这洞下三四丈低的石壁里冒了出来。那里有石桩，叫好汉桩，他拍了那桩几下，表示他是好汉了。他回来说，洞里有石桌石香炉，供得有三清像，下面那个洞，是由上面这个洞坠下去的。何以在那地方，会有这两个洞，若说是人工做出来的，这人工可就不小了。最可怪的，是在这朝元洞上面，石壁之上，凿有全真崖三个大字。那个地方，便是会扒壁的猴子，也没地方可容手脚，更不用说凿字，古来又没有飞机，这凿壁刻字的人，是怎样的去动工的呢？再推想到这面前的栈道，最先要安排的是那几根横的铁梁，人如是不能飞的话，在什么地方走过去，又在什么地方立脚，把这铁梁插进石壁去？当然，我们不能相信老道们那些骗人的神话，料着当年布置这处险景，总有个巧妙的施工法。若是我们的祖先，肯实实在在的，把这架高空万丈的栈道工程写下来告诉我们，这是一件很有价值的事。于此也可以看到我先民伟大的精神，并不让现代西人的种种探险。然而我们的祖先，费了绝大的力量，自己不要功劳，把这笔账情愿写在神仙名下，埋没了我们先民的伟大不要紧，还要坚固后人的迷信心，真是一件可惜的事。

神妙台之燕

在神妙台，还有两件有趣的事儿，可以写一写。其一，是我们脚站的所在，靠东一点，叫做一块瓦三间屋。这个解释是，因为这上面一块板平的石块，下面有个洞，以前有道人在里面住着。那里很大，隔了三间屋。一块瓦，就是一片石也。其二，便是这里的燕子。跟随我们的背夫，他说这里有许多仙家养的燕子，我们四处张望，并不见有，不肯相信。他说，平常是不出来的，假使我们用敬神的黄表去引它，它就出来了。当然，我们都要试验这话是真是假，立刻拿了二百钱，叫背夫到前面庙里去买黄表。他将黄表买来了，用手撅成蝴蝶那末大一块，向空中抛去。因为这里是突出的石台，下面其深无比，在我们脚下，风就很大。黄表是极轻的薄纸，在空中，被风一刮，就飘飘荡荡起来。虽然黄表有时比我们人还低，然而总是在半空里的。果然，只在这黄表飞出去有百十块之多的时候，也不知道一群燕子由哪里来的，发出唧唧的声音，七上八下，乱扑着这黄表。偶然看起来，好像神秘，其实仔细一推想，这也很平常。这些燕子，都在石壁小洞里做窠的，这样高山深壑里，风很大，平常寻食，必在下面，所以人看不到。现在放出去许多的碎黄表，它以为那是小虫儿，就追出来扑捉。假使不用黄表，而用别的纸片，我想一定也可以逗引它。只是我们身上没有带纸张，只好罢了。不过燕子飞过许多山峰，却要到这个不大容易觅食，而且温度很低的山壁上来合群而居，这是一件费解的事。

南　峰

华山五峰，南峰为高，这是人人知道的。南峰又有五个小峰头，名字是松桧、落雁、贺老石室、宝旭、老君丹炉。我们所到的神妙台，就是贺老石室上面。由这里向西，第一步到了松桧峰的金天宫。因为这峰最高，所以华山主庙也在这里。庙是坐南朝北，里面居然有比较宽大的院落。两旁配殿，走马通楼，楼通正殿。正殿上供着白帝的偶像，有一副对联是：万古真源高白帝，三峰元气压黄河。虽不脱道士臭味，却很雄壮。我们进得宫来，在东边配殿里休息，一个满脸烟容的老道，拦着他的卧室门坐着，门上有一副纸写小联，乃是：君子休跨入门内，高人请坐在堂中。那屋门内，却是一阵阵的鸦片气味，向外直通将来。不多一会儿，我们那三个背夫，都笑容满面的出来。华山有个最不好的现象，就是无论在什么地方，都有鸦片烟可吸。游人雇用的夫子，他总比你先跑一截路，为的是先找一个抽烟的所在。当你行到中途，想在行囊里拿点儿什么，背夫早背着走了。所以在玉泉院雇夫子的时候，必得仔细看看，是不是隐士之流，不然，在路上会很生气的。我当时笑对老道说：这门联得改一下，改成若到屋内来，非隐士即君子。只在堂中坐，这游客岂高人？再送一只横额，卧餐烟霞。这不也是道家语吗？老道似乎有点论语派的幽默，向我作了个会心的微笑。言归正传，南峰是华山的主峰，东西二峰，拱立左右，在本身看不出所以然，将四周的环境一看，便见得这里是非常的雄伟。只是松桧峰本身，树木很多，不易眺望，因之我们出门，上西边的落雁峰。

落 雁 峰

这个峰，俗名叫仰天池。我们折转着上了峰顶，乃是嵯峨不平的石面，人站在上面，却情不自禁的会弯了腰。这原因是地方太高，容易教人自己震慑不住，二来也就是风不知由何而来，吹到人身上，让人不能自立。所以游客到这里，不能久站，总是坐观。这里有件奇怪的事，便是这石顶上，却有一个一丈直径的水池，水作黑色，并不怎样的干净，水有多深，因为我们没有带着棍棒，没法测验。不过这山顶是高于一切的，并没有别处的水流来。纵然有雨水落在这池里，也不能持久，可是这池里的水，是终年不干的。有这点原故，道家很附会其说，是有仙气，志书上，也记着是仙人的太乙池。我想，这和那平地的突泉，其理由或者多少有些相同。我生平很少研究地质学，不敢强不知以为知，希望将来有地质学家来游此地，加以说明，在石头上刻下来，这比在老君挂犁的所在，挂上一只十八世纪的木犁，那是有意义得多了。在南峰附近，小名胜很多，有老君丹炉、老子峰、避诏崖等处，都是道家的点缀。只有避诏崖略微有点意思，是在山涧壁上，一个半露的洞，好像个鸟窠，得爬绳上去，相传北周的焦道广，宋朝的陈抟，都在这里面养静，陈并且是在这里躲避皇家诏文的。

石 楼 峰

由南峰到西峰，这就痛快得多了。在落雁峰上，看到有道山梁，一直向西北去，在山梁上有石栏和人行路，仿佛是第二个苍龙岭，那就是到西峰的去路。其实等我们下了南峰，走上山梁，那就比苍龙岭平正得多，只是这条路上，石头很奇怪，都是半大不大的，变化着各种形式，由各个姿势看来，可以让我们用各种物件去比拟。华山本以石名，论华山之石，大概又要以西峰为最妙了。度过这道山梁，首先让我看到的，便是一堆其大如楼的石头，据传说，这就叫石楼峰。在石楼峰下，有个圣母洞。

西 峰

西峰也叫莲花峰。因为这山峰上的石头片，长得像莲瓣上伸的原故。不过这到近处看，已经不容易分辨出来。这峰下有座道观，是圣母宫，宫外有株将军树，已是毁于雷火了。这庙也是毁于火的，现在正修盖着，还未完成。说到圣母宫，这又是个荒诞不经的事。读者若看过《宝莲灯》这出戏，刘彦昌唱着，“我本当带岑香前去偿命，想起了三圣母送红灯。”便是这位圣母。据说圣母是二郎神的妹妹，刘彦昌赴京赶考，误投妖店，蟒精要来吃他，于是三圣母送红灯引他出来，二人自由结婚。因为不曾履行合法手续，不合于民法，结婚须三人以上之证明，玉皇大怒，处她无期徒刑，关她在莲花峰石头里。她产一子，名叫岑香，叫山神送给了刘彦昌。后来他和异母弟秋儿，打死秦府官宝，那偏心的父亲，放走了他，他上山来得了神仙之助，变成了雷震子那个模样，和他舅父大战，劈开了石峰，救出了母亲。玉皇大帝最是狗屎，见他有能为，不但不说他反动，倒说三圣母劫数已满，便特赦了。天上那条民法，不必经妇女们请愿，就这样取消了。这故事须不是我瞎说，西峰上有块石头，长数十丈，断为两截，刻得有字，是斧劈石，便是岑香劈的。石下有莲花洞，洞里放了一把长柄斧，重九十八斤，便是岑香使的。有人说：九十八斤的斧子，和这大石相比，犹如灯草碰砚台，如何会把这山峰砍了？这只有问山上的老道，凡人如何得知哩？这宫里，还有红纸糊的几只花灯，可以点烛，我想，那就是红灯吧？三圣母也决不会再送旁人，不知老道备它何用？

西峰之石

西峰之石，我已说了，是很奇怪的。怪不在样子，怪在大大小小，都有不稳的状态，可是经过了无数的年月，动也不动。最妙的便是由石楼起，经圣母宫的西手，一条大石，和许多下面的石头，不相干，它伸着圆头，卧着平背，直到圣母宫后面去，这个奇构，在中峰南峰，都可以看得清清楚楚，这圣母宫就在许多乱石堆下建筑起来的，在远处看实在是妙绝。由西峰东面下来，便回到中污，满山都是青葱的古树。在这树林中，还有不少的道观，然而要一一记起来，除了神话，没有别的，只好从略了。

下山纪程

五峰都游完了，就该回头了。由西峰到玉泉院，还有五十里，这天已经走了不少的路，当然不能赶下山去。我们一行九人，在太阳还有两丈高的时候，就回到北峰投宿。洗过手脚，天气还早，上海那四位朋友，发了牌瘾，便问老道有麻雀没有。我猜必然是无，老道却笑着将牌盒捧出来了。他们不愿我孤单，非要我加入做梦不可。我并非不爱玩的人，赌可没有兴趣。经不住他们说在北峰打牌，是可以纪念的，因之我只好纪念一下了。下次有人到北峰，不妨照我这方子再来一回，藉减山中寂寞。次日，我们一早就下山，十点赶到玉泉院，吃完了午饭，一点多钟到华阴车站，坐三点的东行车回潼关。关于华山游记，到这里算完了，怕难的读者，看了一遍，也许不想去。然而我可以鼓励您一下子。举一件事为证：华山上盖庙，石头木头有办法，瓦是非山下运去不可的，怎样运法呢？原来老道并不费吹灰之力，他等那烧香人来，让他自动的许愿，捐上若干瓦。到了还愿的时候，男女老幼，都用蓝布褡裢盛着瓦背上山去。至多的背二十五块，至少的是那小脚妇女，也要背七块。我亲眼看到那五十多岁老妇，脚小真只有三寸，撑着棍子，扶着铁链，背了一褡裢瓦，从从容容的走上苍龙岭。朋友，难道我们不如小脚妇人，难道我们的探险心，不如小脚妇人迷信心，好一个名胜，不可失掉了，到华山去！

潼西道上

渭南的一瞥

由潼关到西安，共须经过华阴、华县、渭南、临潼四县。这一截路，原来叫东大道，西北人都认为风景似江南。于今筑了公路，就叫潼西段了。当我到西安去的时候，虽然陇海路快修到渭南，可是向西去的人，还是坐长途汽车的多。汽车有官家的，有商办的，定价是五块多钱一张票，还只能带五十斤行李。每遇搭客多的时候，拥挤的情形，是不可以言语形容。好在陇海路现已通到西安，看了这游记的人，再到西安去，可以很安适的睡在火车卧铺上达到西安，对于那种坐汽车的生活，无须描写贡献了。我是蒙经济委员会一位卢工程师，将他驾来的坐车，带我走的。据说，那汽车是宋子文先生留在西安的，其舒服也就不言而喻了。由潼关经过华阴是绕城而走，华县也不进城。在这一段上，向北看去，遥遥的可以看到渭河，向南便是华山，高低不齐的峰头，拖着向西南而去。偶然遇到成群的白杨树，也结成很丛密的林子。这里有两县，是列在第二期禁烟区，所以那时还有罂粟花长着。在日光底下，看那白色的花，一片雪光，紫或红的花，灿烂夺目，这就是像江南之处，假使这花不是害人之物，也很可赏玩的。汽车走一百四十里，到了渭南县，公路穿城而过。据陕西人说，这是东大道的一大县，街市虽不及潼关那样繁华，乡下人来往街上的，却是很拥挤。在县城的西头，设有汽车站，站里附有茶饭馆子，无论东来西去的客人，都在这里打尖。我们所打尖的那家饭店，四周的黄土壁子，空气不通，进去就觉闷人。光是那黑板桌上的油泥，便有好几分厚，初来西方的人，真是其何以堪？好在这又是后来人所不须经过的，也不必说了。

华清池洗澡

到陕西去的人，经过东大道，有两处地方，总是要去看看的，其一是华山，其二便是华清池了。无论经过什么浩劫，华山的五峰，始终是高入太空，而华清池的温泉，也始终保持四十度上下的温度，向上涌着。华清池在临潼县城南，骊山的脚下，西潼公路，正是经华清池公园门口过去。客车是不停的，包车坐的人，多半要停着洗个澡去。此处到西安一大站，将来火车通了，到陕西来的人，可以费很少的钱，搭车到临潼来洗澡，洗了澡再乘火车回去，碰巧，也不过半日工夫罢了。现在可以把华清池大概的情形，素描一下：在一片广场的南边，绿树参差的当中，映掩着几处楼阁，向一个铁栅栏的圈子门望进去，好像是一所园林。树木后面很高大的一个圆山峰，便是骊山之麓。只是这个山，不像华山有木有石，这是土山，微微的有些稀草而已。进了这园子门，便是一道曲折的水池，有道石桥跨过池去。池的正面，有三间玻璃窗户的水榭，岸后的杨柳，倒垂着枝条，罩着浓荫过来。水榭西角，有间亭式的粉壁屋子，在回廊转弯的所在，据传说，那就是杨贵妃洗澡所在了。水榭的东角，还有一所楼，可以转着走上山去，在山上，有老君祠，因为我看山不甚好，没有上去。在水榭后面，有一带屋子，便是浴室。这里的浴室，分作两种，一种特别室，要买票才可以洗澡，每人一元。一种是普通室，不要钱，游人可自由下水洗澡。至于普通和特别之分，就因为这特别室，里面预备着休息室，有炕床、清茶、围巾，还有人伺候，和都市上的浴堂，差不多。休息室里开着一门，门里就是浴池。这个池大概有三丈见方，三尺多深，池底是水门汀铺的，四围是白瓷砖墙，很是干净。泉由池底南墙流进，源源不断，西北角有个出水的眼，当洗澡的时候，却已塞住。原来这里的规矩，一池水至多洗五个人，五个人之后，必定要换过一池，那眼就是换水所用。水的温度，比人的体温要高一两度，在这水里洗到十分钟左右，必定要出水来休息一会儿，不然，热气薰蒸，人受不了。和我同时下池洗澡的，共是三人，洗不多时，都是汗涔涔的站了起来。后人集句，说当日杨妃洗澡是“侍儿扶起娇无力，一枝梨花春带雨”。那真是一点儿不会错的。再说到普通室，是紧接着这池里流出去的水，温度和清洁，都差一点儿，不花钱之不大好，就在这一点。这池现归陕西省政府派有专员管理，男女分池沐浴，普通特别，都是一样，所收的费用，除修理华清池而外，并在这里设有乡村学校和果园，在这里洗澡的人，多少是帮助着一点建设费了。只是有一层，军政界，在特别室里，免费洗澡的，似乎还不少。

华清池的历史

在西北这地方，要找水木清华的地方，实在不容易，而况又是温泉，所以在历史上，华清池是向来被人称颂着的。原来这地方，叫“骊山汤”，在汉武帝故事、三秦故事上，都是用这个名字。在秦始皇手上，就盖有房子，到汉武帝手上加修。由此以后，历代都有建筑，隋文帝曾种过松柏千株，杂树为屋，已经很繁盛。到了唐朝太宗手上，先建温泉宫，规模还不大。到了风流天子唐明皇手上，就改为华清宫，宫里分瑶光楼、飞霜殿、御汤九龙殿。这九龙殿，又叫莲花汤。安禄山这小子，没造反以前，在范阳刻了许多石莲花，和鱼龙凫雁这些玩意儿进贡，唐明皇都让放到水里去，个个都像活的。水里又叠沉香木作假山，唐明皇坐了镀银的小船在水里玩。他又让贵妃在汤里洗澡，他偷着参观。因为这样一来，后人播之诗歌，就更有名了。这泉本靠着骊山，相传秦始皇阿房宫的大门，也就在这里，我们在这里洗澡之余，回想当年的繁华，都在那里，觉得人生真不过这么回事。

临潼名胜杂记

临潼这地方，除了华清池，有名的名胜还不少。我在五种志书上，找了以下各种名胜出来，原是抄个单子，预备自己去看看的，结果是一处没有去，于今将单子附在这文内，或者是个有意义的抄袭，以便游临潼的人，按图索骥。

庆山　在县东南三十五里，武则天垂拱二年，平地涌出，高二百尺。武氏名曰庆山。

鸿门坂　在县东十七里，汽车上可以望见，就是楚霸王宴刘邦的地方。

坑儒谷 在县西南五里，始皇坑儒之所。

鹦鹉谷 地点未详，据说山上有瀑布，水清。此说大概不可靠。

很石 在始皇陵东，相传葬始皇的时候，抬这石头要放在陵上，到了这里，无论如何抬不动，只得罢休。石高一丈八尺，周围十八步，像龟。大概是当年采而不用，刻龟不成形的石头。

历戏亭 周幽王死处，在县东二十七里，戏水之滨。幽王宠褒姒，举烽火引她笑，失信诸侯。后来犬戎攻幽王，举火不见救兵，为犬戎所杀。这故事就发生在这里。

骊山 就是温泉南方的山。秦始皇做阁道八十里，由古咸阳（在西安之西）到骊山为止。在周时，骊戎人居此故名。偏东，就是骊戎国故城，骊山上，旧有老母殿，俗传骊山老母，也是这里的出品。

始皇陵 在县东十五里。历史上是很铺张的，项羽曾用三十万人发掘过，其后火烧三月。黄巢也盗过一次墓。最近考古委员会，也想试试。

周幽王陵 在县东北二十五里。传说现在只剩下一个土丘，原来周三百步，高一丈三尺。

以上所举，都是很有名的名胜，此外还有新丰故城、始皇祠、太子扶苏墓、扁鹊墓、冯衍墓、唐朝三太子陵、黄巢堡，举不胜举。这些，在志书上载着，很觉引人入胜，可是实地考察，多半是渺不可寻的。纵然有，也就是荒土一堆罢了。

灞 桥

灞桥这两个字，那是充满着诗情画意的。古人所谓诗思在灞桥驴子背上，这灞桥是如何为人所留恋呢？这个桥，到西安二十里，据传说：有汉桥，有隋桥。汉桥已是不可考，大概，也在附近，略南。现在这桥，就是隋朝开皇二年建造的。到民国二十四年，已是一千三百四十五年了。在历朝，这桥不无小修补，但原形是没有改动的。桥形是平面，跨灞水两岸，由目力估计，约莫有三十多丈长，一丈四五尺宽，离水面，也只有四五尺。两旁有浅栏横卧，石条做的，不能俯靠，但可以坐。桥两头各树有一堵牌坊，上书灞桥二字。桥下的河床，多半是浮沙，积为大滩，不大清的水，在沙滩中间，弯曲着，分了好几股流去，由建桥的日子到现在，河床垫高了许多，那是无疑问的，当年桥离水面，决不是这样近吧？桥两岸，略有树林，杨柳占半数，在春夏之交，杨柳飞花，人行桥上，回想着那古代的风味，这景致是有些意思的。桥东头，有个小市集，约莫有百十户人家。在唐朝的时候，做官的人出都，把这里作头一站，送行的人都送到这里为止。所以在当年步着长桥，看着柳色，望着流水，那离别的人，是激增了不少情绪的。而灞桥也就因袭了古人这点情绪，为后人所称道。

距灞桥西方一里多路有河叫浐水，上面也有桥叫浐桥。浐桥形状，和灞桥相同，唯较短而已。因为有灞桥在前，所以把它的名号，就湮没下来了（在西安参观二桥，不妨坐人力车去）。

到了长安

街市的素描

陇海路潼西段，已经在民国二十三年十二月十八日，铺轨到了西安北门外，同时材料车，也就随之开到，预定十二月二十五日，开始售票。以后到西北去的人，可以一直坐火车到西安，无论是去甘肃去新疆，总增加了不少的便利。那么，仅到西安去游历的人，也许会比以前多些，在这种情形下，把西安的现状，写了出来，也许是《旅行杂志》上所必需吧？西安原是府名，现在应当复古，叫长安才对，应为长安县府，是在城里的，这里也可以说是长安县治。我那次坐汽车过了灞浐二桥，远望莽莽平原，露出一圈黑影，那便是长安城，这样的景致，在南方是不大容易看到。汽车由东门进去，东门外另有一道新筑的子墙，据说是民国十七年围城之后[①]加筑的，也是本地人一种沉痛的纪念。这里的城楼，很高大，高到四层，很有些像北平的东直门西直门，究不失为一个大城的外表。城里的街道，有新的，有旧的，有新兴的，鼓楼东大街完全是新路，宽有六七丈，是马路式的土路，有明沟，也有路树。两旁的店户，有平房也有楼房，如旅馆、饭馆、洗澡堂，汽油灯行（这是西安的特种买卖）、长途汽车行，都在这一带，大概是旅客集合的地方。鼓楼西大街，那是旧式的，街宽不过一丈多，汽车是刚好过去。两旁店户，十之八九是旧式的，大概是旧日精华所在，什么店铺也有。此外，便是新兴的建筑了。怎么叫新兴的建筑了，据传说，这里本是辟鼓楼东做新市场的。因为建筑得不坚固，地点也较偏，于是在几年之中，又把南苑门一带，拆除房屋，展宽了街路，这里的街道，虽没有东大街宽阔，但是日用品，都集合在这里，铺面也不少是按照东方式样的。除了这几处，便都是冷僻的地方。初到西方来的旅客，很有一种深刻的印象，就是这里街巷的墙垣，很少抹石灰的，一看之下，那淡黄的土色，由平地以至屋顶，完全一样。尤其走到那冷巷里，踏着香炉灰似的浮土，眼见前后左右，全是淡黄色的墙壁包围着，有说不出来的一种情调。从前到苏州去的人，总感到街道之窄，到北京去的人，总感到房屋之矮，是这一样的意味。

旅客生活指南

我在长安城内，前后差不多住了一个半月，当地人的生活，我虽然还很隔膜，可是怎样在这里做一个旅客，我是很知道的了。

这种旅客生活，后来者是必然所需要知道，所以我先就把旅客所要接触的各方面，分别的写在下面：

---

① 1926年，刘振华进攻西安，冯玉祥率军入陕，解西安之围。——编者注

（一）旅馆 旧有西北饭店、大华饭店、西京饭店、关中旅馆，共一二十家。西北饭店，是首屈一指的旅馆，现在共有六七十间屋子，有楼房，有窑洞，有平房，并且有大餐厅。房间里带有铺盖。大华饭店，是次于西北饭店的，也有铺盖。旅客不带行李，以二处为宜。房金不带伙食，起码每日五角，多到二元五角，住久了，大概可以打个八折。带有铺盖，住关中等旅馆，那就便宜得多。五六角一日的屋子，就很可以住。旅馆都在东大街，很容易找。若是打算住久，可以到西北饭店后身太平巷青年会去。别处的青年会，都不许带家眷，西安的青年会独不然。所以在此地做事的东方人士，带着太太，多半住在青年会。房价分南北院，大概多则每月十一二元，少则七八元。伙食也可以包办，分十二元九元两种。新近中国旅行社，已在北大街买了地皮，建筑招待所，那设备的完全，是可以预测的。不过我希望能够平民化一点最好，因为到西北去的旅客，苦人儿居多呀。

（二）饭馆 最大的是南京大酒楼，在西大街，中西餐都卖，取费很贵，小吃一顿，总要三四块钱。其次有大陆春、北平饭馆五六家。都在东大街，北平饭馆大小吃都便当，也有西餐。住在旅馆，叫一菜一汤，带饭，大约六七毛钱。

（三）澡堂 此地旧式澡堂，很难进去，不但水坏，而且气味难闻。东大街新开有一品香一家，有瓷盆两只，较为洁净。房间每位四五角。

（四）理发 理发馆到处很多，各街都有。以南苑门两家，盐店街一家为最好，每人约三四角。

（五）邮电 邮政总局，在东大街，原来是每日五点钟以后就不收信，火车通了，大概可以改良。电报局在南苑门。

（六）古董 到西安来的人，总要买点古董字帖回东方送人。但是你若不是内行的话，这古董一项，最好不必问津。因为店铺里陈列出来的古董，十有八九是本店自造的。现在火车通了，需要古董的人增多，他们少不得加工赶造，花了钱，还要受人家暗笑，那何若。但是真东西也有，必须你和掌柜的认识了，到他们家里看去。这种古董店，分设有北苑门、南苑门。

（七）书籍　商务印书馆、中华书局、世界书局，都在南苑门，卖旧书的铺子，也在南苑门，笔墨纸张同。

（八）洋货　关于舶来品的商店，都在南苑门一带，日用品，大概都可以买到，但没有上等货色，而且价钱也很贵。西药，照相器具，也都以在南苑门购买为宜。

（九）银行　此处原只陕西银行一家，听说现在已经有中央、交通、农工几处分行了。银行都在城西盐店街。中央银行上海钞票可以通用，角票同。西北的币制，最为紊乱，几乎是走一截路，要另用一种钱。西安城内，除中央钞票外，便是用陕西银行钞票角票和富秦银号的铜子票，大铜子。

（十）娱乐场合　此地戏馆，有正俗、易俗等社，秦腔班三四家。正俗社是真正秦腔。易俗社就带一点儿改良性质。皮簧班，偶然也有，但是不受当地人欢迎，维持不久。电影院，有阿房宫一家，在南苑门，专映无声片。

（十一）字帖　在碑林外，有专售拓碑店四五家。

（十二）医院　齐鲁医院，在省政府前，比较组织妥善。

西京胜迹

这“西京胜迹”四个字，是本小册子的名字，乃张长工先生编订的。内容是将在志书上和在西安当地考查所得，约编订了有一万字上下的简记，大概西安的胜迹，都网罗无遗了。不过他所举的，仅仅是沿革，没有加以描写。我根据了他那小册子，游历一二十处胜迹，颇得他的介绍力不小，就借重他这名字，总括我这段琐文。

开 元 寺

这寺在东大街路南，大门对着街上，门里是片广场，广场正面是庙，两旁是环形式的人家门户，猛然一看，不过一般中产以下的住户而已，可是里面藏了不少的奥妙。在那大门上，有块开元寺的石额，下面有块木板横额，正正端端，写了古物商场四字。按理说起来，这开元寺是唐朝开元年间的建筑品，历代都增修过，说这里是古物商场，当然可邀初次西来的人相信。但是看官到西安，千万别见人就问开元寺在哪里，或者说我要进开元寺去，因为那两旁人家不是古物，乃是东方来的娼妓，稍微有身份的人，是不敢踏进这古物商场一步的。但是我因为听说这里面有塑像，有壁画，也许可以发现一点什么，就择了一个正午十二时，邀了一位教育所的凌秘书作陪，毅然决然的进去参观了。经过那广场，便是正殿，似乎这广场，原先都是殿宇，现在的正殿，已经是后殿了。正殿并不伟大，在佛龛四周，有十八尊罗汉塑像。其中有几尊，姿态很好，和北平西山碧云寺的塑像不相上下，我断定不是清朝的东西。不是元塑，也是明塑。有几尊由后人涂饰过，原来的面目尽失，大为可惜，然而就是我所认为姿态很好的，西安也很少人注意，始终是会湮没的。因为塑像这种艺术，清朝三百年来，是绝对不考究，所以没有好塑匠。我们把江南一带新庙宇的塑像和北方古庙宇的塑像一比较，那就可以看出来。清塑是粗俗臃肿，乱涂颜色，清以上的塑像，大概都刻画精细，饶有画意。开元寺那几尊罗汉像，绝无粗俗臃肿之弊，眉目也很有神气，所以我认为很好。在这正殿上，有座佛阁，四面是窄小的游廊，很有点明代建筑意味。阁里很黑暗，有三四尊像，是近代塑出的，无足取。

碑　林

这是西安最著名的一处名胜，在城东南，雇人力车，告诉车夫到碑林，就可以拉到，因为就是人力车夫，也知道这处名胜的。这碑林在旧府学里，现在归图书馆专员管理。进门在苍台满径的小巷子里过去，正北有个小殿，供有孔子的塑像，朝南有三进旧的屋宇，一齐拆通，一列一列的立着石碑。这里面共分着十区，第一区的唐隶，第二区的颜字《家庙碑》《圣教序》《多宝塔》，第三区的十三经全文，第六区的《景教流行中国碑》（大唐建中二年刻石），这都是国内唯一无二的国宝，在别的所在，是看不到的。这里的碑共四百多种，合两千四百多块。洛阳周公庙的石碑，唐碑本也不少，但这里的都出于名手，那是洛阳所不及的。文庙在碑林隔壁，顺便可去看看，里面有古柏几十棵，是西安第一个终年常绿的所在。

曲江与乐游原

曲江这两个字，念过唐诗的人，便会觉得耳熟。据传说，这里秦是宜春院，汉是曲江，隋是芙蓉池，到了唐朝开元年间，大加修理，周围七里，遍栽花木，环筑楼阁，可以任人游玩。虽不及现在的西湖，至少是可以比北平的北海的。唐诗上随便翻翻，可以翻到曲江饮宴的题目。就是唐人小说上，也常常提到这地方作为背景。我到了西安，就曾问人，曲江这地方还有没有？同时念着那杜甫的诗；“三月三日天气新，长安水滨多丽人。”和朋友开着玩笑。朋友答复，都说还有遗址可寻。这在我们有点诗酸的人，就十分高兴了。在一天下午，借了朋友的汽车，坐出南门，在那浮尘堆拥的便道上，驰上了一片土坡，那土坡高高低低，略微有点山形，在土坡矮处，有几棵瘦小的树，映带着上十户人家，在人家黄土墙外，有座木牌坊，上面写了四个字：古曲江池。呵，这里就是了。当时和两个朋友，下了汽车，朝了人家走去。人家在洼地所在，门口是一片打麦场，东北西是土坡围着，向南有缺口。四周看看一点水的地方也没有。至于那四周的土坡，只是些荒荒的稀草，哪里还有什么美景？但是据我的捉摸，这人家所在，便是当日曲江池底，由南去湾湾的洼地，正是引水前来的池口。因为由洼地到土坡上面相差有四五十尺，轻易是填不起来的。大概多少还留着原来一点形迹。我和朋友都不免叹了两声桑田沧海。在这曲江池的东南边土坡上，荒草黄尘，远远的看到西安城堞，在这黄黄的斜阳影里，说不出来是一种什么情趣。这地方就是乐游原，在汉朝的时候，春秋佳日，都人士女，都到这里来游玩。李太白的词上说："乐游原上清秋节，咸阳古道音尘绝。音尘绝，西风残照，汉家陵阙。"这似乎在太白当年，这地方已不胜有荆棘铜驼今昔之感的了。

武 家 坡

这三个字写了出来，读者不免要大大的吓上一跳，这不是一出京戏的名字吗？对了，这就是京戏上的《武家坡》。西安人很少舌尖音，水念匪，天念千，典念检。他们的秦腔里面，有一出本戏，叫《五典坡》，是演薛平贵、王宝钏的事，由抛彩球起，到算粮登殿为止。京戏可叫《红鬃烈马》。这五典坡，就在曲江池的南边深沟里。西安人念成五检坡，京戏莫明其妙的，就改为武家坡了。这一道深沟，弯曲着由西向东南，在北岸上，有三个窑洞门，都封闭了，传说那就是王宝钏为夫守节的所在。南岸随着土坡，盖了一所小庙，里面有王三姐和薛平贵的泥塑像，像后面土坡上有个黑洞，说是能够点了油灯照着向这里上去，另外还有一篇神话。其实也不过是看庙的人，借此向游人讹钱罢了。薛平贵、王宝钏这两个人，本来是不见经传的，这武家坡当然也有疑问。但是西安的秦腔班子，几乎每日都有唱《五典坡》这出戏的，其叫座可知，那故事深入民间也可知了。

雁　塔

在科举时代，恭祝人家雁塔题名，那是一句很吉祥的话。这雁塔在慈恩寺内，寺在曲江池西北角，到城约五六里路。这寺和别的寺宇不同的，就是在正殿之前，列着一层层的石碑，不下百十来幢。当唐朝神龙年后，选取的进士，都在这里碑上题上他的芳名。而雁塔也就因为这样流传士人之口，直到于今。塔在殿后高高的土基上，塔门有唐朝褚遂良的《圣教序》碑，并没有残破，也是为赏鉴碑帖的人所宝贵的之一。这个塔和开封的琉璃塔，恰好相处在反面。那琉璃塔是实心的，只在塔心划开一条缝，转了上去，所以塔里没有一寸木料。这雁塔却是空心的，倚靠了塔墙，四周架了栏杆板梯，临空上去。所以有三四个游人扶梯登塔的话，只听到，登登的一片踏木梯声，而且在上层的人，可以看到下层的人，便是其他的塔，也很少这种构造的哩。这个庙，在隋朝叫无漏寺，唐高宗为文德皇后改造过，改名叫慈恩寺，直到于今。

小　雁　塔

这塔在大雁塔西边，下面是荐福寺，塔虽有十五层，却比慈恩寺的七层塔矮小得多，所以叫小雁塔。这里有两种神话，说是地震一回，这塔就会裂开，再震一回又合起来。又庙里有口钟，是武功河边捞起来的，相传有女人在河边捣衣，声闻数里，于是就掘得了这口钟。因为雁塔钟声，是关中八景之一，所以在这里顺带一叙。

新城与小碑林

在西安的人，听到新城大楼这个名词，就会感到一种兴奋。便是国内报纸，每记着要人驾临西安的时候，也会连带的记上新城大楼这四个字。原来这是绥靖公署宴会的场合，要人来了，总是住在这里的。既是官衙，怎么又算西京胜迹之一哩？就因为这里是明朝的秦王府，四周筑有土城，土城里，很大一片旷地，是前清驻防旗人的教场，旗人也就驻防在东北角上。辛亥军事城里一场大火，烧个干净。民国十年，冯玉祥派人把这里重新建造了，叫作新城。到宋哲元做陕西主席的时候，更盖了一幢中西合参的大厅，因为下面有窑洞，所以叫大楼。合并两个名词，就叫新城大楼。大楼后面有个敞厅，里面立有大小石碑二三十块，其中颜真卿自撰自书的《勤礼碑》，最为名贵。这块碑，宋时，很多人模仿，元明就失传。民国十一年，在西安旧藩台衙门里挖出，虽然中断，全文不缺，据人推测，已埋在土中一千年了。小碑林里有了这块碑，所以这个地方，也成为胜迹之一。只是这在绥靖公署里面，地方太重要了，游人是闻名而已。

第一图书馆

到西安来游历的人，省立图书馆，那是值得一游的。馆在南苑门，交通很便利，里面分着古物书籍两大部分。我所看到的，有以下几样东西，值得向读者介绍的：（一）《八骏图》。这是唐代的石刻，乃是在大石块上浮雕起来的，一种古朴的意味，和近代的石刻异趣。其中两块，被人盗卖到国外去了，现在只剩六块嵌在东廊墙上。（二）宋版《藏经》全部，及明版《藏经》。这种书，国内别处，虽然也有，可是不及这里的多，满满的陈设了三间大屋子，据传说，有一万一千多卷。馆里对于这书，管理得很严密，非有特别介绍，不许参观。（三）唐钟，是唐睿宗用铜铸的，高一丈多，书画都完全不缺。现在东廊外，用一个特别的亭子罩着。（四）北魏造像。在西廊，另有其他许多唐宋石刻配衬着。（五）出土古物。也在西边屋子陈列着。虽然不多，各代的都有。周鼎尤其是宝贵。（六）《汉宫春晓图》。这幅图，藏在图书馆楼上，要特别介绍，方能由馆中负责的人取下来看。画长二丈一二尺，阔一丈二尺余，上面所绘楼阁山水人物，非常细致。作画者为仇某，已不能记起什么名字了。据图书馆人说，这是明画。

华　塔

这塔本不怎么高，但是值得一看的，就是每层塔上，各方都嵌有一个石刻佛像。这是唐代的石刻，在这里可以和北魏的造像比较一下，研究研究这两个时代的雕刻如何。在第四层上，有个女像，据传说，是唐明皇为杨贵妃刻的。塔在书院街师范学校附属小学里，塔外围有一道矮墙，保护石刻，游人只能远看了。

莲花池

这池就算是西安的公园了，地址在城西北角，里面很宽阔。本来是明朝的水渠，后来干了。民国十七年，改为公园，栽了许多树木，南北两个池子，周围约一里多路，在池边树木里建了两三个亭子，为西安市上单有的一个市民清游之所。但是当我去游的时候，池里水干见底，很少情趣。听说西京建设委员会，要大大的修理一下，大概将来是会比现在较好些的。

西五台

这地方本不足观，但它很负盛名。因为那里有个大土楼，每逢旧历六月初六，有一度庙会，所以被人称道着。我在西安，震于它的盛名，也曾特意去了一次。这里更在莲花池的偏西，在很污秽的敞地上，一排有三个黄土台子。前面一个，上头有破庙一所，门口作了马营养马之所，当然是不堪闻问，最后一个，上面却有个更楼式的亭子。登那亭子上，可以望到西安全城。始而我疑惑，这里哪够算是名胜？后来向人打听，原来这是唐朝皇城的遗址，一千年以来，唐代宫阙，什么都没有了，仅仅就是这几堆城墙土基而已。

西安风俗之一斑

关于西京胜迹，那是书不胜书，我只到了这些地方，我也就只能描写这些地方。最可惜的，就是近在眼前的终南山，我竟不曾去走一趟。这并不是愿意交臂失之，因为初到的时候，赶着要上甘肃，回来的时候，又遇到天气十分热，只好罢了。现在还有旅客到西安，应当知道的一些风俗，拉杂写在后面。

西安人起得很早，在春天的时候，六点钟，就满街都是人了。便是住在旅馆里，七点钟以后，声音也极其嘈杂，不容人晚起。这自然是个好习惯，作客的人，不妨跟着学学。晚上九点钟以后，街上已经难买到东西。

西安人是吃两餐的，早餐大概在十点钟附近，晚餐在下午四点钟附近。设若你接到请帖，订着晚四点或早十点，你不要以为这是主人翁提早时间，应当按时而去。

西北人的衣服，都很朴实，男子有终身不穿绸缎的。近年来，年轻的女子，也慢慢染了东方人士奢华的习气，但是也不过穿穿人造丝织的衣料而已，到西北去的朋友最好穿朴素一点，可以减少市民的注意。若是你穿西服，无疑的，市人会疑心你是老爷之流。因为除了东方去的年轻官吏，本地人是绝少穿西服的。摩登少年也不过穿穿那青色粗呢的学生服，若在上海，人家会疑心是大饭店里的工友。如此看来，到西北去应当穿哪种服饰，不言可喻了。

某一个地方的人，必是尊重某一个地方的名誉，作客的人，在入境问俗的规矩之下，本不应该在浮面上观察过了，就作骨子里面批评的。陕西人爱护桑梓的观念，大概是比别一省的人，还要深切。到西北去的人，对人说，我们回到老家来了，西北人刻苦耐劳，东南人士所不及，像这一类的话，只管多说，不要紧。若易君左闲话扬州而兴讼，胡适之恭维香港而碰壁，都是忘了主人翁地位说话的一个老大教训。到西北去的朋友，对于这一点，是必再三注意之后，还要再四注意。

西北人的旧道德观念，很深很深，所以男女社交，还只限于极少一部分知识阶级，此外，男女之防，还是相当的尊重。客人到朋友家里去，不可以很大意的向内室里闯。像上海朋友，住惯了鸽子笼式的房屋，不许可人分内外，久之，也就成了习惯；到了北平，就常因走到人家上房，引起了厌恶；若到西安去，也要谨慎。再者，在西北地方，便是走错了路，遇到妇女，也不宜胡乱开口向人家问路，我亲眼看见我的朋友，碰过很大的钉子。

最后，说到方言这个问题，陕甘宁青四省，汉人都是操着西北普通话，并不难懂。到西安去，扬子江以北的各种方言，他们都可以懂得。陕西方言，大概是喉音字，发出来最重，如我字，总念作鄂。舌尖音往往变成轻唇音，如水念作匪之类。大概知道这一点诀窍，陕西话是更容易了解了。

西兰公路上

未行前的踌躇

当我西行计划开始筹备的时候，我就听到人说，那边的路不大好走，尤其是西安以西的路上。由北平到郑州，到洛阳，到潼关，都有这类似的话，送到耳朵里来。到了西安继续的把这话去问人，人家的答话，都是这样："以前路上是不大好走，这半年以来，太平得多了。"可是偶然又可以听到，什么地方有人遇匪，什么车子在路上坏了。于是我就找着极相得的朋友，去问他个究竟，他的答复是："这半年以来，实在是太平多了。不过由别处窜来，经过大路的歹人，也会偶然发生。这不一定西北，别的任何一省，也是有这种情形的。总而言之，半年来，是不像以前，常发生不幸的事。若说绝对的太平，谁也不能保那个险。"在我的朋友这样的说过，情形如何，心里是明白的了。但我原来的计划，是要越过甘肃而到宁夏、青海看看的，去甘肃有汽车可通，我都不敢去，那就太胆怯了。既是发生不幸，不过是偶然的，不见得我就碰上这种偶然的不幸。因之我把在西安所要办的事，有八九成账了，我就决定顺西兰公路，直奔兰州。可是决定了走之后，还有困难，就是车辆问题了。因为西兰公路，还不曾修理完毕，也就没有正式的长途汽车，可以载客，更没有组织的交通机关。普通都是一种运货车，兼搭客座，而且不能直达兰州，寻常都是由西安载客到平凉，平凉那里，有甘肃方面，经营的车子，再载客到兰州去。而且这样的客车又不是逐日都有，也许到了平凉，要等上若干天。这样各种不方便的消息，传入了耳朵，想长途旅行的人，真够不痛快。就是我的朋友也告诉我，搭货车去，恐怕我不能吃那种苦。当西北饭店后院，有货车开走的时候，他指给我看。原来就是上海市上，那种搬运柴草的卡车，满满的堆着货担和行李，高到一丈好几尺，人就坐在货堆上。太阳晒是不打紧。西北的风土是很大的，由潼关到西安，坐着轿车，还满身都给浮尘涂漆了，这样西去，其不堪更是可知。然而这也不打紧。就是西兰公路，还有许多地方，不曾修筑，汽车经过坎坷不平的地方，整个儿车子，可以翻转，人坐的这样高，摔下来，哪里有命。路又不短，是一千三百华里，在路上遇到不好的天气，也许要走十天半月。我经过这样一番考察，只有扫兴的消息，陆续的听着，我真有些踌躇了。

咸阳古渡

多谢经济委员会西安办事处主任刘景山先生，和西兰公路总工程师刘如松先生。因为如松先生由西安到兰州去，视察路线，有自坐的汽车，两位刘先生商量之下，就把我带着去。他们除了坐的车子而外，还有一辆卡车，可以载运行李，并随带我的工友去，一切都非常的便利。在一个清明的早晨，我坐着上海新运到的道济汽车，出了西安的西门了。西北方面的城市，多半是在城墙之外，再加一道子城，这叫关，所以西北各处城市，除了东门、西门，还有东关、西关。在西安西门以外，西关以内，有一口井，这是值得记载的，便是全西安十三万人口，若要喝甜水的话，全喝的是这口井里的水。因为别处掘得的井水，都是咸的，只有这井水甜。出西关，便是大营，大营外，有飞机场，若是航空到西安去，在这里下机。由这里西去约十五里路，都还是秦汉都城。在公路之北，有一片黄土高坡，上面有几户颓墙破壁的人家，那就是最有名的未央宫故址，正和南门外的曲江池一样，是一无所有的。三十里到丰桥。这座桥和东路的灞浐二桥相仿佛，略短一点。只是桥基的建筑，国内少见相同的，所有桥下面的桥墩，是用许多圆桶形的石块架叠起来的。过这里，是渭水东岸了，周的灵囿，秦的阿房宫，咸阳古城，都在这前后，现在可没有什么，不过一片平原，种着麦粟而已。四十多里，到了渭水河边，唐渭城，也在这附近。我们念唐诗："渭城朝雨浥轻尘，……西出阳关无故人。"那典故也就由这里产生。唐朝送人东出都，到灞桥，送人西出都，到渭城。现在的咸阳县城，移在渭水西岸，在渭河东岸，看到半环小城，顶着两个残破的小箭楼，那就是。在咸阳城外，渭河西岸，立有一幢木牌坊，上写着咸阳古渡四个字。这咸阳古渡四个字，是含着多么浓厚的苍凉诗意呵！但是这渭水河，虽是姜子牙钓过鱼的所在，和我们理想青溪老石、游鱼历历可数的景象完全两样，这里是一片泥滩，湮没了西兰公路的路线，到泥滩上一看，那渭河由南而北微弯的流着，虽不曾发出什么巨浪，可是像黄河一样，流着很急的浪纹，向前奔去。水的颜色，也像黄河的水带着混浊的泥沙，黄中有黑，令人望着，生不到一点美感。河面却是不怎样的窄，约有半里，两岸没有山，也不见什么渔村蟹舍，东边是平原，西边是高原而已。河岸两边，都停有渡船四五只。这船和黄河的渡船，形式也差不多。是平扁的，舱面上盖着板子，骡车人担，一齐上船。船后有略高的一方舵楼，但是没有舵，将两棵微弯的树料拼凑在一处，当了个催艄橹，拖在水里。扶橹的汉子脱得赤条条的，不挂一根丝，口里吆喝着，当是指挥的口令。在他指挥之下，有四五个船夫，拿着瘦小的树干，当了篙撑。有时，撑篙的也就跳下船去，硬扶了船走。这样一道河面，往往是要一小时才能渡过，至快至快，也要三十分钟，这渡船的蠢笨，可想而知。我拟想着，古人造这种渡船，也许是用他们的舄来打样的，所以头尾都是方的。由汉唐到现在，大概这船都保持着它的原状，不曾改换，若说是古渡，也真可以称得起是古渡了。咸阳城外，临水有三五十户人家，映带着两个小箭楼，和一条混浊的渭水，旷野上的太阳，斜斜的照着，那种荒寒的景象，是深深的印在我脑筋里。因为咸阳古渡这四个字，老早唤起了我的注意呀。咸阳城内，还有不少的神话古迹，因赶着行路，没有进城去参观。

周　　陵

由咸阳向北二十里，汽车走上高原，那是周陵，但是这不在西兰公路上，那是到三原去的公路所经过的一个名胜。我在由甘肃回陕西以后，特地去参观泾渭渠，曾瞻仰过一番，如今插笔记在这里。当汽车驰上高原的时候，渐走渐高，不见一点树木，只是那浑圆的土堆，高到四五丈，整幢房子那样大，三个一群，五个一排，散在广博无垠的地面上，那就是几千年前的古墓。由这古墓上去推想，我们就可以知道流出海外，辗转南北古董商人手上的那些古物，都是在这土堆里出产的。游人到此，正不可以小视了这穷荒地面上的黄土地，须知这里，不亚于西方小说上的金银岛，有人在未开掘以前，把这高原上的古墓据为己有了，他就是中国第一个大富翁了。在高原上，远远的看到一幢绿瓦红墙的新建筑，那就是周陵。假如事先没有知道周陵就在这原上，游人是要大大的吃上一惊的。因为这样穷荒得连青草都不能高上一尺的所在，实在不配有这样华丽的建筑呀。那周陵的大门，是具体而微皇宫式的，三座圆洞门。由侧门进去，里面是一座石牌坊，大大的一个院落。正中一座陵殿，并不怎样高大，殿中设着周文武的牌位，殿外东西两方，有厢殿，现在是县立小学所占有了。转过了殿后，一个平顶的墓堆，紧紧的对了陵殿的后墙，在墓前设着一幢大碑，楷书周文王之陵五个字。文王陵的后面，约有二百步的远近，那是武王陵。武陵的高大，和文陵差不多，只是陵前一片空阔，比文陵紧紧贴在陵殿之前，要好得多。陵前有条石板道，夹道立有二三十块小碑。碑上所记述的，都出自清朝人的手笔，而名士抚台毕（沅）秋帆的尤多。本来陕西的古迹，在近百年来，毕先生整理的不少，游陕西人是不能不知道的。不过这周陵究竟是不是真的，到于今还是个疑案哩。周陵的布置，不过如此，里面是一棵高到一丈的树都没有，新近栽了一些树苗下去，也不过臭椿之类，尺来高的干子，在稀松的草丛里摇撼着。这个地方，恰在高原上，很不容易得水，所以树木让它天然生长，是不容易的。假如要在周陵造林的话，我想必得多打几眼几十丈深的井，多用园工灌溉，至少经过三年以上，那才有希望呢。周陵后面靠北一带，古墓很多，相去五六里的所在，那屋高的古墓，相接连着，几乎有一二百家，这也可以说是古墓群了。

醴泉县

去咸阳西三十里，是醴泉县。这个县分，唐朝曾属于京兆区，后来西安建省会，也相去不远，而况又在大路边上，本来是相当富庶的地方。自从这二十年以来，在土匪手上，糟蹋过不少的时间，因之现在这城里头，只剩两条冷巷，黄土墙的人家，很零落的点缀着，竟找不出一家像样子的店铺。便是有两家半掩着木门的铺子，也不过修理大车和卖黑馍的人家，我想不到去西安只七八十里路，便是如此。这醴泉县的古迹，是以唐昭陵建陵出名。昭陵在九嵏山，此去城五十里，建陵更远，去城八十里。据本地人说，唐朝一代有名的人物，很多都葬在昭陵附近，如李勣、李靖、魏徵、郭子仪这些人都在内。魏、郭的墓，现时还在。

乾　县

去醴泉又五十里，是乾县。前清立为直隶州，所以到现在，大家还是顺便叫一声乾州。这个县城，大概是西安西路，一个农商交易的所在，店铺很热闹，正中一条街，堆满了农家所用的东西，几乎只有两尺路可以走人。黄土墙的柜台，配着灰色的木板门，矮矮的屋檐，街两旁的店户，全是如此。往来街上的人，都是些穿了青蓝衣服的农人。据本地人说，乾州有个外号叫米粮川，因为这是农产很丰足的原故。米粮川，人家也以讹传讹，叫美良川。那么，戏词上，常有所谓美良川，难道说的是这里吗？由西安乘长途汽车向西行的人，多半是在这里打中尖，这里有比较好些的饭馆子，可以弄出鸡蛋和猪肉来，若再向西，须要赶到五十里的监军镇才有吃的。出乾州北门，便步上高原，偏西五六里，是唐朝的乾陵，在汽车道上，可以远远望见，本是唐高宗的陵墓，据传闻，武则天也葬在这里。偏西，还有个唐禧宗靖陵。不过，我们只看到层层向上的农地，依着山梁子重叠着，此外看不到什么。这个开垦着农地的山梁子，是西北高原一种特有的现象，尤其是出了乾县的北门，只见左右前后的土山，重重叠叠，是方块子农地堆起来的，那是别有趣味。

八户人家的永寿城

由乾县西北行，公路是完全在高原上，渐渐的高升着。其间经过两个小镇市，都荒凉得很。第三个镇市，便是监军镇。一条由东而西的街，约莫有百十户店铺，所卖的东西，和乾县差不多。在街的西头斜坡上有一幢瓦房，门口直立着一方永寿县县政府的匾额。我向着同伴的人打听，才知道永寿县去这里二十里，在半年以前，那里曾经土匪攻扑过多次，对于行政上多有不便，所以把县署移设到监军镇来。我一路行来，都是顾忌着有没有匪，现在遇到这般强有力的证据，自然是心里越发不安。因为所坐的汽车，在乾县耽搁的时间太多了，所以经过了监军镇，太阳便已偏西，到了永寿县不远，西边天上，黑成一片，阴云由地平线上涌起，已是下着零零碎碎的雨点。据同行的人说，只要一下雨，公路上其滑如浆，就不能走。因为高原上都是黄土，黄土沾了雨水，就很粘的，所以同行人已决定了计划，就在永寿县住下。我虽觉得不妥，然而这里究竟是个县城，住在县城里，哪有怕土匪之理，所以心里头尽管是忐忑不安，可是我嘴里，决不问一句话。一条很平直的路，抵了一座山脚下，远远的看到黄土崖上，环抱着半圈子黄土筑的城墙。又在一个小山坡上，竖起一座小塔，却也有些风景。及至到了城根下，拥挤着两行黄土屋子，破墙倒壁，凄凉得不堪。数一数，约莫有十来户店铺。可是说是店铺，也不过是理想之词，全是黄土壁子中间，有两片木板门，商品的点缀，有一个黄土灶，有一个黄土柜台，陈列着几方冷锅块，有一个敞门里面，开进去一辆邮车，一辆货车。一打听，停车的所在，便是永寿城外的汽车站，而且是旅馆，下车去看看，那敞门里面，倒有两间漆黑的厢房，全被人占去。这后面，是个长方院子，三方无墙，是把黄土坡削得陡直的立着，在那土坡中间，开了几个窑洞子，而且也只剩有一个了。伸头进去看看，里面就是一方土炕，此外一无所有。与其说是窑洞，倒莫如说是坟窟，土气息扑鼻。可是我们一行两车，有十几个人，当然住不下，便一同进了城。城外是那样荒凉，预料着城里是应该热闹些的，殊不知大谬不然，只看到那土筑的城墙，在几个高低不齐的土山上，或隐或显，城里上上下下的土丘，有的种着麦，有的长着乱草，几堵秃墙，在荒丘乱草中间撑着。而外，便是斜坡上，几个窟洞。仅仅北边山坡上，有几幢瓦房，后来一打听，据说共是八家，其中有三家，还不是民房，一所系是城隍庙，一所是废弃了的县衙门，一所是破庙改的县立小学。而那五户人家，还有一连守城兵借住了，简直可以说是这永寿县城没有人家。生平所经过的城市，要算这是第一个荒凉之城了。

凄凉恐怖的一夜

这一天，是倚靠了西兰公路工程师的面子，居然在县立小学，借着一个课堂来安歇了。这小学原基虽是老庙，课堂倒是新建筑的，在一个平坡上。只是上面有瓦，而南北无门，墙上有木格窗子，并无玻璃和纸，人可以在格子里钻进钻出，大风只向里面吹，吹得人打冷战。屋子里有两张破桌子，板凳也无，我们进来，只好叠了土砖，坐在地上。天黑了，风越大，而且一阵阵的下着雨点儿，被风吹着，送到屋子里来。在行囊里摸出了洋蜡点着放在墙根下，以免摸黑。古人借宿，常说借一席之地，聊避风雨，雨勉强可避，风就不能避了。在这种凄风苦雨中，托人在城外买来十几个黑馍当饭，只有一碟韭菜炒豆芽作菜，全是冷食，那豆芽无盐，却是酸溜溜的，我勉强吃了个黑馍，便展开带来的行军床睡觉。同行的马工程师，他是监筑这段公路的，这里情形，比较熟。他说，在去年，土匪据了这城很久，饿跑了，城外或不免有土匪，这里有一连守城兵，不必怕。只是上次也寄宿这城内民房里，晚上有两只狼来拱门。这个消息，可让同行的人，大吃一惊。因为这里既是没有门，窗户又是空的，我们睡着了，狼要来了，可以随便的窜到身边。然而这也没有法，只好警戒着睡。这课堂里，除了三位工程师便是我，其余的人，另在别屋安歇。先是头伸在被外，风吹得难受，在那冰凉的空气中听到雨点儿一阵阵洒落着打在地上，让人说不出来是一种什么情味，将头缩在被里又气闷不过，而且又怕狼来了，不能提防。因之时而将头缩到被里，时而又将头伸到被外，整宿的不能睡好。半夜里醒来，听见刘总工程师咳嗽，我问他，他说，看到陈工程师的床毯摇动，以为是一只狼。而陈工程师听到那窗户缝里，风吹得呼呼作响，也当是狼嗥，梦里惊醒过来。总而言之，我们都在这凄凉恐怖的空气中，做了一夜的恶梦。

永 寿 坡

在永寿县那样凄凉恐怖的度了一夜，到了次日早上，出得门来一看，依然是阴云四合，细雨霏霏。那几户人家的后面，高拱着荒山，棉絮团子似的涌着白云。大家商量着，若是在这个城里度阴天，且不问晚上有没有狼来，这里什么吃喝都买不着，未免太苦，因此大家不住的向天空里看着天气。在这里，我应当补述这个小学校几笔。这里虽说是小学校，其实是前清时代蒙经两合的私塾，高等班的学生，年纪都在二十上下，共总也不过十几人，穿蓝布棉袄裤，都破旧不堪，大布鞋袜，也不少泥污。天刚发亮，就见他们手捧了书本在院子里来回走着，高喊着齐宣王问曰，或者是山不在高等等句子，吃饭的时候，他们也是捧了一粗碗小米粥，坐在屋檐下喝。至多是另有人手里捏着一方锅块，绝对不见菜。只这些，其苦可想，所以我们只望天开一线，好离开这地方。直熬到下午一点钟，并不见大雨下来，细雨也慢慢的止了。听听山下路上，却有汽车喇叭声，料着是西来的汽车，派人去打听，果然，西路雨不很大，路还可以走。于是大家如得了洪恩大赦一般，收拾行李登程。这永寿县虽是荒凉，设在山麓，地方是很险要，公路绕着城跑上山去。这山虽是土质的，可是山峰起落，上下距离很大，公路是不能直上直下的，在山腰上开辟着之字形，弯曲着走。我们汽车盘绕山腰来回走的时候，恰是山里云气腾涌，二三十步外，便不见人。汽车路外，山崖又相当的深，我心里颇感到相当的危险。汽车开着每小时十个埋尔（mile）的速度，在云里钻了出来，过了一道小河，却把十几个峰头抛到后面去。这里是有名的出土匪的地方，叫永寿坡。因为不曾开辟公路的时候，大路在这里，要跨过几重直上直下的土岭，前后约莫有二十华里。这其间，并无一户人家，在岭上睁眼四望，都是些山头包围着，山上有些地方长着长草，凹下深沟，很可以藏歹人的。自此以后，公路都在山梁上跑，四顾无人，及至看到山下面，一湾河水，拥着一带树林，隐隐的拥出一座城池，便是邠县。

邠　县

我们小时候念《孟子》，便念过大王居邠的这个故典，知道这里是文王的老家，现在看到了，自然起了一种怀古的情绪。一路而来，除了那混浊的渭河，不见水流，也不见树林，只是荒田叠叠的高原，杂着莽莽的短草。现在邠县城外，却有河流一湾，远远的在浮滩里带着白色。据闻，这是泾河，河里两岸的树林子，碧绿的，全是枣子树，这正是开枣花的时候，由林外经过，一阵浓厚的枣花香，袭进鼻子里来。到了邠县城外，有一道石桥，跨在另一条小河上，河水并不混浊，这在西路行来，很难得的事。邠县的东门，正对了这石桥，公路是穿城而过。城里一条直街，繁华略次于乾县，但是电报局邮政局都是全的，交通却还相当的便利。说到这里的古典，都是很古的，名胜当然也很古。在大街的东边，有一条巷子，名叫隘巷，据传说，那就是太姒出世的所在。三五人家，并无点缀。西门里有口井，于今外面是敞地，就是大王的家。这些话自然是传说，不过这里是豳国旧治，那是事实。照着筑城以靠山近水而言，大王居豳的豳国，那必是在这附近的。城里破文庙对过，有座唐开元年间建筑的塔，于今却还是完好。

花果山水帘洞大佛寺

出邠县西门，沿着泾水的河岸走，泾水是汹涌的流着。古代泾水清，渭水浊，对人不分好歹，说是泾渭不分。大概古时的泾水，比较的清，可是到了现在，一样是混浊得发黄了。在河岸上，整片的种着枣子树和梨树。当我们到来的时候，正是枣子开花的时候，汽车穿了树林子过，清香拂面。由咸阳到永寿坡下，四百多华里的路，没有一寸路，是令人感觉到愉快的，到了这里，有水声可听，有绿树可看，总算耳目一新了。约莫顺着河走了二十里路，到了花果山。读者乍听了花果山这个名词，必定诧异一下，以为笔者说神话《西游记》上孙悟空修道的那个花果山，岂能真有其地？可是这里不但有花果山，而且花果山进去，还有个水帘洞在，所以乡下人很老实的，就在这山上供了齐天大圣，显然的，他们就把《西游记》上的花果山，指实在这里。这山的情形，我可以描写一下，在泾河的南岸，有一列平山，两峰相断，有个谷口。山是石质的，不过那石头极不坚固，随便敲打，可以粉碎，因为山的地质是这样，所以山上也是童然不毛，不但无果，而且也无花。在谷口山头转弯的所在，在山坡上高高低低凿了许多洞。这些洞，不整齐，也不美观，有些还坍塌了。其中一个大些的洞朝着正北，便是供着孙悟空偶像的。在山下，倒有一个村庄，栽满梨枣两种树。花果山，如此而已。由这谷口进去，约莫五里路，可以到水帘洞。远远的看去，那山峰懒懒的向南拖着，还是童然不毛。这高原上绝对不会有瀑布的，也就不能有水帘，看了花果山之后，同行人就不曾去游水帘洞。西进约莫七八里，到了大佛寺，这可是道地一尊大佛，足与龙门云岗的大佛鼎足而三，因为这里仅仅只有这一尊佛，所以龙门云岗的石佛很是有名的，这大佛寺的佛，却没有人传说。这里的石刻，和其他地方的石刻，没有二样，乃是将一座山挖空了，挖成个大洞，在洞壁上，雕刻起佛像来。在洞口上，依着山势，架起一座三层高的大楼，游人若是要看佛面，须是走上第三层大楼上去。楼里的大洞，约有一百零几尺高，正中坐着如来佛，两下有四大金刚。佛像虽是坐的，也高有八十五尺，所以佛的头，一家屋子那样大，佛周身都镀了金，全身完好，眉目清楚，一个手指，差不多有一个人大，由下向上看，颇觉得伟大庄严。洞里面寂寞无人，有那整群的鸽子飞来飞去。将鸽子来和佛像打比，只好算是人身上的苍蝇了。这个寺，还是唐朝建筑的，历朝都曾修建过，满清这一代，原很是破败，在左宗棠手上，曾大加修理，保存到现在。在庙外看这寺，只见靠山砌成的三层石阁子，并不像龙门的石刻，一望而知是石洞。寺边有一个石龛，供有一尊立佛，高一丈二尺。本地人有个故事，说是这尊佛原在西方的，听说大佛寺有大佛，特意走来比身量，走到这里，方才晓得自己身体矮小，不敢进庙门，就在外面立着了。

长　武

过了大佛寺，到亭口镇，这个镇不大，而在陕甘大道上，向来是很有名。因为泾水到了这里，正好截断了大道过去，由西向东的人，势必在这里渡河，旅行人容易有一个深刻的印象。而在军事上，尤其重要。由这里过河之后，猛然的又走上了高原。这种高原，说平地不是平地，说山上不是山上。因为它的地势，总是由平的地方，突然高上一二百尺，或者渐次升上，以至于五六百尺，及至把这些坡子走完了，一样的平坦向前，并不像山，有峰峦可分。假如这高原有中断的所在，那就现出很深的土谷，才是和下一层平地成平面的，其实所指的平地，又是另下一层平原的高原。土人对于这样的高原，叫作原上。原上有时开垦着田地，但是缺乏雨水，很不容易生长粮食。粮食不易生长，树木自然也是一般的无有，所以高原上，总是荒凉的。陕甘大道，多半是在高原上走，而乾县到永寿，亭口到长武这两段，尤其明显，我们看到，绝对不是山也不是平地。长武县，就在高原的一端。在长武东方不远的所在，有座特大的土桥，很是别致。在东南，石头可以架桥，木料可以架桥，船筏可搭浮桥，用土筑桥，却是我们闻所未闻。这里高原中断，闪出一条二三十丈深的低谷，在那里微微的流着些黄水。料着在有雨水的日子，谷里的水，自然是由这里向低处流走。土人于是在这高原中断的所在，筑了一条横坝，将两下连着。在横坝底下，打穿几个大窟窿，让水出去。西北的土，富有黏着性，上面筑结实了，下面就是掏了窟窿，它也不坍下去，于是这条横坝，就变成桥了。由陕西到甘肃，这样的土桥，是非常之多，要以长武东这一桥为最大。过桥不远到了长武，依然在高原上。这城虽有四门，很是奇怪，只开西北两门，东南两门，是永久的闭着。北门外树了一块石碑，有四个字，公刘旧治。可是据这里县长说，这是本地人附会的。长武在宋元，是宜禄驿，到明朝才改设县治。因为宜禄驿属于汾州，汾州是公刘大王之家，所以也就把这里当公刘旧治了。去县十里浅水源，那是唐宋古战场，于今也就无所见了。这一县是陕西最西的一县，在西门外一条街，骡马车辆，却也络绎不断。我们在汽车站打尖，却又长了些见识。知道这一路的汽车站，都附设在旅社里。长武这个车站，就叫西北旅社，光听这个字号，那是很够味的。其实这旅社的上等房子，都是在一个很高的土坡峭壁上，打了一排窑洞。洞里将现成的土，砌了一方炕，另外用两个土墩子，架了一方木板，那算是桌子，其余也就可想了。这种土窑旅馆，除了水火之外，别的是不供给的。就是水，也许也有问题，因为店主人，是不能充分给客人用的。这应该原谅他，原本，西北得水就不容易。旅馆的价钱至多是三四角钱，食物在外面小饭馆子，可以买到黑馍和面条子，也不过二三角钱一顿，然而在西北，已经是头等旅客费用了。

入甘肃境

由长武过去三十里到瓦亭，那便入甘肃了。瓦亭镇街上，有个牌坊，为分界处，东陕西甘。牌坊西又叫窑店。旅客在此时有两件事要注意的，其一，是游历家，必须预备着护照，以便沿路的机关检查。其二是在陕西所用的钱币，这里都不能用（包括陕铸的银币在内）。这里只用甘肃大板（即大铜子）和袁头银币，其余一概不成。言语方面，陕甘没有什么分别，遇到年老些的，叫一声老汉，也就很客气了。由陕西到甘肃，有两条路，北路是由长武入泾川，南路是由凤县到天水，公路所取的路线是北路，踏到甘肃第一县的县境是泾川。

泾 川 县

由长武西来八十里，远远望见山上一丛楼阁，那便是泾川县外的瑶池，是很足以供旅人谈助的。而望见了这山，我们也就知道到了泾川县。这县是陇东一个大县，西来东去，货客必经之道。南关外什么商店都有，和陕西邠县，繁盛相去不远。北门外，紧贴着左宗棠平西的旧军道，两行杨柳，密密的达到泾水之旁，风景不坏。这种柳树，名叫左公柳。在左宗棠栽树的时候，本来夹着大道两行，由潼关起到玉门为止。现在陕西境内，几乎是看不到一棵；直到甘肃境内，才于每几十里路内，可发现若干丛。名叫左公柳，其实不尽是柳树，有一半白杨在内。杨柳虽是最易发生的植物，却因为西北少水，这柳树却不肯长，由左宗棠时代到现在，七十年上下，树的直径，还不到一尺呢。由邠州出发的那天，到泾川，本来只到下午三时，应当可以赶上平凉的。因为同行的刘如松总工程师，他们在这里要办公，歇了下来。而筹办西兰路汽车局的一部分职员，也赶到这里，有要事接洽，所以都住下了。所住的地方，是一个谢公馆。据说是以前一位当司令的，遗留下来的楼房。据说这楼房晚上出鬼，无人敢住。而尤其是一行人借住的前楼，是鬼的巢穴。这晚，我就摊开行军床在楼口上睡，却也无事。陇东方面，以前各种司令很多，而司令的下场，是连有房屋都没人敢住，这件事，我在西游的时候，却有一个很深的印象。不过在《旅行杂志》上，是毋须说的。

瑶　池

泾川北门外，约二里路，那是泾水。这里没有渡船，有些本地人，专门在水边候着，背人过河。河那边一座土山，尖顶。在山的东麓，以至于山顶，分有四级，筑了房屋。第一处是范公祠，不过奉祀前清一个武人，这无所谓。在祠的西首，公路之南，立有一块石碑，大书特书，古瑶池降王母处。王母这个名词，最早见于《山海经》，本来是个兽形怪物，到了《集仙传》，王母就变为女神了。瑶池，是王母所居，《集仙传》说在昆化之圃。现时说在这里，却不知本地人是如何附会成立的。第二级是王母宫，山边有小路可上。这宫是依山筑的悬阁，到了里面，已经倒坍大半，供王母的正殿，已经无路可通了。第三级是药王庙。西北人都喜欢供药王神，随处有药王庙，不知何故。这庙不大，尚完好。庙前依着山腰，将土砖作栏，围了一道平坡，靠栏东望，可以看泾城全景。第四级快到山顶，便是瑶池了。正面有个土地祠的小庙，也倒坍不少了，面前挖了个长方形土池子。因为在大雨之后，在池子里，却有小半池子黄泥汤。此外，琪花瑶草，琼枝玉树，却一点没有点缀。仅仅是这么一个地方，何以能附会成为瑶池呢？这实在是不可解的一件事了。

平　凉

由泾川到平凉，不过两小时的汽车路，我们又因公住下了。这里向来是西陲军事重镇，而北往宁夏，南去川北的买卖，也都由这里转运。陕甘商办汽车，不能直达，更是在这里转车。所以这个地方，是西安、兰州、宁夏、天水四城的中心点。这城是很奇怪，由东关到西关，穿城而过，是九里路一条长街。全城人口有一万四五千名，那是荒凉的西北高原上所少有的。最妙的，这里居然有一家四开纸的小报，和若干家通信社。在这一点上，可以想到西北人，是把这里当一个重镇的了。汽车站有两所，在东关内大街上，我们汽车所停止的这一站，照例是附设着旅馆，也名叫西北旅社。因为平凉是个大县城，所以这里的旅社，也就比较的大些。最后进院子里，居然有一重五开间的屋子。屋子里自然各有一张土炕，土炕上各蒙了几块羊毛毡。另外有一桌二椅，作了房间里的点缀品。到西北来的人，便是举国恭维的班禅，到了这里，也只好是这样受用。这样看来，穷苦地方，就是有钱的人来到，有钱无处用，也和穷人一般，倒可以现出平等来。关于旅行方面，在这里寄信，打电报，雇车，雇牲口，都很便利。街上也有两家澡堂，可以洗澡。不过为讲卫生起见，还是不洗的好。酒饭馆，这里也有，而且在县署附近，还有两家湖南人开的馆子，可以尝点儿南方口味。不过荤菜总是两样，不是鸡身上的，就是猪身上的。鲜菜也只有韭菜和小萝卜两种，便是让名厨子做出一桌席来，那也是很单调的。在各方面看来，平凉总是较大的一个地方，可是有一件事，十二分让旅客不安，就是这里的井水，实在是太脏。本来过了咸阳以后，喝水的这个问题，就不能提，全是咸而且浊的井水。可是到了平凉这地方，是交通的枢纽所在，常常作为军事的根据地，是应该有干净一些的水。却不料适得其反，这里的水，在泡过茶之后，你放了碗不动，在五分钟之后，碗底上可以沉淀着一分厚的细泥。用的水，端了来，那简直就是灰黄色的。在东方人士，初到西北，对于这种水，不加考虑的喝下去，不能说与健康问题无关。虽然我们不能带着过滤器出远门，对于这种水，必须亲眼看到，烧开了又开，然后用壶装着，等泥渣澄清，再送到口里去。澄清之后，不嫌麻烦，再煮上一回，那是更好，不然，便是喝下去无问题，想起来也会作恶心的。此外，到平凉来的旅客，有点小常识，不能不知。这里的洋烛火柴，都是土产（洋烛而曰土产，文本不通，但洋烛二字，要改为蜡烛，又成为另一物件，只好听之）。火柴的头儿，是一种硫黄涂的，擦了之后，只有青烟，不见火光，必等烧到木棍上去，才有火光出现。假如我们不等火光出现，就点了烟卷，抽吸起来，那就会把硫黄发出的恶臭，吸到肺里去，立刻刺激得非呕吐不可！以上这些情形，都是我亲尝的，据实写出。至于平凉的胜迹史料，问之于这里的一位六十余岁的梁老县长，他瞠目不能答。他说：同治五年，西北大乱，本县的县志，完全失去，所以一切史料无考，连名胜也不得而知。仅仅知道离此三十里，有座崆峒山，上面有道观，到阴历五月，有庙会。他所答的，我不能认为满意，想到这城内多少总有些古迹可寻，因此我拉了一个游伴，自己到街上寻找去。首先发现了一座火神庙，觉得里面的木柱特大，在西北，不是平常人力可以得到的。所幸这庙里还有一个老道，和他接谈之后，才知道这里原是明朝的韩王府，院子中间，有一块黑石，油滑放光，便是当日韩王由新疆得来的。他又说，去此不远，有一所关岳庙，也是古寺改建的。古寺是什么名字，现在不得而知了，那庙的后殿，有一口唐铸的铜钟。他说这话，我似信不信。因为西安城里有一口唐钟，大家都当作宝物，何以这里有唐钟，却没有人过问呢？我立刻顺了老道所指，找到关岳庙去。这庙比火神庙更加破旧，不过还有几个穷道人看守。我就问他们唐钟在哪里，让我们看看。老道看不出我们的来头，并不否认，将我们就引到后殿去。这后殿虽也有神龛香案，那尘土都堆积得有上寸厚，黑暗暗的分不出里面有什么。在香案右角，有个大木头架子，果然架住一口钟，钟的上层，有破碎佛帐和灰尘遮盖着，下半截还露在外面，我找块破佛帐，将灰拭抹了，用带的手电筒一照，我直叫起妙来，果然是口唐钟。钟上所列的名字，都是唐朝小吏的衔名，最普通的，就是左押衙、右押衙这一类的名称。我本来要查一查年号，但是字在朝墙里的一面，没法子去看。不过千真万确，可以证明是唐钟的了。用棍子敲敲，响声很圆润，也见得这钟并没有破裂。只是这样随便放在破庙里，就是不会有人弄走，也怕日久会损坏了。同西安那口唐钟相比，可说是有幸有不幸了。我在街上跑了三四小时，算是发现了这两样古迹，此外，是再找不着什么了。说到街市，因为这城仅仅的只有九里长的一条横街，也无可描写。不过这街的中间一段，已改名为中山街，将附近的桥，也附带成了中山桥。这桥有四五丈高，上面盖有个亭子，两头儿将土铺成了斜坡，车马都可以从容行走。在桥上，看平凉全市，黄尘扑地，矮屋偎城，骡鸣车响，另是一种风味，也就算是风景区了。

天气更凉了

由平凉向西走，公路已经修得很平坦，时时可以遇到左公柳成行成列，在路旁鲜活摇曳。偶然遇到一两个土山头，也长着有青青的草了。路旁看到牧羊的孩子，光着两条腿，不穿裤子，上身也只穿一件羊毛毡的背心，这把西北人民的简陋生活，也渐渐的呈现到我们面前了。在未到甘肃境内的时候，本来就有两种恐怖，受着朋友的警告。第一是匪，据说由此向西，三关口、六盘山、华家岭、车倒岭，都是最出名有匪的所在。第二是冷，过了平凉，天气就大变，六盘山上，阴历五月里兀自下雪。关于匪的消息，这是无法的事，既然向西走，那只有说句迷信话，听天由命。关于冷，我本想在平凉买一件皮袄带着。后来看到各位工程师都没有预备皮衣，我也就不曾添置。然而在平凉城西，渡过泾水以后，便觉冷气袭人，就加上了两件羊毛衫裤。在我过平凉的日子，已是国历的六月初，还像东方的深秋天气一样，所以到西北去旅行的人，虽在三伏天，也不能不带着棉衣，遇到风雨天气，和西安的气候，会差上好几个月的。其次所当知道的，就是时刻，也越西越有变动，潼关的时钟和车站的钟，就相差半小时以上，到了平凉，正午十二时，已是上海一时以后了。

三　关　口

这是陇东最险要的一个所在，由唐宋到明清，都不失为一个军事重地。东去平凉城，约莫有六十多华里，一路平坦，唯有到了三关口附近，山岭突起，拦阻了去路，公路却是在山谷里，顺着山涧走。由西安起身以来，除了在邠县附近，看到青绿的颜色而外，就要数三关口了。山谷两边的山峦，都长满了青葱的长草和矮小的灌木，看不到一些黄土地层。而且在青草里面，突出很大的石头，尤其难得。公路随着山涧旋转，非常的窄小。到了六郎庙下，那山势一曲，路绕过山下一个石嘴子去，便是险中之险的所在。路在山涧南岸，上面是山，下面是黄水，澎湃的涧流，水碰在北岸下的山壁上，淙隆作响，猛可的转个弯子流去，所以这个地方，又叫着鸣筝峡。涧的北岸，却是峭壁，没有人行路。据汽车夫告诉，以前汽车初通的时候，土匪就分藏在南北两岸的石壁上，车子来了，他凭空放上两枪，汽车就得停住。要不然，他在上面向下放枪，一个人也活不了的，其险要也可知了。我们的车子到了这里，同行的刘如松总工程师，要考察工程，约莫有半小时的耽搁，所以我就借了这个机会，绕上山坡去，看看六郎庙。到了庙里，才知道这里原是关庙，不过在两廊配殿里，配上六郎七郎两尊偶像。六郎面白黑须，七郎青面红须，多少带些旧戏里戏子打扮的意味，当然是后人附会的了。我曾和各位工程师，问三关口的沿革。据说，在唐宋的时候，三关口一带，峰峦相套，洪荒未辟，简直是没有人行路，沿着山势，设有好几座关口。到了明朝，屡次在西方用兵，三关才开了道路，依然是行军不便。大兵多半是走宝鸡天水那条旧路，一直到左宗棠平新疆。他认为这条路有开辟之必要，就用了五万名以上的民夫，费了很长很长的时间，顺着山势放了水路，才有现在这顺山涧走的窄路。最近在冯玉祥手上，以及华洋义赈会手上，略略有些经营，这才有些路的雏形。现在西兰公路处的计划，是用炸药炸山，用石块和水泥，堆砌涧岸，抛弃利用山涧作路的方法，因为原来的路线，只要雨水大一点，就可以把路给淹没掉了。此外三关口还有一件颇重要的胜迹，就是在六郎庙向东约几十步路的所在，有块大石碑，大书董少保故里五个大字。这个董少保就是满清甘军统领董福祥，左宗棠征西的时候，他建立了不少的功劳，八国联军的那一战他也很现了一点儿手腕给外国人看。谈起他，在华外国人有不少知道的，也总可以说是位民族英雄了。在他那故里，现在没有什么，只是三四户人家，配着两棵白杨树而已。由六郎庙向西，两面全是青山，公路时而在涧西，时而在涧东，顺了山脚走。但据刘总工程师表示这是不妥的，必须设法改正。在这山缝里走，约莫有十华里，方才到了峡外的瓦亭关，由三关口东头的蒿店镇直到这里为止，共二十五华里，这个峡不能算不长，在交通未辟的时候，徒步在这里旅行，当然是危途了。

六　盘　山

这个地方，是比三关口更出名的了。由瓦亭镇到山脚和尚铺约二十华里。铺在一道小小的河流上，约莫有三五十户人家。以前公路没有修辟，走六盘山的，由和尚铺穿庄而过，原也可以算是一道关口。现在公路由庄后斜上作之字形，一层一层，屈曲着盘旋上去。原来这里的大路要走，骡马大车不能直上直下，也必盘旋着走，共是三左三右，所以叫六盘山。而今修公路，要更求平正，山岭东边，由下到上，就成了二十二道曲线，而小弯弯还不在内，就不止六盘了。这种工程，原是华洋义赈会修的，据说花款有二十多万元。只是修到山顶，钱没有了，就不修了，所以岭西由上至下的一段，还是原样，由现在的全国经济委员会公路处接下去兴修了。就是东边一段，据刘如松总工程师说还有许多处是要加以改正的。至于这六盘山的高度，说起来是很可以吓人一跳的，距离海面是七千八百多尺。庐山是江南人认为最高的山了，也不过四千多尺，这就超出近一倍哩。其实这山的本身，高也只有七八里上下，他们工程师步行，由山东面走到山西面，不过费一个多钟头，其高可知。而所以高到七千八百尺的原故，就因为向西北高原上走，本是越走越高，六盘山又在高原的上面，这就有六月下雪的可能了。山的地质，是一种带紫色的石头，但是这石头，非常的松脆，稍微用力敲打着，就可以粉碎。有了这点原故，每在大雨之后，公路旁边的石壁，常是整大片的倒坍下来，把路遮断。就是工程完全修好了，单独以这山而论，将来是另要预备养路费的。我和刘总工程师在车上，随看着山，随讨论着山的工程。刘君又问我，耳朵里响不响？我笑说，果然耳朵里响，何以知道？他说山下的气压，和山上的气压，相差很多。若是步行上山，慢慢的改变，是不会有什么感觉。坐汽车上山，气压变换得很快，耳朵就要响了。他又笑说：这山上常出强盗的，什么时候碰着他，可说不定，也许我们和他有缘。我说：何以地方官不派兵在山上驻守呢？他说：原是有的，以前顶上有座庙，兵就驻在庙里。现在庙没有了，没地方可以驻兵，只好在两边山脚下，东边的和尚铺，西边的杨店镇，派了地方保卫团防守。可是山上下相距得太远，总也耳目难周。好在这条路上的土匪，是不大伤人的性命，我们碰运气罢。我笑着没作声，但是我心里想着，将来西兰公路正式通车，官府总得想个妥当法子，来保障旅客的安全才好。这天，我们过山的日子，天气很清和，仅仅是到山顶的时候，有了几阵大风，略像深秋的天气，还不十分冷。山上遍地长着青草，虽没有树木，却也很好看。（当我由甘肃回陕的时候，满山开着野芍药，和许多不知名的野花，那就更好看。）在山顶上向东方平原看，房屋田地，都成了小孩儿玩的小模型，虽身临险地，也别有风味。向西下山，公路不曾修好，大家下车步行，往下看，阴暗暗的是两峰夹着一道深谷。若以用兵而言，这里是易守而难攻的。历史上在这附近用兵的人物很多，最有名的是成吉思汗，曾在这里避过暑。

隆 德 县

下六盘山，西行约莫有二十华里，是隆德县。然而六盘山离这里虽很近，但那是固原县境。隆德县的境界，也就到山脚下为止。这个县城正因为它离六盘山太近，是一件很不幸的事情，在过去的几年，几乎成了土匪的客店，不时的窜进城来驻守。因之这个县城，蹂躏得可以。虽是比我所经过的永寿县，情形要好一点，然而全城也就只有三五十户人家，大街上竟是一家乡村式的杂货店，也找不着。我们寄住在一个民家，北屋还有一张土炕，南屋是土炕也没有，黄土墙上有两个四方窟窿，是当窗户的，也把土砖来塞了。北屋的主人翁家，门前当院垂了一块破羊毛毡子，当了门帘，墙外有个土砖起的烟囱，向外冒着青烟，里面正烧着马粪，一股子马粪味儿，冲入鼻端。然而这里有一件事，值得记载的，便是井水特别清亮，味也不咸，自出西安以后，没有尝过这样好的井水了。这里街上，也有两家客店，既当汽车站，也卖茶水。旅客由此经过，不妨多灌两瓶水带了走。我们住在这民家，县长刘德弼来拜访刘总工程师和公路管理局郑主任，介绍之后，他竟是我一个神交，在他招待客人之时，我也到了他县署里去。这里可以描写一点县衙门的情形，读者也好知道西路之苦。衙门分前后两院，前院是大堂。所谓大堂者，不过土质地上，白木栏杆挡了一张挂红布桌围的公案。案上是一无所有，只洒了些风送来的黄土。本来有一个木托盘，放了锡制的红墨砚台和粗笔架，可是老爷退堂，这东西也退堂。公案后白木壁门四扇，还是新制项下。转过这门，便是后院，三合房子，左边是厨房和卫队室，右边是课长室，正中便是县长室了。只要看到县长室是怎样简陋，我们就可以知道这地方是怎样的困苦。这里是两明一暗，三开间的房屋，正中空无所有，所看到的是一幅芦席壁子，上面糊了一些旧报纸。左边是县长卧室，其实办公室也就在这里面。屋子里黑沉沉的，光线不大好。原因是只有朝南一个直格子窗户，而且没有玻璃，是绵料纸糊的。四围黄土墙，左边墙上有个四方窟窿，里面放了些新旧书本子。右边墙上贴了一些誊写的表册。窗户横头，放了一张极旧的长桌子，而上面又是蒙着一方蓝布。东西两把椅子，靠档又脱落了三分之二。北墙倒是有一方极高极大的土炕，上面堆了红蓝布面几床被褥，再不能有较重要的东西可以描写了。县长是很客气，请来宾到他卧室里去坐，临时搬进三条破板凳来，才把大家安置下去。县长起居之地，情形便是这样，其余的还用问吗？这位刘县长，为人是极爽直，他谈了无数西北人民苦痛的事情。他说甘肃姑娘，穷得没有裤子穿，已经是为人所知道的了，其实这算不了什么。最可怜是乡下人没被褥盖，又不能睡光炕。只是炕下烧马粪，炕上堆干沙，人睡在沙里。有那过小的孩子，竟是在干沙里烤死了。

静 宁 县

隆德县西去九十华里，是静宁县。县东门外，山谷弯曲，路又很窄，崖上崖下，几乎宽一点的汽车，都不能过去，是很险恶的所在。过了这个险地，便到了城根。这城里有一条直街，约莫一二百家铺子，差不多的东西，都可以买到了。酒饭店，客店，全有。这里除了县衙门而外，还有个旅司令部，城里驻了一团兵。旅客到了这里，必定要看看时间，若是在上午，可以前进，若到下午了，就要考量一下，是不是行伴很多，保护可靠。因为由这里前去，有两个险地，一是祁家大山，一是华家岭，全是土匪出没的所在，不能在晚上走。至于怎么险法，容我写在后面。

祁家大山的碧水湖

由静宁西行，经过界石铺，就达到祁家大山脚下了。这山虽没有六盘山那样高，但是公路由下而上，也作了四五个曲折。上岭以后，仅仅是下了一个小山洼，这似乎又走上一重高原了。在这山洼里，还发现两行极长的左公柳，可知道当年用兵，也走的是这条路。不过再向前进，公路为了避免过几道河，不走会宁县，就和旧军路分开了。在祁家大山第一重岭下，深谷里面，突然有个水潭，约莫有两亩多大。远远的看那水色，绿得像绸子一样。据本地人说，以前是没有这个水潭子的，乃是民国八年，甘肃大地震，地陷下去了，陷出这样一个水潭子。因为总是绿色，人家就叫它作绿水湖。

谁都头痛的华家岭

曾经走过西兰公路的人，谈到华家岭，谁都会头痛。这原因并不在岭上出强盗一件事上，因为这岭实在太长了，长有二百四十华里。照说游山，是一件乐事，我们并不觉得讨厌的。然而旅行的人要经过两次华家岭以后，那么，字典上关于讨厌的形容词，都可以取来形容华家岭。这地方很像江南方面，没有人过问的小荒山岗子，去两旁的山谷，也不过几丈高，公路就在这不高的山岗子上。这山岗，土人叫梁子。便是土人，说到梁子，也觉荒凉的。这华家岭的梁子，没有一棵树，没有一滴水，自然，没有一户人家。在梁子上望低些的地方，不是层层下去的方块庄稼地（而地里是十有七八不见青绿，因为没人耕种的原故），便是一圈套着一圈的山梁子。向高处望，那更是山梁。山梁又永远是像懒龙似的浑圆，漫长，没有一点曲折的风景。也许偶然露出一个山尖来，在上面有个四方的碉堡，仿佛是新鲜一点。可是看到第二个碉堡，这就令人讨厌起来。因为在前一程公路上所看到的碉堡，它那四周的情形，和再看到的碉堡四周，简直没有什么改变，汽车在山梁的公路上，顺了山势，环绕着走，经过一小时，又一小时，所看到的风景，总是那样相同，就是在许多山梁里，露出左右两道方块地的山谷，山谷那一边或者有两三户人家。此外，我想不出别的新鲜文句，来描写这华家岭了。在这种情形之下，汽车夫也和旅客一样，感到疲倦，将速度开到每小时三十个埋尔（mile）。在西兰路全线，还没有修好的时候，三十个埋尔，是不能再快的速度了。可是那烦腻的风景，老是丢不开它。而在那一天，我们还大大的吃了一惊。事后回想着，虽然有趣，然而当时是汗流浃背了。

受宠若惊的一幕

由静宁出城的时候，本来还只有下午两点钟，推想是可以赶上一个站头的，所以大家毅然上路。在我们，这辆轿式车上，除了我，有刘如松总工程师，陈本端副工程师，贺西垣段工程师。行李和工友们坐的大卡车，是在后面远远的跟着。那车的速度，不能像这车，在华家岭上狂跑了三小时以后，那卡车是离着很远，没有消息了。在这种山梁子上旅行，谁也不免迷路，正因为是前后风景太相同了，所以在车上坐了许久，便是那汽车夫走过华家岭八次，他也记不清到华家岭的华家岭镇，还有多少路。眼望着西边的太阳，越发的向下沉落了，时候已经是不早，望望去路，只见那重复无边的山梁子，与天相接。汽车追太阳，那是追不上的，眼看太阳去地只有一丈来高了，市镇还是不知道在哪里。在这时，经过一个小小的山坡，路突然一转，却见山坡上站了一群人。这群人形状都很古怪，有的戴着高顶窄沿的帽子，有的养着一部漆黑的络腮胡子，他们远远的看着这一九三四式的米色轿车就十分注意。等我们的车子经过他们身旁以后，他们一阵风似的追了上来。那一副尬尴情形，我们早就注意到，现在他们追了上来，这事情大白，不是绿林人物是兀谁。刘总工程师料得祸事来了，立刻对汽车夫说快跑吧。贺工程师是陕西人，他所见到的西北民情比我们多，他也低声说快跑快跑！汽车夫立刻放快了速度，向前飞奔。说时迟，已经转过了一个山嘴子；那时快，迎面一个身背步枪的短装人，高高的举着手，大叫站住站住。在前面，还有一群人拥在路边。在人丛里发现了红红绿绿的东西，不住的在风里招展，那分明是旗帜。这完了，后有追兵，前有埋伏，如何冲得过去？真冲过去，也许他们就对了汽车开枪。刘总工程师胆子最大，在江西建筑公路的时候，他就常常出入有匪区域。当时，他见那背枪的人到了车前，就索性吩咐车夫停车，他那意思说跑也无用了。我在上路以后，本也以为遭不幸并非例外，到这里，也就只好听便环境的转移。眼见车子停着，背步枪的人走近了车门边，这才看得清楚，那人手上，还举着一张名片呢。开了车门，他递进名片来，他笑说："这是刘总工程师的车子吗？"刘答是。他又说："我们是会宁县县长派来的。前三天，县长接了电报就知道刘总工程师要来。奉了兰州朱主席的命令，一路妥为招待。这个地方归会宁县管，可是到县城还有六十来里地。县长分不开身，特意派保安队长带了几名弟兄在这里欢迎。"我们一听，原来是这么回事，都转怕为喜了。既是有人欢迎，车子就开到欢迎的人面前停住。刚才看到的红绿旗帜，也错了，原来是一张长桌子，系了绿沿边的红桌围呢。大家下了车，和那欢迎的队长一阵周旋，虽然又发现了几个背枪的，我们也不在乎了。由汽车后面追来的那一大群人，也就围了这桌子半个圈子。桌子上摆着欢迎的盛筵，是八个粗瓷碟子。乃是两碟带壳的生核桃，两碟干红枣子，两碟大花生，还有两碟黑糖块。桌子下放了一只大瓦壶，桌上有四五只粗瓷杯，一盒平凉土制火柴，一盒哈德门香烟，刘总工程师是美国某大学毕业生，由金元国家回来，又当了好几年大学教授，和要人来往是不必说，什么大宴会没有尝过。然而他说出一句很幽默的话。他说这位县长欢迎出六十里路以外来，我们今天受宠若惊了。这受宠若惊四个字，对于我们当时那番情形，再恰当不过。大家全哈哈大笑。据那队长说，在此已经候有三天，不想今天才来到。我听说，就偷看桌上摆的碟子，怪不得浮尘铺得有一分来厚。大家喝了两杯凉茶，抽了两根哈德门，才继续前进，又走四十里，在夜幕初张的时候，到了华家岭镇。

最小的客店

华家岭这个山梁子，东西相距是二百四十里长，直到走过了三分之二的路，才有这样一个小镇市，此外，梁子上是土窑一所也没有的。所以这个镇市，虽不过二三十户人家，那真是太平洋里寻出一个救命的淡水岛来。这小市集也围了一道小小的堡墙，里面原来都是农家，自从公路经过，也就有一两家经营客店。先投到一家客店里，也倒有院子停放汽车，只是东北角总共四间小屋子，全被人占了。若要在这里寄宿，只有睡在汽车上。我们只好出去，另找客店。找了许久，对过一个住户，他们愿意容纳我们。那里就是一间屋子，房门便是大门，临着大路。屋子里是一个大土炕，大概原来是有一张小的破桌子，因为让旅客进来，腾挪出去了。现在这屋子里，除了那土炕，便是屋角堆的一些瓦罐子、瓦盆子，在这屋里，可以说见不着一寸木器，有之，就是两把锄头上按的木柄。这屋子放了三张行军床，就满了，那位贺工程师，还挤到另一人家去住。这个客店之小，生平是没有经过第二处。同来的那群工友，挤在隔壁住，也是十几人一间屋子。这个地方，到平凉，正好是汽车一个大站，客店这样少，实在惶恐。据公路管理处的人说，一定要在华家岭设站和旅客招待所。我想，以后经过此地，也许便利些了。

定西县

由华家岭向西，在山梁子上，再走五十里，才下到平原。在下了平原之后，身上觉得如释重负，心里先痛快一阵儿，所遇到的第一个村镇，就是红土窑。这里约莫也有四五十户人家。因为地方是在华家岭脚下，以前常遭土匪的蹂躏，所有的人家，也就不免是破门倒户。但是由华家岭下来的人，若赶不上大站，可以在这里休息。再西三十里李家堡，二十里定西县。这个县城，地势很是扼要，东南两方是平原，西北两方是山岭，城就在高岭之下。当年左宗棠带兵，就驻守在此地很久。因为相距不过几里路，便是车倒岭，乃是向兰州去的咽喉路径。以前人行大路，东穿会宁到此，由此再过榆中到兰州。现在的西兰公路，并不经过会宁榆中两县，我查看好几种地图，都是把公路和旧大路混而为一，相差得很远了。定西县原名永定县，原来土筑的城圈，并不怎样大，在左宗棠手上，因为用兵的关系，又在旧城北门外，加筑了一道新城，比旧城还要大，本地人分叫新城老城。县衙门和小学校，都在老城。商店转拥在新城里。不过所谓商店，那也是很萧条的门面，比南方的乡店还不如。汽车站在新城北门外，投店不必进城，城里并无客店。听说公路局将来也要在北门外设个中转站。

车倒岭

这个岭，又是个不大平静的地方，以往是常出土匪。因为已经是到甘肃省治不远了，省当局对这件事很是注意，到现在总算很平安了。由定西西进约六七里，再又折回东退二三里，才上了这个坡，以前人行大路走骡马大车，虽弯度不必如此之大，大概也是折转来上山的，所以叫车倒岭了。由岭脚到岭头，也是之字路，共走了四个来回。上岭以后，便又是山梁子，长约二十多里，明朝的时候，常遇春在这岭上大战元兵，死人无数。所以谈到这个地方，也是很有名的。在山梁上经过一个村子远望有十几户人家，及至到了近处一看，完全是些秃墙，连一个人影子也没有。据汽车夫告诉，这一带的土匪，比较的凶恶，因第一次抢劫，来的人少，让老百姓打发回去了。他们第二次重来，带的人不少。杀进村来，不问男女老小，全村四五十口，杀个干净，因之这一个村子便绝灭了。听了这种话，可叫人不寒而栗。好在这岭并不长，只是二三十里，渐渐的接近村落，一路也不少的镇市。其中有个大站，叫甘草店，差不多有二三百户人家，由定西到兰州去的长途汽车，照例是在这里打尖。过了甘草店，便是兰州附近的富庶之区，麦田树木，不断的可以看到，比着华家岭一带，那已是天渊之别了。

兰州东郊

我们由西安向兰州去，因为阻雨和刘总工程师视察工程的缘故，共走了九整日，听说快到兰州，精神就为之一爽。离甘草店约三十里，到猪嘴子，经过三角城一带，公路平整，村落相望，小河一道，清水滚滚冲动那磨房外的水车，很有点儿江南意思。再行十里，到马家寺河。河面很宽，乱石嵯峨，流着一线清水。两岸人家，用白杨树作篱笆，大青石堆墙，也是行一千多里路所不曾见的风景。过河五里，是阎王沟，又叫仰望沟。土山中裂开一条小缝，仅仅让车子过去。以前这里很出强盗。现在西兰公路改了由山顶上走。两道山峰，中间隔着一个深谷，是用一道长梁渡了过去。长梁下面，有太极图式的流水暗沟，在里面点灯走，由沟南门进去，北门出来，在暗洞里走二三百步，出来却是原处，工程很巧妙。这是华洋义赈会介绍下来的瑞典工程司监造的。但刘如松总工程师说，这是外国工程司错用了义赈会的政策。义赈会只在赈济，不怕多花工资。经委会是实事求是的，何必如此浪费（估计要工资两三万元），其实公路不走山头，一样可以过去的。阎王沟再西行十里，是东岗坡，远远已可看到兰州城外的皋兰山了。再行二三里，抵兰州飞机场。这里机场宽大，周围有三里之遥。机场北面，是兰州大营，营门筑着城堡，气象森严。由这里到兰州东门，约十里，公路平坦，车走如飞，看到北平式的四叠城门箭楼，人是神气飞扬了。

到了兰州

兰州的街市

兰州虽是边省的省治，可是指古时而言。现在我们把全国地图打开来一看，在正中的地方，画一个十字，那么，我们就可以在十字中心点附近，发现兰州这个地名。所以到兰州来，名义上是繁华边界，实际上是到了中国的中央。这里在西方人看来，也是西北的上海，西向新疆、青海，以及西藏北部，都由这里，运了货物去。北向宁夏、蒙古，也有买卖，所以在商业上，兰州是很有地位的。我们走了一千多里干燥无味的旱道，所经过的，便是平凉那种大地方，也只是一条直街，所以我们理想中的兰州，也很荒凉。及至汽车进了东关以后，便觉是差强人意了。兰州和西北各城一样，在城墙之外，另有一道关，东关南关，都是很大的城圈，只有北门，出门便是黄河，才没有关。由东门到省政府衙前，是个干字形的街道，宽的所在，也有两丈多，窄的所在，却仅仅通过一辆汽车。店铺完全旧式，柜台多半像南方的当铺，一字栏门。所有货物，都是陈列在一种多格子的高大木架上。所谓窗饰，自然是谈不到。便是货物的样式，也很少能表现出来。这理由很简单，因为玻璃这种东西，很不容易搬到兰州去。这里的玻璃价钱，更是昂贵，大概一尺见方的，这里就得卖上一块钱了。因之兰州城里的建筑，就绝少这样东西，商家用那最古的法子，把货物放在架格子里而外，有那一定要陈列出来的，不是挂在屋檐下，便是挂在墙上，以便主顾采用。房屋也十有八九是老式的，低低的屋檐，向街心里伸出，在屋檐下横列着各种招牌。我所看到的略带新式的房屋，只是新开的几家旅馆而已。西北是大陆气候，雨水很少，因之兰州城里的街道，也都是土质，不过灰土还不像西安那样厉害，并且这里利用省政府里的磨电机，全城都有电灯，这却是胜于西安一筹的了。

中山市场（庄严寺）

中山市场，原来是城里有名的庄严寺，在省府东大街，在西北军手里，改了这个名称。现在除了寺里正殿而外，一律都改作了商场，商场的内容，也是仿照北平各种市场布置的，只是浮摊多，店铺少。若以贩卖的东西而论，大概日用百货，总算都有，而妇女们所需要的，尤其全备。所以兰州城里的摩登妇女，中山市场，是必须要到的。这个边城，墨守古风，并无男女公共场合，也绝少男女同行的这件事。只有中山市场里，男女都去，也偶然可以看到男女同行，有人说，这同行的男女，也十有八九是东方来的，本处人，依然男女不同行。这真是讲求复古的先生们，心焉向往的了。说到庄严寺本身，却很有不可磨灭的价值，正殿楼上，两壁都是唐人的壁画。画里的佛像，完全是印度作风。因为这楼上终年闭着门窗，里面很少透进太阳光去，所以还保留着原来的颜色。据本地人说，在某一个时期里，这壁画，大有全部毁灭之虞，所幸本地几个聪明人，把泥浆木板，将壁画给藏埋起来了，这才得免于难。除了壁画之外，有人说，这庙里还有一种转轮佛灯，在另外一个幽僻的殿里。那转灯像一个木塔，下半部在地窖里，上半部直通殿顶，若有人碰通了机关，灯自会转动。这个东西，我亲眼没见，不敢认为完全存在。因为我游过了庄严寺，朋友才告诉我的。再要去看，还得找官厅人相陪，只好罢休。不然，庙里和尚，他不公开的。

民众图书馆（大佛寺）的三绝

谈到了庄严禅寺，就该说到宏恩寺了。这寺，俗称大佛寺，因为庙里有大佛像的缘故。现在兰州官厅，利用了这个地方，改为民众图书馆。地址在省政府西大街，并不偏僻。关于图书馆的陈设，无须介绍，这里单说大佛寺有名的三绝。是哪三绝呢？便是书绝、画绝、塑绝。第一，书绝，这里有颜真卿的字，褚遂良的字。第二，画绝，第一殿里，有明朝的壁画，完全不缺。殿后壁，有吴道子亲笔画的观音大士像。像高约七八尺，完全工笔。别的不用说，只是观音身上披的纱，隐隐约约，露出里面的衣服来，那便是绝技。只是年代太久了，颜色不十分清楚，许多人对这壁画，想拍几张照片，都宣告失败，不久有个白人，他表示用一种化学品喷在壁上能用纸将画拓下来。但是兰州官厅，怕腐蚀了原画，没有答应。第三是塑绝。我前文说过了，北方古庙的塑像，能保持着原来状态的很多，大佛寺的壁佛，都保存下了，寺里的旧时塑像，自然是也不至于毁坏。据我的观摩，要算后殿东配殿的几尊佛像，最是神气活现。正殿三尊大佛，虽塑工也还不错，比起配殿的，就相差得很远。这些塑像，有人说是唐塑，也有人说是元塑，这却没法儿考据，不过不是清代的产物，那是可以断言的。

黄 河 铁 桥

“千古黄河一道桥。”在以前津浦、平汉两条铁路没有筑成以前，由青海到山东海口，黄河就只有兰州城门外一道浮桥，所以有了这七个字的老语。桥在北门城外，出城就可以看见。不过原来是浮桥，现在是铁桥了。浮桥的构造，和南方的浮桥也不相同，乃是把木料飘在水里，用一种甘西特产的千金草，搓成绳子，将木料缚住，然后在上面铺着板子。桥面很宽很宽，为的是好在上面通过骡马大车。但是有一层麻烦，这桥要每年架搭一次，因为到了冬季，黄河结冰，这桥不收起，冻在冰里，就要损坏的。到了光绪末年，甘肃某巡抚，作一劳永逸之计，花了五十万两银子（运费在外），请德国人建筑了这座铁桥。桥长约有二百多步，宽一丈四五尺，和铁路上的铁桥，大致相同，不过这在桥面上，铺着一层厚的木板，笨重的骡车马车，滚着桥板咯咯作响，由架空的桥梁下，一重重的钻了过去，又是新的，又是旧的，倒也别有风趣。河的北岸是白塔山，山上有几处庙宇，参差着山的各层。那上面并没有草木，淡黄色的土被强烈的太阳光照着，只觉银光射目，显然不是中原景象。桥的上下游，都有很大的水车，直列着圆形的轮子，让黄河的水去推动。黄河的水，流着总是很急的，在桥上经过的人，可以听到那水流在桥梁上冲刷着，哗啦作响。还有那牛皮筏子，不用东西撑动，在水面上顺流而下，去得很快。这一些，在黄河桥上看到的，是东南人最会感到兴趣的。

省政府花园

我们到了兰州的时候，城里头的八字新式旅馆，都宣告客满，因之靠了本省朱主席在西安给予的介绍信，得蒙省府里人招待，住在省政府花园里。甘肃省府，本是明朝的肃王府，地方很大。当左宗棠做陕甘总督的时候，又把这里修理了一番，所以这个花园里，不但是亭台池榭，点缀得很好，而且里面的树木，都很有年月，又高又大。园子里的亭榭，共有十几处，第一有名的是望河楼，在花园后壁城墙上，在楼上开窗向北看，黄河滚滚，就在脚下。楼外有幢石碑，上面略有红晕，传说明肃王遭匪乱，在府里殉忠，王妃就碰死在这碑上。第二是船厅上，在假山，是当年左宗棠办公的地方，现在省政府宴客，都在这里。第三是肃王墓。那次匪乱，肃王全家失踪，本没有尸身，葬在这里，后人因为纪念他一家忠烈，就在这里做了一个假坟，坟外还有一座两层高的塔亭。这个地方，在全国里也是精华的一部，高大的槐树，伸入了半空，假山上配了那曲折的台阶，又加上嵯峨的怪石，有一条水沟，在山下草地里流着，淙淙作响，很有些画意。第四是碑洞，一个方形画舫式的石门，走进了四方的地窖里去，四周的墙上，都嵌着石碑，上面刻的字，乃是当日肃王写的诗句，在他生前，大概就勒上石碑了。此外，还有荷花池子，和几处平台。池子里的水，有几条曲沟，终日里的是流着水。这水不是泉水，也不是引来的明沟，却是用抽水机在黄河里抽上来的黄河水，所以是用之不竭的。这里虽是省政府的花园，但省府因兰州城里，只有这地方是风景区，于是在每个星期日，将省府西边的侧门打开，放人民自由进去参观。只是不像他处的公园，里面没有什么酒店茶社，休息的地方，也唯其如此，这里面是比较的可以保持清洁。

五 泉 山

五泉山就是皋兰山，兰州的县治叫皋兰县，就是由这山上取下来的名字，山在兰州南关外，约五里路，山势是很挺拔的，虽然山上还缺少着石头，然而满山满谷都盖有草木，远远的望去，一片青葱的颜色，在西北这地方，有这样的青山可看，那是很可以让人满意的了。车马大路，直通到山脚，迎面一座木牌坊，上写着乐到名山四个大字。在这山上，共有六七处楼阁，都是随了山的势子，层层建筑上去。所有的房子，也十之八九是新式的建筑。据传说，在前清时候，山上不过是两处寺观。前二三十年，兰州有个姓吴的，觉得这地方很可以布置一番，因是沿了峰峦高低，配上了房屋和原有武侯殿、千佛阁、左公祠、嘛呢寺几处，真是五步一楼，十步一阁。又顺着小谷，栽了树木，到了现在，就成了风景区了。树木以山谷里的小蓬莱为最多，拦着两边的高地，跨谷为桥，桥上建亭。绿荫深深的，前不见去路，是最可留恋的一个所在。所以茶社也以这里为多。此外五道泉水也高低分别着在各地建了亭子遮掩，但是这几年来，已有两道泉水闭塞，五泉山实际上是三泉山了。山上的正面一处房屋，是三台阁向北筑有石栏，居高临下，黄河兰城，都一一可以指点出来。

兰州的形势

兰州在汉朝的时候，已经归入了中华版图的了。霍去病在这里屯兵，防备匈奴。由汉以来，直到左宗棠手里，这里始终是脱不了军事关系，依着形势看，这地方是十分重要的，城北是黄河，河北是白塔山，山迤逦向东去，掩过了兰州城十几里之外。城西南是皋兰山，居高临下，对敌人由黄河北岸来，是看得很清楚的。至于兰州附近，恰又是个平原，正好屯上几十万人马。现在东门外那两山之间的一片平原，依然是驻军之所，过了这里，又有阎王沟之险。来游历兰州的人，对于这一点，是应该明了的，能明了这一点，然后就可以知道兰州之所以重要了。

几项交通事件

到兰州来的人，有一件事情，是深深的会留下印象的，便是交通事件。这里的交通，可以分水陆空三种。水中所用的，只有牛皮筏子。这东西，说起来是很有趣，用的时候，放在黄河里，载了人同货走，一直可以到绥远的包头去。不用的时候，人就把这东西扛在背上，带了顺便的走。它并不是我们理想中的牛皮筏子，以为把牛皮蒙在木架子上，作一个小船形。它是把牛身上的皮，外去毛，里去肉，除头尾而外，整个儿留住，用线缝着，用膏涂抹着，不透一丝缝，然后向里面灌气，整个牛皮腔子，吹成了个白而光滑的大泡泡。泡泡之大，大于书桌。这样的大泡泡，多则几十个，少则六个，将它用棍子编夹起来，就成了牛皮筏。放在水里，自然飘浮起来。在牛皮上蒙着板子，可以坐人，也可以载货。筏上虽然也有短的篙桨，但是黄河水急，不能由下而上，也不能断流横过，只有一个笨法，将筏子顺了水流着走。若是打算渡河，只有慢慢的斜了过去。筏子由上而下，达了目的地，它的主人，拖上岸去，将皮囊里的气放了，牛皮卷在一处，由陆路将大车拖了回来，若是短程，连气也不放，就扛了现成的皮筏子走。兰州城里，每日都可以看到撑牛皮筏的人，背上驮着一大排牛皮大泡泡招摇过市，乍见之下，东方人士，是不能不笑起来的。至于陆路交通呢，那就很多种，远程有骆驼、驴、马、骡车、大车、汽车。及短程有轿车、人力车、骆驼和驴，外方人不大用为代步。由此向西，骑马走长途的很多，老弱的就坐骡车。汽车由西安到这里，可以再向西到青海。但是那是旧大路，并非新修筑的公路，赴起汽车，是相当的危险。由兰州到新疆迪化（今乌鲁木齐市），汽车只通一半，到肃州为止，肃州以西，要骑马。兰州到宁夏，是骑骆驼。（水行，可以坐牛皮筏子。）轿车和骡车，本来是一种东西，但是久住在北方的人，就知道这里面，略微有些分别。骡车是普通人乘坐的，自用或营业的都有，它的车篷子，是圆背，很像南方的小船篷。轿车，大概都是自有的，车身很精致，车篷就完全是半载轿子。这种车，比骡车更要来得笨拙，走起来踉踉跄跄，不宜于走长途。兰州城里，这样的轿车，为数就不多，在这里坐轿车，也就等于在上海坐汽车了。此外人力车，全城也只有一二百辆，在省政府门西边，终日是整排的停着。因为兰州城既不大，西北人刻苦耐劳惯了，根本就不需要坐车，到哪里去也是步行。此外人力车价，也相当的昂贵，只要坐上车去，就是一毛钱。一毛钱在兰州，是不像一毛钱在北平、上海的，所以这里的人力车夫，只有在冠盖往来的省政府前等候买卖了。航空方面，由东来的飞机，每星期只有一次，逢星期三飞到，星期四飞回西安。可是平常的人，却没有那种能力，可以乘坐。因为由西安到兰州，票价是二百元呢。但是对于来往信札上，却增加不少便利。平常由西安寄一封信到兰州，至少是十二天，若遇到天气不好，陆路上邮车不通，就要走到一个月的。当我西游的时候，向西走的邮件，汽车只送到平凉，平凉以西，乃是大车运送，其缓可知，自从每星期有了发航空信一次的机会，这就痛快多了。

旅客起居备考

我在兰州住的日子很短，与社会又很少接触，所以不能像记述西安情形一样，把旅客所要知道的都记起来。但是我已经知道，对旅客可以作起居备考的，也不妨略述一二。这条路，向少人走，有向西走的，在东方是苦于无从打听一切情形，所以这里虽只略述一二，对旅客也不无小补。

搭车　在西兰公路管理局未曾成立以前，由西安到平凉，商人用货车带客，每人约需十八元至二十四五元。由平凉到兰州，看车多少，价有高低，但至少也要十五元以上。由兰州直回西安，货少，客票也就便宜，平常是二十多元。若是同日有车子开走，互相落价拉客，甚至十五元，也可以搭车了。自二十四年五月一日起，管理局的车子，已经通行，原定来往车价，都是五十元。货车是不是还可以带客，却不得而知。

旅馆　兰州城里，比较像样一点儿的旅馆，共有国民饭店八家。其中只有两家，预备有被褥出租。好在向兰州来的人，都是带有铺盖的，这倒没有多大问题。最贵的房间，一元钱上下，不带伙食。其次几毛钱的，也勉强可住。房间里除床或炕而外，只有木头桌椅，并无别的陈设，但多数有电灯。旅馆都在城里省府附近，容易打听。西北人朴实，兰州人尤其干脆，旅馆商人没有什么讹诈人的事情，旅客可以放心。

酒馆 兰州城里，并没有像西安那样大的酒饭馆，不过设下七八副座位，便是上中等的了。有一家最有名的菜馆，还是附设在旅馆里的，可以想见其余。有一种黄河鸽子鱼，也是请客的上品。鱼不过筷子长，大头扁嘴，嘴上有两根肉须，酒席上照例每盘一对儿。每一对儿鱼，却要值洋两元。省政府东辕门口，有家天津馆子，小吃倒不贵，有一元左右，两人可饱餐一顿。

澡堂 到西北来想洗澡，那是一件极端困难的事儿。当过平凉的时候，我本也想去洗澡。有人说，倒是有家池堂，只是那池子里的水像墨汤一样，臭气难闻。听到如此说，也只得罢休。兰州城里，总算设置完备，居然有一家澡堂，里面有四个木盆。地址在省政府西辕门，外面有卫生澡堂字样，很容易寻找。不过卫生的话儿，是不能深究的。那四个木盆，就放在一间窄小的屋子里，湿气纷腾，灯光惨淡，东方极下等的澡堂，也不至于如此情形。可是到了兰州，如要洗盆堂澡，除了这里，还没有第二家呢。澡价是每人三角。

土产 旅客的习惯，到了一个地方，总要带些土产走的。兰州的土产，我所知道的，只有两大宗，可以送人。其一是皮货，其二是瓜果，关于皮货一层，四季都可以买到的。这里的羊皮统，虽是比东方便宜，可是板子厚而且重，一斤以下的统子，可以说是没有。平常一件细毛羊皮男袍，大概十七八元。据传说，此地以猞猁狲、黑紫羔最好。猞猁狲我不曾打价，黑紫羔约一百元上下。（此外有一种羊毛毡子，可以铺地。毡分红白二色，长六尺，宽三尺，每条售价八九毛。）再说瓜果。本地人说，越向西，西瓜越好吃，水多而甜。本地有一种瓜，只二斤重，水像蜜糖一样，而且还带了清香。果子里面，要算梨最好。有一种醉梨，买回来先不吃，放在风凉的地方，过两三天，瓤软化了，喝起来像甜酒一般。他们说得津津有味，只可惜我早来了两个月，不曾尝到。

气候可爱

我在新出的一本地图上，看那说明上，说甘肃的天气，冬天极冷，夏天极热，热到沸点以上，这具有错误。那上指的天气，恐怕是再西的沙漠及青海而言，甘肃的中部和东部，气候是非常之好的。冬天虽冷，不过日子长一点儿，还不像长城以外那样厉害。至于夏天，根本就不热，最高的热度，不过华氏八十度上下（摄氏温度二十六度左右），而且还是指夏天正午说的。所以在兰州，夏布大褂，简直用不着。我是端午前三天离开兰州的，满城人都穿的是夹衣，早上还非加棉不可。这比东南哪个避暑的地方都好。

结　　论

当我打算作这篇游记的时候，本来只想写一两万字就为止的。不料动笔之后，觉得应该介绍给读者的事情太多太多，以至于比原来计划的字数，加增到一倍有多。还有许多琐碎，或不关旅行的，只好不写，免得拖长了，像是有意混稿费。现在对于全篇归总说几句。其一，到西北去，是很苦的，比旅行东南各省，那真是天上人间。不过当时是苦，事后回想起来，却又很有趣味。其二，关于旅客的安全问题，在陇东几个荒僻区域，略有点儿可虞。但是现在西兰公路管理局，正式通车了。车子是西安、兰州两处，每日对开。负责的人，在这种情形之下，总有妥当办法。其三，是旅费这件事。多带呢，可以不必，少带又不够用。兰州虽通用中央银行的钞票，但是沿路不行，要用现洋。辅币而且是每段用法不同。最好在西安、兰州两处，分别在出发地先打好汇票。西安是火车直达的地方，不打汇票也可以。其四，是旅行卫生了。这是向西北旅行比任何内地都要重要的。因为那边水是难得的，尘土又重，吃的喝的，恐怕非自己动手，不能十分干净。可是出门的人，又哪能自弄吃喝呢？这只有一个诀窍，非熟不吃，非热不吃，也许保险一点儿。其五，过了西安，那边关于安置旅客的条件，一切不完备，到了西安，不妨向人多多打听，旅行的东西，也充足的带着，旅行参考书，也很少。唯其是这样，所以这篇《西游小记》，作到四万多字，全篇完结。

（原载1934年9月—1935年7月上海《旅行杂志》第八卷第九号至第九卷第七号）

白门十记

金陵既建为国都，凡百事业，与日俱进。说者谓物质差备，已具现代都会雏形。再以十年之努力，其必占东亚大都会之一席，可无疑也。然金陵之为世重，固不始于今日，论文物则吴晋风流，六朝金粉。论形势则楚尾吴头，龙盘虎踞。第沧桑数劫，事境多隳耳。故建都不下十代，筑城远过千年，而旧日规模乃不能与燕京一较短长。古今诗人，石头城吊古，感慨弥多者。良有以欤？愚旧过白下，将及十次，今居京华，亦以两年，耳目所及，前后恍然隔世。因知昔曾游南京者，苟不复临斯土，未必能信有今日物质进步之速。而今日观光首都，昔未曾一入下关者，又未必能想像当年之荒落情况也。因之拉杂见闻，共为十记①。虽述新知间参旧迹，或亦可为游侣之小助，供凭吊吟咏于一得耳。

记繁盛区

至首都者，大抵多自城北来。或由和平门入，斜驰中央路而至鼓楼，转达中山北路。或自挹江门入，经由中山北路长驱而达新街口。但见大道荡荡，汽车碌碌于上，终日绵延不绝。由齐楼至新街口一段，嚣杂尤甚。行人欲越路而过，恒须驻足小立，徘徊左右顾，然后乘车马间断之小隙，急趋而前。此在我国，唯上海有此情景。南京建都，仅仅十载，人事之繁，至于此极，可惊也。

新街口为一圆式大广场，四大干路，交叉四方，于飞机上作鸟瞰，俨然一巨大之舵轮，平置地上。广场上花台树木，其似轮齿，而中央一巨大

① 因年代久远，资料所限，今仅发现四记。——编者注

炸弹模型，其轴矣。广场四向，夷楼夹峙，钢骨水泥之建筑，触目皆是。七八层大厦，月有所增，犹方兴未艾。故预计三年之后，此间可与上海南京路抗衡矣。

二十年之前新街口，为塘坊桥与明瓦廊之衔接处，菜圃竹林，杂以草塘，有鹅卵石小路一条，纵行其间。道旁矮屋数椽，乱砖为垣，野树两三株，斜支草棚而出。尝偕友人游清凉山，经此往夫子庙。蹄声得得间，驴背上与友闲谈，挥鞭指道上曰：不信江左大城，中枢尚荒落如此。曾几何时，而乃或为车马喧胜之域。惜友人之墓木已拱，不及观此盛世矣。

繁盛区最繁华之一线，则为太平路，南自门帘桥，北抵大行宫，巨肆夹道，市招如云。入夜则火光烛天，远及数里。星期日两旁便道上，行人踵接，自朝迄暮勿绝。行人丛中，十之二三为一武装健儿挟一丽姝而行。此不仅可以觇新都气象，亦可以知现代女性之风尚矣。

新街口广场之北，为中正路，路左仿北平市场制，建一商场曰中央，规模略似北平劝业场而小，精结则过之。其间百货悉备，而故都商品，尤占多数，吃饽饽似正明斋，买玩具似松竹梅，而福生食堂，厚德福豫菜馆，且为北平支店。甚至废年应景之蜜供，中秋应景之兔儿爷，亦可于此间购得。故北地南来之人，借此固可少慰相思，而未尝一莅北土者，亦得一尝异味焉。

繁盛区之商业，亦略有部分之差。大抵洋货绸缎，传备于花牌楼至太平路，酒食菜馆，罗列于大行宫至新街口。文具图书，独多于杨公井，而新街口东北角，尽为银行区，崇楼巍峨，耸峙道旁者，皆金融界之新建筑也。顾银行亦有散在白下路建康路者数家，此则以建筑在先未能迁移耳。

旅客有欲遍莅繁盛区者，则可自中山北路乾河沿起南行。至广场折而东，历土街口至大行宫，复折而南，循太平路直下至建康路，回顾西向行，达中华路。则京国繁华，可一览无遗矣。

记夫子庙

在昔民国初元时代，叶楚伧先生，有记白下诗云：“终是六朝金粉地，南城箫鼓北城兵。”北城指下关，南城则夫子庙上，秦淮河畔也。吾人更读《桃花扇》《灯舫夜游》之曲，《板桥杂记》《珠帘隔水》之文，可见秦淮盛事，自古云然，非今为烈。客有至首都者，固必瞻陵园山林之美，然亦未有不慕秦淮粉黛之艳者。既作白门杂记，难付阙如。附庸风雅，聊叙数事，若谓导旅人于狭邪，则吾知罪矣。

夫子，圣人也。祀圣之地，虽俗称圣庙，然各地名称，恒曰学宫，兹直以夫子庙称之，则南京土著语耳。固已失其庄严矣。笔者奔走南北十余省，所阅学宫，当可百数。或则朱垣翠宇，壮丽凌云。或则古柏高轩，静穆如画。若白门历朝胜地，今日首都，而以喧嚣湫隘之居为圣地，固人所不及料。更以夫子所居，接邻琵琶门卷，几为温柔乡之代名词，尤近于不经，然事实固如此也。齐人归女乐，三日而夫子行。圣人在天之灵，未知何以处此，无已其以马氏绛帐笙歌解嘲乎？笔者为此，初亦甚涉疑阵。兹检阅图志，则知明有国子监规模宏大，在鸡鸣山之麓。清之中叶，数度毁于兵燹，寸椽不留，乃迁圣庙于朝天宫。秦淮河上夫子庙，盖江宁府学旧址耳。朝天宫今已改建古物陈列所。首都圣地，遂不得不屈居于此矣。

夫子庙为一摊贩市场，与上海邑庙、北平天桥，地位相等。江湖卖艺之流，市廛负荷之客，支棚为市，庞杂无序，虽夫子有教无类，当亦伧俗难近。幸中部数殿，近年辟为图书馆与小学，犹为夫子留一席干净地。客闻夫子庙之名而来，当废然思返。顾俗称夫子庙，实非指此市场，盖概括夫子庙东方秦淮北岸，十余处街巷而言也。客悟此，然后可言夫子庙。

庙上热闹处为贡院街，受夫子庙统称，而街名反不彰。茶楼酒肆，歌社鼓场，夹道相望，白昼差胜冷巷，略无异状。及华灯既上，丝竹争喧。卖醉则车辆盈门，听歌而冠裳争道，升平之事，乃可想见。油壁轻车，丝轮雪亮，驰逐人丛，其上所坐丽人，脂粉浓敷，乌云簇涌，蝉翼衫轻，肌肤微露，顾我而盈盈一盼，人去则空气皆芳，虽非素识，能不神移乎？故客到甚易勾留，歌场不难座满。

秦淮袭六朝之余荫，历代为莺花之薮。国都既奠，即严娼禁。然群莺乱飞，繁华尽谢。于是乐院乃代之以歌场，伎流亦化为歌女。名色虽非，流风犹在，秦淮盛事，差可保存，歌场固曰高尚娱乐，人尽可至。其间上布小台，下临群座。台上前列铜栏，后帏巨景。中横一案，覆以绣围。电炬百盏，周绕上下。背景亦列上下场门，列乐队于一角。绣帘轻启，艳装歌女，轮序而登。歌时，身距小案可尺许，正襟端立，任客平视。有时忍俊不禁，回眸一顾，则满座哗然，掌声四起。初非目挑眉语，而致人荡气回肠者，乃有甚焉。

一场之歌者，多则四五十人，少亦二三十人。故每人虽短歌数分钟，尽足销磨长夜。客至，无须购票，择案自坐，侍役即以茗碗进。茗有定价，每客仅二角五分耳。一盏在手，秀色饱餐，客虽至贫，当无所苦。顾听者多属醉翁，歌者遂少上选。若志在快耳官之娱，必宁避席。

歌女非旧日妓流可比，大半读书，识字。自由平等，尽能言之。故客或有倾心，不得视为玩物。则当张筵酒肆，具柬恭邀。来则主宾杂坐，须无差视。且樽箸不亲，小坐即去。初步交谊，悉淡泊若此。若欲计为深交，自多周旋，非本文所宜及。笔者乃告旅客勿习于艳闻，草率问津，徒增懊丧耳。

首都无夜市，十时而后，街上行人即稀。唯夫子庙上，宵夜馆较多。馆中座位，悉作火车间状，一灯荧然，外张巨幙。间辟精室，亦地如斗大，不容徘徊。然夜游之神，趋之如鹜。盖笙歌既辍，众美各归。知己之士，飞笺召所爱来，帘幙深垂，舄履交错，把盏而絮语喁喁，接座则衣香习习。此中情况，未足为外人道。客有真欲宵夜者，则孤掌难鸣，徒惹注目，幸勿擅入耳。此外有豆腐涝馆，兼卖油煎饼、莲子羹等物，亦都门特产。豆腐涝出锅半温，中加酱、醋、辣油，葱花、菜丁，香辣可口。油煎饼以细粉所制，中加蛋汁，于沸油中煎成，故名。香脆松软，兼而有之，尝于听曲兴阑，食之辄饱。

夫子庙吃茶去，此为至南京者所习闻之言，亦为居南京者欲尝试之事。顾此与听歌相反，愈早则愈感有趣。大概早晨六时至八时，为最盛时代。凡一茶社，楼上下设座百余席，均必告满。与三五友人，把臂入座。但见头颅攒动，笑语喧哗。频频往来于人丛中者，除茶博士而外，各种小贩陆续奔走，如行闹市。尝谓夫子庙茶馆，系一中下流社会市民展览会，则其所包藏者亦可知矣。但各茶馆，亦自有相当之顾客。如奇芳阁多长衫朋友，六朝居多工人，奎光阁多土著老叟，入境问俗，观于茶馆，可知各级社会之所好矣。

庙上酒肆，不下二三十所，味分南北，大都各树一帜，而客之做走马看花计者，则当择临河之所，如太平洋、六华春、老万全、老宝兴皆是也。此等酒肆，大都于最后一进，临水支阁，凭槛迎风，举杯邀月，亦复稍摒嚣杂，胸襟开朗。昔时娼禁未严，灯舫夕表，则鬓影钗光，哀丝豪竹，由游船次第经过。于此把盏看花，更属豪举。其留恋忘返者，且陶然尽醉，不知东方之既白焉。

记新住宅区

民国四年，落拓过金陵，寓下关。有戚某，种菜于城内西北角之凤林寺山下。邀之过往，欲叙乡谊。风闻袁子才墓及随园遗址距此非遥，则慨然应诺，策蹇入城。由仪凤门达三牌楼，折而西南行，小径一道，曲折荒园野竹之间，时有小溪流水，蘋藻参差，而茅屋二三，现隐林表，则俨然乡井风味，不复知身入名城矣。今其地崇楼大厦，望衡对宇，大道康庄，轻车四达，客有初临此地者，辄疑身入上海西区，无复古城遗迹也。此即新住宅区是。

该地在中山北路之西偏，原分四区。以他故，仅辟其二。两区南北相接，外画宽衢，披览全图，为一锐角三角形。区之北端，以颐和路为中心，支路丛出，夹道建屋。市有定规，至多以地基百分之六十建室，故沿路人家院宇宽阔，草木杂植，不如他处窄狭简陋可比。筑屋者十九为富人，则亦钩心斗角，出奇制胜。虽其中均为西式，然或拟为城堡，或拟为宫殿，楼不并齐，屋不同样，尚错落有致，壮丽美观，其有以鸽笼为生活者，固不无望洋兴叹之感也。

新住宅区，既悉为住宅，乃不许有一商店存在。且该地偏处城西，向距闹市遥远。于是鱼盐柴米之所需，不得不求之于数里之外。甚至纸烟火柴，平常有井水处可得之者，此亦须越数街始得之。故卜居新住宅区者，必有如下之条件，有汽车，有庖人，有能骑自行车之健仆至家必置一电话，犹毋待论焉。

新住宅区境界未齐，路复多出，而地名由于初创，更非市人所习闻。故初至该处访友者，往往曲折徘徊，如入八阵图，如坠五里雾。至其间主人，亦多为高级公务员，朝出暮归，门可罗雀。非得遇警察，且亦问路之无由。此初至首都旅客，所不能不知也。

是区路途宽阔，行人稀少，虽白昼经过，犹静穆无哗。除二三十字街头，有少数人力车停驻外，平常街巷，无车可呼。故风雨之夕，虽住户犹感不便，更无论来客矣。尝于晚间饮于北平路友人家，酒阑灯炧，客亦微醺，起谢主人，踉跄上道。时白月在天，人影倒地，清风徐来，微有花香。精神朦胧之间，循路斜行，未辨南北。道经一处，则见树木葱茏，粉墙微曲。其内有灯楼，茜窗微启笼以绛纱，光映暗空，都带醉色。时有钢琴叮咚之声，疾徐中节，由窗内传出。复有娇脆之音，歌银幕上《璇宫艳史》之曲。醉眼朦胧之人，宁不陶然。驻足静听，忘时久暂。及省悟当速归，拔步便行。不数武，忽入荒野，青林笼雾，蔓草阻途，路愈行而愈歧，竟跌入两三古冢中。观此则新区宅区之演变，可推想矣。

记 城 北

南京旧俗，画全为城南北。大抵在四象桥以南者曰城南，四象桥以北者曰城北。今则习俗稍变，越过中山东路，始为城北矣。

然仔细玩味，城北地域广大，俗所谓城北，犹未尝泛指。大抵谓鼓楼附近耳。若丁家桥三牌楼，昔有专名。更北，虽不出城，人几乎以下关目之。

昔日下关辟商埠，商运集合于聚宝（今中华门）水西两门，市场拥聚城南。鼓楼左右，只见山岗起伏之间，园圃相望。虽有人家，亦复如四郊村镇。荒凉寂寞，了无生气。定都以后，城南距舟车之运既远，而屋宇阴暗卑狭，不合新朝贵达之脾胃，稍有资者，均争向城北广场经营一席之地。且城南街巷簇拥，一切新建筑，无可发展，亦一一设于城北。于是俗所谓南城热闹北城荒者，今日恰好倒置矣。

昔中山北路虽辟，而夹道田园，无市可设。于是自鼓楼西南行，经唱经楼鱼市街而达北门桥，供求相应，商肆麇集，银行公司，争设支店，市面繁荣，几与太平路争一日短长。顾此处未拓宽大之马路，而中山北路之建筑，且日新月异，遂复见衰落。唯鱼市街一段，尚具太平路雏形。今又辟北平桥商场，较之中央商场，具体而微，当尚不至如门东门西诸旧街一蹶不振也。

城北各普通住宅区，房屋夹杂，活画出中国一般新旧矛盾之现象。穷街冷巷之间，或见柏油路一段贯穿而过。或见夹楼数叠，突出于鱼鳞隐隐之屋瓦上。听市民语言，北胡南越，三秦两粤，无不备具。虽偶闻南京土语，不复信其为当地主人翁。笔者住唱经楼畔之新安里，周广百亩，楼屋悉为上海西区之弄堂式，结邻十户，虽籍贯各异，而八户来自旧都。对过小楼二三十户，大半粤人。越一小广场为宁兴里，则居民语言尤杂，且有碧眼黄发之人，虽终日不闻一作南京语者可也。南京居民，旧本不及二十万，一向度其适常一贯之生活，大半幽闲。（如机房后人，候补官吏后人。）一旦新都市之怒涛涌起，百物胜贵，已非所堪。而人口激增，在在逞喧宾夺主之势。于是此辈非以房产谋得善价，迁居不失南京风味之门东门西，即襆被出都，各作乡居。于是南京人愈少于外来人，而南京语不复如上海北平语，能同化不远千里而来之众客矣。

北门桥之北门二字，于义费解。或以为宋元旧城，止于桥南，今之城北，盖郊外矣。今城更北圈，依玄武湖而达下关。襟山带湖，形势险要。登鸡笼山之头，左瞩钟山，娇娆天半。俯瞰后湖，巨镜天开。五洲如凫泛螺浮，风景绝佳。西偏有寺曰北极阁，凭栏远视，隐约可见长江一角，今则复朱明旧制，改为中央研究院气象。东偏为鸡鸣寺，传为六朝名胜，由南唐之涵虚阁改建。寺依山凭城，建有敞轩，题曰豁蒙楼。依槛小坐，把盏临风，则湖光山色，悉在几榻间。一载以前，为城北游览胜区。今则谢绝登临之牌，立于道首。游人行经鼓楼东偏者，但见隆然一峰，突起城角，林木森森之间，微露亭阁，残霞落照之时，幽丽如画。

（原载1937年8月《旅行杂志》第十一卷八号）

蓉行杂感

驻防旗人之功

成都作为都城，在历史上，可以上溯到先秦。然而，它不能与西安、洛阳、开封、北平、南京比，因为它不过是一个诸侯之国，或僭号之国的都城而已。经较成为政治重心的时代，共有两次：一次是刘备在这里继承汉统，一次是唐明皇避免安禄山之乱而幸蜀。但这在当时，为时太短，到如今又相距很久，留给成都的遗迹，那恐怕是已属难找。自赵宋灭孟氏之后，只有张献忠在这里大翻花样。然而，那并不是建设，是彻底的破坏。所以，我们看成都之构成今日的形式，应该是最近三百年来的储蓄，谈谈太远，那是不相干的。

满清一代，成都是西南政治、军事、文化据点之一，尤其是那班驻防旗人，他们扶老携幼，由北京南来，占了成都半个城，大大的给成都变了风气。他们本站在领导的地位，将北京的缙绅生活带到这里，自然会给人民一种羡慕荣华的引诱。在专制时代，原有“城中好高髻，四方高一尺”的倾向，成都人民在旗人的统治与引诱之下也不会例外，由清初到辛亥这样继续的仿效共一百年。然则这里的空气，有些北平味，那是不足为怪的。

（原载1943年4月21日重庆《新民报·上下古今谈》）

茶　馆

北平任何一个十字街口，必有一家油盐杂货铺（兼菜摊），一家粮食店，一家煤店。而在成都不是这样，是一家很大的茶馆，代替了一切。我们可知蓉城人士之上茶馆，其需要有胜于油盐小菜与米和煤者。

茶馆是可与古董齐看的铺，不怎么样的高的屋檐，不怎么白的夹壁，不怎么粗的柱子，若是晚间，更加上不怎么亮的灯火（电灯与油灯同），矮矮的黑木桌子（不是漆的），大大的黄旧竹椅，一切布置的情调是那样的古老。在坐惯了摩登咖啡馆的人，或者会望望然后去之。可是，我们就自绝早到晚间都看到这里椅子上坐着有人，各人面前放一盖碗茶，陶然自得，毫无倦意。有时，茶馆里坐得席无余地，好像一个很大的盛会。其实，各人也不过是对着那一盖碗茶而已。

有少数茶馆里，也添有说书或弹唱之类的杂技，但那是因有茶馆而生的，并不是因演杂技而产生茶馆。由于并不奏技，茶座上依然满坐着茶客可以证明。在这里，我对于成都市上之时间充裕，极端的敬佩与欣慕。苏州茶馆也多，似乎仍有小巫大巫之别。而况苏州人还要加上一个吃点心与五香豆、糖果之类，其情况就不同了。一寸光阴一寸金，有时也许会做个例外。

（原载1943年4月23日重庆《新民报 · 上下古今谈》）

武侯祠夺了昭烈庙

到成都的人，都会想起了这两句诗："丞相祠堂何处寻，锦官城外柏森森。"但据此间考据家的观察，现在的武侯祠，实在是昭烈庙，原来的武侯祠，已经毁灭，不过后殿有诸葛亮父子的塑像而已，这话我承认。因为我游普通人所谓"武侯祠"，看到那大门上明明写着昭祠的匾额了。那末，为什么臣夺君席呢？那就为了"诸葛大名垂宇宙"之故。

这庙的前殿，两廊有蜀国文武臣配享，殿左右也有关张的塑像，正殿左手还有个神龛，供着那个哭祖庙而自杀的刘谌。殿右角却空着，似乎是扶不起的刘阿斗，在这里占一席，而为后人驱逐了。

关于以上两点，我发生着很大的感慨，觉得公道存在天地间。凭一时代的权威供着长生禄位牌，终于是会与草木同腐的。王建在这里做过皇帝，他的陵墓当然是好，可是就成了庄田一千年。而现在发掘出来，人家都以为是奇迹了！

（原载1943年4月26日重庆《新民报·上下古今谈》）

夜市一瞥

无意中在西城遇到一回夜市，在一条马路的人行道上，铺了许多地摊，夹街对峙。那菜油灯光的微光，照着地摊上一些新旧杂货与书本，又恍然是北平情调。这虽然万万赶不上北平夜市的热闹，我跑了许多城市，还不见第三处有这作风，恐怕这又是驻防旗人所带来的玩意儿了。

夜市中最让我惊异的，就是发现有十分之三的地摊，都专卖旧式婴儿帽箍，这种帽箍，是用零碎绸片剪贴，或加以绣花，有狮子头、莲花瓣等类。不说我们的孩子，就是我的兄弟辈，也没有戴过这种帽儿，它早被时代淘汰了。今日今时，在这些地摊上，竟是每处都有千百顶，锦绣成堆，怪乎不怪？于是我料想到这是到农村去的东西，并推想到川西坝子上，农人的如何富有，又如何不改保守性。而成都的手工业，积蓄很厚，也不难于此窥见一斑。这些做帽箍的女工若能利用起来，是不难让他们做些更适用的东西吧？欧洲在闹着人力荒，我们之浪费人力，却随处皆是。

（原载1943年4月27日重庆《新民报 · 上下古今谈》）

厕所与井

据农业专家说，人粪是中国一项最大的收获，全国粪量，每年至少五千万万斤，若按每百斤粪值法币一元计算，也共值五十万万元，而事实上却数倍不止。粪里含有重要的肥田物质氮、磷酸与加里，是农家的宝物。成都一部分置产者，也许看透了这一点，所以除了家中大概有一个积粪的毛坑外，每条街或街巷口上，都有一个公厕，以资收获。这在经济上说，是无可非议的，而于公共卫生上，及市容上说，却是这花鸟之国的盛德之累。小学生也知道，苍蝇可以传染许多疾病，而毛坑却是生产苍蝇的大本营。公厕太多，又没消毒和杀蝇的设备，这是一个可注意的事吧？

其次，我们就联想到井。成都是盆地，到处可以掘井，除了公井外，成都许多人家都有私井，这井与毛坑相隔很近（某外国名字的大旅馆的井与毛坑就相距不过三丈），毛坑里的粪水渗透入地，似乎跟着潜水，有流入井中的可能。这样，热天就极易传染痢疾。我想成都市当局，决不会不考虑及此，何以至今还没有加以改良呢?

下次再来成都，我将在厕所与井上，以考察市政进步之程度。

（原载1943年4月29日重庆《新民报·上下古今谈》）

安乐宫

记不起是在哪条街上，经过一座庙，前面庙门敞着，像个旧式商场，后面还有红漆栏杆，围绕了一座大殿。据朋友说，那里供着由昭烈祠驱逐出的安乐公刘阿斗，这庙叫安乐宫，前面是囤积居奇的交易所。这太妙了，阿斗的前面也不会有爱国家爱民族的人，他们是应该混合今古在一处的。朋友又说戏台上有一块匾，用着刘禅对司马昭的话，“此间乐，不思蜀矣”那个典故，题为“此间乐”，我想此匾，切人切事，很好，可是切不得地。请想，把引号里的话，出之囤积商人之口，岂不危乎殆哉?

蜀除帝喾之子封侯，公孙述称蜀王，李雄称成都王外，还有三大割据皇帝：刘备、王建、孟知祥，而都不过二传，他们的儿子，刘禅荒淫庸懦自不必说，王衍虽能文而不庸，可是荒淫无耻了，孟昶更是奢侈专家，七宝便壶，名扬千古。因之他们也就同走了一条路，敌人来了就投降。

于是，我们下个结论：“川地易引不安分之徒来割据，割据之后，就以国防安全感而自满。自满之后，就是不抵抗之灭亡了。”此间乐，其然，岂其然乎?

（原载1943年5月1日重庆《新民报·上下古今谈》）

王 建 玉 策

在博物馆里，我们看见由王建墓里挖掘出来的许多东西，而尤其使我发生着感慨的是一排玉策。每条策上的楷书，还算清楚。他儿子“前蜀后主”王衍，一般的以正统自居，开宗明义，大书“大行皇帝”云云。我们可以想到历史上割据四川的人物，向来是无法无天的了。

在这里，我们不妨谈谈王建之为人。《五代史·前蜀世家》记着，他是舞阳人，字光图，年轻时，以屠牛盗驴、贩卖私盐为生，后从军，为队将，黄巢造反长安，他就转进入川，做了四川节度使，唐室不得已而封他为蜀王。唐亡，他就称帝，这个人是彻头彻尾一个不安分之徒，生之时，他享尽荣华，死之后，还有一番大排场，与其说是他八字好，毋宁说是四川地势便宜了他。设若唐代有一条大路通成都，王建恐怕做不了二十八年皇帝。所以据我们书生之见，治蜀还是以交通第一。

（原载1943年5月2日重庆《新民报·上下古今谈》）

川戏《帝王珠》

生平最怕读《元史》，君臣许多帖木儿（或贴木耳、帖睦耳，其音一也），皇后总是弘吉剌。且兄弟叔伯，出入帝位，像走马灯一样，实在记不清。在川戏台上，遇到一出《帝王珠》，被考倒了，一直到现在，无法知故事的出处。

戏的故事是这样：皇帝率两弟还都，杀文武臣四人，太后原与文人私通，出面干涉，帝当后前杀一人，太后刺激过甚就疯了，皇帝因太后淫荡之态太过，不能堪，就让他的卫将，把太后当场刺死。我们查遍《元史》，并无此事。而懂川戏的人说，那个年轻皇帝是帖木儿，当是元成宗，但成宗并没有杀过太后，而且他的太后弘吉剌氏，有贤名。只有一点可附会，就是帖木儿死，丞相阿忽台谋奉皇后伯牙吾氏临朝垂帘听政。帖木儿侄爱育黎拔力八达（仁宗）与海山（武宗）入朝，杀丞相，并废杀皇后。但这分明不是太后，且与帖木儿无关，和剧情又不同了。

但就戏论，萧克琴扮演老年妇人的性心理变态，极好。相信此戏剧创作者，必有所讽刺。若不出五十年，那就应该是刺西太后的了。清末，汉人多用金元故事以讥讽满廷，这或者是一例子。

（原载1943年5月8日重庆《新民报·上下古今谈》）

手　工　艺

物产展览会的手工艺品，真是琳琅满目，美不胜收。这何用说，是好，好，好！

然而，我有另一个感想，觉得往年的四川保路会，实在给予四川一个莫大的损害。假使川汉铁路成在十年之前，把西洋的机器运入成都平原，以成都工人这一双巧手，这一具灵敏的脑筋，任你飞机上的机件如何复杂，我想，他们都会是目无全牛的。

走过昌福馆，看到细致的银器；走过九龙巷，看到美丽的丝绣；同时发现那些工人，并不是我们所理想的纤纤玉手的女工，而是蓬头发，黄面孔，穿了破蓝布褂的壮汉。让我想到川西人是相当的“内秀”，不能教他造飞机零件，而让他织被面，实在可惜之至！

虽然经过某街，看到印书匠还在雕刻木版，舍活字版而不用，又感到好玩，手工艺，是成都一个特殊作风。

（原载1943年5月12日重庆《新民报 · 上下古今谈》）

杨贵妃惜不入蜀

遍成都找不出唐明皇留下的一点儿遗迹，于是后人疑到天回镇便回去了（可能此镇取名于李白诗："天回玉垒作长安"）天回镇到成都十四华里，唐明皇至此，岂有不入城之理？事实上，明皇从天宝十五年入蜀，七月至成都。做太上皇之后一年，肃宗至德二载十一月离开成都，在蓉已有一年多了。然而在成都城里，实在不能揣测唐明皇行都之所在。

我这样想：假使杨玉环跟着李三郎入蜀，那情形就当两样，至今定有许多遗迹被人凭吊。试看薛涛，不过是个名妓，还有着一个望江楼，开下好几个茶社。枇杷门巷的口上（尽管是附会）还有一个亭榭拓着薛姑娘的石刻像出卖呢！以杨氏姊妹之名花倾国，正适合成都人士风雅口味，其必有所点缀，自不待言了。

孟知祥之不如孟昶有名，就因为他没有花蕊夫人。在这些地方，你就不能不歌颂女人伟大了。明皇无宫，薛涛有井，此成都之所以为成都也。则其在今日无火药味，何怪焉。

（原载1943年5月13日重庆《新民报 · 上下古今谈》）

由李冰想到大禹

李冰是四川人最崇拜的一个人，其功虽大，有时也许过神其说。若以治水而论，我想一切不必是李氏的发明，一部分当是承袭古法，这我有个证据。《华阳国志》记望帝之事说：其相开明，决玉垒以除水害。玉垒便是离堆的主峰，李冰凿离堆以成内江，岂不是先有了开明为之在前吗？又李氏治水，有“遇弯截角，逢正抽心”八字诀。我们看了大禹治水，也不外乎此。黄河由北而南，阻于龙门，禹凿龙门以通河，这又是凿离堆以前的方法了。

大禹这个人，我们自不必认他是一条虫，那太离奇了；但亦不必断定硬有这个人。可是上古的水患，各诸侯之国曾自为治理，而又经过一个人更系统的修一下，或者去事实不远。假如这个假定可以成立，这个人就是大禹了（虽然他不一定叫大禹）。既然有人在李冰之先，大治过水，那么，李冰有所取法乎前人，那也是必然之事。

此外，我们又有所引申，李冰治成都之水，父启子继，费了许多时候。禹治全国之水，却只九年，应当是不可能。所以《禹贡》一篇，我们可以用孟轲之言：“尽信书，则不如无书。”

（原载1943年5月14日重庆《新民报·上下古今谈》）

两都赋

“此开卷第一回也。”我并非那样不自量，上比汉班固，晋左思，赋什么两都与三都，反正现成的题目，借来一用而已。这里所谓两都，是指北平与南京，这两个目的地，不是咱们昼夜盼望着早日收复回来，好旧地重游吗？咱们只当是星光下乘凉，茶馆子摆龙门阵，偶然提到了这两处，悠然神往一下，倒也不失北马思乡之意。赋者，叙其事其景也，诗既可以语体，赋又何妨照方一试？这就是区区命题本意。交代明白，这儿就归入正文啦！

燕居夏亦佳

到了阳历七月，在重庆真有流火之感。现在虽已踏进了八月，秋老虎虎视眈眈，说话就来，真有点儿谈热色变，咱们一回想到了北平，那就觉得当年久住在那儿，是人在福中不知福。不用说逛三海上公园，那里简直没有夏天。就说你在府上吧，大四合院里，槐树碧油油的，在屋顶上撑着一把大凉伞，那就够清凉。不必高攀，就凭咱们拿笔杆儿的朋友，院子里也少不了石榴盆景、金鱼缸。这日子，石榴结着酒杯那么大，盆里荷叶伸出来两三尺高，撑着盆儿大的绿叶，四围配上大小七八盆草木花儿，什么颜色都有，统共不会要你花上两元钱，院子里白粉墙下，就很有个意思。你若是摆得久了，卖花儿的，逐日会到胡同里来吆唤，换上一批就得啦。小书房门口，垂上一幅竹帘儿，窗户上糊着五六枚一尺的冷布，既透风，屋子里可飞不进来一只苍蝇。花上这么两毛钱，买上两三把儿玉簪花、红白晚香玉，向书桌上花瓶子一插，足香个两三天。屋夹角里，放上一只绿漆的洋铁冰箱，连红漆木架在内，只花两三元钱。每月再花一元五角钱，每日有送天然冰的，搬着四五斤重一块儿的大冰块儿，带了北冰洋的寒气，送进这冰箱。若是爱吃水果的朋友，花一二毛钱，把虎拉车、大花红、脆甜瓜之类，放在冰箱里镇一镇，什么时候吃，什么时候拿出来，又凉、又脆、又甜。再不然，买几大枚酸梅，五分钱白糖，煮上一大壶酸梅汤，在冰箱里一镇，到了两点钟，槐树上知了叫得正酣，不用午睡啦，取出汤来，一个人一碗，全家喝他一个"透心儿凉"。

北平这儿，一夏也不过有七八天热上华氏九十度。其余的日子，屋子里平均总是华氏八十来度，早晚不用说，只有华氏七十来度。碰巧下上一阵儿黄昏雨，晚半晌儿睡觉，就非盖被不成。所以要笔杆儿的朋友，在绿阴阴的纱窗下，鼻子里嗅着瓶花香，除了正午，大可穿件小汗衫儿，从容工作。若是喜欢夜生活的朋友，更好，电灯下，晚香玉更香。写得倦了，恰好胡同深处唱曲儿的，奏着胡琴、弦子、鼓板，悠悠而去。掀帘出望，残月疏星，风露满天，你还会缺少"烟士披里纯"吗?

（原载1944年8月1日重庆《新民报》）

白门之杨柳

在中国词章家熟用的名词里有"白门柳"这个名称。杨柳这样东西，在中国虽是大片土地里有它存在的，可是对于这样东西，却特地联系着成一个专用名词，那实在有点儿缘故。据我个人在南京得来的经验，是南京的山水风月，杨柳陪衬了它不少的姿态。同时，历代的建筑，离不开杨柳，历代的文献，也离不开杨柳。杨柳和南京，越久越亲密。甚至一代兴亡，都可以在杨柳上去体会。所以《桃花扇》上第一折"听稗"劈头就说："无人处又添几树杨柳。"①

① 《桃花扇》原文应为："莫愁湖上，又添几树垂杨。"——编者注

南京的杨柳，既大且多，而姿势又各穷其态，在南京曾经住过一个时期的主儿，必能相信我不是夸张。在南京城里，或者还看不到杨柳的众生相，你如果走过南京的四郊，就会觉得扬子江边的杨柳，大群配着江水芦洲，有一种浩荡的雄风，秦淮水上的杨柳两行，配着长堤板桥，有一种绵渺的幽思。而水郭渔村，不成行伍的杨柳，或聚或散，或多或少，远看像一堆翠峰，近看像无数绿幛，鸡鸣犬吠，炊烟夕照，都在这里起落，随时随地是诗意。山地是不适于杨柳的，而南京的山多数是丘陵，又总是带着池沼溪涧，在这里平桥流水之间，长上几株大小杨柳，风景非常的柔媚。这样，就是江南江水了。不但此也，古庙也好，破屋也好，冷巷也好，有那么两三株高大的杨柳，情调就不平凡，这情形也就只有南京极普遍。

杨柳自是点缀春天的植物，其实秋天里在西风下飘零着黄叶，冬天里在冰雪中摇撼枯条，也自有它的情思。而在南京对于杨柳赞美，毋宁说是夏天。屋子门口，有两株高大的杨柳，绿荫就遮了整个院落。它特别的不挡风，风由拖着长绿条子的活缝儿里过来，吹拂到人身上，有一种说不出来的舒适。晚上一轮白月，涌上了绿树梢头，照着杨柳堆上的绿浪，在风里摇动，好像无数的绿毛怪兽在跳舞。这还是就家中仅有的杨柳说。如走上一条古老的旧街，鹅卵石的路面，两旁矮矮的土墙店铺，远远的在街头拥上一株古柳，高入云霄，这街头上行人车马稀少，一片蝉声下，撒着一片淡淡的绿荫，这就感到一番古城的幽思。

在南京度过夏天的人，都游过玄武湖，一出了玄武门，就会感到走入了一个清凉世界。而这份清凉，不是面前的湖水和远峙的山峰给予的。正是你一出城门，就踏上一道古柳长堤，柳树顶尽管撑上天，它下垂的柳枝，却是拖靠了地，拂在水面，拂在行人身上。永远透不进日光的绿浪，四处吹来着水面清风，这里面就不知有夏。我曾在南京西郊上新河，经过半个夏天，我就有一个何必庐山之感。这里唯一给予人清凉的思物，就是杨柳。出汉西门，在一块平原上四周展望，人围在绿城里，这绿城是什么？就是江边的柳林，镇外的柳林。尤其在月下，这四处的柳林，很像无数小山。我住家所在，门前一道子江，水波不兴，江边一排大柳林，大柳林下，青苔铺路，就是我家的竹篱柴门，门里一个院落，又是两株大柳树。屋后一口塘，半亩菜，又是三棵大柳树。左右邻居，不用说，杨柳和池塘。这一幢三进平房整天都在绿荫里，决没有热到百度（华氏）的气候。我于这半个夏季里，乃知白门杨柳之多，而又多得多么可爱。

（原载1944年8月8日重庆《新民报》）

日暮过秦淮

在秋初我就说秋初，这个时候的南京，马路上的法国梧桐和洋槐，正撑着一柄绿油油的高伞。你如是住在城北住宅区，推开窗户，望见疏落的竹林，在广阔的草地里，抹上一片残阳，六点钟将到，半空已没有火焰。走出大门，左右邻居，已开始在马路树荫下溜着水泥路面活动，住宅中间，还不免夹着小花园和菜圃，瓜架上垂着一个个大的黄瓜，秋虫在那里弹着夜之前奏，欢迎着行人。穿上一件薄薄的绸衫，拿了一柄折扇，顺路踏上中山北路，漆着鱼白色的流线型公共汽车，在树荫下光滑的路上停着。你不用排班，更不用争先恐后，可以摇着你手上那柄折扇，缓缓的上车，车中很少没有座位。座椅铺着橡皮椅垫，下面长弹簧，舒适而干净，不逊于你家的沙发。花上一角大洋，你是到扬子江边去兜风呢，还是到秦淮河畔去听曲呢？你爱上哪儿就上哪儿。

我不讳言，十次出门有九次是奔城南，也不光为了报社在那儿，新街口有冷气设备的电影院，花牌楼堆着鲜红滴翠的水果公司，那都够吸引人。尤其是秦淮河畔的夫子庙，我的朋友，几乎是“每日更忙须一至，夜深犹自点灯来”，总会有机会让你在这里会面。碰头的地点，大概常是馆子里的河厅。有时是新闻圈外的人做主，有时我们也自行聚餐，你别以为这是浪费。在老万全喝啤酒吃的地道南京菜，七八个人不过每人两元的份子。酒醉饭饱，躺在河厅栏杆边的藤椅上，喝着茶，嗑着瓜子，迎水风之徐徐，望银河之耿耿，桃叶渡不一定就是古时的桃叶渡，也就够轻松一下子的了。

我们别假惺惺装道学，十个上夫子庙的人，至少有七八个与歌女为友，不过很少人自写供状罢了。南京的歌女，是挂上一块艺人的牌子的，他们当然懂得什么是宣传。所以新闻记者的约会，她们是“惠然肯来”。电炬通明，电扇摇摇之下，她们穿着落红纱衫子，带着一阵浓厚的花香，笑着粉红的脸子，三三两两，加入我们的酒座。我们多半极熟，随便谈着话，还是“履舄交错”。尽管良心在说，难道真打算作个“《桃花扇》里人”？但是我没有逃席。

九点多钟了，大家出了酒馆，红蓝的霓虹灯光下走上夫子庙前这条街，听着两边的高楼上，弦索鼓板，喧闹着歌女的清唱，看到夜咖啡座的门前，一对对的男女出入，脸上涌出没有灵魂的笑，陶醉在温柔乡里，我们敏感的新闻记者，自也有些不怎么舒适似的。然而我们也不免有时走进大鼓书场，听几段大鼓，或在附近露天花园，打上一盘弹子，一混就是十二点钟，原样儿的公共汽车，已在站上等候，点着雪亮的车灯，又把你送回城北。那时凉风习习，清露满空，绸衫子已挡不住凉，人像在洗冷水澡。住宅区四周的秋虫，在灯光不及处一齐喧鸣，欢迎你在树的荫影下敲着家门。这样的生活，自然没有炎热，也有点儿走进了《板桥杂志》。于今回想起来，不能不说一声罪过。自然别人的生活，比这过得更舒适的，而又不忏悔，我们也无法勉强他。

（原载1944年8月15日重庆《新民报》）

翠拂行人首

一条平整的胡同，大概长约半华里吧。站在当街向两头儿一瞧，中国槐和洋槐，由人家院墙里面伸出来，在洁白的阳光下，遮住了路口。这儿有一列白粉墙，高可六七尺，墙上是青瓦盖着脊梁，由那上面伸到空气里去的是两三棵枣树，绿叶子里成球的挂着半黄半红的冬瓜枣儿。树荫下一个翻着兽头瓦脊的一字门楼儿，下面有两扇朱漆红板门，这么一形容，你必然说这是个布尔乔亚之家，不，这是北平城里“小小住家儿的”。

这样的房子，大概里面是两个院子，也许前面院子大，也许后面院子大。或者前面是四合院，后面是三合院，或者是倒过一个个儿来，统共算起来，总有十来间房。平常一个耍笔杆儿的，也总可以住上一个独院，人口多的话，两院都占了。房钱是多少呢，当我在那里住家的时候，约莫是每月二十元到三十元，碰巧还装有现成的电灯与自来水。现时在重庆找不到地方落脚的主儿，必会说我在说梦话。

就算是梦吧，咱们谈谈梦。北平任何一所房，都有点儿艺术性，不会由大门直通到最后一进。大门照例是开在一边，进门来拐一个弯儿，那里有四扇绿油油屏门隔了内外。进了这屏门，是外院。必须有石榴树、金鱼缸，以及夹竹桃、美人蕉等等盆景，都陈列在院子里。有时在绿屏门角落，栽上一丛瘦竿儿竹子，夏天里竹笋已成了新竹，拂着嫩碧的竹叶，遥对着正屋朱红的窗格，糊着绿冷布的窗户，格外鲜艳。白粉墙在里面的一方，是不会单调的，墙上层照例画着一栏山水人物的壁画。记着，这并不是富贵人家。你勤快一点儿，干净一点儿，花极少的钱，就可以办到。

正屋必有一带走廊，也许是落地原漆柱，也许是乌漆柱，透着一点儿画意。下两层台阶儿，廊外或者葡萄架，或者是紫藤架，或者是一棵大柳，或者是一棵古槐，总会映着全院绿荫荫的。虽然日光正午，地下筛着碎银片儿的阳光，咱们依然可以在绿荫下，青砖面的人行路上散步。柳树枝或葡萄藤儿，由上面垂下来，拂在行步人的头上，真有“翠拂行人首”的词意。树枝上秋蝉在拉着断续的嘶啦之声，象征了天空是热的。深胡同里，遥遥的有小贩吆唤着：“甜葡萄嘞，尜尜枣儿啦，没有虫儿的”。这声音停止了，当的一声，打糖锣的在门外响着。一切市声都越发的寂静了，这是北平深巷里的初秋之午。

（原载1944年8月22日重庆《新民报》）

面水看银河

早十年吧，每个阴历七月七，我都徜徉在北海公园，有时是一个人，有时有一个伴侣，但至多就是这个伴侣。不用猜，朋友们全知道这伴侣现在是谁。有人说，暮年人总会憧憬着过去的。我到暮年还早，我却不能不憧憬这七夕过去的一幕。当朋友们在机器房的小院坝上坐着纳凉之时，复兴关头的一钩残月正撒出昏黄的光，照着山城的灯光，高高低低于烟雾丛中，隐藏了无限的鸽子笼人家。我们抹着头上的汗，看那满天蕴藏了雨意的白云缝里，吐出一些疏落的星点儿。大家由希腊神话，说到中国双星故事，由双星故事，说到故乡。空气中的闷热，互相交流了，我念出了几句舒铁云《博望访星》的道白：“一水迢遥，别来无恙？”“三秋缥缈，未免有情。”朋友说，恨老最富诗意。我明白，这是说儿女情长。尤其是这个老字，相当幽默。然而更引起我的回忆了。初秋的北海，是黄金时段。进了公园大门，踏上琼岛的大桥，看水里的荷叶，就像平地拥起了一片翠堆。暮色苍茫中，抬头看岛上的撑天古柏老槐，于金红色的云形外，拥着墨绿色的叶子。老鸦三三五五绕了山顶西藏式的白塔，由各处飞回了它的巢，站在伸出怒臂的老枝干上。山上几个黄琉璃瓦的楼阁暗示着这里几度不同的年代，诗意就盎然了。沿了北海的东岸，在高大的老槐树下，走过了两华里路长的平坦大路，游园的人是坐船渡湖的，这里很少几个行人。幽暗暗的林荫下，两边假山下的秋虫接续老槐树上的断续蝉声，吱吱喳喳的在里面歌唱。人行路上没有一点儿浮尘，晚风吹下三五片初黄的槐叶，悄然落在地面。偶然在林荫深处，露出二三个人影，觉得吾道不孤。

大半个圈子走到了北岸。热闹了，沿海的楼阁前面，全是茶座，人影满空。看前面一片湖水，被荷叶盖成了一碧万顷的绿田，绿田中间辟了一条水道，荡漾着来去的游艇。笑声、桨声、碗碟声、开汽水瓶声，组织成了另一种空气。踅走到极西角，于接近小西天的五龙亭第五亭桥上，我找到一个茶座。这里游人很少，座前就是荷叶，碰巧就有两朵荷花，开得好。最妙的还是有一丛小苇子直伸到脚下。喝过两盏苦茗，发现月亮像一柄银梳，落在对面水上。银河是有点儿淡淡的影子，繁星散在两岸，抬头捉摸着哪里是双星呢？坐下去，看下去，低声谈下去。夜凉如水，湖风吹得人不能忍受，伴侣加上一件毛线背心。赶快渡海吧，匆匆上了游船，月落了，银河亮了，星光照着荷花世界，人在宁静幽远微香的境界里，飘过了一华里的水面，一路都听到竹篙碰着荷叶声。

这境界我们享受过了，如何留给我们的子孙呢？

（原载1944年8月29日重庆《新民报》）

奇趣乃时有

“莲花灯，莲花灯，今儿个点了明儿个扔。”在阴历七月十五的这一天，在北平大小胡同里，随处可以听到儿童们这样唱着。这里，我们就可以谈谈莲花灯。

莲花灯，并不是一盏莲花式样的灯，但也脱离不了莲花。它是将彩纸剪成莲花瓣，再用这莲花瓣，糊成各种灯，大概是兔子、鱼、仙鹤、螃蟹之类。这个风俗，不知所由来，我相信这是最初和尚开盂兰会闹的花样，后来流传到了民间。在七月初，庙会和市场里就有这种纸灯挂出来卖，小孩买了放着。到了七月十五，天一黑，就点上蜡烛亮着。撑起来向胡同里跑，小朋友们不期而会，总是一大群唱着。人类总是不平等的，这成群的小朋友里，买不起莲花灯的，还有的是，他们有个聊以解嘲的办法，找一片鲜荷叶，上面胡乱插上两根佛香，也追随在玩灯的小朋友之后。这一晚，足可以起哄两三小时。但到七月十六，小孩子就不再玩了。家长并没有叮嘱过他们，他们的灯友，也没有什么君子协定，可是到了次日，都要扔掉。北平社会的趣味，就在这里，什么日子，有个什么应景的玩意儿，过时不候。若莲花灯能玩个十天半个月，那就平凡了。

为了北平人的“老三点儿”，吃一点儿，喝一点儿，乐一点儿，就无往不造成趣味，趣味里面就带有一种艺术性，北平之使人留恋就在这里。于是我回忆到南都，虽说是卖菜佣都带有六朝烟水气，其实现在已寻不着了。纵然有一点儿，海上来的欧化气味，也把这风韵吞啮了，而况这六朝烟水气还完全是病态的。就说七月十五烧包袱祭祖，这已不甚有趣味，而城北新住宅区，就很少见。秦淮河里放河灯，未建都以前，照例有一次，而以后也已废除，倒是东西门的老南京，依然还借了祭祖这个机会，晚餐可以饱啖一顿。二十五年的中元节，有人约我向南城去吃祭祖饭，走到夫子庙，兴尽了，我没去。这晚月亮很好，被两三个朋友拖住，驾一叶之扁舟，溯河东上（秦淮西流），直把闹市走尽，在一老河柳的荫下，把船停着。雪白的月亮，照着南岸十竹疏林，间杂些瓜棚菜圃，离开了歌舞场，离开了酒肆茶楼，离开了电化世界，倒觉耳目一新。从前是“……秦淮碧”，于今是秦淮黑，但到这里水纵然不碧，却也不黑，更不会臭。水波不兴的上流头，漂来很零落的几盏红绿荷叶灯，似乎前面有人家做佛事将完。但眼看四处无人，虫声唧唧，芦丛柳荫之间，仿佛有点儿鬼趣，引出我心里一种说不出的滋味。

第二年的中元节。我避居上新河，乡下人烧纸，大家全怕来了警报，不免各捏一把汗。又想起前一年孤舟之游秦淮，是人间天上了。于今呢，却又让我回忆着上新河！

（原载1944年9月5日重庆《新民报》）

翁仲揖驴前

在重庆住了七年，大抵夏末秋初，不是亢旱一个时期，就是阴雨一个时期，或者像打摆子一样，两期都有。亢旱暑热得奇怪，阴雨是箱子由里向外长霉，不下于江南的黄梅时节。这让我们回想到江南的秋高气爽，提笔有点悠然神往。

一叶知秋，梧桐是最先怕西风的树。当南京马路两旁的梧桐，叶子变成苍绿色的时候，西风摇撼着的树，瑟瑟有声。大日光下，一片小扇面儿似的梧桐叶，飘然会落在你坐的人力车上。抬头看看，那正是初期作家最爱形容的月景，“蔚蓝的天空”，天脚下，闲闲地点缀几片白云。太阳晒在头上，不热，风吹在身上又不凉，这就很能引起人的郊游之思。

在中山东路，花两角大洋，可以搭上橡皮座垫的游览车。车子出中山门，先顺京沪国道，在水泥路面，滑上孝陵街，然后兜半个圈子，经伟大的体育场，在小山岗上，在小谷里，到达谭基口，中山陵的东端。下了公共汽车，先有一阵草里的秋虫声，欢迎着游客。虽然是郊外，路面修理得那样光滑而整洁，好像有灰布盖着的，在重庆城里决挑选不出来这样的一段路。顺路走向中山陵下，在树荫下豁然开朗，白石面的广场，树立着白色的牌坊。向北看十余丈宽的场面，无数的玉石台阶，层层而起，雄丽整洁，直伸入半云。最上层蓝色琉璃瓦的寝殿屋角一方翘起，寝殿后的紫金山，穿着毛茸茸的苍绿秋袍，巍峨天际，三方拥抱了这寝殿，永护着中山先生在天之灵。在南方的小山岗，一层一层的铺排着。若是走在这台阶半中间向下俯瞰，便觉着有万象朝宗之况。描写中山陵的文章太多了，这里座谈无须多说。谒陵以后，你若是嫌山苍深处的谭基园林，反而游人太多，可以去那游人较少的简李陵。碰巧在公路之外，遇到几个赶牲口的，骑上小毛驴，踏着深草荒径，望了绿森森树林外一堵红墙走去。你在天高日晶之下，北仰高峰，南望平陵，鞭外的松涛，蹄下的草色，自然有一种苍苍莽莽的幽思。这里也无须去形容李陵风景。李陵外，野茶馆里，面对了山野，喝上了一壶茶，吃几个茶盐蛋，消磨了半天。在一抹斜阳之外，骑驴回去，走上荒草疏林，路边一对儿一对儿的大翁仲，拱着大袖子，抱了石笏，对你拱立。他不会说话，但在他的面容上，石痕斑驳，已告诉你五百年前，他已饱经沧桑了。假如你是个诗人，是个画家，是个文人，这一次你就不会白跑。

（原载1944年9月12日重庆《新民报》）

归路横星斗

“悄立市桥人不识，一星如月看多时。”黄仲则在北京度他那可怜的除夕，他用着这个姿态出现。在那寒风凛冽的桥上看星星过年，这不是个乐子。可是在初秋的夜里，我依然感到在北平看星星，还是件很有诗意的事。任何一个初秋，在前门外大街，听过了两三个小时的京戏，满街灯火，朋友约着，就在大栅栏附近，吃个小馆儿。馅饼周的馅饼，全聚德的烤鸭，山西馆的猫耳朵（面食之一），正阳楼的螃蟹，厚德福的核桃腰、瓦片鱼，恩成居的炒牛肉丝、炒鳝鱼丝，都会打动你的食欲。两三个人，花两三元钱，上西升平洗个单独房间的澡。我就爱顺便走向琉璃厂，买两本书或者采办点儿文具。

琉璃厂依然保持了纯东方色彩的建筑，不怎么高大的店房，夹着一条平整的路。街灯稀稀落落，照着街上有点儿光。可是抬起头来，满天的星斗，盖住了市面，电灯并不碍星光的夜景，两面的南纸店、书店、墨盒店、古董店一律上了玻璃门，里面透出灯光来，表示他们还在做夜市。街上从容的走着人，没有前门那些嘈杂的声浪，静悄悄的，平稳稳的，一阵不大的西风刮过，由店铺人家院子里吹来几片半焦枯的槐叶。这夜市不可爱吗？有个朋友说，在北平，单指琉璃厂，就是个搜刮不尽的艺术宝库，此话诚然。而妙在这艺术的宝库就是这样肃穆的。这里尽管做买卖，尽管做极大价钱的买卖，而你找不出市侩斗争的面目，所以我爱上琉璃厂买东西。掀开南纸店玻璃门外的蓝布帘儿，在店伙说“您来了，今天要点儿什么？”的欢迎笑语中，买点儿纸笔出门，夜色就深了。“酱牛肉！”一种苍老的声音吆唤传来。这是琉璃厂夜市唯一的老小贩的声音。他几十岁了，原是一位绿林老英雄，洗手不干三四十年，专卖酱牛肉，全琉璃厂的人都认得他。每次夜过琉璃厂，我总听见这吆唤声，给我的印象最深。在他的吆唤声中，更夫们过来了，剥剥，彭彭，剥剥，彭彭！梆锣响着二更。一只灯笼，两个人影，由街檐下溜进小胡同去，由此向西，到了和平门大街了，路更宽，路灯也更稀落，而满天的星斗，却更明亮。路旁两三棵老柳树，树叶筛着西风，瑟瑟有声。“酱牛肉！”那苍老的声音，还自遥遥而来。我不坐车，我常是在星光下转着土面的冷静胡同走回家去。星光下两棵高入云霄的老槐，黑巍巍的影子，它告诉我那是家。我念此老人，我念此槐树，我念那满天星斗！

（原载1944年9月19日重庆《新民报》）

秋意侵城北

中秋快来了，在北平老早儿给我们一个报信儿的，是泥塑兔儿爷，而在南京呢，却是大香斗。虽然大香斗摆列在香烛店柜台上，不如兔儿爷摆在每条胡同儿的零食摊上，那样有趣。但在我们看到大香斗之后，似乎就有一种“烟士披里纯”，钻进文字匠人的脑子。中国的节令，没有再比中秋更富于诗意的。它给人们以欢乐，它给人以幽思，它给人以感慨，甚至它给人以悲哀，所以看到大香斗之后，因着各人的环境之不同，也就会各有各的感想。

天气是凉了，长江大轮的大餐间，把在庐山避暑的先生、太太、小姐们，一批一批的载回南京，首先是电影院表示欢迎之忱，在报上登着放映广告。其次是水果公司，将北方的山梨，良乡栗，天津葡萄，南方的新会柚子，台湾香蕉，怀远石榴，五颜六色，陈列在铺面平架上，自然，这些玩意儿，上海更多更好，可是在上海里表现着，在空气里缺少那么一点儿悠闲滋味。譬如，太平路花牌楼是最热闹地区了，但你经过那里，你也不会感到动乱，街两旁的法国梧桐和刺槐，零落的飘着秋叶，人行路上，有树荫而树荫不浓，我们披一件旧绸衫，穿一双软底鞋，顺着水泥路面遛达。在清亮而柔和的阳光下，街上虽有几个汽车跑来跑去，没有灰土，也没有多大声音，在街这边瞧见街那边的朋友，招招手就可以同行在一处，只有北平的王府井大街，成都的春熙路可相仿佛。上海的霞飞路也会给人一点儿秋意的，然而洋气太重。

我必须歌颂南京城北，它空旷而萧疏，生定了是合于秋意的。过了鼓楼中山北路，带着两行半黄半绿的树影划破了广大的平畴，两旁有三三五五的整齐房屋，有三三五五的竹林，有三三五五的野塘，也有不成片段的菜圃和草地。东面一列城墙，围抱了旧台城鸡鸣寺，簇拥着一丛树林，和一角鼓楼小影，偶然会有一声奇钟的响声，当空传来。钟山的高峰，远远在天脚下，俯瞰着这一片城池。在城里看到不多的山，这是江南少有的景致（重庆的山近了，又太多了，不知怎么着，没有诗意）。城墙是大美观玩意儿，而台城这一段墙，却在外看（后湖）也好，在里看也好，难道我有一点儿偏见吗？

三牌楼一带，当然是一般人最熟识的地方，而那附近就保存不少老南京意味。湖北路北段，一条小马路，在竹林里面穿过来，绕一个弯儿到丁家桥，俨然在郊外到了一个市镇。记不得是哪个方向，那里有家茶馆，门口三株大柳树，高入云霄，门临着一片敞地，半片竹林。我和她散步有点儿倦，就常在这里歇腿，泡一壶清茶（安徽毛尖），清坐一会儿，然后在附近切两角钱盐水鸭子，包五分钱椒盐花生米，向门口烧饼桶上买两三个朝排子烧饼，饱啖一顿才买一把桂花，在一段青草沿边的水泥马路上，顺了槐柳树影，踏着落叶回家。

（原载1944年9月26日重庆《新民报》）

风飘果市香

“已凉天气未寒时。”这句话用在江南于今都嫌过早，只有北平的中秋天气，乃是恰合。我于北平中秋的赏识，有些出人意外，乃是根据“老妈妈论”“奶奶经”而来，喜欢夜逛果子市。逛果子市的兴趣，第一就是“已凉天气未寒时”。第二是找诗意。第三是起哄。第四是踏月。直到第五，才是买水果。你愿意让我报告一下吗？

果子市并不专指哪个地方，东单、西单、东四、西四。东四的隆福寺，西四的白塔寺北城的新街口，南城的菜市口，临时会有果子市出现。

早在阴历十三的那天晚半晌儿，果子摊儿就在这些地方出现了。吃过晚饭，孩子们就嚷着要逛果子市。这事儿交给他们姥姥和妈妈吧。我们还有三个斗方名士（其实很少写斗方），或穿哔叽西服，或穿薄呢长袍，在微微的西风敲打院子里树叶声中，走出了大门。胡同里的人家白粉墙上涂上了月光，先觉得身心上有一番轻松意味，顺步遛到最近一个果子市，远远地就嗅到一片清芬（仿佛用清香两字都不妥似的）。到了附近，小贩将长短竹竿儿，挑出两三个不带罩子的电灯泡儿，高高低低，好像在街店屋檐外，挂了许多水晶球，一片雪亮。在这电光下面，青中透白的鸭梨，堆山似的，放在摊案上。红杂杂枣儿，紫的玫瑰葡萄，淡青的牛乳葡萄，用箩筐盛满了，沿街放着。苹果是比较珍贵一点儿的水果，像擦了胭脂的胖娃娃脸蛋子，堆成各种样式，放在蓝布面的桌案上。石榴熟得笑破了口，露出带醉的水晶牙齿，也成堆放在那里。其余是虎拉车、山里红、海棠果儿，左一簸箕，右一筐子。一堆接着一堆，摆了半里多路。老太太、少奶奶、小姐、孩子们，成群的绕了这些水果摊子，人挤，有点儿，但并不嘈杂，因为根本这是轻松的市场。大半边月亮在头上照着，不大的风吹动了女人的鬓发。大家在这环境里斯斯文文的挑水果，小贩子冲着人直乐，很客气地说："这梨又脆又甜，你不称上点儿？"我疑心在君子国。

哪里来的这一阵浓香，我想，呵！上风，有个花摊子，电灯下一根横索，成串的挂了紫碧葡萄还带了绿叶儿，下面一只水桶，放了成捆的晚香玉和玉簪花，也有些五色马蹄莲。另一只桶，飘上两片嫩荷叶，放着成捆的嫩香莲和红白莲花，最可爱的是一条条的藕，又白又肥，色调配得那样好看。

十点钟了，提了几个大鲜荷叶包儿回去。胡同里月已当顶，土地上像铺了水银。人家院墙里伸出来的树头，留下一丛丛的轻影，面上有点凉飕飕，但身上并不冷。胡同里很少行人，自己听到自己的脚步响，吁吁呜呜，不知是哪里送来几句洞箫声。我心里有一首诗，但我捉不住她，她仿佛在半空中。

（原载1944年10月3日重庆《新民报》）

顽萝幽古巷

我在南京时，住在城北。因为城北的疏旷、干燥、爽达，比较适于我的性情。虽然有些地方，过分的欧化（其实是上海化），为的是城市山林的环境，尚无大碍。我们有一部分朋友，却是爱城南住城南的。还记得有两次，慧剑兄在《朝报》副刊上，发表过门东、门西专刊，字里行间，憧憬着过去的旧街旧巷，大有诗意。因此，我也常为着这点儿诗意，特地去拜访城南朋友。还有两次，发了傻劲儿请地道南京文人张萍庐兄导引，我游城南冷街两整天。我觉得不是雨淋泥滑，在秋高气爽之下，那些冷巷的确也能给予我们一种文艺性的欣赏。

我必须声明，这欣赏绝不是六代豪华遗迹，也不是六朝烟水气。它是荒落、冷静、萧疏、古老、冲淡、纤小、悠闲。许许多多，与物质文明巨浪吞蚀了的大半个南京，处处对照，对照得让人感到十分有趣。我们越过秦淮河，把那些王谢燕子所迷恋的桃叶渡、乌衣巷，抛在顶后面（那里已是一团糟，词章里再不能用任何一个美丽的字样去形容了）。虽在青天白日之下，整条的巷子，会看不到十个以上的行人（这是绝对的），房子还保守了朱明的建筑制度，矮矮的砖墙，黑黑的瓦脊，一字门楼儿，半掩半开着，夹巷对峙。巷子里有些更矮更小的屋子，那或者是小油盐杂货店，或者是卖热水的老虎灶，那是这种地方唯一动乱着而有功利性斗争的所在。但恰巧巷口上就有一所关着大门的古庙，淡红色的墙头，伸出不多枝叶的老树干，冲淡了这功利气氛。

这里的巷子，老是那么窄小，一辆黄包车，就塞满了三分之二的宽度，可是它又很长，在巷这头儿不会看到巷那头儿。大都是鹅卵石铺了地面，中间一条青石板行人路，便利着穿布鞋的中国人。更往南一路，人家是更见疏落，处处有倒坍了屋基的敞地，那里乱长着一片青草。可是它繁华过的，也许是明朝士大夫宅第，也许是太平天国的王府。在这废基后面，兀立着一棵古槐，上面有三五只鸦雀噪叫着，更显得这里有点兴亡意味。

有一次我去白鹭洲，走错了方向，踏上了向西门一条古巷。两旁只有四五个紧闭了的一字门，乱砖砌的墙，夹了这巷子微弯着。两面墙头上密密层层的盖住了苍绿叶子的藤蔓，在巷头上相接触。藤萝的杆子，其粗如臂，可知道它老而顽固。那藤蔓又不整齐，沿了墙长长短短向下垂着，阻碍着行人衣帽，大概是这里很少行人的缘故，到墙脚下的青苔，向上铺展，直绿到墙半腰。有些墙下，长着整丛的野草，却与行人路上石板缝里的青草相连。这样，这巷子更显得幽深了，这里虽没有一棵树，一枝花，及任何风景陪衬，但我在这里徘徊了二十分钟。

（原载1944年10月10日重庆《新民报》）

乱苇隐寒塘

在三十年前的京华游记上，十有七八，必会提到陶然亭。没到过北平的人，总以为这里是一所了不起的名胜。就以我而论，在做小孩子的时候，就在小说上看到了陶然亭，把它当了西湖一般的心向往之。及至我到了故都，不满一星期，我就去拜访陶然亭，才大为失望。这倒也不是说那里毫无可取，只是盛名之下，其实难副罢了。

然则陶然亭何以享有这么大的盛名？这有点儿缘故：第一，在帝制时代，北京的一切伟大建筑，宫殿园林，全未开放，供给墨客骚人欣赏的地方，可以说等于没有，只有二闸、什刹海、菱角坑、陶然亭，两三处有天然风景的地方，聊可一顾，而陶然亭是更好一点儿。第二，名胜的流传，始终赖于我们这支笔的夸大，这是我们值得自傲的。北京的南镇，是当年上京求名的举子麇集之处，他们很容易走向那里，所以天南地北的举子，把这个名字带到八方。第三，我看过一百多年前的一张《江亭揽胜图》，上面所写的陶然亭，水土萧疏，实在也不坏。古人赏鉴着，后人跟着起哄，陶然亭虽非故我，那盛名是不朽的。

那么，现在的陶然亭怎么样呢？这里，我应当有个较简明的介绍。它在内城宣武门外，外城永定门内，南下洼子以南。那里没有人家，只是旷野上，一片苇塘子，有几堆野坟而已。长芦苇的低地，不问有水无水，北人叫着苇塘子。春天是草，夏天像高粱地，秋天来了，芦苇变成了赭黄色。芦苇叶子上，伸出杆子，上面有成球的花儿。花儿被风一吹，像鸭绒，也像雪花，满空乱飞。苇丛中间，有一条人行土路，车马通行，我们若是秋天去，就可以在这悄无人声漫天晴雪的环境里前往。

陶然亭不是一个亭子，是一座庙宇，立在高土坡上，石板砌着土坡上去。门口有块匾，写了“陶然亭”三个字。是什么庙？至今我还莫名其妙，为什么又叫江亭呢？据说这是一个姓江的盖的，故云，并非江边之亭也。二十年前，庙里还有些干净的轩树，可以歇足。和尚泡一壶茶末儿，坐在高坡栏杆边，看万株黄芦之中，三三两两，伸了几棵老柳。缺口处，有那浅水野塘，露着几块儿白影。在红尘十丈之外，却也不无一点儿意思。北望是人家十万，雾气腾腾，其上略有略无，抹一带西山青影。南望却是一道高高的城墙，远远两个箭楼，立在白云下，如是而已。

我在北平将近二十年，在南城几乎勾留一半的时间。每当人事烦扰的时候，常是一个人跑去陶然亭，在芦苇丛中，找一个野水浅塘，徘徊一小时，若遇到一棵半落黄叶的柳树，那更好，可以手攀枯条，看水里的青天。这里没有人，没有一切市声，虽无长处，洗涤繁华场中的烦恼，却是可能的。

（原载1944年10月17日重庆《新民报》）

入雾嗟明主

在二十五年前，我每次到南京，朋友们就怂恿着去瞻仰明故宫，只是那时的行程，都是到上海或去北京，行旅匆匆，不过在下关勾留一二日，没有工夫，跑到这很远地方去。加之我听到人说，那里仅仅是一片废墟，什么也看不到，尽管我青年时代，是个平平仄仄迷惑了的中毒书生，穷和忙，哪许可我去替古人掉泪。

二十四年，我由北平迁家南京，住在唱经楼，到明故宫相当的近，加之那是中央医院所在地，自己害病，家里人生病，就时常去到明故宫的面前来。这真是一个名儿了，马蹄栏杆里，一片平地，直到远远的枣树角，有一城墙和树木挡住了视线。平地中央，还有一个倒坍了的宫门，像城门洞子，作了故宫的标志。水泥面的飞机场，机场是停着大号的邮航机，比翼双栖的和那一角宫门，做了一个划时代的对照。朱元璋登基，在南京大兴土木，建筑宫阙的时候，他决不会有这样一个梦。

明故宫的北端，是中山东路，往中山陵游览区，是必经之地，所以晴天、雨淋、月下、雪地，我都来过。印象最深的，应该是雨天，我那因抗战环境而夭折了的第三个男孩，小庆在中央医院治过伤寒病。我遏止不住我的舐犊深情，百忙中抽空上医院看他两次。是深秋了，满城下着如烟的重阳风雨，那时，我行头还多，穿着橡皮雨衣，缩着肩膀，两手插在雨衣袋里，脚下蹬着胶鞋，踏了中山东路的水泥路面，急步前行，路边梧桐叶上的积水，蚕豆般大，打在我帽子上，有时雨就带下一片落叶，向我扑打。明故宫那片敞地，埋在烟雨阵里，模糊不清。雨卷了烟头子，成了寒流，向我脸上吹，我有个感想，因为像是一个不吉之兆，赶快的奔医院。

看到了孩子，结果体温大减，神智很清。我很高兴离了医院，我有心领略雨景了。那片敞地，始终在雨阵里，那角宫门，有一个隐隐的长圆影，立在地平上，门洞上，原光有几棵小树，像村妇戴着菜花，蓬乱不成章法，然而这时好看了，它在风丝雨片里有点儿妩媚，衬着这宫门并不单调。远处一片小林，半环高城，那又是一个令人迷恋的风光。再看西南角南京的千门万户，是别一个区域了。明太祖皇帝，他没想到剩下这劫余的宫门，供我雨中赏鉴，人不谓是痴汉吗？身外之物，谁保持过了百年？费尽心血，过分的囤积干什么？就是我也有点儿痴。冒雨看孩子的病，不管我自己。于今孩子死了五年了，我哀怜他，而我还觉我痴。

当年雨中雄峙三层高楼的中央医院，不知现在如何？又是重阳风雨了！

（原载1944年10月24日重庆《新民报》）

听鸦叹夕阳

北平的故宫、三海和几个公园，以伟大壮丽的建筑，配合了环境，都是全世界让人陶醉的地方。不用多说，就是故宫前后那些老鸦，也充分带着诗情画意。

在秋深的日子，经过金鳌玉蝀桥，看看中南海和北海的宫殿，半隐半显在苍绿的古树中。那北海的琼岛，簇拥了古槐和古柏，其中的黄色琉璃瓦，被偏西的太阳斜照着，闪出一道金光。印度式的白塔，伸入半空，四周围了杈丫的老树干，像怒龙伸爪。这就有千百成群的乌鸦，掠过故宫，掠过湖水，掠过树林，纷纷飞到这琼岛的老树上来，远看是黑纷腾腾，近听是呱呱乱叫，不由你不对了这些东西，发怀古之幽情。

若照中国词章家的说法，这乌鸦叫着宫鸦的。很奇怪，当风清日丽的时候，它们不知何往？必须到太阳下山，它们才会到这里来吵闹。若是阴云密布，寒风瑟瑟，便终日在故宫各个高大的老树林里，飞着又叫着。是不是它们最喜欢这阴暗的天气？我们不得而知。也许它们讨厌这阴暗天气，而不断地向人们控诉。我总觉得，在这样的天气下，看到哀鸦乱飞，颇有些古今治乱盛衰之感。真不知道当年出离此深宫的帝后，对于这阴暗黄昏的鸦群做何感想？也许全然无动于衷。

北平深秋的太阳，不免带几分病态。若是夕阳西下，它那金紫色的光线，穿过寂无人声的宫殿，照着红墙绿瓦也好，照着这绿的老树林也好，照着飘零几片残荷的湖水也好，它的体态是萧疏的，宫鸦在这里，背着带病色的太阳，三三五五，飞来飞去，便是一个不懂画的人，对了这景象，也会觉得衰败的象征。

一个生命力强的人，自不爱欣赏这病态美。不过在故宫前，看到夕阳，听到鸦声，却会发生一种反省，这反省的印象给予人是有益的。所以当每次经过故宫前后，我都会有种荆棘铜驼的感慨。

（原载1944年10月31日重庆《新民报》）

风檐尝烤肉

有人吃过北平的松柴烤肉吗？现在街头橙黄橘绿，菊花摊子四处摆着，尝过这异味的人，就会对北平悠然神往。

据传说，松柴烤牛肉，那才是真正的北方大陆风味，吃这种东西，不但是尝那个味儿，还要领略那个意境。你是个士大夫阶级，当然你无法去领略。就是我在北平作客的二十年，也是最后几年，变了方法去尝的，真正吃烤肉的功架，我也是“仆病未能”。那么，是怎么个景儿呢？说出来你会好笑的。

任何一条马路上，有极宽的人行路，这路总在一丈开外，在不妨碍行人的屋檐下，有些地方，是可摆着浮摊的。这卖烤牛肉的炉灶，就是放置在这种地方。无论炉灶属于大馆子、小馆子或者饭摊儿，布置全是一样。一个高可三尺的圆炉灶，上面罩着一个铁罩子，北方人叫着炙，将二三尺长的松树柴，塞到炙底下去烧。卖肉的人，将牛羊肉切成像牛皮纸那么薄，巴掌大一块儿（这就是艺术），用碟儿盛着，放在柜台或摊板上，当太阳黄黄的，斜临在街头，西北风在人头上瑟瑟吹过，松火柴在炉灶上吐着红焰，带了缭绕的青烟，横过马路。在下风头远远的嗅到一种烤肉香，于是有这嗜好的人，就情不自禁的会走了过去，叫声："掌柜的，来两碟！"这里炉子四周，围了四条矮板凳，可不是坐着的，你要坐着，是上洋车坐车踏板，算来上等车了。你走过去，可以将长袍大襟一撩，把右脚踏在凳子上。店伙自会把肉送来，放在炉子木架上。另外是一碟葱白，一碗料酒、酱油的掺合物。木架上有竹竿做的长棍子，长约一尺五六。你夹起碟子里的肉，向酱油、料酒里面一和弄，立刻送到铁炙的火焰上去烤烙。但别忘了放葱白，掺和着，于是肉气味儿、葱气味儿、酱油酒气味儿、松烟气味儿，融合一处，铁烙炙上吱吱作响，筷子越翻弄越香。

你要是吃烧饼，店伙会给你送一碟火烧来。你要是喝酒，店伙给你送一只杯子，一个三寸高的小锡瓶来。那时你左脚站在地上，右脚踏在凳上，右手拿了长筷子在炙上烤肉，左手两指夹了锡瓶嘴儿，向木架上杯子里斟白干，一筷子熟肉送到口，接着举杯抿上一口酒，那神气就大了——"虽南面王无以易也！"

趣味还不止此，一个炙，同时可以围了六七个人吃。大家全是过路人，谁也不认识谁。可是各人在炙上占一块儿小地盘烤肉，有个默契的君子协定，互不侵犯。各烤各的，各吃各的，偶然交上一句话："味儿不坏！"于是做个会心的微笑。吃饱了，人喝足了，在店堂里去喝碗小米稀饭，就着盐水卤疙瘩咸菜，或者要个天津萝卜啃，浓腻了之后再来个清淡，其味无穷。另有个笑话，不巧，烤肉时，站在下风头，炉子里的松烟，可向脸上直扑，你得时时闪开，去揉擦泪水。可是一面揉眼睛，一面夹长筷子烤肉，也有的是，那就是趣味吗？

这样说来，士大夫阶级，当然尝不到这滋味。不，顺直门里烤肉宛家的灰棚里，东安市场东来顺三层楼上，前门外正阳楼院子里，也可以烤肉吃。尤其是烤肉宛家，每到夕阳西下，喝小米稀饭的雅座里，可以搬出二三十件狐皮大衣，自然，那灰棚门口，停着许多漂亮汽车。唉！于今想来，是一场梦。

（原载1944年11月7日重庆《新民报》）

碗底有沧桑

“上夫子庙吃茶（读作平声）”，这是南京人趣味之一。谈起真正的吃茶趣味，要早，真要到夫子庙畔，还要指定是奇芳阁、六朝居这四五家茶楼。你若是个要睡早觉的人被朋友们拉上夫子庙去吃回茶，你真会感到得不偿失。可是有人去惯了，每早不去吃二三十分钟茶，这一天也不会舒服，这就是我上篇《风檐尝烤肉》的话，这就是趣味吗？

这里单说奇芳阁吧，那是我常去的地方，我也只有这里最熟。这一家茶楼，正对了秦淮河（不管秦淮碧或黑，反正字面是美的），隔壁是夫子庙前广场，是个热闹中心点。无论你去得多么早，这茶楼上下，已是人声哄哄，高朋满座。我大概到的时候，是八点钟前，七点钟后，那一二班吃茶的人，已经过瘾走了。这里面有公务员与商人，并未因此而误他的工作，这是南京人吃茶的可取点。我去时当然不止一个人。踏着那涂满了脚底下泥的大板梯，上那片敞楼，在桌子缝儿里转个弯儿，奔上西角楼的突出处，面对楼下的夫子庙坐下，始而因朋友关系，无所谓来这里，去过三次，就硬是非这里不坐。四方一张桌子，漆是剥落了，甚至中间还有一条缝儿呢。桌子有的是茶碗碟子，瓜子壳、花生皮、烟卷头儿、茶叶渣儿，那没关系。过来一位茶博士，风卷残云，把这些东西搬了走，肩上抽下一条抹布，立刻将桌面扫荡干净。他左手抱了一叠茶碗，还连盖带茶托，右手提了把大锡壶来。碗分散在各人前，开水冲下碗去，一阵儿热气，送进一阵儿茶香，立刻将碗盖上，这是趣味的开始。桌子周围有的是长板凳、方几子，随便拖了来坐，就是很少靠背椅，躺椅是绝对没有。这是老板整你，让你不能太舒服而忘返了。你若是个老主顾，茶博士把你每天所喝的那把壶送过来，另找一个杯子，这壶完全是你所有。不论是素的、彩花的、瓜式的、马蹄式的，甚至缺了口用铜包着的，绝对不卖给第二人。随着是瓜子、盐花生、糖果、纸烟篮、水果篮，有人纷纷的提着来揽生意，卖酱牛肉的，背着玻璃格子，还带了精致的小菜刀与小砧板，“来六个铜板的。”座上有人说。他把小砧板放在桌上，和你切了若干片，用纸片托着，撒上些花椒盐。此外，有我们永远不照顾的报贩子，自会送来几份报。有我们永远不照顾的眼镜贩或带子贩、钢笔贩，他们冷眼的擦身过去，于是桌上放满了花生、瓜子、纸烟等类了，这是趣味的继续。这里有点心牛肉锅贴，菜包子，各种汤面，茶博士一批批送来。然而说起价钱，你会不相信，每大碗面，七分而已。还有小干丝，只五分钱。熟的茶房，肯跑一趟路，替你买两角钱的烧鸭，用小锅再煮一煮。这是什么天堂生活!

我不能再写了，多写只是添我伤感。我们每次可以在这里会到所要会的朋友，并可以在这里商决许多事业问题，所耗费的时间是半小时上下，金钱一元上下，这比万元请客一次，其情况怎样呢？在后方遇到南京朋友，也会拉上小茶馆吃那毫无陪衬的沱茶，可是一谈起夫子庙，看着茶碗，大家就黯然了。

听说奇芳阁烧掉之后，又重建了。老朋友说：“回到南京的第二天早上，我们就在那里会面吧！”“好的！”可是分散日子太久，有些老朋友已经永远不能见面了。

（原载1945年11月14日重庆《新民报》）

盛会思良友

在南京当新闻记者的时候，我们二三十个朋友，另外成了一群，以年龄论，这一群人，由四十多岁到十几岁；以职业论，由社长到校对，可说是极平等、忘年又忘形的一个集合。这个集合，并没有哪个任联络员，也没有什么条例规定，更没有什么集会的场合与时间。可是这一群人，每日总有三四个人或七八个人，在一处不期而会，简直是金圣叹那话："毕来之日为少。非甚风雨，而尽不来之日亦少。"（见《水浒》金伪托施耐庵序）会面的地方，大概不外四五处，夫子庙歌场或酒家，党公巷汪剑荣家（照相馆主人，亦系摄影记者），城北湖北路医生叶古红家，新街口酒家，中正路《南京人报》或《华报》，中央商场绿香园。除了在酒家会面，多半是受着人家招待外，其余都是互为宾主，谁高兴谁就掏钱，谁没钱也就不必虚谦，叨扰过之后，尽管扬长而去。反正谁掏得出钱谁掏不出钱，大家明白，毋须做样。

这种集合，都在业余，我们也并不冒犯"群居终日，言不及义"的嫌疑。若不受招待，那就人多了，闹酒是必然的举动，我在座，有时实在皱了眉感到不像话，常是把醉人抬出酒家，用黄包车拖了回去。可是这个醉人，明日如有集会场合，还照来一次。自然这就噱头很多，如黄社长在大三元向歌女发脾气，踢翻了席面（有大闹狮子楼的场面，非常火炽），巨头记者在皇后酒家，用英语代表南京记者演说之类，你常思之十日，不能毕其味。

说到别的集会呢，或者是喝杯酽茶，吃几个烧饼，或者吃顿便饭，或者听一场大鼓书，或者来一段皮黄。自然，有人会邀着打一场麻将。但一打麻将，是另一种局面，至少像我这种人，就告退了。有时偶然也会风雅一点儿，如邀伴儿到后湖划船，在莫愁湖上联句作诗之类，只是这带酸味儿的玩意儿，年轻朋友，多半不来。这里面也免不了女性点缀，几个文理相当通的歌女，随着里面叫干爹叫老师，年轻的几位朋友，索性和歌女拜把子。哄得厉害！但我得声明一句，他们这关系完全建筑在纯洁的友谊上。有铁一般的反证，就是我们既无钱也无地位。

我们也有几个社外社员（因为他们并非记者），如易君左、卢冀野、潘伯鹰等约莫六七位朋友也喜欢加入我们这集会。大概以为我们这种玩法，虽属轻松，却不下流，所以我们流落在重庆的一部分朋友，谈到了往事，都感到盛会不常，盛筵难再，何以言之！因为这些朋友，有的死了，有的不知消息了，有的穷得难以生存了。

（原载1944年11月21日重庆《新民报》）

黄花梦旧庐

晚上做了一个梦，梦见七八个朋友，围了一个圆桌面，吃菊花锅子。正吃得起劲儿，不知为一种什么声音所惊醒。睁开眼来，桌上青油灯的光焰，像一颗黄豆，屋子里只有些模糊的影子。窗外的茅草屋檐，正被西北风吹得沙沙有声。竹片夹壁下，泥土也有点儿窸窣作响，似乎耗子在活动。这个山谷里，什么更大一点儿的声音都没有，宇宙像死过去了。几秒钟的工夫，我在两个世界。我在枕上回忆梦境，越想越有味儿，我很想再把那顿没有吃完的菊花锅子给它吃完。然而不能，清醒白醒的，睁了两眼，望着木窗子上格纸上变了鱼肚色。为什么这样可玩味，我得先介绍菊花锅子。这也就是南方所说的什锦火锅。不过在北平，却在许多食料之外，装两大盘菊花瓣子送到桌上来。这菊花一定要是白的，一定要是蟹爪瓣。在红火炉边，端上这么两碟东西，那情调是很好的。要说味儿，菊花是不会有什么味儿的，吃的人就是取它这点儿情调。自然，多少也有点儿香气。

那么不过如此了，我又何以对梦境那样留恋呢？这就由菊花锅想菊花，由菊花想到我的北平旧庐。我在北平，东西南北城都住过，而我择居，却有两个必需的条件：第一，必须是有树木的大院子，还附着几个小院子；第二，必须有自来水。后者，为了是我爱喝好茶；前者，就为了我喜欢栽花。我虽一年四季都玩花，而秋季里玩菊花，却是我一年趣味的中心。除了自己培秧，自己接种，而到了菊花季，我还大批的收进现货。这也不但是我，大概在北平有一碗粗茶淡饭吃的人，都不免在菊花季买两盆足朵儿的小盆，在屋子里陈设着。便是小住家儿的老妈妈，在大门口和街坊聊天，看到胡同里的卖花儿的担子来了，也花这么十来枚大铜子，买两丛贱品，回去用瓦盆子栽在屋檐下。

北平有一群人，专门养菊花，像集邮票似的，有国际性，除了国内南北养菊花互通声气而外，还可以和日本养菊家互换种子，以菊花照片做样品函商。我虽未达这一境界，已相去不远，所以我在北平，也不难得些名种。所以每到菊花季，我一定把书房几间屋子，高低上下，用各种盆子，陈列百十盆上品。有的一朵，有的两朵，至多是三朵，我必须调整得它可以上画。在菊花旁边，我用其他的秋花、小金鱼缸、南瓜、石头、蒲草、水果盘、假古董（我玩不起真的），甚至一个大芜菁，去做陪衬，随了它的姿态和颜色，使它形式调和。到了晚上，亮着足光电灯，把那花影照在壁上，我可以得着许多幅好画。屋外走廊下，那不用提，至少有两座菊花台（北平寒冷，菊花盛开时，院子里已不能摆了）。

我常常招待朋友，在菊花丛中，喝一壶清茶谈天。有时，也来二两白干，闹个菊花锅子，这吃的花瓣，就是我自己培养的。若逢到下过一场浓霜，隔着玻璃窗，看那院子里满地铺了槐叶，太阳将枯树影子，映在窗纱上，心中干净而轻松，一杯在手，群芳四绕，这情调是太好了。你别以为我奢侈，一笔所耗于菊者，不超过二百元也。写到这里，望着山窗下水盂里一朵断茎“杨妃带醉”，我有点黯然。

（原载1944年11月28日重庆《新民报》）

窥窗山是画

南京是个城市山林，所以袁子才有“爱住金陵为六朝”[①]的句子，若说住金陵为的是六朝那种江南靡靡不振的风气，那我们自然是未敢苟同。但说此地龙盘虎踞之下，还依然秀丽可爱，实在还不愧是世界上一个名都。就我所写的两都本身而言（这里不涉及政治问题），北平以人为胜，金陵以天然胜；北平以壮丽胜，金陵以纤秀胜，各有千秋。在北平楼居，打开窗子来，是一带远山，几行疏柳，这种现象，除了繁华市区中心，为他家楼门所阻碍（南京尤甚），其余地点，均无例外。我住在南京城北，城北是旷地较多的所在，虽然所居是上海弄堂式的洋楼，却喜我书房的两层楼窗之外，并无任何遮盖。近处有几口池塘，围着塘岸，都有极大的垂柳，把我所讨厌看到的那些江南旧式黑瓦屋脊，全掩饰了。杨柳头上便是东方的钟山，处处的在白云下面横拖了一道青影。紫金山那峰顶，是这一列青影的最高处，正伸了头向我窗子里窥探。我每当工作疲倦了，手里捧着一杯新泡的茶，靠着窗口站着，闲闲的远望，很可以轻松一阵儿，恢复精神的健康。

南京城里北一段，本是丘陵地带，东角由鸡鸣寺顺了玄武湖北上，经过太平门直到下关。西边又由挹江门南下，迤逦成了清凉山、小仓山。所以由新街口以北，是完全环抱在丘陵里的一块盆地。在中山北路来往的人，他们为了新建筑所迷惑，已不见这地形了。我有两个朋友住在新住宅

① 此句应出自赵翼《读随园诗题辞》。——编者注

区迤北，中山北路偏西，房子面对着清凉古道，北靠了清凉山的北麓，乃是建筑巨浪所未吞噬及未洋化的一角落，而又保留着六朝佳丽面目的。我去过几回，我羡慕他们，真能享受到南京的好处，只可惜它房子本身却也是欧化了而已。这里是个不高的土山，草木葱茏，须穿过木槿花做篱笆，鹅卵石地面的一条人行道。路外是小溪，是菜园，是竹林，随时可以听到鸟叫，最妙的，就是他们家三面开窗，两面对远山，一面靠近山。近山的竹树和藤萝，把他们屋子都映绿了。远山却是不分晴雨，都隐约在面前树林上。那主人夸耀着说："我屋子里不用挂山水画，而是活的画，随时有云和月点缀了成别一种姿势。"这话实在也不假。我曾计划着苦卖三年的文字，在这里盖一所北平式的房屋，快活下半辈子，不想终于是一个梦。

在"八一三"后，南京已完全笼罩在战争气氛下，我还到这里来过一趟，由黄叶小树林子下穿出，走着那一条石缝里长出青草的人行长道，路边菜圃短篱上，扁豆花和牵牛花或白或红或蓝，悠静地开着。路头丛树下，有一所过路亭，附着一座小庙，红门板也静静地掩闭在树荫下，路上除了我和同伴，一直向前，卧着一条卵石路，并无行人，我正诧异着，感不到火药气。亭子里出来一个摩登少妇，手牵了一个小孩儿，凝望着树头上的远山（她自然是疏散到此的）。原来半小时前，敌机二十余架，正自那个方向袭来呢。一直到现在，我想到清凉古道上朋友之家，我就想到那个不调和的人和地。窗外的远山呀，你现在是谁家的画？

（原载1944年12月5日重庆《新民报》）

影树月成图

北平是以人为的建筑，与悠久的时间的习尚，成了一个令人留恋的都市。所以居北平越久的人，越不忍离开，更进一步言之，你所住久的那一所住宅，一条胡同，你非有更好的，或出于万不得已，你也不会离开。那为什么？就为着家里的一草一木，胡同里一家油盐杂货店，或一个按时走过门口的叫卖小贩，都和你的生活打成了一片。

我在北平住的三处房子，第一期，未英胡同三十号门，以旷达胜。前后五个大院子，最大的后院可以踢足球。中院是我的书房，三间小小的北屋子，像一只大船，面临着一个长五丈、宽三丈的院落，院里并无其他庭树，只有一棵二百岁高龄的老槐，绿树成荫时，把我的邻居都罩在下面。第二期是大栅栏十二号[①]，以曲折胜。前后左右，大小七个院子，进大门第一院，有两棵五六十岁的老槐，向南是跨院，住着我上大学的弟弟，向北进一座绿屏门，是正院，是我的家，不去说它。向东穿过一个短廊，走进一个小门，路斜着向北，有个不等边三角形的院子，有两棵老龄枣树，一棵樱桃，一棵紫丁香，就是我的客室。客室东角，是我的书房，书房像游览车厢，东边是我手辟的花圃，长方形有紫藤架，有丁香，有山桃。向西也是个长院，有葡萄架，有两棵小柳，有一丛毛竹，毛竹却是靠了客室的后墙，算由东折而转西了，对了竹子是一排雕格窗户，两间屋子，一间是我的书库，一间是我的卧室。再向东，穿进一道月亮门，却又回到了我的家。卧室后面，还有个大院子，一棵大的红刺果树，与半亩青苔。我依此路线引朋友到我工作室来，我们常会迷了方向。第三期是大方家胡同十二号，以壮丽胜。系原国子监某状元公府第的一部分，说不尽的雕梁画栋，自来水龙头就有三个。单是正院四方走廊，就可以盖重庆房子十间，我一个人曾拥有书房客室五间之多。可惜树木荒芜了，未及我亲自栽种添补，华北已无法住下去。你猜这租金是多少钱？未英胡同是月租三十元，大栅栏是四十元，大方家胡同也是四十元，这自不能与今日重庆房子比，就是与同时的上海房子比，也只好租法界有卫生设备的一个楼面，与同时的南京房子比，也只好租城北两楼两底的弄堂式洋楼一小幢。住家，我实在爱北平。让我回忆第一期吧。这日子，老槐已落尽了叶子，杈丫的树杆布满

① 此大栅栏非前门外大街之大栅栏，而是位于西长安街旧长安戏院对面之大栅栏，据说还有一条大栅栏，我并未去过，三条胡同虽同名，但读音却完全不同。——张伍注

了长枯枝，石榴花、金鱼缸以及大小盆景，都避寒入了房子，四周的白粉短墙，和地面刚铺的新砖地，一片白色，北方的雪，下了第一场雪。二更以后，大半边月亮，像眼镜一样高悬碧空。风是没有起了，雪地也没有讨厌的灰尘，整个院落是清寒、空洞、干净、洁白。最好还是那大树的影子，淡淡的，轻轻的，在雪地构成了各种图案画。屋子里，煤炉子里正生着火，满室生春，案上的菊花和秋海棠依然欣欣向荣。胡同里卖硬面饽饽的，卖半空儿多给的，刚刚呼唤过去，万籁无声。于是我熄了电灯，隔着大玻璃窗，观赏着院子里的雪和月，真够人玩味。住家，我实在爱北平！

（原载1944年12月12日重庆《新民报》）

江冷楼前水

在南京城里住家的人，若是不出远门的话，很可能终年不到下关一次。虽然穿城而过，公共汽车不过半小时，但南京人对下关并不感到趣味。其实下关江边的风景，登楼远眺，四季都好。读过《古文观止》那篇《阅江楼记》的人，可以揣想一二。可惜当年建筑南京市的人，全是水泥路面，钢骨洋楼上着眼，没有一个想到花很少一点儿钱，再建一座阅江楼。我有那傻劲儿，常是一个人坐公共汽车出城，走到江边去散步。就是这个岁暮天寒的日子，我也不例外。自然，我并不会老站在江岸上喝西北风。下关很有些安徽商人，我随便找着一两位，就拉了他们到江边茶楼上去喝茶，有两三家茶楼，还相当干净。冬日，临江的一排玻璃楼窗全都关闭了。找一副临窗的座位坐下，泡一壶毛尖，来一碗干丝，摆上两碟五香花生米，隔了窗子，看看东西两头儿水天一色，北方吹着浪，一个个的掀起白头的浪花，却也眼界空阔得很。你不必望正对面浦口的新建筑，上下游水天缥缈之下，一大片芦洲，芦洲后面，青隐隐的树林头上，有些江北远山的黑影。我们心头就不免想起苏东坡的词："一江南北，消磨多少豪杰"或者朱竹垞的词："六代豪华，春去也，只剩鱼竿。"

说到江，我最喜欢荒江。江不是湖海那样浩瀚无边，妙的是空阔之下，总有个两岸。当此冬日，水是浅了，处处露出赭色的芦洲。岸上的渔村，在那垂着千百条枯枝的老柳下，断断续续，支着竹篱茅舍。岸边上三四只小渔舟，在风浪里摇撼着，高空撑出了鱼网，凄凉得真有点儿画意。自然，这渔村子里人的生活，让我过半日也有点儿受不了，他们哪里知道什么画意？可是，我这里并不谈改善渔村人民的生活，只好忍心丢下不说。在南京，出了挹江门，沿江上行，走过怡和洋行旧址不远，就可以看见这荒江景象。假使太阳很好，风又不大，顺了一截江堤走，在半小时内，在那枯柳树林下，你会忘了这是最繁华都市的边缘。

坐在下关江边茶楼上，这荒寒景象是没有的。不过，这一条江水，浩浩荡荡的西来东去横在眼前，看了之后，很可以启发人一点儿遐思。若是面前江上，舟楫有十分钟的停止，你可看到那雪样白的江鸥，在水上三五成群地打着旋，你心再定一点儿，也可再听到那风浪打着江岸石上，啪哒啪哒作响。我是不会喝酒，我若喝酒，觉得比在夫子庙看"秦淮黑"，是足浮一大白的。

（原载1944年12月19日重庆《新民报》）

春生屋角炉

一日过上清寺，看到某大厦三层楼，铁炉子烟囱，四处钻出，几个北方同伴，不约而同地喊了一声久违久违。煤炉这东西在北方实在是没啥稀奇，过了农历十月初一，所有北平的住户，屋里都须装上煤炉，第一等的，自然是屋子里安上热气管，尽管干净，但也有人嫌不够味儿。第二等就是铁皮煤炉，将烟囱支出窗户或墙角去。第三等是所谓“白炉子”，乃是黄泥糊的，外层涂着白粉，一个铁架子支着，里面烧煤球。烧煤球有许多技巧，这里不能细说。但唯一的条件，必须把煤球烧得红透了，才可以端进屋子，否则会把屋子里人熏死。每冬，巡警阁子里，都有解煤毒的药，预备市民随时取用，也可见中毒人之多。其实煤球烧红了，百分之百的保险，无奈那些懒而又怕冷的人，好在屋子里添煤，添完了就去睡暖炕，不中毒何待？

铁炉子是比较卫生而干净。战前，有白铜或景泰蓝装饰的，大号也不过十一二元。普通的三四号炉子，只要三四元。白铁片烟囱，二毛几一节，一间屋子有二三十节足矣。所以安一个炉子计，材料共需十元上下。小炉子每冬烧门头沟煤约一吨半，若日夜不停地烧，也只是两吨，每吨价约十元上下。所以一间屋子的设备，加上引火柴块，也只是二十元。若烧山西红煤，约加百分之五十的用费，那就很考究了。你说，于今在重庆惊为至宝，咱们往年在北平住着的人听说，不会笑掉牙吗？

煤炉不光是取暖，在冬天，真有个趣味。书房屋角里安上一个炉子，讲究一点儿，可以花六七元钱，用四块白铁皮将它围上，免得烤糊了墙壁。尽管玻璃窗外，西北风作老虎叫，雪花像棉絮团向下掉，而炉子烧上大半炉煤块儿，下面炉口呼呼地冒着红光，屋子内会像暮春天气，人只能穿一件薄丝棉袍或厚夹袍。若是你爱穿西装，那更好，法兰绒的或哔叽的，都可以支持。书房照例是大小有些盆景，秋海棠、梅花、金菊、碧桃、晚菊，甚至夏天的各种草本花，颠倒四季，在案头或茶几上开着。两毛钱一个的玻璃金鱼缸，红的鱼，绿的草，放在案头，一般的供你一些活泼生机。

我是个有茶癖的人，炉头上，我向例放一只白搪瓷水壶，水是常沸，丁零零的响着，壶嘴儿里冒气。这样，屋子里的空气不会干燥，有水蒸气调和它。每当写稿到深夜，电灯灿白的照着花影，这个水壶的响声，很能助我们一点文思。古人所谓“瓶笙”，就是这玩意儿了。假如你是个饮中君子，炉子上热它四两酒，烤着几样卤菜，坐在炉子边，边吃边喝，再剥几个大花生，你真会觉着炉子的可爱。假如你有个如花似玉的妻子伴着，两个人搬了椅子斜对炉子坐着，闲话一点天南地北，将南方去的闽橘或山橘，在炉上烤上两三个，香气四绕。你看女人穿着夹衣，脸是那样红红的。钟已十二点以后，除了雪花瑟瑟，此外万籁无声，年轻弟弟们，你还用我向下写吗？

我还是说我。过了半辈子夜生活，觉得没有北平的冬夜，给我以便利了。书房关闭在大雪的院子里，没有人搅扰我，也没有声音搅扰我。越写下去电灯越亮，炉子里火也越热，盆景里的花和果盘里的佛手在极静止的环境里供给我许多清香。饿了烤它两三片面包，或者两三个咖喱饺子，甚至火烧夹着猪头肉，那种热的香味也很能刺人食欲，斟一杯热茶，就着吃，饱啖后，还可伏案写一二小时呢。

铁炉子呀！什么时候，你再回到我的书房一角落？

（原载1944年12月26日重庆《新民报》）

年味儿忆燕都

旧历年快到了，让人想起燕都的过年风味，悠然神往。我上次曾说过，北平令人留恋之处，就在那壮丽的建筑，和那历史悠久的安逸习惯。西人一年的趣味中心在圣诞，中国人的一年趣味中心，却在过年。而北平人士之过年，尤其有味儿。有钱的主儿，自然有各种办法，而穷人买他一二斤羊肉，一顿白菜馅饺子，全家闹他一个饱，也可以把忧愁丢开，至少快活二十四小时。人生这样子过去是对的，我就乐意永远在北平过年了。

我先提一件事，以见北平人过年趣味之浓。远在阴历七八月，小住家儿的就开始打蜜供了。蜜供是一种油炸白面条，外涂蜜糖的食物。这糖面条堆架起来，像一座宝塔，塔顶上插上一面小红纸旗。塔有大有小，大的高二三尺，小的高六七寸，重由二三斤到几两。到了大年三十夜，看人家的经济情形怎样，在祖先佛爷供桌上，或供五尊，或供三尊，在蜜供上加一个打字云者，乃打会转出来的名词。[①]就是有专门做这生意的小贩，在七八月间起，向小住家儿的，按月份收定钱，到年终拿满价额交货。这么一点儿小事交秋就注意，可见他们年味儿之浓了。因此，一跨进十二月的门，廊房头条的绢灯铺，花市扎年花儿的，开始悬出他们的货。天津杨柳青出品的年画，也就有人整大批的运到北平来。假如大街上哪里有一堵空墙，或者有一段空走廊，卖年画的，就在哪里开着画展。东西南城的各处庙会，每到会期也更加热闹。由城市里人需要的东西，到市郊乡下的需要的东西，全换了个样儿，全换着与过年有关的。由腊八吃腊八粥起，以小市民的趣味，就完全寄托在过年上。日子越近年，街上的年景也越浓厚。十五以后，全市纸张店里，悬出了红纸桃符，写春联的落拓文人，也在避风的街檐下，摆出了写字摊子。送灶的关东糖瓜大筐子陈列出来，跟着干果子铺、糕饼铺，在玻璃门里大篮小篓陈列上中下三等的杂拌儿。打糖锣儿的，来得更起劲儿。他的担子上，换了适合小孩子抢着过年的口味，冲天子儿，炮打灯、麻雷子、空竹、花刀花枪，挑着四处串胡同。小孩儿一听锣声，便包围了那担子。所以无论在新来或久住的人，只要在街上一转，就会觉得年又快过完了。

北平是容纳着任何一省籍贯人民的都市。真正的宛平、大兴两县人，那百分比是微小得可怜的。但这些市民，在北平只要住上三年，就会传染了许多迎时过节的嗜好，而且越久传染越深。我在北平约莫过了十六七个年，因之尽管忧患余生，冲淡不了我对北平年味儿的回忆。自然，现在的北平小市民，已不能有百分之几的年味儿存在，而这也就越让我回忆着了。

（原载1945年1月9日重庆《新民报》）

① “打蜜供”是旧北平特有的风俗，而“打字”也是北京人特有的词，实际就是像饽饽铺零存整取，即文中的说“按月份收定钱，到年终拿满价额交货”。——张伍注

清 凉 古 道

有人这样估计：东亚的大都市，如上海、汉口、天津、北平、香港、广州、南京、东京、大阪、名古屋、神户，恐怕都要在这次太平洋战争里毁灭。这不是杞忧，趋势难免如此，这就让我们想到这多灾多难的南京，每遇二三百年就要遭回浩劫，真可慨叹。

我居住在南京的时候，常喜欢一个人跑到废墟变成菜园、竹林的所在，探寻遗迹。最让人不胜徘徊的，要算是汉中门到仪凤门去的那条清凉古道。这条路经过清凉山下，长约十五华里，始终是静悄悄地躺在人迹稀疏、市尘不到的地方。路两旁有的是乱草遮盖的黄土小山，有的是零落的一丛小树林，还有一片菜园，夹了几丛竹林之间，有几户人家住着矮小得可怜的房舍。这些人家用乱砖堆砌着墙，不抹一点儿石灰和黄土，充分表现了一种残破的样子。薄薄的瓦盖着屋顶，手可摸到屋檐。屋角上有一口没有圈儿的井，一棵没有树叶的老树，挂了些枯藤，陪衬出极端的萧条景象，这就想不到是繁华的首都所在了。三牌楼附近，是较为繁华的一段，街道的后面，簇拥了二三十株大柳树，一条小小的溪水，将新的都市和废墟分开来。在清凉古道上，可以听到中山北路的车马奔驰声，想不到一望之遥，是那样热闹。同时，在中山北路坐着别克小轿车的人，他也不会想到，菜圃树林那边，是一片荒凉世界。

是一个冬天，太阳黄黄的，没有风。我为花瓶子里的腊梅、天竹修整完了，曾向这清凉古道走去。鹅卵石铺着的人行古道，两边都是菜圃和浅水池塘，夹着路的是小树和短篱笆，十足的乡村风光。路上有三五个挑鲜菜的农民经过，有一阵儿菜香迎人。后面稍远，一个白胡老人，骑着一头灰色的小毛驴，得得而来，驴颈子上一串兜铃响着。他们过去了，又一切归于岑寂。向南行，到了一丛落了叶的小树林旁，在路边有二三户农家的矮矮的房屋，半掩了门。有个老太婆，坐在屋檐下晒太阳。我想，这是南京的奇迹呵！走过这户，是土山横断了去路，裂口上有个没顶的城门洞的遗址。山岩上有块石碑，大书三个楷书字：虎踞关，石碑下有两棵高与人齐的小树，是这里唯一的点缀。我站在这里，真有点儿怔怔然了。

在明人的笔记上，常看到虎踞关这个名字，似乎是当年南都一个南北通衢的锁钥。可以料想当年到这里行人车马的拥挤，也可以遥思到两旁商店的繁华，于今却是被人遗忘的一个角落了。南京另一角落的景象，实在是不能估计的血和泪，而六朝金粉就往往把这血泪冲淡了。

回到开首那几句话，东亚大都市，有许多处要被毁灭，这次在抗战时期，南京遭受日寇的侵占与洗劫，也不知昔日繁华的南京，又有哪几条大街，变成清凉古道了。

（原载1945年1月23日重庆《新民报》）

冰雪北海

北平的雪，是冬季一种壮观景象。没有到过北方的南方人，不会想象到它的伟大。大概有两个月到三个月，整个北平城市，都笼罩在一片白光下。登高一望，觉得这是个银装玉琢的城市。自然，北方的雪，在北方任何一个城市，都是堆积不化的，没有什么可看的。只有北平这个地方，有高大的宫殿，有整齐的街巷，有伟大的城圈，有三海几片湖水，有公园、太庙、天坛几片柏林，有红色的宫墙，有五彩的牌坊，在积雪满眼、白日晴天之时，对这些建筑，更觉得壮丽光辉。

要赏鉴令人动人的景致，莫如北海。湖面让厚冰冻结着，变成了一面数百亩的大圆镜。北岸的楼阁树林，全是玉洗的，尤其是五龙亭五座带桥的亭子，和小西天那一幢八角宫殿，更映现得玲珑剔透。若由北岸看南岸，更有趣。琼岛高拥，真是一座琼岛。山上的老柏树，被雪反映成了黑色。黑树林子里那些亭阁上面是白的，下面是阴黯的，活像是水墨画。北海塔涂上了银漆，有一丛丛的黑点儿绕着飞，是乌鸦在闹雪。岛下那半圆形的长栏，夹着那一个红漆栏杆、雕梁画栋的漪澜堂。又是素绢上画了一个古装美人，颜色是格外鲜明。

五龙亭中间一座亭子，四面装上玻璃窗户，雪光、冰光反射进来，那种柔和悦目的光线，也是别处寻找不到的景观。亭子正中，茶社生好了熊熊红火的铁炉，这里并没有一点儿寒气。游客脱下了臃肿的大衣，摘下罩额的暖帽，身子先轻松了。靠玻璃窗下，要一碟羊膏，来二两白干，再吃几个这里的名产肉末儿夹烧饼。周身都暖和了，高兴渡海一游，也不必长途跋涉东岸那片老槐雪林，可以坐冰床。冰床是个无轮的平头车子，滑木代了车轮，撑冰床的人，拿了一根短竹竿，站在床后稍一撑，冰床哧溜一声，向前飞奔了去。人坐在冰床上，风呼呼的由耳鬓吹过去。这玩意儿比汽车还快，却又没有一点儿汽车的响声。这里也有更高兴的游人，却是踏着冰湖走了过去。我们若在稍远的地方，看看那滑冰的人，像在一张很大的白纸上，飞动了许多黑点儿，那活似电影上一个远镜头。

走过这整个北海，在琼岛前面，又有一弯湖冰。北国的青年，男女成群结队的，在冰面上溜冰。男子是单薄的西装，女子穿了细条儿的旗袍，各人肩上，搭了一条围脖，风飘飘的吹了多长，他们在冰上歪斜驰骋，做出各种姿势，忘了是在冰点以下的温度过活了。在北海公园门口，你可以看到穿戴整齐的摩登男女，各人肩上像搭梢马褳子似的，挂了一双有冰刀的皮鞋，这是上海香港摩登世界所没有的。

（原载1945年1月30日重庆《新民报》）

市声拾趣

我也走过不少的南北码头，所听到的小贩吆唤声，没有任何一地能赛过北平的。北平小贩的吆唤声，复杂而谐和，无论其是昼是夜，是寒是暑，都能给予听者一种深刻的印象，虽然这里面有部分是极简单的，如“羊头肉”“肥卤鸡”之类，可是他们能在声调上，助字句之不足。至于字句多的，那一份优美，就举不胜举，有的简直是一首歌谣，例如夏天卖冰酪的，他在胡同的绿槐荫下，歇着红木漆的担子，手扶了扁担，吆唤着道：“冰淇淋，雪花酪，桂花糖，搁的多，又甜、又凉、又解渴。”这就让人听着感到趣味了。又像秋冬卖大花生的，他喊着：“落花生，香来个脆啦，芝麻酱的味儿啦。”这就含有一种幽默感了。

也许是我们有点儿主观，我们在北平住久了的人，总觉得北平小贩的吆唤声，很能和环境适合，情调非常之美。如现在是冬天，我们就说冬季了。当早上的时候，黄黄的太阳，穿过院树落叶的枯条，晒在人家的粉墙上，胡同的犄角儿上，兀自堆着大大小小的残雪。这里很少行人，有两三个小学生背着书包上学，于是有辆平头车子，推着一个木火桶，上面烤了大大小小二三十个白薯，歇在胡同中间。小贩穿了件老羊毛背心儿，腰上系了条板带，两手插在背心里，喷着两条如云的白气，站在车把里叫道：“噢……热啦……烤白薯啦……又甜又粉，栗子味儿。”当你早上在大门外一站，感到又冷又饿的时候，你就会因这种引诱，要买他几大枚白薯吃。

在北平住家儿稍久的人，都有这么一种感觉，卖硬面饽饽的人极为可怜，因为他总是在深夜里出来的。当那万籁俱寂、漫天风雪的时候，屋子外的寒气，像尖刀那般割人。这位小贩，却在胡同遥远的深处，发出那漫长的声音："硬面……饽饽哟……"我们在温暖的屋子里，听了这声音，觉得既凄凉，又惨厉，像深夜钟声那样动人，你不能不对穷苦者给予一个充分的同情。

其实，市声的大部分，都是给人一种喜悦的，不然，它也就不能吸引人了。例如，炎夏日子，卖甜瓜的，他这样一串的吆唤着："哦！吃啦，甜来一个脆，又香又凉冰淇淋的味儿。吃啦，嫩藕似的苹果青脆甜瓜啦！"在碧槐高处一蝉吟的当儿，这吆唤是够刺激人的。因此，市声刺激，北平人是有着趣味的存在，小孩子就喜欢学，甚至借此凑出许多趣话。例如卖馄饨的，他吆喝着第一句是"馄饨开锅"。声音宏亮，极像大花脸唱倒板，于是他们就用纯土音编了一篇戏词来唱："馄饨开锅……自己称面自己和，自己剁馅自己包，虾米香菜又白饶。吆唤了半天，一个子儿没卖着，没留神丢了我两把勺。"因此，也可以想到北平人对于小贩吆唤声的趣味之浓了。

（原载1945年2月6日重庆《新民报》）

东行小简

此文因节省写作时间，用文言。正如予不爱用自来水笔，强改之耳。旅行中倚装草草，随忆随书，文不择词，读者谅之。

1945年12月9日于贵阳招待所。

别矣，海棠溪

予乘西南公路衡渝通行车，期在三号。因修车暂缓一日，凄风苦雨中，居海棠寓所二日，夜间雨雾弥漫，隔江望重庆灯火，恍然如梦。八年辛酸，万感交集。四日天明起，收拾行装，饯者云集。雨收云散，丽日涌出，旅客大欢。通车一列，本共五辆，路局因本社同人，共购票二十五张，特加开一辆以容之。以每辆适载二十五人也。百余人行李过磅，至费时，十二时方竣事。予车载同事四，少妇人七，小儿十一人，老太太二，又黄鱼二。予亦鬓发斑矣，同谓老弱专车。车载重三吨半，两旁置木板条，行李狼藉中央，前复置酒精桶三，人无插足地。故一登车，而吁声四起。予素耐艰苦，殊不为意。一时半车行。予于车壁方孔中，向车站行注目礼。回忆七年来，奔走海棠溪南温泉间，购票候车，提囊负米，或红球高挂，奔避空袭；或烈日如炉，荷伞步行，万千辛苦，此处留纪念不少。今竟别矣。在站将登车时，遇温泉一老邻，问曰："迁回呼？幸喜又比邻。"予讶其何能想象及此？则笑而漫应之。眷属窃笑，此君殊为不了汉。实则彼因极忠恕之推测。因在渝作鹧鸪啼者，何止二三十万人，彼以为迁回南泉，理应是耳。然而余竟得行，谢天谢地，复谢公路局。

夜 宿 綦 江

车行时，得前站电话，一品场山塌路塞，前途车阻，列车停二塘两小时。三时半，车始六轮共转，因行李搁置不适当，空气阻塞，酒精味弥漫。而座位布置欠周，颠簸特甚，未及一品场，全车昏晕，呕吐之声大作，予妻几晕厥。予经海洋，任狂涛掀腾不为意，而亦目眩胃胀，不能支持。过杜市，路旁柑橘摊罗列如锦，百元可得广柑四枚，予竟无力购此贱价物。张目望车外，山峰秀媚，亦无意赏鉴。昏暗中，抵綦江站，两人摸索卸行李，即四出觅旅社，归报均未有。有数大旅社，悉为过路部队下榻。予妻已病倒，面无人色，势不能露宿。无已，商之于招待所经理。一小客厅容三榻，其二为人据。一榻，大餐桌也，上覆有简单被盖，乃以置之病妻及二雏儿。予则于桌下得一席地，列地铺。另二雏则偕同事在甬道中席地卧。其他妇孺，悉纷纷倚人篱下，在陋屋中，作"搭桌戏"。安置妥，已不畏风雨。俟病人睡，予偕同人夜饭，勉尽一器。乃携杖作夜市巡礼，示吾尚不弱也。綦江一切为重庆最小之缩影，唯一特征，即橘柑摊遍地皆是，然其价已略昂于经过各小站矣。

由东溪到松坎

五日天未明起，张灯火在风雾中上行李。因昨日经验，乃妥布行李。司机一座，予妻已让黄老太太者也。不获已，索回。商之领车朱队长，将另一车司机台座居黄老太太，蒙慨然允。朱队长桐城人，与予为小同乡，机械化学校毕业，盖大材小用者，因以相谈甚欢，沿途乃得多协助。八时车行，雾气充沛中，见悬崖下翻车，同车为之惶然，继而烈日出，客心渐安。而空气流通，晕车者减半。十时抵东溪，车停，听客进午餐，同人多未食，予亦空腹，使胃减少消化力。东溪路上一大站，但见十轮黄幔之美式车辆，绵延如龙，罗列街檐，其所拖曳或载运者，悉为新物资，事涉军机，不便言。然于此以窥美人之助战者，已可得全豹一斑。予妹及妹婿居此，以早日得电，在站迎已三日。见吾妻，几不相识，可知其昨日之受创甚巨。未及十余分钟之谈话，车将行。天涯手足，风尘小聚，几时不见，见了还休，争如不见，殆此情也。予妻与予妹挥泪中，车已别东溪。予有戒心，先进八卦丹少许，下午幸不昏晕，车沿山崖小河，循绕登黔境。黔北，山峦渐高，灌木隆葱，虽鲜丛林，而巍峨奇伟，胜于重庆附近者良多。两时半抵松坎。以有一车发电机焚毁，予车之拨斯亦受损，遂不复行。旅客均呼皇恩大赦，其苦可知。松坎在四山包围中，凹入一大谷。村落夹公路而列肆。除小旅馆外，均为黑木板壁之小店，车到时，适乡人赶场未散，一望白布缠头之人首，纷纷街上。但所交易，悉为微少之农作品，一切近代品或城市日用品，均缺。“人无三分银”，入其境亦可想见。以“未晚先投宿”，觅下榻地尚易。予于小旅馆三楼，得仅可容之四榻。其下为茶饭馆，坐稍定，于五时半进餐。此地猪肉甚贱，斤二百元，鱼亦贱，斤三四百元。故客饭每客四百元，有鱼肉。唯无卫生可谈，厨钩所挂鱼肉，群蝇丛集。予嘱家人，热食可也，无恐。七时就寝，居然入睡。

桐梓之一瞥

六日鸡三唱，旅客尽起。燃灯捆行李，随人纷纷下楼。仰首天空，雾如蒸汽，细雨纷飞，非雨，雾也。街沿下，市人列案张灯火售豆浆煮鸡蛋。在寒风凛冽中，饮豆浆一碗。同行有同事之眷属，吕恩小姐，《鸡鸣早看天》中主角也。予询："下次君演是剧，当获实地经验不少。"伊亦笑曰："决不如在剧中着漂亮装矣。"八时车行，车渐入险境。公路盘高山屈曲而上，有名之七十二倒拐及钓丝崖，均在松坎南。以雾重，不能远视，唯经钓丝崖时，知车穿一悬崖而过，其下草木青隐，深远无底，路宽仅两车并行耳。车盘山愈高，雾愈重，小儿辈惊呼已入半天云上。至最高峰华楸坪，雾成密雨，三四丈外不见人，来往行车，均明灯放号，遥为呼应。九时半，入平谷，日复出，回视来路，全在云中。过独峰关、娄山关，公路在两峰夹峙下，平底蜿蜒一丝，穿山越谷而过。生平所经嵯谷、函关陆路之险，至此有小巫见大巫之别。有一营人守夹峰，配以利器，虽十万人莫过也。所有各山，峰峦挺立，层层环抱，兼桂蜀两处山峦之长。予已不复晕车，驰目之余，得画意不少。过此复得平原，在四山间，为熟米铺蓝田坪，已近桐梓而为富庶区。十一时半，抵桐梓，车入城抵站。此间街市，颇具小邑彩色，街店走廊相衔接，令人忆广州、洛阳旧街。午饭于站午客店，同人均已能进食，予大喜。饭后，知车队经蓝田坪，有一军官之妻攀车不遂，坠伤，车乃被扣，又不得行，五车客，纷纷投旅店。交涉至晚，被认为凶手之一湘人，贫汉也。出医药费六万元，始被释。其乡人出而募化，吾车乃共捐一万元。予曾于晚间小步市上，除旅饭馆外，店主均售土产。家家燃桐油灯，吾人乃入十八世纪之城市，奔走半条街，始获购土制洋烛二支，其他可想见。是夕上半晚，为讼事议论惊扰，下半夜则客又筹备登车，经夜未睡。此城米肉均贱，生活程度甚低。肉三百二一斤，米千元一市斗，本地产，不复仰于川米矣。

乌江之养龙乡

七日晨，仍雾重而寒。七时半开车，路上时得平原，沿路植小柳，略有江南风味，唯四周山峰，均童童相开，间杂乌石。十一时抵遵义，原为府治。公路环城而行，不见真相。车站在新城，仅有店铺十余家，专为旅人设者。小店中进食，尚可。有炒猪肝、红烧鱼、炒腰花、炒肉片、菠菜豆腐汤，均大碗，大小七人，共耗两千五百元，不算贵也。一时车行，二时经乌江。两山夹峙，下陷一河，公路凿石壁作“之”字形，下筑一桥。桥为钢梁，不复令行人唤渡也。过江有小镇市，多旅舍商店。二时半，抵养龙乡，此为小镇，公路设救济站于此。车到四辆，均言油竭。须加油，又不行，距贵阳仅九十公里耳。西南路局有例，按里配给司机以油。油逾量，须司机赔垫。油有余，可以公价二千元一加仑，变售与路局。但司机言山路盘绕，所发酒精，恒难适合。此队去渝时，每人赔酒精价二万元（系运兵）。现又差三加仑到贵阳，故不欲行。吾人外行，殊难明其究竟。而本车司机，吾人已早约当略酬辛苦，对吾人谅无意外，此事难作断语。但朱队长畅言，决负责到贵阳，不使吾人有所耗费。故吾人知事之关键不在本车，然已停矣。即早为计，以觅旅所。于街上茶馆楼上，得小室三间，其一已为人有。吾人大小九人，挤于此。吾所居室，上纸篷空其一角，而纸窗临路，又缝隙四去。晚饭后，展被而卧，仅四小时，为严寒惊醒。予妻起，子亦起，乃挑起桐油灯，拥大衣对坐，以待鸡鸣。拂晓后，启户外视，浓霜覆野，其白如雪。吾为妻吟唐诗曰：“‘鸡声茅店月，人迹板桥霜。’悟此境乎？”妻笑曰：“对户有董小宛妆楼，诗意犹厚也。”盖演《董小宛》之秦怡小姐，亦同车。适居对街，临街楼，昨晚曾见其启窗挽发。彼故作此语，以解苦闷耳。

贵阳管窥

八日行四小时半，到贵阳。入站，适闻工厂午饭汽笛，儿童惊为警报，愕然。予告以故，并曰："吾侪从此为太平之民，不复有警报矣。"午投宿招待所，环境清幽，宿舍清洁，身心为之一爽。向车站数度接洽，如换四吨半车，九日晨，即赴衡阳。是日是为星期六，今明均无法拜访友人，颇感失望。后知同队有两车未到，势必展期，则始作留一日打算。下午，省府周叶子君来，言省府李定宇秘书长愿留约一谈，望能稍留，并已派人至车站代洽。晚间，两车仍未到，路局宣布十日行车，吾人乃放胆徜徉市上矣。贵阳为重庆人所熟悉，无待介绍。约量言之，城在一平谷中，童山环绕，平坦可步。经轰炸后复修，旧街市狭巷，已不易见。城中大小什字，为最繁华处，略逊于重庆之民族、民权两路。街旁店户均有走廊，人行道在廊下，雨天较便。杨子惠主席好建设，现仍继续拆屋建路中，唯市政似绌于经费，路面失修，碎石磷磷，步履维艰。街上几至十余分钟不见汽车，代步多为一瘦马拖行之轿式木车，下置两橡皮轮，拥塞可坐四五客。此外则苗族人在冷巷兜售山货，如松子、板栗之类。其他城市所少见也。

贵衡段路多平坦，又换大车，以后全程，五六日或可达。至治安一点，闻一月来，仅镇远边境，出事一次，死一司机，伤一领队，似为土匪所为，旅客无恙。湘境以洞口一山为可虑，但未闻出事。且大军尚未全撤，平安可期。第二函，恐须至衡阳始能有暇执笔也。

筑市印象补

在贵阳招待所小憩二十四小时，于古木清幽之院落中，品茗吸烟，征尘尽涤。贵阳难得晴天，小息时，适风日清和，小步通衢，机会至佳。续获印象，可得言之。此间依然是下江人世界，商廛巨贾，全属外籍。大小什字，以西药店最多，次属旅馆食肆。百货丛不若渝蓉之盛，唯纸烟行庄，随处皆有，除黔产外，则为美烟。黔对外来烟，似壁垒甚严，在松坎，即不复得睹川烟于烟摊子矣。筑市禁卡车入城，小座车终日不见，偶一二吉普车，疾驰而过，行人避之遥远。此外则北式骡车型之小马车，如一矮轿，车夫懒洋洋地引辔徐行，颠簸道上，人力车破旧，甚于渝市，不复可坐。滑竿轿子，均未见也。食物价格，大抵低于重庆，人力尤贱，车马夫衣服蔽败，码头工人亦然。此亦可见筑市过去六七年之炸后建筑，乃纸糊政策耳。大小什字旁，有一小巷，陈列旧物出卖者，摊贩联结不断，数出千所。批售旧衣物者，多两粤人，抛其所有，将易资归以购新者，但其价并不贱。另有小部分出卖美军剩余物品，如糖果、纸烟、西药等，遇此道中人，可以八折市价例获进也。

在马场坪

十二月十日晨七时入站，改乘西南路局四吨半车。车载重倍前，而容量依旧。车中酒精桶，由三增而为五。局制、贵衡段间每车载客三十名，海棠溪来六车，并而为五，拆散一车旅客，分纳于五车。旅客以结伴既久，相安无事（其实不然），与站长约，登车有优先权。于是吾车来五客，男三而女二，后来居上。其势汹汹，横目而视。余力劝全车眷属忍耐，退居其后。余忝居领队，殿军，屈膝于车尾一行李卷上。犹忆在二桥谒见西南路局运输组长沈振人君时，保证绝对满意，非沈君保证，殆不免挂腿车沿矣。六车并为五车问题，纠缠至久，让开一切客车先行，至十时方开车。车门将关，又来二“鱼”，云是厂方人，姑亦听之。而人更挤，膝更屈。五人行李卷，多已捆束车顶，隔壁缝窥之，上已高据三人矣。“鱼”乎？未可知。时天渐阴，一路晴朗，窃幸之，今将天变，颇忧。但一念车顶上有人，能塞挤车箱中，亦足自慰。一时半达贵定，中尖，县城不大，城外公路停车处，新建之食店，售价甚昂，店主多粤籍流浪者，口味亦不适普通旅客。客饭由松坎之四百元增至六百元矣。贵定而来，童山濯濯，杂以黑石，公路在此中曲折穿行，无可观者，至为枯燥。六时达马场坪，固以闻名久矣。上间有二市，旧市稍远，新市即停车处。为旅客而设之旅馆食店，夹道长达里许，本不足为下榻忧。适先来军车六十辆，衔接如龙。车中人据经验所得，知不妙，数人一跃下车，狂驰上街，即奔旅馆。余素镇静，大不了，睡地板耳，何惧？此车司机陈君，队长关君，相处已稔，即来相慰，谓万不得已，可至车站过夜，并介绍见站长。站长姓关，新民报忠实读者也，慨然允，并许以火盆见赠，余力道谢。幸同人等，居然于一皖籍人所开茶馆上得屋两间，各有一榻，大喜。晚餐于一上海馆，竟得果腹。唯有二苦，水如泥汤，不能饮，寓楼桐油灯，油垢堆如癞疮，至不敢着手剔灯，见之欲呕。予亟移灯出户，代以烛，余展被睡楼板也，偿夙愿也。

黄平苦笑之悲喜剧

昨日阴雨霏霏，小道路已湿，夜半闻淅沥声，令人悲苦不寐。寒鸡三唱，铜笳怒号，晓寒侵入，披衣遽起。燃烛促诸儿起，各各恋被，其最稚者，哀啼，余虽不忍，未之理也。于寒雨中瑟缩登车，同人拥挤较松，因二三事务人员，将行李善自部署，以箱为凳，以被盖为垫，较易插身。由马场坪，经过平越锌山而达黄平。黄平县尤小，数十户冷落山家，于黯淡气氛中，沿公路为市。车中人谋中尖，无适当处。余等入饭馆，有两桌，尽为人占。店主于柜房中支一小木架，置圆板其上，是却为案。店中供客无多物，唯猪羊肉及米粉丝，以小碟盛黑盐，与食物同供，若大都市餐馆之增酱醋也。余食煮米粉一碗，清淡不知何味，且有羊肉膻气，妇孺皆摇首。妻观余强食，坐其侧唯哂。余笑曰："不才愈经艰苦而精神愈旺，何欤？"食已，不闻司机呼登车，询之，本队有一车已断钢板，已入厂修理。前面经恶山鹅翅膀，须结队行，故停车静候。于是旅客窃窃私议，面有忧色。黔桂路设修理厂于此，有招待所，楼房清洁，为小站之所乏有。视表已二时矣，客有主张即宿于此者，盖十一月三日，有西南路队车经前山，匪徒以机枪扫射，死旅客二，司机一，伤队长一，全车被劫，损失数百万。此一事也，在海棠溪闻之，在贵阳闻之，一路均闻之。于是如老子之无化三清，传之为若干件劫案。此时，适有苗族妇女三五，花衣布裙草履，裹腿，荷担而过市，众目灼灼，知已入苗族居住地区，更有戒心。相趋入厂观修理车，先是拆钢板不得。拆已，觅煞车油。觅得，久久换钢板不上。换已，而中心钢钉断。又视钟，将近三点。过鹅翅膀最好正午，愈近晚，愈不妙，众惶惶然，时作苦笑。有强自镇定者，则于冷店中灰板门中采购白木耳。西南路沿线，有两处产白木耳，一在遵义，一在此也。

然其价昂于贵阳市，尤贵于汉口。闻汉仅两万元一斤，此处则索三万至四万。购耳者意在搭讪，则亦置之。再入厂，见机匠三五，口角衔纸烟携钻斧，笑坐车下，从容将事。一司机曰："队长所领车，去远矣。彼最怕死，在施秉见候耳，彼能独过鹅翅膀，吾敢输一东道。"旅客闻言，面面相觑。

黄昏经过鹅翅膀

三时又半，车行矣。吾车居队之第二，窗外观，奇伟山峰，罗列左右。草木蓬蓬如乱发，不复童然。行三十公里抵施秉，队长领一车果候城外小镇之口。闻四车均至，即呼行。司机敞开油门，轮转地面，梭梭有声。先是在马场坪过大部军车，皆色然而喜，以为此行甚有保障。黄平延误三四小时，但见军车一辆复一辆，皆相率驰，目送之去，暗呼可惜。现过施秉，直上两军车。贵阳后来妇，喜而大呼："有军车！有军车！"客皆探首外望，唯恐远离。施秉虽为一县城，其冷落状况尤甚于黄平，遥望城如斗大，微圈镇之一角。数十人家，散落荒地。故城外道路寂寞，不见行人。车现远离，便屈曲登山。四周皆灌木，峰峦高下杂深草，蓬松如醉人头，车人遥指草中蜿蜒一径，当为通苗族人村处。所幸一军车在队前，两军车在队后，若有意拥护，差堪告慰。车盘旋山路约三十分钟，忽有一车油管阻塞，则相率停山巅，以待修理。而前后军车，皆弃我而去。探首四顾，天风荡漾，乱草摇曳作声。峰天相见，渺不见人。天且黑，行将奈何？问司机抵鹅翅膀未，答尚在数公里外，则愈为遑急。约十分钟，车始于破山巅而成三峡口中穿过，乃逐渐下驰，将迫黄昏，抵鹅翅膀。其地三山环抱，中隐深谷。公路由南山经西山而北上，更由此山折回。其形势略似成渝路上之山洞。唯曲线延长，来回约二十华里。中有一桥，下为洞，经桥转回，然后过洞，一如山洞。上次劫案，即匪持枪桥上，俯射桥洞之车。众客惴惴，默然无语。唯东层曲路，左右望上下之字径，皆有车如走马灯追逐。夜幕张矣，车上折光探路灯齐明，数十道白光，散布高山深壑中，蔚为奇观。车笛呜呜，遥相警道，情况乃极紧张。现面南山缺口中，露水光一片，余乃告车中人，是为抚水，抵镇远矣。后闻桥上树悬两劫匪头，已成骷髅，因夜黑未见。

一线之城——镇远

儿时读地理教科书，有镇远一课，书中言此为西南咽喉孔道，舟逆流滩下，水怒欲飞。且绘一图，以助文意。窃思今生有至此处一日否。继自答，殆不能。因满清末季，入云贵如登天也。十一日晚，于数家灯火中（实不能称为万家）行抵镇远，旅馆拥挤情形，一如马场坪。于旅馆楼上得小屋二间，一以住三同伴，一以自用，榻让诸儿，余仍睡楼板。唯四十年来夙愿，偿于一夕，精神兴奋，不可名状。晚餐后，手携木杖，独步街上，意甚自适。杖上刻有文：策杖观太平，适余此时意乎？独步河街约五里，灯火寥落中，细雨如烟。除一二军车，张灯驰过外，街静欲睡，河水潺潺时有声来。余故欲入城，行如此久，道不得西，良怪。则拄杖小视，南为宽河，经为阡峰，街道一线，都在此处。依山人家，逐层而上，傍河人家，下有吊楼，酷似重庆，予恍然悟，限于地势，此城殆不得有二街。归询店主，予臆中也。镇远有府县两城在此，东西设门，南北无道。城上略有城堞，且亦斜上。清有将军驻此，果然镇远。隔河为县治，另有一城，然旅客匆匆经过，鲜往拜访也。

盘山紧，玉屏松

十二日晨七时半，去镇远，车疾驰，盖前方为贵东险地盘山，又一关劫。余心绪虽未必坦然，但书生积习，未能遽忘，则倒坐而观车后诸山。但见松柏苍翠，半杂红树，奇峰突立，云钻其腰，间有小谷，烟雾弥漫，半露赭叶。除浙西诸山，无此佳丽。此而出宵小，何山川秀气转戾也，由西而东，云树模糊，雨势渐密，然近观树木之绿或朱者，无不清洁如洗。时有涧水泠泠作响，环绕二三木架人家，于大树丛中独拥小谷，毫无荒凉气态。觉此等山水，不应有恶徒，情绪稍逸。又二三十分钟，车达山巅，人家已渺。林木葱郁，过于前者。越巅，车路盘旋增多，长短约三四十曲折，穿过七八峰峦，于路旁见一木牌，大书“盘山”二字，余始悟盘山是由东向西盘则非由西来也。木牌所设，显示登山之始，倒观此牌，分明已出盘山境矣。九时，抵三穗县，雨点淋漓，路已如浆。于路旁一整洁餐馆，烤火品茗，车人麇集，而各带笑容，相庆日又过一半矣。十一时离三穗，三十公里抵玉屏。县城圈颇大，人家聚于南角，车由北端荒地中，穿城而过，车停东门外。今街上除茶饭旅馆七八家外，余悉卖箫笛者，玉屏箫（洞箫）素驰名国内，吾车中除贵阳新来之五客外，余皆略带风雅趣，相率下车购箫。此间产扁竹，粗如拇指，节疏，以之制箫，其声清幽，匠人磨琢光滑，镌书画其上，即不能弄，亦可清玩。箫论对儿售，每两支附木盒，价千元至三四千元不等。买箫者，可鉴两支节相齐否？然后横三指比箫孔，视其度数差异。至上所镌花，乃属末节，箫有白色、芽黄两种，黄者虽较美观，系熏染所致，久则变色，不足取也。过盘山之紧张，与过玉屏之轻松，仅三小时之时间，相异如此。

晃县吃大鱼

过玉屏之龙溪乡，却入湘境。该乡镇东口人家粉壁墙上，有三尺见方大字，题曰：湘黔锁钥，故一望皆为两省交界处矣。车愈东行，山谷树木愈为稠密，且村落相望，贵州之荒凉气象，不复存在。二时半，抵晃县。因雨淋路滑，司机宣言宿于此，则于满地泥浆中，出觅旅舍。因军车亦停于此，可宿寓楼，早已客满，于一漆黑旅店楼上，再得各有一榻之二屋。余等一组，男子四，小儿四，女一，予笑告家人，又是一夜楼板矣。在三穗，已见饭店食物钩上，悬两尺长大鱼，故群儿投寓方已，即争呼吃鱼，同行最大之一儿，已不过四岁入川，其他三雏，焉知大鱼之味？予怜而诺之，就食于附近饭店，为之特点二菜，一为红烧青鱼，一为炒湖南腊肉。食时，案上汤汁淋漓，与四儿嘴角之油光相映照。予正色告之曰："抗战八年，乃父丐文重庆，无足称者，但以此席证之，汝等已获得胜利之一分矣。"饭后，欲巡视街市，同人言已过之。此为车站所在地，均旅馆食店，无足言者。邑城去此二里许，在河之东岸。喧宾夺主，汽车通后，旧城已不复经人齿及，予乃废然而止。其他可得而言者，则玉屏人所操语言，尚为西南官话，清楚易懂。晃县则操湘音，语音重浊而燥急，尾音多卷舌而助语气，非用心听之，虽好游如我，亦不多了了也。贵东物价略昂于湘西，虽西南公路所在，均为游资所刺激，以晃县与马场坪较，每客饭即贱百余元矣。晃县为湘西边境最远一邑。货客多由此转口，故西南路于此，有贵晃区间车。每周两次，每次三辆，则其平时之商运亦颇可想见。

队有翻车

十三日晨，于重雾疏雨中，车向芷江驰进，九时抵城郊，西来人均争向窗外探视，以瞻仰此受降圣地。顾市廛湫隘，薄瓦白木，轻便支屋，与军事重镇四字名不相称。车停于东门外进膳，匆匆二三十分钟，司机即来催促上道，路与大飞机场平行，坦直无阻。车行三公里，至七里桥，队车第二辆，滑入路旁，损茅屋一角，伤一小儿。司机欲飞脱，转轮上道，车乃右倾，司机未煞车，更左扭。路滑如油，轮不听命，遂邃扑道旁坎下，六轮朝天。吾车尾随其后，见之最清楚，立停车往救，余首奔往，秉孔子“伤人乎？不问马”之旨，问伤者几何？司机面色惨白，操手立道上。旅客坐卧坎地青草上，衣服尚整洁。有人代答曰：“幸甚，幸甚，轻伤三五人耳。”余车上黄老太太，原移坐此司机台，即往探之。其媳已扶来相就，并无损害，乃大慰。芷江无西南路管理站，须往前三十公里至榆树湾呼救，于是迎黄老太太上车，急驰前站。至时方上午十一时，旅客不待司机通知，即纷觅旅社，队长原已率第一车在此，即驾救济车及机匠回芷江施救。四车陆续到达，互相询问。榆树湾车站，仅七八家旅社，街市在站后数十步外，故西来旅客虽分别投宿，而一呼即至。群包围站长者数四，欲明日先行。站长以一队五车，休戚与共，例不能拆散。且榆衡路远，同行宜共患难，余甚是其说。唯旅客有川资不足者，有急于东归者，众怒难犯，余亦不敢赞一辞也。

滞留榆树湾

十三日晚，云霁雨止，新月如半镜，高挂大树梢上。小步公路，长河在右，水流澌澌。小山在左，秋树扶疏。忽念半年前，此尚为第四方面军指挥部所在，今则万籁静默，容我小息，人生之变幻不测如此。所寓楼下为野茶馆，桌椅整洁，面临广场，则将所需好茶，泡沸水一碗，闲剥二百元一斤之长生果，聊解终日车厢颠簸，颇觉自适。时站长熊君来就闲话，谓此路翻车，乃属常事。军车有“五里一停，十里一搁”之称。在此前二月，有两军车为日人驾驶，押运员沿途上客，量乃过多，日司机告以车不任负荷，恐抛锚。押运员怒，遽批其颊。此日人怀恨于心，当经遇前面险岩时，以后车撞前车，两车六十余人，同落深涧，无一幸免。西南路对司机谆谆告诫，凡遇军车，必停道旁让之。军事第一，亦礼也。否则，撞军车，罪不赦。被军车撞，罪亦有应得。余乃为之莞尔，以其措词蕴藉之甚也。十四日天阴，候车至正午，翻车仍未来。但据讯，旅客有三人负伤，其一陈大高，即监督公路运输之顶头上司夫人。太岁头上动土，路局与司机，乃至不幸，传全队车辆，将被扣于此。旅客大哗，争谓罪在翻车之一司机，与另四司机何涉，与百余旅客又何涉？群以为余为新闻记者，请仗义执言。余笑谓此系气语，不足介意。群复包围站长请允诺明日必行，站长以坏车损坏至如何程度不可知，且司机已遁，驾驶乏人，难于决断。至下午三时，旅客正纷集广场上，见救济车引翻车至，除车厢略破外，余均完好，众乃猛烈鼓掌，并争慰坐救济车上之受惊伴侣。余调查结果，实无重伤者，除陈太太留此间检查所长公馆外，其余旅客，均愿随车东行。司机职务，则由救济车司机任之。有人伤者，均已在芷江就医。一场纠纷，于是解决，吾人则损失二十四小时光阴与旅费数元耳。

安江待渡

十四日晚，大雨，次晨雨仍淅沥不止。站上以办医药费手续未毕，至九时后方启行。十二时半抵安江，须过渡，渡口先有军车三十辆停轮待渡，且闻其后有数十辆再来。公路上例，军车未渡完不渡他车。安江公路，以拖驳汽艇无油，渡船以四船夫摇桨渡车。每次以渡二车为限，且每渡须十余分钟。众知今日未必能渡，即渡亦无法再行，即纷纷过河觅旅舍。余等于街泥没踝中，觅得旅馆后，身立小屋落脚，且密邻厕所。势逼此处，奈何！安江为湘西大邑，日人西犯时，衡阳机关多迁于此，《中央日报》，亦移此出版。自贵阳东来，今日得首读当日新闻也。此城临河设市，在水上望之，屋宇鳞次栉比，富庶可想。唯过江后，满街黑浆，未能出巡。但旅客等言此地出橘柚，各购若干，广柑不亚于川产，每斤一百二十元，可得四五枚，于行李堆塞车厢中，勉力塞进一二小篓。后至衡阳，询知广柑价，每斤仅八十元，无不哑然。吾车旅客，以泥雨渡江，运行李不易，留三同人候车上，未遑搬运。直至深夜二时，全队车始渡毕，余无被盖，又不敢多用旅社被褥，拥大衣半坐半睡大榻上度夜。

过匪区雪峰山

十五日晨七时，于细雨蒙蒙中登车。出安江二十公里，即开始登山。山愈旋愈高，而云雾愈重。先上一岭，名鸡公口，共二十华里。略得平谷，间有人家，则不盘于一岭，名雪峰山，共四十华里。此处本十年来著名匪区，自日本投降后，未闻出事，最大原因，即第三四方面军先后驻此，努力扑剿，匪无可立足。由榆树湾至衡阳，现犹有一个“半新装备军”驻守，匪殆难一试。是日，吾车前后军车络绎如龙，吾人亦颇有所恃。唯山路石少泥多，雨后浸透，泞滑如油。既近山巅，盘路短促而坡度陡峭，车轮辄旋转不上。自榆树湾起，所有车辆，均以链圈套其左后轮，链深陷泥内，支车勿退。闻虽如此，而每逢陡坡，司机均下车扯乱草铺地，备车轮辗草而上。泥中乱辙如麻，均深陷尺许。但闻车辄泥浆呼之有声，每一停顿，群车陆续受阻，之字路上，层层停车，遥望若堆小楼。且阵雨来时，云封前路，山高寒重，冻坐欲僵。凡此盖两小时，始尽上山之路。直至雪峰山巅，有较平之道一段，沿岭脊而行，但见浓云中丛林隐约模糊，由车窗外缓展而去。冻风扑面中，窥窗外来去车，均亮灯穿雾而行，觉渝川黔道上之华楸坪，乃较此坦多矣。雪峰岭上，犹有两三小镇，各拥七八人家，其间一镇，尚临雨作傀儡戏。傀儡之大，几如十龄小童，实生平所仅见，然亦可想此有名恶薮，亦在度太平盛世矣。

洞口宝庆间

下雪峰山，入长峡，两山环抱，中有一河，流水潺潺，曲折而出，以车行时间记，约达二十分钟，闻上年敌犯湘西，即经五十七师以两个连阻之于此。出峡，遂抛弃一切山地，入于平原，每逢区村镇，均砖墙瓦盖，人家建筑完美，已入富庶之区矣。下午二时，抵洞口镇，驻车投宿，雨势连绵，寒气压背，所幸觅旅社尚早，同人各得一屋，烘衣进茗，不觉四时已过，于饥肠辘辘中，六时进本日第一餐，吾人由海棠溪东行以来，日正式进两餐者，盖鲜，中途恒买杂食打伙，每过大山，不得食店，则忍饥挨饿抵站而已。洞口亦系夹公路之街市，毁于战火，屋多新建，吾人盖以第一步踏入收复区。镇外平坦，稍远略有丘陵，故洞口军事重地，实不在本镇。傍晚军车云集，司机通知，明日需在军车前面先行，否则宝庆过渡，又将延误一日。因之十七日山鸡初唱，吾人即燃烛登车。天略带白色，车已驰进，一路东进，均属平路，速率每小时将近三十公里，十时半抵宝庆，隔河望城市，劫火之余，房屋尚存其半，城堞则摧毁不见，河岸空荡，并无他车待渡，同人大喜，资水由南而北，至北渐阔，水迂缓而清碧，公渡以四小艇架木板载车，四人摇桨渡车，每次仅过一辆，设不早来，今日阻资水无疑矣。抵站，杨站长来与共话，谓得沈组长电，知余来，问有所需助否，余答以恐衡阳投宿困难耳，杨君即先以站上无线电，托衡站梁站长向招待所定屋，余深谢之，此则所受沈君之惠也。由宝庆东行，同人频计旅程，恨不一蹴而至衡阳，三时半抵站。

衡阳今日市况

衡阳经四十五日之鏖战，原有九万户，为炮火洗劫殆尽，完好者仅几户而已。一路行来，坍墙残屋，触目皆是。车进城，辗转于瓦砾场之小屋街上。同人相顾失色，谓将何处投宿？抵站即晤梁站长，谓已获电，业通知招待所尽量容纳，该所固尚未开业也。同人闻此，均感渝衡段之一切难关均已度过，各有笑容。至招待所，正油漆家具，弹制被褥。幸屋尚多，同人皆谓在此楼房整洁之旅馆投宿，睡卧地板，亦系天堂。幸余与《旅行杂志》有十年撰文交谊，同人二十余名，均得经理之助，各获床榻。布置已，即出视此劫城。此城现略成街形者，只有中山南北路两旁店肆，均支木架依残墙，作临时屋。其有具楼屋形者，乃以假面具，盖由西来人指示，用重庆建屋法，以竹片夹壁，糊泥其上，且亦仅正面一面耳。湘人做事向守实在主义，食物必堆满盘，建屋必用砖墙，今均草草了事矣。市政府在一残存之小巷中，市长系由军人兼任，尚未至建设时期。全城本有警察，系以士兵代布岗。岗位正修碉堡，故晚间十时戒严，禁止通行，亦未解原因所在也。衡阳屋少人多，在中山路一望，但见人头滚滚，簇拥一片。大概除经过之旅客外，川贵来转运百货、布匹、纸张之小商人，均集于此。上述各物均比重庆约贱一半儿，上等湖南青布每尺售三百余元，阴丹八百元，僧帽牌鱼烛，每支二百五十元，汉口制小大英①十支盒二百元，举此可见一斑。唯食物仍贵，猪肉每斤四百元，米一市斗一千四五百元。大鱼每斤四百余元。而食馆价格，尤为惊人，锅贴每个四十元，包子每个售至六十元。初次至一小菜馆晚餐，五大人而四小孩，耗九千元。后访知一大湘菜馆，九人吃五千元菜，剩余一半，是食馆标价之毫无标准，乃绝大证明也。旅客过此，是不得不为慎审从事也。

粤汉路轻便车

衡阳为交通枢纽，西南公路，终止于此。而湘赣、湘桂、湘粤诸公路，亦无不以此为起点。粤汉铁路，以北段破坏较轻，由衡阳至武昌，已通轻便车，以汽车为引曳，颇为有趣。引曳之汽车，去其橡皮轮，代以钢轮。其余，则普通之四轮卡耳。其后引三车厢，车厢特制，以木为之，远望之，有如一架床，周围圈以木板，上覆席篷或黄布幔。轮小，距钢轨不过一尺，小儿可以攀登。车门高三尺，人鞠躬而进。箱中横置木板八条，每条规定坐五人，行李则置凳下，故乘客限制行李极严，每票定十五公斤。其实并不过磅，旅客可迳自携入。但携入超过凳下尺寸之地，必占

① “小大英”为川人对俗称“小粉包”香烟之谓。——张伍注

他人地位，旅客亦不能容也。每车厢以容四十人计，每次车可载一百二十人。机车后身一卡，并卖站票，则为路局伸缩之地。票价不贵，由衡阳至武昌，每票八千二百余元。车行三日，一日至长沙，二日至临湘，三日至武昌。旅客到站，下车投宿，亦如坐汽车然。衡阳站长柴君，浙人而生长平津，办事尚认真，每日售武昌票六十张，先一日登记，毕，即不再卖票。执复员公函者，每次以售十票为限，但照例须排班登记，军人亦无例外。余向站长三次交涉，均告以如此，良然，则亦备公函登记之而已。

火车登记之苦

述及在衡阳站登记之恶作剧，有足苦笑者。吾人团体共三十余人，须做三次登记，人亦必须分三批出发。妇孺过多，良不易。乃商之同人，行李多者，乘公路车赴长沙，转乘小轮赴汉，此为第一批。其余分两部，以十人先登记，余愿率眷殿后。同人无异言，余乃进行登记。衡阳站在湘江东岸二里外，派专人前往排班。吾人在衡迟延二日，十九日午，登记者过江。以登记在每日早七时半，次日购票，而排班又必须早一日也。吾人之专使抵站，排班者已达二十余人。时方正午，鹄立至明早七时，非任何人所能为。幸站上有经营此项生意者，有板凳出租，每客占一席，坐费二百元。另有小旅馆茶房，可代坐板凳司占位之劳，每次二千元，吾人自亦如法炮制。唯恐占位置者不忠实，又加派一特使渡河。于是以此三人轮流更换坐候。互守夜，则得资二千元之人责无旁贷。彼等于傍晚时，携棉被夹裹其身以坐之。夜十二点晨三时，特使、专使，各往此视一次。适此夜细雨，寒风砭骨，排班者无不一一作龟缩而抖颤。天未明，专使即以恻隐之心，往接替占位之人矣。吾等二十日之登记，适前有四军人登记团体票，每人以十票计，则售武昌票六十张，已去三分之二。专使惴惴，唯恐一夜之虚耗。七时半，顺序登记，行至发证窗前，则已登记五十七票。投函入窗，仅获三票。时特使在旁，即曰："今日已完，继续明日可也。"于是专使下班，特使即继候其位，后随者不疑。而明日七时半，相距二十四小时之登记窗，吾人获首席矣。专使归寓，告以站长通融，于三坐票外，复售与四站票，小儿不计。去早，站票可坐于行李上。登记后，即付票价一半，业已照办。予闻而慰藉备矣，乃尽出所有壮丁，悉数渡河，以便轮流排班。由廿日七时至廿二日七时，足足两昼夜，同人幸得登记十票，使者归告，余大慰，即破悭囊，邀饮于远东酒家。午饭毕，渡河，宿于衡站附近之小旅馆，而艰巨工作，又告一段落。

衡长路上

以吾人第二批登车之经验，知非早上车不可。廿二日，晨六时半而赴站。衡站钢骨水泥大楼，高凡四层，巍峨壮观。但仅剩其壳，内则爆破一空，毫无所有。站中局促楼下一残存之小屋，故登车无站门，越空地而往站台，且站台仅高土堆，原型尽失。跨轨道由窦门入车，人拥塞如蚁群，不可即入。经与站中人交涉，始获对号就位。此车箱除吾人十票外，前六排板凳，尽为某方面仓库兵眷属，坐三十五人。在吾等坐后，有空地，堆行李二三十件，复有五客拦入。其后前坐又加数人。于是四十客之车箱，收容及六七十人，其情形依然坐长途汽车也。七时半开车，钢轮驾之，车身摇摇，颇亦有火车滋味。由衡阳至长沙，路均新修，桥梁破坏甚巨，无法修理，仅另树支架之桥身，上架轻轨。中经一桥，须旅客步行过河，然后上车。其勉强通行，盖可想见。此车虽为汽车行曳，然日俘对技术上之训练，相当细腻，每开车之前，必从详检验机件，故无抛锚事件。一日之间，在小站各停十分钟，在株洲停二十分钟，均为便利客进饮食与方便者。下午四点半钟，行抵长沙车站，旅客如坐汽车，各扛负行李，出觅旅社。所谓车站也者，乃抽象名词，一片瓦砾，不但无屋，而且无墙，仅有水泥糊砌之四门圈，立于凄风苦雨中而已。

一路挤到武昌

长沙之为瓦砾堆，自早在吾人想象中。既下车，穿坍墙残砌，行入一冷巷，是为东正街罗祖殿。前后百十幢房屋，尚相当完好。吾人投一旅馆，得一楼房。虽形势犹存，有窗而无门，有榻而无案。尚幸索得火盆一具，可以围火，此间旅店制，颇具特别意味。客饭每餐八百，房租奉赠，如不饭于此，房租则索一千二百元。吾人打如意算盘，愿饭于此。食时，则十余人一桌，仅菜六碗，白菜豆腐，且居其三。食后大笑，几不知此如意算盘谁属也。是夕，细雨，寒气甚重。同人均欲一观劫后长沙，携灯往探最著名之八角亭。至则临时房屋，亦如炸后重庆之小梁子。唯其矮小之房屋，各门一八字大门，不复置街窗，亦属别有风味者。电灯犹去恢复之期尚早，利用一切照明器具，则甚于重庆停电之夜，如煤油灯、菜油灯、土蜡烛，即为渝市所仅见也。一般物价，与衡阳若，交通除火车、汽车外，有小轮通常德、汉口。但下行船，例拥挤于军事第一条件下。小轮至汉，统舱二万元，房舱倍之，顺利行四日，遇风浪顺延，行六七日亦恒事也。火车例每日售武昌票二十张，依登记换购票证，缴半价，再由购票换票，须行三次手续。车站无站，于瓦砾场外一破室中，破墙为洞，缓行其事。登记人夜半而往，张伞缩顶，排立风雨中，且往往扑空。实则熟于此道者，可不必如此，以一万元或二万元代价可得黑票。更有黠者，即此道亦属可免。候车于修理厂开来时，一拥而上，好在无次不挤，亦无人检票阻拦。既得一席，无论有票旅客如何叫骂，决置之不理。但勿占有号码者位置，可不至闹至站长台前，自可冒滥于车厢中。车行矣，大关即过。如无人发觉，即不费一文，发觉矣，充其量补票耳。价不过五千余元，较之以二万元得黑票，其便宜如何。

吾人廿三日夜半至站，冒微雪立废墟中二小时，小儿冻至哀号，意固在免登车拥挤。不知车到站时，即为上述之黠者抢先，至令同人全由小如狗窦之车厨中钻入。幸同人力争，两板凳上人，以无票而相让。但于凳头立一人，膝撑余腰，行李堆上又坐一人，身压余背。急呼站上人，但彼来时，仅佯呼“查票，查票，无票下车”。车中人均答以有票，即悄然而去。其怠荒不负责任，非黑市有以致之，吾不信也。由长沙以北，路基较好，车行顺利，沿途时见俘虏工作站上，似甚守秩序，全面视车中人，惶然流汗。四时抵岳阳，又拥上无票之客人无数，仅两车厢衔接之挂钩旁，即堆挤数人，有一人且手攀窗而立于车壁外。黄昏到临湘，同人均宿车上，不敢行，唯由妇孺下车觅食宿处。车站去县城三华里，站上客店，均临时支盖，简陋不可名状，无足述者。站后半里，即柴草编织之日俘集中营，可遥见日俘出入。站上日俘，亦频频往来，但为工于铁路者，倒得自由，其来稍久者间能操当地土话，坐于冷酒馆中吸纸烟、吃煮面。余曾衣余二十年之老伴大衣，入屋购落花生。日俘以为官也，起笑而敬礼。余虽怜之，又复鄙之。盖闻此间人言，日军杀人如麻，捕得吾同胞，不杀，以长钉钉入脑顶，使其惨叫而死，同在此一地，何前倨而后恭也？国不可亡，同胞勉乎哉？廿四日夜半，妇孺燃烛入车，勉可就坐，回视前后，两车厢，已客满矣。是日之挤，自无待赘言。过汀泗桥、羊楼司诸名战场，均以车厢过挤，无兴赏鉴。下午三时半抵武昌总站。以汽油耗尽，停车候油，旅客不能耐，一一下车，由此穿武昌城而往汉阳门。

旅 客 须 知

由重庆而达武昌，艰难旅程，业已告竣，以后道途，乃在江上，当自另文以记之。武汉情形，言者已多，无须写此明日黄花。而回忆此川、黔、湘、鄂之四省半环路线，言者实挂一而漏万，兹更作片段之补记，以作尾声，想亦后来者所乐闻也。

陆行所苦，唯在旅社。川黔路上，仅綦江、桐梓有招待所。其余虽有较成模样者，悉不知卫生为何物。若过一投宿小站，能得一室一榻，已为幸事。余等至贵阳，检查衣帽，九人而有六获得小动物，皆旅社被褥传染也。

黔湘路上，马场坪、黄平、衡阳有公路招待所，余付阙如。一般旅社，未见善于川黔路。而屋架上空，通风四壁，寒夜辄不可耐。旅社被褥，污秽坚硬，一无可取，行得宜自备铺盖。

路上饮食均极不清洁。川黔路上，无围车卖茶者，湘境则有之，此可求救于水果。车行少停，饮多则排泄亦苦，不如少饮。川、黔、湘、鄂，旅馆制一律，大抵其下售茶饭，其上住客。就食时，宜食客饭，不可点菜，一菜之价，有时昂于一客菜饭，原料固依样也。客饭最昂者六百六十元，最低者四百元。如六七人共食，可吃四客饭菜，余食白饭，较合算盘。

路上人力均贱，普通每挑行李二百元。但宜先讲定，否则讹索，各处无例外，长沙、武昌最贵。武汉码头难行，驰名全国，今仍如是，吾等第二批眷属，仅一男子领队，其行李由岸上搬至轮渡，仅五六十步，行李亦不过十余件，索价六千元，令人为之舌矫不下。川境产橘柚，黔湘亦然，出川人千万勿携此物。湘柑橘均佳，且贱于川。黔产枣栗柿饼，湘产落花生，可作旅途上解闷之物。湘黔边境，盐贵，故食物较淡。湘边茶盐蛋，百元可得五六枚，但均淡而无味。自綦江起，即有小鱼可食，并非如重庆视为珍品。

沿路均有邮电局，唯电报不可恃，无须白费钱。过镇远，信可勿发，留至衡阳、长沙交邮，或更先到重庆也。

贵阳有客车至晃县，宝庆已有商车至长沙。

至湘境，沿站有白饭送至车旁出售，并附炸鱼、萝卜、青菜。

公路上，必须联络司机。如能全车凑，共送一笔，可减少许多麻烦。司机薪水每月二万元，出行日给个二百元，除房饭外，了无余剩，其带黄鱼，不亦宜乎？

由渝而东下，坐船并不舒服，坐拖船尤苦。日间人并膝坐船上，肩背相叠，大小便须登岸，女眷坐拖船徒自苦耳。拖船逆风，例不行。在宜昌等船，要不得，有至两月者，食宿均无着。如无舱位，此路不可冒险。太太小姐们，务必受此忠告也。

《东行小简》，至此结束，恕不如往人游记，多描写死山水。

此虽出于文言，尚系活的材料，至少可为欲东行者一助也。

最后进数言，川居八年矣，如无必要，小住为佳，稍安勿燥。须知吾人不是欧洲文明国人民，义民返乡，政府社会，恕不负责，一切自理。若以苏联、法国人民还乡，政府帮助为例，则系痴人说梦耳。诸君愿作痴人，吾复何说？

民国卅四年除夕，抗战逃难八年又三月，于二次汉口等船十日之后记此。

（原载1945年12月14日—1946年1月16日重庆《新民报》）

还乡小品

码头工人

予将入鄂境，即屡戒旅伴，至武汉勿与商贾口角，尤其劳动工人，宜持以容忍。即抵武昌站，雇独轮车运行李赴江干，一车乃索三千元，旅伴向予不期做会心之微笑。既至江干，将运行李登渡轮，计大小十四件，为路不过百步，运夫索四千元，车夫所索，乃变本而计万矣。故遇此等人，不应出以恶声，亦不可乞怜，不卑不亢，动之以理。不成，则谓将自觅良策，亦未有不能拍合者。在汉十日，旅伴均以此态应事接物，无不迎刃而解。后离汉，均笑曰：君真老出门人也。

此次返安庆，轮泊趸船不得，另隔一下水轮。凭栏远眺，见力夫百十成群，跨彼轮船舷，虎视眈眈，欲隔三尺水一跃而过。予知不妙，即闭舱门故作镇静，两船相依，力夫蜂拥而上，问登陆否？答以此赴汉口者，遂一一去，十五分钟后，欲下之旅客均下，余乃告同行侄辈，悄悄引三五力夫来，并约定力价。侄曰：既至故乡，尚患竹杠耶？微笑去。俄，彼回，后随力夫一群，夺箱争筐，以能服务为幸。既登岸，聚行李八件于一处。其中有一人，似为首领者，问有所缺否？答以不缺。余返问力价，则言："家门口人，随便"。固问之，常价六千元。侄乃大怒，跃而狂呼："行将万里。既抵家门，岂受汝等讹乎？"予虽能忍，亦觉大悖人情，力斥之。幸予弟迎于江干，能知其故，予二千四百元而了事。并为之解曰：码头力夫多，下水无船，上水亦仅日一二小轮耳。米又绝贵，且改业不得。纵羊为训物，久饥亦当变为饿狼，有肥焉得不噬？幸吾同乡人，否则非六千元，即僵持江岸也。予聆其言，昂首见江岸鳞次栉比之民居，荡然无存。乃为之点首者再。侄曰：不图安庆力夫强于武汉。予笑曰：入境问俗，八年一别，即此一端，知故乡之政治为何物矣。

（原载1946年3月3日重庆《新民报·晚刊》）

秦淮河没了书卷气

到了南京，许多事看到之后，都觉得是变了质。《桃花扇》上说的："无人处又添几树垂杨。"自然是人人有之的杂感。其实这倒不足为异，可惊异的，人的心理上的变化，许多地方，是极于低级。

我们反正是不想入圣庙吃冷猪肉之徒，到了南京，就不免走到秦淮河畔。可是只匆匆一个圈子，就觉得扫兴之至。比如抗战前，我们这批半新斗方名士，无日不上夫子庙，除了听大鼓书、坐茶馆之外，无须讳言的，各人都有一二位歌女做朋友。她们能谈文艺，也能谈天下事，也能谈一点儿感想。虽然她们打扮得还是粉白黛绿，多少还有点儿书卷气。自然那已不是柳如是、董小宛之辈，可是你以朋友待之，她们绝对尊重你神圣的待遇，依然以朋友报之。现在呢？公开的，是一幢放了烟幕的人肉市场。我们这批半新斗方名士，谈不上乡党自好者，已是望望然去之了。

不要以为秦淮河不足下一代盛衰吧？在李香君、苏昆生身上，就可以想到明代民族气节入人之深。你会于现在向秦淮河上找到一个李香君、苏昆生吗？我真有点儿"树犹如此，人何以堪"之感。记得十年前，南京报纸，无论是哪一种，发表社评社论，多少还有些堂堂正正的态度。于今呢，笔调慢慢走入了刻薄一门，如秦淮河的风景似的，越来越少书卷气。若说这是人类思想进化，我倒情愿落伍。

（原载1946年3月5日重庆《新民报 · 晚刊》）

街头画像

北京有俗谚："在京的和尚，出京的官。"盖官为京城产品，简任以下，车载斗量，乃无足贵。即出京，一荐任职，则与一邑之首脑并级。愈行至穷乡僻野，愈于当地之首脑。间或与此首脑有职务聊琐，则彼方酒食货帛，迎送备恭，因恐万一怠慢，一函之控，足害前程也，此其一。又官居在外，离京愈远亦无顾忌。边疆上司，位等于委任，低于县长者多。然生杀予夺，人民对之不敢仰视。使其入京，引车卖浆者流，得而侮之矣。予发此感慨，由于安庆街头之画像。

安庆遭敌八年创伤，劫后人民，了无生气。今又因执皖政柄者之便，省治移于合肥，故安庆若甲虫之僵壳，灶烟不与，陋巷中日午难觅人影。虽雏型之马路，昔一度为新市场者，亦行人寥落可数。而于此仅有一鲜明之刺激，乃街头四处张立画像。像凡三种，一为领袖，一为安徽最高当局，一为皖中防区司令。像板尺寸之大小，若有区别，地方当局最大，司令次之，而领袖之像，及居其又次。像上有拥护字样之标语。未知何人恭制，有皖言皖，此君殆不明天地之高厚、古今之久暂也。

予此番东下，除苏皖外，尚经六个省区：四川之张、贵州之杨、湖南之吴、湖北之王、江西之曹，均无人民如此恭维。昔马福祥长皖，秘书为水梓。水与不才，有一日之雅，彼当笑曰："皖省，夙称难治。"岂信然欤?

（原载1946年3月6日重庆《新民报·晚刊》）

芦柴产米

安庆附近无森林，亦无煤，平常燃料，仰给于芦苇。盖沿江两岸滩池，居堤外，无可耕种，胥产芦。芦之高者，达两丈余，杆粗如儿臂。冬日江涸，芦枯黄，风吹冬晴下，焦脆易燃。渔村人平其根而截之，百枝成束，捆载登舟，货运于市，沿江城镇，赖以举火，近水之民，亦属一种收入。因此，江心芦洲，江岸芦滩，各各有主。地既有主，税即随之。其实芦洲主人，因各能咏唐人诗，“无多别业供王税，大半生涯在钓船”也。

皖省去冬购官米，指沿江二十二县供给，凡有地，即须以米供购。米之市价近万，而购价则三千七百元。且米站相距四五百华里，人力川资之浪费，每石虽尽以购价偿之，独不足远甚。于是皖人虽购米如避疫，而疫神如暴风疾雨，迫之亦愈遍。上远山林，下及水渠，弥有遗也。有友人任中学教员，老且贫，家无恒产，有之，则江心芦洲一片耳。保甲长按亩税指人民供米，指此老教员供六七石，教员语之曰：吾诚有产，在江心，唯无寸地种稻麦，初不耕耘，年收天然之芦而已，君等责吾供米，米产于芦上耶？保甲长驳其说，谓芦洲产米与否，非所论，发者既能纳税，则今日即当供米，否则官裹去。老教员家无担米储，则应曰：诺。静卧家中以待缧耳。其家人惧甚，愿当买购米以应。其后如何，予乃未闻，想不能交白卷也。

往年秋季回乡，除乘帆船。每于日白风清，沿江岸徐行。万芦接天，絮飞如雪，其间偶有丹枫、黄柳两三株，云水缥缈间，觉意境而疏之极。及亲省垣人燃芦作炊，又觉芦非发物，不仅应供诗情书画意而已。今闻老教员事，芦竟为祸水，实不怪乎？盖拥有芦洲芦岸者，非仅一老教员而已也。

（原载1946年3月7日重庆《新民报 · 晚刊》）

北平的春天（上）

照着中国人的习惯，把阴历正二三月当了春天。可是在北平不是这样说，应当是三四五月是春天了。惊蛰、春分的气节，陆续地过去了，院子里的槐树，还是杈丫杈丫的，不带一点儿绿芽。初到北方的人，总觉得有点儿不耐。但是你不必忙，那时，天气一天比一天暖和了。你若住在东城，可以到隆福寺去溜达一趟。你在西城，可以由西四牌楼，一直溜到护国寺去。你这些地方有花厂子，把带坨（用蒲包包根曰带坨）的大树，整棵的放在墙阴下，树干上带了生气，那是一望而知的。上面贴了红纸条儿，标着字，如樱桃、西府海棠、蜜桃、玉梨之类。这就告诉你，春天来了。花厂的玻璃窗子里，堆山似的陈列着盆梅、迎春，还有千头莲，都非常之繁盛，你看到，不相信这是北方了。

再过去这么两天，也许会刮大风，但那也为时不久，立刻晴了。城外护城河的杨柳，首先安排下了绿荫，乡下人将棉袄收了包袱，穿了单衣，在大日头儿下，骑了小毛驴进城来，成阵的骆驼，已开始脱毛。它们不背着装煤的口袋了，空着两个背峰，在红墙的柳荫下走过。北平这地方，人情风俗，总是两极端的。摩登男女，卸去了肩上挂的溜冰鞋，女的穿了露臂的单旗袍，男的换了薄呢西服，开始去溜公园。可爱的御河沿，在伟大的宫殿建筑旁边，排成两里长的柳林，欢迎游客。

（原载1946年3月9日重庆《新民报·晚刊》）

北平的春天（下）

我曾住过这么一条胡同，门口一排高大的槐树，当家里海棠花开放得最繁盛的日子，胡同里的槐树，绿叶子也铺满了。太阳正当顶的时候，在槐树下，发出叮当叮当的响音，那是卖食物的小贩，在手上敲着两个小铜碟子，两种叮当的声音，是一种卖凉食的表示。你听到这种声音，你就会知道北国春暖了。穿着软绸的夹衫，走出了大门，便看到满天空的柳花，飘着絮影。不但是胡同里，就是走上大街，这柳花也满空飘飘的追逐着你，这给予人的印象是多么深刻。苏州城是山明水媚之乡，当春来时，你能在街上遇着柳花吗?

我那胡同的后方，是国子监和雍和宫，远望那撑天的苍柏，微微点缀着淡绿的影子，喇嘛也脱了皮袍，又把红袍外的黄腰带解除，在古老的红墙外，靠在高上十余丈的老柳树下站着。看那袒臂的摩登姑娘，含笑过去。这种矛盾的现象，北平是时时可以看到，而我们反会觉得这是很有趣。九、十、十一、十二日是东城隆福寺庙会，五、六、七、八是西城的白塔寺、护国寺庙会，三日是南城的土地庙庙会。当太阳照人家墙上以后，这几处庙会附近，一挑一挑的花儿，一车一车的花儿，向各处民间分送了去。这种花担子在市民面前经过的时候，就引起了他们的买花儿心。常常可以看到一位满身村俗气的男子，或者一身村俗气的老太太，手上会拿了两个鲜花盆子在路边走。六朝烟水气的南京，也没有这现象吧?

还有一个印象，我是不能忘的。当着春夏相交的夜里，半轮明月，挂在胡同角上，照见街边洋槐树上的花儿，像整团的雪，垂在暗空。街上并没有多少人在走路。偶然有一辆车，车把上挂着一盏白纸灯笼，得得的在路边滚着。夜里没有风，那槐花的香气，却弥漫了暗空。我慢慢的顺着那长巷，慢慢的踱。等到深夜，我还不愿回家呢。

（原载1946年3月12日重庆《新民报 · 晚刊》）

五月的北平

能够代表东方建筑美的城市，在世界上，除了北平，恐怕难找第二处了。描写北平的文字，由国文到外国文，由元代到今日，那是太多了，要把这些文字抄写下来，随便也可以出百万言的专书。现在要说北平，那真是一部廿四史，无从说起。若写北平的人物，就以目前而论，由文艺到科学，由最崇高的学者到雕虫小技的绝世能手，这个城圈子里，也俯拾即是，要一一介绍，也是不可能。北平这个城，特别能吸收有学问、有技巧的人才，宁可在北平为静止得到生活无告的程度，他们也不肯离开。不要名，也不要钱，就是这样穷困着下去。这实在是件怪事。你又叫我写哪一位才让圈子里的人过瘾呢?

静的不好写，动的也不好写，现在是五月（旧的历法是四月），我们还是写点儿五月的眼前景物吧。北平的五月，那是一年里的黄金时代。任何树木，都发生了嫩绿的叶子，处处是绿荫满地。卖芍药花的担子，天天摆在十字街头。洋槐树开着其白如雪的花儿，在绿叶上一球球地顶着。街，人家院落里，随处可见。柳絮飘着雪花儿，在冷静的胡同里飞。枣树也开花了，在人家的白粉墙头，送出兰花的香味。北平春季多风，但到五月，风季就过去了（今年春季无风）。市民开始穿起夹衣，在不暖的阳光里走。北平的公园，既多又大。只要你有工夫，花不成其为数目的票价，亦可以在锦天铺地、雕栏玉砌的地方消磨一半天。

照着上面所谈，这范围还是太广，像看《四库全书》一样。虽然只成个提要，也觉得应接不暇。让我来缩小范围，只谈一个中人之家吧。北平的房子，大概都是四合院。这个院子，就可以雄视全国建筑。洋楼带花园，这是最令人羡慕的新式住房。可是在北平人看来，那太不算一回事了。北平所谓大宅门，哪家不是七八上下十个院子？哪个院子里不是花果扶疏？这且不谈，就是中产之家，除了大院一个，总还有一两个小院相配合。这些院子里，除了石榴树、金鱼缸，到了春深，家家由屋里度过寒冬搬出来。而院子里的树木，如丁香、西府海棠、藤萝架、葡萄架、垂柳、洋槐、刺槐、枣树、榆树、山桃、珍珠梅、榆叶梅，也都成人家普通的栽植物，这时，都次第的开过花了。尤其槐树，不分大街小巷，不分何种人家，到处都栽着有。在五月里，你如登景山之巅，对北平城作个鸟瞰，你就看到北平市房全参差在绿海里。这绿海就大部分是槐树造成的。

洋槐传到北平，似乎不出五十年。所以这类树，树木虽也有高到五六丈的，都是树干还不十分粗。国槐却是北平的土产，树兜可以合抱，而树身高到十丈的，那也很是平常。洋槐是树叶子一绿就开花，正在五月，花是成球的开着，串子不长，远望有些像南方的白绣球。国槐是七月开花，都是一串串，像藤萝（南方叫紫藤），不过是白色的而已。洋槐香浓，国槐不大香，所以五月里草绿油油的季节，洋槐开花，最是凑趣。

在一个中等人家，正院子里可能就有一两株槐树，或者是一两株枣树。尤其是城北，枣树逐家都有，这是“早子”的谐音，取一个吉利。在五月里，下过一回雨，槐叶已在院子里着上一片绿荫。白色的洋槐花在绿枝上堆着雪球，太阳照着，非常的好看。枣子花是看不见的，淡绿色，和小叶的颜色同样，而且它又极小，只比芝麻大些，所以随便看不见。可是，那种兰蕙之香，在风停日午的时候，在月明如昼的时候，把满院子都浸润在幽静淡雅的境界。假使这人家有些盆景（当然有），石榴花开着火星样的红点儿，夹竹桃开着粉红的桃花瓣，在上下皆绿的环境中，这几点红色，娇艳绝伦。北平人又爱随地种草本的籽，这时大小花秧全都在院子里拔地而出，一寸到几寸长的不等，表示了欣欣向荣的样子。北平的屋子，对院子的一方面，照例下层月土墙，高二三尺，中层是大玻璃窗，玻璃大得像百货店的货窗，上层才是花格活窗。桌子靠墙，总是在大玻璃窗下。主人翁若是读书伏案写字，一望玻璃窗外的绿色，映人眉宇，那实在是含有诗情画意的。而且这样的点缀，并不花费主人什么钱的。

北平这个地方，实在适宜于绿树的点缀，而绿树能亭亭如盖的，又莫过于槐树。在东西长安街，故宫的黄瓦红墙，配上那一碧千株的槐林，简直就是一幅彩画。在古老的胡同里，四五株高槐，映带着平正的土路，低矮的粉墙。行人很少，在白天就觉得其意幽深，更无论月下了。在宽平的马路上，如南北池子，如南北长街，两边槐树整齐划一，连续不断，有三四里之长，远远望去，简直是一条绿街。在古庙门口，红色的墙，半圆的门，几株大槐树在庙外拥立，把低矮的庙整个罩在绿荫下，那情调是肃穆典雅的。在伟大的公署门口，槐树分立在广场两边，好像排列着伟大的仪仗，又加重了几分雄壮之气。太多了，我不能把她一一介绍出来。有人说五月的北平是碧槐的城市，那却是一点儿没有夸张。当承平之时，北平人所谓“好年头儿”，在这个日子，也正是故都人士最悠闲舒适的口子。在绿荫满街的当儿，卖芍药花的平头车子整车的花蕾推了过去。卖冷食的担子，在幽静的胡同里叮当作响。敲着冰盏儿。这很表示这里一切的安定与闲静。渤海来的海味，如黄花鱼、对儿虾，放在冰块上卖，已是别有风趣。又如乳油杨梅、蜜饯樱桃、藤萝饼、玫瑰糕，吃起来还带些诗意。公园里绿叶如盖，三海中水碧如油，随处都是令人享受的地方。但是这一些，我不能，也不愿往下写。现在，这里是邻近炮火边沿，南方人来说这里是第一线了。北方人吃的面粉，三百多万元一袋；南方人吃的米，卖八万多元一斤。穷人固然是朝不保夕，中产之家虽改吃糙粮度日，也不知道这糙粮允许吃多久。街上的槐树虽然还是碧净如前，但已失去了一切悠闲的点缀。人家院子里，虽是不花钱的庭树，还依然送了绿荫来，这绿荫在人家不是幽丽，乃是凄凄惨惨的象征。谁实为之？孰令致之？我们也就无从问人。《阿房宫赋》前段写得那样富丽，后面接着是一叹：“秦人不暇自哀！”现在的北平人，倒不是不自哀，其如他们哀亦无益何！

好一座富于东方美的大城市呀，它整个儿在战栗！好一座千年文化的结晶呀，它不断的在枯萎！呼吁于上天，上天无言；呼吁于人类，人类摇头。其奈之何！

芦沟访胜记

予昔居燕京十五年，闻芦沟晓月之胜，迄未往一探其地，今于山河一劫后，复居旧都，乃决一偿宿愿，专车赴桥访观。是为六月二十一日晨时，同行者为三弟仆野，黄静生、边灌水两生。仆野司新闻之采访，两生则摄影及写生也。

王　瓜　市

车出彰仪门，路忽然坦直。垂阳夹道中，轮驰如飞。予尝于十余年前赴跑马场，此道固旧日所未有。颇讶之。黄生告为敌人所筑水泥地面，直达长辛店，沦陷初期，敌固以吾土为其囊中物，四郊筑路，原不仅此，且公路旁犹拟建石板地，以专行载重牲车也，言时，指车窗外。视之，则巨石千万片，沿道侧堆积，为未兴工之剩物。予乃因之发长喟。且曰：白云苍狗，天下事正未可料。不修德而黩武，若祖龙筑万里长城，亦奚益哉?

此路康庄，了无障碍。道经一镇，夹路二三十户人家，槐柳四匝，绿荫下乡人麇集，置箩筐数百副，环列道旁，视其中，悉王瓜、瓠子，别无他物。黄生又告此为瓜市，入夏每朝一集，交易而退。瓜而称市，且在槐柳荫中，在古代之田园诗人眼内，当又一好诗料也。

宛　平　县

穿铁路之旱桥，宛平县城在望。是处原为清廷一戍城，由府丞坐镇，北平设为特别市后，县治始移于此。此在边省，不失为一良好城池。今大都在咫尺间，遥望城堞一圈儿，真如斗大矣。宛平城垛，与芦沟桥垛同，共二百八十三。门有东西，而缺其南北。旧时入京孔道，穿城而过，公路因之。西门曰威武，东门曰顺治。至东门扉掩其半扇，有铁丝网置路侧，门有健儿戍守。车辆绕城北而过，予等出记者刺，乃获入城。其中因城置街，亦仅数十户人家，夹道而峙。绿树丛中，坦途如矢，人家白粉墙低，枣花香起。风清日午，浓荫匝地。时仅三五行人，牵橡皮细轮骡车，悄然无声，徐徐行道上。了无城市气氛。此百十户人家中，亦有衙署，庙宇稍稍间杂。然其静憩也如故。西门有月城，故门亦重而为二。门上箭楼毁其半边，劫痕宛在。东门旧亦有楼，已夷平之。转不如此残缺者，深供人凭吊玩味也。

桥　碑　亭

出西门，为芦沟桥头街市。今既不复为五十年前之五道锁钥，故肆尘寂然，唯望衡对宇，敞扉两侧。记其数约亦不过二三十家。肆中有苍白老翁，倚椅假寐。惜未作天宝宫人之问，否则，其目中之数度沧桑，足有令人畅记感慨者矣。吾人停车于此，各下车司其工作，仆野分访关系者，边黄二生则展纸走笔，各寻其目的作速写，予持一杖，徐行桥上，桥东有亭，石柱雕龙，倾其一足。中有碑高可六尺，黑质白章，行书芦沟晓月四大字，斧凿痕宛然。询之据畔小贩，贩云：七七之役，享受寇剑，故作是状，碑字漫灭，是盖胜利后新刻者。更有人有因而答话，谓此碑为一宝物，月晦之夕，隔桥遥望，则有月一勾，隐约桥上。齐东野语，虽不值一哂，然天下附会名胜语，固无不如此也。

数　狮　子

由是登桥，平坦如路，殊非旧日图画中作微拱状者，桥本铺以石板，为车辙所伤，今已加铺水泥。宽约二丈许，车可并行。桥栏以石片障之，数尺夹以垫柱，柱上每蹲一狮，形各不同，垫共二百八十三，故狮数如之。唯大狮或附小狮，或无，小狮之数不一，有二，有三，有一。且其所在亦不同，有在大狮爪下者，有哺乳者，有抱项附背者，有弄尾者。登芦沟桥行人，辄以数狮为戏，既须捉摸之，复须指点之，来复品数，偶不经意，遂惑其数。据桥头人云，数十年住此，未闻有人曾数清桥上狮子。凿凿言之，愈显神秘。实则行人匆匆，固不耐此耳。同人初不信人言，乃争相扶拦指点。四人同数桥柱三分之一，而其数恰不同，且相差颇远。予恐误工作，立笑止之。且曰：何必数清，不妨留此一点儿神秘，作人间佳话也。

吊 古 人

予缓步渡桥，得一坦地，则南有房屋数幢，夹一庙宅。方以为登彼岸矣，瞻望前途，则又有一桥，此桥高起稍窄，而长度约二百尺，过于石桥，而旁为木栏，两端亦置栅门，复询之是间人，则知满清末季，芦沟水破西岸，复开一渠，夏泛至时，两河有水，于是又添此桥。七七战后，日寇于芦沟本桥上游，以坝阻水，使其改道而下。故今日木桥下浅水一线，澌澌南下。而芦沟桥所跨者，则白沙一片，远低青霭。闻水利机关，仍将使河归旧道，殆以木桥基础，不如石桥之耐冲洗也。予因桥头有守者，不欲多费唇舌，复回旧桥。凭南北望，西山迤逦云际，虽骄阳下，犹有烟云缥缈之致，去石桥北可半华里，另有一平汉铁路平卧河上，七七之后，敌人意在此桥，从扼吾平汉咽喉。正环顾间，有铁甲车一列，势着乌龙，缓轮而循轨桥上，正亦吾人战利品。敌固常以此威胁吾地下工作人物者，车犹是也，噫嘻！掉首南望，河沙微曲向东，其前半畴小树，与云天相吻。予尝入关陇，过霸桥，虽吊古之思，不减于此，而大气磅礴，芦沟实远胜之。五十年前，冠盖往来，无人能避此桥而默想其红尘熙攘之盛，复念元遗芦沟去国之诗，写及苏东坡“大江东去”之句，徘徊桥上，令人有“前不见古人”之感矣。

履 耻 山

时守宛平戍军一零九师刘靖疆营长即派弟兄来招待于营部，予偕仆野往，畅谈甚欢。刘营长后派副营长庞如佑君导引游览。更招一身经七七战役之前余镇长，为解说地势，予遂后驰车出东门，参观日寇纪念战役之所谓一文字山，山距城一华里，在东北角，似为在芦沟所取筑堤浮沙，堆积于此，久而成阜。山之最高处，约五六丈，实不得谓之山。其峰势两支，斜向东南西南伸去，顶端另一山路横，日寇像其形，称之为一文字山。此一字，未知倭人作何解也。山原多枣树，土人因之称大枣园，八年来悉遭砍伐，无一遗留。登山西望，宛平全城在目。山前约三百尺，为铁路。敌攻城时，架炮于山，伏路兵于路下，实严重威胁是城。且事前，经常由丰台调兵来此演习，地形早已经熟矣。东望平原上有烟囱一枝，挺立碧空，是即丰台。当年以此两钳，置北平于虎口，毒哉倭寇，今顾安在哉？横山之巅，日寇立有尖碑，纪日华北战役之发祥地云云。谓是文字之一点。碑与基地，悉于胜利后，摧裂扑地。盖国人愤而出此者，吾以为是不当扑，应留此以励吾后人，而更于其上再立一高碑，亦足以雪耻矣。山下南面筑有一石砌平台，为八年来纪念讲演处，其前一片广场，场端立石墩二，作假门。门侧有屋数椽，为倭人游览休息处，吾人经此，无不感喟，而庞副营长屡作微笑。抗战军人，收地雪耻，此固其得意时也。

观 战 迹

观此沙丘毕，复回芦桥。两生作画亦毕。乃步行县城，寻觅战迹。大抵除东西两箭楼外，城碟均已修复，城中人家，于胜利后，修饰整治，已如平时，唯西门内一屋顶有一洞。非难复者，则尚听之，以问诸人，云是敌人攻城第一炮弹所伤，故存之以为纪念。原欲访今县长稍询近况，则县治已移长辛店，宛平旧城，恐又成历史名词矣。除此则东西门外，各有伏地小碉堡二，为唯一未脱战场气氛者，而芦沟桥头耸峙一立头三级碉楼，尤为触目。顾行人车马往来，烽火久经，似亦无动于中矣。

游览至正午一时，行将归去，复依桥栏，作片时之注目，黄尘碧树，野旷天低，近睹平沙之漠漠，远眺西山之隐隐，觉燕赵山河，终古有其高旷之遗风。国人好自为之，勿令人常有四郊多垒之感也。

（原载1946年7月7日《新民报》）

山城回忆录

重庆，战都也，不可忘。且其地为嘉陵、扬子二江中之半岛，依山建市，秀乃至奇。又川地，山河四阻，业而下，民风颇有异于江河南北。离川二载，转想念之。因命边生冰作图，为写《山城回忆录》，沪版亦有张同先生作图，间取而为之注焉。

上下难分屋是楼

重庆以山为城，街道时高踞峰巅，亦复深陷崖下。人家因地势构屋，上楼阁，下地室，以求其平衡。设大门在崖下，则逐步登楼，其绝顶乃为后街之平屋。反之，大门在峰巅，望之，平房也。入其居，变为楼，逐次下梯，上愈有，可至六七层，行来，以为入地下矣，启扉视之，反而临平地，回视初入之平房，则为七八层高楼焉。是境至奇，非身莅者不能道。且其屋建筑不坚，上焉者以砖方砌为柱，以竹片夹壁上，糊泥灰，中空，宛然钢骨水泥墙也。下焉者以竹木支架，其中不用一钉专以竹经，谓之为捆绑房子，行一步而全楼震撼。南纪门江岸，如此建筑甚多。见者危之，而居民哭笑，生老于斯，晏如也。

（原载1947年4月27日北平《新民报》）

出门无处不爬坡

幼读李白《蜀道难》诗，闭目沉思，深疑难险不可想象。实则其苦在难，而不在险。盖川中山地，取石至易，大道小径，均叠长石为坡，无险不可登，唯丘陵起伏，往往十里短途，上下石坡数千级，令人气喘耳。重庆半岛无半里见方之平原，出门即须升或降。下半城与上半城，一高踞而一俯伏。欲求安步，一望之距，须道数里。若抄捷径，则当效蜀人所谓“爬坡”。沿扬子江岸由望龙门上溯菜园坝，逐段有坡可爬。知十八梯、储奇门、神仙洞，均坡中之最陡者。由坡下而望坡上，行人车马，宛居天半。登则汗出气结，数十级即不可耐；降则脚跟顿动，全身震颤。渝谚固亦云“上坡气喘喘，下坡打脚捍”也。若觅代步，有滑竿与小轿。轿竹制，窄长如篓，体重者，侧身入座，滑竿以竹兜运串之篾片，人可躬卧其上。向上则二足朝天，状至可哂；抬下人如半站，几可摔出与外。体健者，均觉缓步较坐轿为佳也。居渝八年，最苦为行路一事，此仅述其百之一二耳。

（原载1947年4月24日北平《新民报》）

摇曳空篓下市人

在华北看小贩，无往非车；在四川看小贩，则无往非担，曰盖山崎岖，非担则不良于行。试一赶场（江南曰赶集，山东曰赶墟），但见万头攒动中，扁杖箩筐，横冲直撞，而不见一车一马，此殊非北方市集中所能有之现象也。此项负担小贩，常黎明入市。或食物，或手工艺品，堆叠挤塞箩筐中，高与扁杖齐。午后，尽空其所有，易去路而归，此时叠其两空箩，以扁杖串箩索，荷之于肩，后步行街，为状至适。空箩于背后摇曳生姿，亦随其步履而左右，且是两空箩中，亦不全空，或以布袋置米二三升，或置肥肉一刀，或置灯草火柴数事，甚至有酒一壶。盖略获盈余，携带作一夕之享受也。

予客渝，居乡日多，每于夕阳满山，徐步小径，辄见此等下市小贩，断续回家。头额汗未干，拖其疲劳之步，而一日工作既毕，当可支竹架床，与其家人笑语灯前，了无挂虑。回思吾人窗下十年，依然困守茅舍，日夕焦虑米价，对之有惭色矣。

（原载1947年4月27日北平《新民报》）

不堪风雨吊楼居

川东多竹，故构屋不乏以竹制。重庆又少坦地，故构屋又不乏制之吊楼。吊楼之形，外看如屋，唯仅半面有基，勉强立平地。其后半栋，则伸诸崖外。崖下立巨竹，依石坡上下，倚斜以为柱。在屋后视之，俨然一楼也。

吊楼下空，量求其轻，故除顶上盖薄瓦外，墙以竹片编织之，里外糊泥，再涂以石灰。壁上有窗，以薄木为框，嵌置其中。壁亦有夹层者，意不在防风雨，备盗也。吊楼前半，系土地，与平房无别，后半则敷黄色木板，频似民间草台。履其上，吱咯有声，震撼如屋前落叶。楼外有作栏者，依之远眺，飘然欲仙，此非谓情绪，乃谓行动。好友张友鸾，即建一楼于重庆之大田，且易瓦而草。其书房之小，仅容一桌一椅，更又一几，来三客，则立其一，又其一，则掩门而始得凳而坐。张自嘲，题之曰惨庐焉。

此项吊楼，非扬子江以北所能建，亦非门以外所能建，何则？五分钟风雨，即粉碎矣。北平不尝有路祭棚乎？较之犹健且美也。

（原载1947年4月30日北平《新民报》）

夜半呼声炒米糖

客有稍住春明门内者，对硬面饽饽呼声，必有其深刻印象。若求其仿似声于重庆，则炒米糖开水是已。此类小贩，其负担至者，左提一壶，右携一筐，筐上置小灯，其事遂毕。或荷小扁杖，前壶而后筐，手提八方寸立体之玻璃罩油灯，亦尽乃事。壶多有胆，内燃火炭，其火待死，作紫色，仅有微温，水沸与否，天知之矣。筐中有粗碗，有竹箸，有纸包之炒米糖块。食时，以米糖碎置碗内，提壶水冲之，即可以箸挑食。糖殊不佳，亦复不甜，温水中不溶化其味可知也。

虽然，吆唤其声之情调，乃诗意充沛，至为凄凉。每于夜深，大街人静，万籁无声。陋巷中电灯惨白，人家尽闭门户。而“炒米糖开水”之声，漫声遥播，由夜空中传来。尤其将明未明，宿雾弥漫，晚风拂户，境至凄然。于是而闻此不绝如缕之呼声，较之寒山夜钟声更为不耐也。

（原载1947年5月3日北平《新民报》）

安步胜车

山城多坡，马路亦不鲜半里平坦者，设不轿而车，深令人感觉上下艰难。如其上也，人力车夫身躬如落汤之虾，颅与车把，俯伏及地，轮如胶粘，作蜗牛之移动。渝地泥质油滑，且多阴雨，每经此途，见车夫喘气如待毙之牛马，设有人心，实不忍端坐车上也。反之，车疾驰下滑，轮转如飞，车夫势处建瓴，不能控制，其车，则高提车把于肩，全车斗上仰，客则卧而行，几可摔出车外。及地形稍坦，车夫如行舟已出三峡，重庆更生。扶把缓步，暂舒其疲劳。在车中客，头足齐仰，势同元宝，其滋味可想象之矣，古语有之："安步当车。"而重庆谓为安步胜车焉。

（原载1947年5月6日北平《新民报》）

望龙门缆车

八年抗战，夔门内，江边小城，一跃而为现代化都市。轰炸之余，登山俯瞰，见鳞次栉比，万家重叠，大江双合，船舶蚁聚。固有感中华民族之有韧性，究非一蹶不振矣。重庆交通工具之最摩登者，为望龙门缆车。是地由林森路陡坡直下江干，石砌数百级，若以南京中山陵，北平北海白塔计之，固犹未及其高度。当缆车未兴时，客由南岸龙门浩来，舍船登岸，伛偻俯进，不可仰视，拾级既毕，通体汗下。当年家住南岸，无不以为苦也。

缆车成后，颇减行旅之苦。车较公共汽车具体而微，无轮，坐椅横列，约可乘二十客。车以钢链系之，置于陡坡之两端，坡上置双轨，车顺轨滑溜而下。行时，全车如辘轳之汲水，此降则彼升。唯客座仰视，降则人同倒退耳。因此，下降者多不愿乘车，票房营业，遂高低异趣。

国内原无缆车，十年前，庐山欲建之，议未成而战事起。故吾国缆车史，重庆望龙门乃居第一页矣。

（原载1947年5月8日北平《新民报》）

茶肆卧饮之趣

古人茶经茶言，谓茶出蜀。然吾人至渝，殊不得好茶。普通饮料，为滇来之沱茶，此外则香片。原所谓香片，殊异北平所饮，叶极粗，略有一二焦花，转不如沱茶之有苦味也。虽然，渝人上茶馆则有特嗜，晨昏两次，大小茶馆，均满坑满谷。粗桌一，板凳四，群客围坐，各于其前置盖碗所泡之沱茶一，议论纷纭，喧哗于户外。间有卖瓜子、花生、香烟小贩，点缀其间，如是而已。

但较小茶肆，颇有闲趣，例于屋之四周，排列支架之卧椅。椅以数根木棍支之，或蒙以布面，或串以竹片，客来，各踞一榻，虽卧而饮之，以椅旁例夹一矮几也。草草劳人，日为平价米所苦，遑论娱乐？工作之余，邀两三好友，觅僻静地区之小茶馆，购狗屁牌[①]一盒，泡茶数碗，支足，仰卧椅上，闲谈上下古今事，所费有限，亦足消费二三小时。间数日不知肉味，偶遇牙祭，乃得饱啖油大（打牙祭，油大，均川语）。腹便便，转思有以消化，于是亟趋小茶馆，大呼沱茶来。此时，闲啜数口，较真正龙井有味儿多多也。尤其郊外式之小茶馆，仅有桌凳四五，而于屋檐下置卧椅两排，颇似北平之雨来散[②]，仰视雾空，微风拂面，平林小谷，环绕四周，辄与其中，时得佳趣，八年中抗战生活，特足提笔大书者也。

（原载1947年5月10日北平《新民报》）

---

① “狗屁牌”：香烟名，原名“神童牌”。先父恨水公在渝时，常抽此烟称“狗屁不如”，故文内谓之“狗屁牌”。——张伍注

② 雨来散：原是北平天桥、什刹海所设茶摊，因是露天，有雨即散，故称“雨来散”。——张伍注

机器水供应站

自来水一名词，疑来自日本，如自来火、自来笔之类是也。重庆对此名词则不引用，谓之为机器水。下江人乍闻之，颇觉别致。顾细思自来二字，于理欠通，则毋宁取机器二字为愈矣。

战前，渝市仅四十万人口，机器水逾额供应，初不虑匮乏。及二十七年，一跃而达百万人，水乃不敷饮用。加之爆炸频仍，电力时断，水量则差缺益多。渝又为山城，下江汲水，负担而上，登坡数百级，市民之需机器水益急。

且除大机关与工厂，无自设水管者。故百万市民，均仰给于机器水之供应站。站例设长管二，置龙头十余，以二三人董其事。需水者各雇水夫，鸡鸣而起，排班置扁杖木桶于站外，依次而进。进时，置桶与扁杖之两端，以桶就饮龙头下，一盈，更以另一桶承之。两桶俱盈，尚未移步，而其后之候缺者，已蹴踵而上矣。七八年来，渝市机器水站前之担桶拥挤，始终如一，别山城二年，未知已改观否也？

更有一事，足以证重庆之水荒。凡街头水管，偶有破漏，管旁水坑，方圆不盈尺，而附近居民，则提壶携勺，如蝇趋蚁附，争取一掬之水。虽间或泥土渗杂，清流变色，而取之者不顾。却此一端，抗战司令台畔之八年生活，亦大有可念者矣。

（原载1947年5月15日北平《新民报》）

担 担 面

西北之人，对名词喜叠用，碗曰碗碗，桷曰桷桷，盆曰盆盆。四川虽较南，而此习相通。故担担面者，此叠字无关，以国语评之，即担儿面也。担担面约有两种，无论川人与否，皆嗜之：其一，沿街叫卖者，担前为炉与铁罐（吊子），担后则一柜，屉中分储面与抄手（馄饨）。上置瓶碟若干，满盛佐料酱醋。佐料多切成细末儿之物，外省人乃不能举其名。另以一小篾挂担头，置生菜于其中。每煮面熟，辄以沸水泡生菜一份加面上。所有佐料，胥加一小撮，而椒姜尤为不可少，其味儿鲜脆适口，吾人初至渝时，每碗仅费四五分耳。又其一，则为摊贩，或有案，或无案，就食者或立或坐，围担而食。面类较多，有炸酱（非如北方之炸酱，乃系以猪肉煮细末儿为浇头）、素条、红油、甜水之分。其味儿埋伏汤中，乃以猪骨煮成，啜之至美。此项担担面，例无市招，以地为名。衣冠楚楚之辈，联袂而往焉。成都人所嗜较渝尤甚。左捧碗，右执箸，人弯腰立坦地上，挑面食之吱吱然不以为怪。北平固好小吃，如此作风，殆鲜有也。

（原载1947年5月23日北平《新民报》）

排 班 候 车

在渝八年，有一事最令人满意，即排班是。排班之最守秩序者，又莫如候公共汽车。

渝为半岛，市中干路南北两极端由曾家岩至朝天门达十五六华里，由曾家岩至市中心区精神堡垒亦可十里。办公人员半在市北，购物酬酢，又在市南。若无公共汽车，雨则泥浆满天，晴则烈日当空，无论乘人力车所费不赀，而山路崎岖，蜗牛缓步，亦耗时过多。不得已，则群趋公共汽车矣。渝市公共汽车量最少减至一辆，最多亦不过五十余辆，以百四十万人口，而赖此区区之交通工具，其拥挤宁须揣想。

在民国三十年后，渝市汽车站，各列有栏，栏端以二柱夹一口。候车者入口扶栏，单行排立，车至，顺序而上。且栏边有宪兵，严格执行规章。市民习之久，不以为苛，三月而去宪，半年而去栏。而战局好转，人心安定，人民熙熙道上，而候车者亦众。车虽能办到五分钟开一列，而供不应求，候车班列，亦愈来愈长，平常在二三十码，稍挤则五六十码。至三十三年，常见候车班列，长延一里。而推肩叠背，接踵而上。无一乱其行列者。苟有之，则群起而呵责，其人必为之色沮。笔者离渝之日，此习未改，颇可念也。

（原载1947年6月14日北平《新民报》）

京沪旅行杂志

车中所见

我有十年没做长途旅行，这一次做京皖、皖沪，回头再做沪济旅行，还是病后第一遭。有人劝我写一段旅行游览志瞧瞧。经我仔细考虑，京沪一带，写的游记太多，我写的万不如人，不如写一点儿沿途所见，一点儿感触，似乎还觉得短处少一点儿吧？于是就沿途所见，拉杂记之于下：

我是早班车离开北京的。每节车厢有一个服务员站在车下，以料理上来的客人。客人将两张票（一张是卧铺），交给车上的服务员。他将你票上号头和铺上号码一对，对准了，就把两张票，代客收起，夹在一个皮夹之内。这样减少了客人、服务员许多麻烦。开车以后，服务员先到来卖茶。卖茶的手续，先有一个服务员，用托盘托了许多玻璃杯、茶叶包，挨着座位，问客人要茶不要？其次，是服务员斟开水，而后又来一个人收钱。茶钱按数计算。当然，你多要可以，少要可以，不要也可以。再提到卖饭，有无线电播送，还有服务员手拿着卖饭的单子，问你要饭不要？你要时，可选自己所要的等级购买。吃饭也分三次，哪一次，由你自己去挑。还有也可以到车上去买饭票，当然，先前服务员问过要饭不要，以及何等饭票，已经卖完了的话，那就不卖了。客人买得饭票，拿着饭票，看哪方有空位，你就坐下去。饭票放在桌上，服务员自会来拿。不过，他只撕掉一半儿，还有一半儿，放在你面前，万一弄错了的话，还可以拿出来一对。饭分两种装法，有共菜一盘子装的，也有另碗盛的。这种吃喝都是软席、硬席一律，自是平等。再谈到清洁，服务员真是认真努力。隔了一会儿就来扫地，把痰盂拿出去倒刷干净，还要加上石炭酸儿瓢。至于大扫除，每日三次，窗子缝里，板子上下，都清洗一番。停得稍久的一站，都得请工人，将车轮之间，细细检查，真是细心之极啊！

从前站上，卖零碎东西最多，由站里到站外，卖东西的人，几乎数不清。这里面不清白的人，也许是有的。现在卖东西的人，由服务员担任。反正站上出什么东西，服务员就卖什么东西。比如鸡、西瓜、包子，在火车到了一站，服务员就推着、背着来卖。价钱统一，用不着讲价了。

离开北京，就是天津东站，比较停的长一点儿的时间，这个站，解放以前，车上一看，未免叫人目不忍睹。东站的两旁，人家停下来的棺柩，其数目已是记不清。有将砖瓦砌的，也有白木棺材乱摆的。风吹雨打，乱七八糟，就乱放了一阵儿。最不好的，就是小孩子的棺木。十个有九个是棺材随途抛弃，无人遮盖。这要是大热天，棺内尸首腐化，其气味当然难闻。这不但与市政相关，也是国际视线所集，所恨路局方，何以当日就没有看见。人民政府接管以后，不但没有棺材停留在那里，连旧有的也完全打扫干净。

我们坐火车，常不知前面一个车站叫什么站。现在除了在车座壁上，张挂三四份日历大的一张地名表，逐地更换。还有服务员常用无线电不断的报告前面那个站名。遇到前面那个站，是很有名的地名，像济南、徐州等，还要做旅客须知的那份报告。至于中途到站的旅客，无论是何种时候，服务员都要很尽心的通知旅客，免得旅客过了站。这都是以前所未有的事儿呀。

（原载1955年9月1日香港《大公报》）

到了合肥

车离开天津，天气慢慢加热。小寐片刻。晚上四点多即起，车上服务员告离蚌埠不远了。我是先到合肥的。到站下车后，见蚌埠相当大，到问询处一问，淮南路八点二十分开车，六点四十分售票，尚有两点余钟，遂择一张长椅坐候。淮南路有蚌埠通裕溪口（芜湖对江）之一线铁路，经过合肥。去往合肥，都可以坐淮南路车。蚌埠虽是要看一看，但为时短促，又时间太早，只好放弃。据闻，人口有五十万，也算中等商埠。八点钟，登淮南路车。

车子八点二十分行，经过平畴，远远的看去，东南角上，有青山一列，界住天脚，已是带些江南风味了。车子行百余里，已经入合肥境界。两旁一望，田地已分阡陌，不像北方，山野田地相通，很少地外又筑田埂的。此间田地既分了田埂，所以较高的地方，都有了池塘。池塘之下，水田不断，庄稼均已插秧（时阳历六月十二日）。唯水田中间，往往还有干地。所有村庄，都含有皖西北意味。一所村庄，约有三五十家。人家之外，均觉树林葱茏。唯有一点，大大异乎江南。不但是异乎江南，沿江各县，也不是一样。就是这里人家，十分之九，均系稻草铺屋。合肥虽然是有名的地方，但稻草铺屋，尚系未改。

车行十二点二十分，已抵合肥。合肥，现在已经改为省城，人口有四十多万。从前的合肥，不过三四万人，解放以后加多，真是蒸蒸日上。城墙已经拆除，有几条马路，横贯南北。市上盖的房子，非常之多，一两年后，草盖民房，将以瓦房代替，那时合肥更好。我顺了马路一直找，找到我二伯父生下来的大哥张东野家，就住在他家。

（原载1955年9月2日香港《大公报》）

逍遥津与明教寺

到了次日，我的大兄，带我去拜访了一些久别的亲友。关于合肥可以留恋的名胜，一曰逍遥津，二曰明教寺，三曰包公祠公园。现在分开来说。

逍遥津是公园，有马路可通，是三国时候张辽击败孙权的地方，可以说地方有名，很古很古了。解放前这里为私人所有，现在归公了。当然，这是很适当的，不然这样的名胜，独归私家盘据，那简直太过分了。逍遥津改公有以后，还大大的布置了一番。大概此园有二里多路上下，入门一条马路，跨过儿童公园。马路分歧可进。再进去花圃草地，分排两边。沟渠水道，微微环绕，围绕公园之半边。有三五亭榭，靠花木荫处，颇有诗意。据当地人说，张辽墓就在水道沟处，水中有一土丘，即是。一说，不在园内，在城边，两说尚待证明。踅而向右，有动物园，除了翎毛不算，动物约三四十头。其中有两种，我是初次见到。一为玳瑁，有小桌面大。一为石龙，约长四尺，远看宛如一蛇，及近视，颈项略粗，头略大，尚有四足，看其形状，又绝类一蜥蜴。传此物极猛。

明教寺，在逍遥津偏东。此寺四围全系平地，唯寺之所在，在土堆上建筑起来。按台阶数了一数，共二十六砌。庙凡三进，各庙都差不多。唯前院有一土台，上覆一亭，亭中有一井，上系一木制之额，其上有字曰：屋上古井。此寺大概建于明初，井，古来就有。寺因毁于兵火，后有太平天国李秀成部下曰袁宏模，在合肥西庐寺出家，人家称他为通元上人，化缘重建。这块匾额，从通元上人说起，说到三国时这个土堆是教弩台。台后有逍遥津，就是张辽藏丹师的地方了。古来这庙外松树成林，林边有亭，亭子叫折松亭。寺基不远，有一桥名曰乘骑桥，相传三国时，孙曹交兵，孙败，尚留有一骑，突过此险，所以叫乘骑桥。现在完全成了人马大道了。不过这些传说，也仅是传说而已。

包公祠，这就是民间盛大传说包拯的祠堂。此祠在合肥南门外，护城河边。我们横跨一马路，看到一片长可里许的湖洲，这就是包湖公园了。这护城河尚干净，宽窄的地方，约有半里到半里强，目力所及，两岸大都栽得有树。又跨过一道新式绿木桥，先达一洲。这里平坦湖心，花木畅茂。中架有草亭，先方形，后改长形，亭身很大，约可容一二百人，亭瓦全用稻草铺列，又且相当的大，在别处的尚未曾看见。当六月三伏的天气，拿一本书，到草亭里去展读，清福不浅。亭后，有一批古式房屋，我猜这就是包公祠了，退到亭子后面，将身子一拐，一座土库墙，中间一个门楼，门上嵌的有字，曰包孝肃祠了，果然我猜的不错。包公祠设立在洲上，出门也有一桥，通那边大路。入门，为四方形之建设。三方为廊，中隔一天井，是即正殿。其正面供一神龛，中供泥塑包拯像。像非若世间传说，是包老黑，且五官都是黑的，倒是与常人一样白面长髦，官服抱笏。闻包氏子孙，家传有一画，系宋代画，也是五官整齐，须发尽黑，毫无肃杀之气。正殿左角，立有一碑，上嵌有包拯石刻像，后世人多为模拓，就不免略带模糊，但白面黑须，尚一样。《宋史·包拯传》，有“人以包拯笑比黄河清”之说，此不过形容他的尊严，并非说他像个老黑呵！正中有一牌位，其文曰：“宋龙图阁直学士，枢密使，赠礼部尚书，谥孝肃，讳拯，字希仁，包公位。”

这里，我应当将我个人的看法，先写出来。包拯虽是统治阶级的人物，但仍不失之于正直。所以从宋朝以来，老百姓非常的喜欢他。他们说，亘古以来，就没有哪个清官，比他还清，所以建立这一座祠堂，来纪念他。

阅包公像毕，又出而赏玩。立观此间一塘，由东抵西，混然一色。有时穿过湖心坦地，又分而为二。极东边尚有一桥，通过湖心，再通过彼岸。彼岸之间，尚有一条马路，四周种有花木。把湖洲再弄好些，或者过了二三年，便会花木成溪了。

（原载1955年9月3日、5日香港《大公报》）

倒七戏

倒七戏是合肥的地方戏。为什么叫倒七戏呢？据当地人的解释，凡戏子出台，口里要唱七个字一句戏词。等到唱完了，掉转身来，面向台下。

所以开始倒步唱了七个字，这就是倒七戏。现在当地戏要大众化，这七个字一倒，已经没有了。不过倒七戏这个名词，还依然存在。这是当地人说的话，可靠与不可靠，我不知道。

我看倒七戏，一共看了两部，一次是《双丝络》，一次是《借罗衣》。《双丝络》是古装戏。《借罗衣》是时代短戏。就戏说，服装台步，已离京戏不远，而且十之八九，已属京戏了。台词方面，完全是合肥话，我们可以说完全懂。至于唱词，用心听，大概懂得一半。听久了，大概可以完全懂的。至于编戏方面，当然是好。旧戏多半是靠色情出演，现在将本地戏从头一改，故事戏有色情的取消，新编的部分，当然知道何去何从，所以演出来的戏，意义都是很正大的。《双丝络》写旧礼教下一位参将的小姐，很有一身武艺，爱上了一位书生，参将不许，小姐没奈何跟着书生逃跑。

《借罗衣》，只有几个人，演出来更好。大意说，女儿要回去看她母亲，许了邻居，回来有鸡吃，借了几件罗衣，又借了一匹驴子，让她小叔叔牵着。于是一路之上，演出许多笑话。回家来遇着姐姐，是个老实人，这女儿就对她足吹一气。后来母亲回来了，这女儿依旧是吹。最后她小叔叔来了，把故事揭穿。看的人，固然是大笑不止。但这里面很有意义，做事呵，要实实在在。在舞台上轻轻悄悄，把这话告诉了人。编戏的人，并没有说什么，看戏的人自然明白，这戏自然是编得好。至于音乐方面，也设了台下音乐场，戏剧改良后，当然好得多了。

（原载1955年9月6日香港《大公报》）

六　安　县

在合肥住了五六日，得到了一个参观佛子岭水库的机会。同路去者有王君。此去佛子岭，尚须经过二县，即六安、霍山。合肥每日有汽车一班开往水库，时间是清晨三点四十分开，所以坐车子，要极端地早。我们二人天未亮，就起身往汽车站。合肥总汽车站设在火车站附近，所有开往各码头汽车，都必须由这里搭。我们按时上车，沿途浏览许多江南风景。绿野慢慢的移动，途中见到一种有趣的双轮车子。车子本来系拖东西用的，此地看到，亦可拖人。人须倒坐，拉车的拉着走，猛然看到可发一笑。车行抵六安，尚须少歇，遂同各位下车。我们在车上，远隔四五里，便见瓦屋鳞次，中间还有一塔，这就是六安了。入市，已见城墙拆除，两旁街铺，多半是旧式。至于新式建筑的，那都是百货公司、合作社了。街市最有名的就是四排楼，四条街巷接连一处。我们站在街上，用目力估计一下，最宽的街道，十轮大卡车都难得过呢。不过六安是以清茶最出名的，喜欢喝茶的人，大概都知道，就是六安瓜片。我们这个日子到六安，正是赶上新瓜片。我们试买一毛钱，在小饭馆吃中饭，叫店员与我们泡上一壶，端着一试，真是清香扑鼻。六安所见，为时不多，匆匆即刻上车，车行三百里，行抵霍山。因车停的工夫很少，没有入市。据同车的人说，也和六安差不多，但车行到这里，已入丘陵地带，两旁小山，中隔梯田，公路微弯其中，别有佳趣。

（原载1955年9月7日香港《大公报》）

佛子岭前

霍山西南，接近大别山支脉。车行极速，已入一大绿色包围中。两边山势，看去并不甚高，但是山峰连绵，正不知其后有若干里。忽然发现一河，河流极浅。然河面极宽，十九是泥沙、石子堆砌，共约一里路，不过沙滩以外，有水潭，或者可以行筏。正观望间，车抵一沙洲，竹篱茅舍，陡集此处，这就是佛子岭。我们下车，步行前进。此间一边是河，河那边是山，河这边也是山，不过小一点儿。两旁山上，竹子树木，都是挺秀得一望无际。河滩上不远处，有一座新式的木板桥，桥可以过载重十吨的车子，有半里路长。河那边，是合作社、学校，等等。这些房子，以前都是没有的。以前有的，就这一条河两岸山呵。路边有纪念碑，很大。再前进，路经一山角，山角旁边，已经有八角亭子，而且琉璃瓦已经运到，这就是纪念亭了。在这里一看，人已爬上了坡，早见两河两山，划而为二。钢骨水泥筑成大坝，将两山又合而为一，坝长约一里，七百五十米高，筑成半圆形，共二十一个，真个横行天空。此处公路靠山沿河直上。有两座桥现在眼前。一座是坝下长桥，上面可乘载重车辆。一座是便桥，也和前一样长，直达对岸。穿便桥过去，其间有一个山洼，山洼之内，辟为公园，方在建筑中，公园路口，有两重房屋，山顶一重，为西式楼房，山下一重，有两层。红漆栏杆，绿色垂柳，一排二十余间，甚佳。这就是山上招待所。我同王君到招待所接洽了一番，开了房间，每间三叠床铺，洗脸喝茶，无不俱备。此外食堂、洗澡间，也样样都有。

（原载1955年9月8日香港《大公报》）

试步坝上

饭毕，出去参观。我们由招待所出门，沿着山路，随着木制的阶台缓缓着望上走，中途歇了两次（因为我犯过脑溢血症），才得到坝上。先已说了，坝是钢骨水泥做成的。外形好像一个簸箕，向外倒立着，内形像一支大柱，柱子上面，光滑平整，对内一望，两边大山，一直伸到挺里面，四周都是树林森森。两山之下，便成了一条大河，河里还有挖泥艇一双。水平如镜，一直上去数十里，全是两岸绿色，河道缓流。这朝外一望，沙洲石坝，满河都是，坝底长桥，工人来往不断。低头俯视，觉得簸箕倒插，人在其上，有点儿头晕目眩。人工真正伟大。小步坝上，徘徊久之。

坝上看完，我们下坝。首先达到的，就是长板桥。此桥载重汽车可以来往，可想见其宽。我们所可遇到的，就是运沙石车，可以来回不相碰。我两个人顺了板桥走，天气很热，后来到了电灯发电的地方，查了一查温度表，是华氏一百零二度。可是我们跑进这倒插簸箕低阴处来，这温度就低了很多度了。

回到招持所后，王君介绍，认识这里一位工程师王元兴君，听他谈起现在筑坝的地方，原是石头、沙洲蝉联着，要断不断的样子，后来动手，挖成缺口。两边两层山顶，各筑一所房子，就是纪念二地。土工既完，他们就筑起坝来。坝有二十一个，外加小拱数个，高约六十五公尺，长约半公里。此坝，全是空心，用钢骨做成，外号“连拱坝”。此项空心坝，亚洲方面，还是第一个。关于此坝，当然第一个计划是防洪。还有几点，可以利用，便是发电、灌溉、通航。发电方面，第一批机器，安好发电后，佛子岭已用不完了。第二批机器正移动中，将来一齐装好了，可供合肥一带使用。大约一度电只要七分钱，这就便宜太多了。再关于灌溉，也略为估计，可灌溉五十万亩地。最后关于航运，在下游筑一短坝以储水，便利船只通航。至于上游水小，还可以通筏。许多山货，尤其是木料，都可由这里运出。这坝上到坝下，还可以用轻便铁路运。

（原载1955年9月9日香港《大公报》）

安庆新貌

在合肥住了几天，我就往安庆。安庆是安徽省旧日的省会。现在合肥到安庆汽车，一天共有三班。我是第一批车子走的。车五时十分开，天已大亮了。六时，行抵舒城县。所谓青山绿水，这里真是这种境界。凭窗远望，不觉神驰，舒城以北，似乎港很多，我们经过了好几处长桥。车子依旧南行，行抵桐城境界小关。这里所谓小关、大关，都是桐城的边境。也属大别山支脉。不过，我看小关、大关，依然以小关为最雄险。山自西来，虽不甚高，然两个山头夹一小口，回头看高山上有一庙，约五百尺。回想旧时，这里有军事，一定是险要的呢。大关虽亦险要，然不及小关。车行到此，完全在山底行走。遥望西方大别山支峰，慢慢云雾迷离，十时行抵桐城县。本来坐车直放，十二时可以抵安庆。但车子定规，行夏季时间，要到下午三时方才开车，在桐城要歇五小时。桐城是家乡一个有名的邻县，看看也好。午饭毕，冒雨入市。一直向前，就叫做长街，当然也拆除了城墙。我观后，觉得尚不如六安。时值降雨，无甚可记。午后三时，汽车始开。这时漫漫大雨，车行抵高河埠、集贤关，雨更大。从窗外视，雨雾沉迷，有时，路为水所淹，汽车须为抢路，在大雨淋漓之中，车子行抵安庆。

安庆是旧时安徽省会，把今日景象一比，当然有一种启发。第一，这安庆城里，在从前就只有四排楼，算是繁华的地方，现在看看这地方，就只一丈多宽的一条街，窄狭得真可以，与新修马路一比，那就不用提了。第二，从前老百姓喝井水，好一点儿人家，喝江水，现在都喝自来水。第三，从前的电灯，混混暗暗，而且过了深夜十二点钟，就没有火。现在与别地方电灯一样明亮了。第四，从前没有新式的电影院，没有新式戏院，如今都有。第五，从前可以说没有公路，就是有一两条，也是不通车，如今到哪里去都通了，还有小火轮，而且打票格外便宜。这都是就眼前的事，随便这样比一下。再要论到学校、卫生，等等，那就用不得比，比解放以前，真不知要高明多少倍。所以安庆虽然不是省会，比从前省会实在好得多。

（原载1955年9月10日香港《大公报》）

迎江寺塔

我到了安庆，第一件事，就是看迎江寺大塔。看看坏的地方修好了没有？自然，完全修好了。迎江寺在东门外，现在没有了城墙，还是这样叫着。门口河街涨大水时，长江要涨到门里的。从这里算起共是四进，第一进是四大天王、韦陀，第二进是正殿，第三进、第四进是偏殿。塔树立正殿偏殿，第二进院子中间，这个塔名为振风塔。说到塔，共有二十四丈高，合一千八百六十八级。主持此寺此塔建筑的，是明朝王鹭洲，到现在已经四百年了。进塔，塔内是盘形梯，第一级有佛龛供佛一尊，第二层，为实心，四周有门，大风呼呼作响。我在病后，就不敢登塔了。下塔，通过三殿，此殿供有佛像，比人还大。第四进供有小佛，迎江寺的方丈，就住在此处。

此塔，在解放前曾受过破坏，但是塔身依然不动。前两年经地方当局，着手修理。先经过公司估计一下，单是搭架子，就得一万多元，修理还不谈。后经那修理过塔的工人说（修理过塔的人，现在就剩一两个人了），据他们经验，可以不必搭架子，坏的地方就修。后当局真依了他的话，居然修起。据闻，那修理塔顶上的这一坐，最为危险。工人用铁索攀在顶上，下面悬空，工人就借这根铁索，攀住身子，就这样动起手来修理，看的人都为工人捏一把汗。如今，振风塔盖起来了，不能不佩服这工人细心而胆大，可惜，我没有打听这工人叫什么名字。

方丈月海，说起来我们也是熟人。在抗战的时候，我曾一度到潜山，月海那时是野人寨三祖寺的方丈（野人寨，是一座大山口。南宋，邑人刘源，号野人，借此寨屯马养兵以抗金，所以叫野人寨）。我去过三祖寺，所以认得他。他今年六十五岁，须眉都是黑的。据云，此寺共有三十几个和尚，尚有杂工十余人，共有五十多人吃喝，完全靠着政府维持。寺中虽有点儿房屋，多是给平民住的，房钱收入有限，所以现在和尚另谋生产。和尚生产倒是件好事情，这样也可减轻一下政府的负担。当然他们生产经验少，技术低，收入也就有限，这要不是人民政府，迎江寺的和尚也就很难维持生计了。

老和尚谈到此，我们告辞去了大佛殿靠江的茶社喝茶。此处是大佛殿对过儿，另辟一楼。里面桌椅宽大。坐而手把一盏，长江数十里沧波，流入眼底。隔江芦苇一片，远接青山，令人见了，也感觉雄阔得很。茶社尚有素点，远路茶客，当可对此长江，尽兴一饱。

（原载1955年9月12日香港《大公报》）

黄　梅　戏

黄梅戏，还是我们的家乡戏。何以叫黄梅戏？据父老相传，这戏是由湖北黄梅县传来，所以就叫黄梅戏。当然，与现在的黄梅县一点儿关系没有。这个戏，以前只有绷鼓、小钹，别的乐器没有。至于戏，小戏而外，也有正本的戏，如梁山伯之类。至于戏台上的打扮，去生角的大概是简陋的古装，去旦角的，那就完全是时装，而且这时装，也是很不合时的。可是，近来演时装戏，那时装也非常之漂亮了。同时，这黄梅不止在乡村演唱，也流入城市了。当然，起初只有我们几县的人听，还未能争舞台上的一角。自从解放以后，政府尽力提倡，不但在安徽是无人不知，就是全国，凡是谈戏的，也没有人不知道《打猪草》《夫妻观灯》了吧？所以我在安庆的次天，就观看了一番黄梅戏。

我去看的，是新编的《宝玉和黛玉》。戏一开台，是分幕的，这很合我的口胃。戏分十余幕，幕幕布景，都很堂皇。戏中人的装扮，都扮得像京戏一样，个个都穿起了古装（戏台上的）。黄梅戏，也和上次说倒七戏一样，原来侧重色情的，现在将色情部分一律删掉。从前的唱腔，那是很单纯的，而且不用乐器来配。现在改了，乐器也配得非常复杂。我们走进戏院里，在那音乐室一看（照例在台口），可以说应有尽有。我回忆初看黄梅戏的时候，四根柱子，搭上一个草头班戏台，那音乐的场面，就只有三尺长的绷鼓，另外一小面小钹，奏乐的三个手指，打着绷鼓，同时，拿一筷子，打一下子小钹。此外，什么都没有了。黄梅戏变到现在，可以说大众爱好的戏剧，戏剧跟着大众走，越发有进步了。台词方面，大概都采用怀宁、桐城、潜山的土音，但是古装方面，生旦略微用了一点儿京白词句，时装，才全用土白。但土白离江南官话，不怎么远，可以说扬子江一带住民，可以完全懂吧。舞蹈方面，黄梅戏大有进步。从前虽也有，没有怎样注意。现在就像《打猪草》《刘海戏蟾》《三姐下凡》《夫妻观灯》，都是边舞边唱，非常的好。就以《打猪草》而论，台上就只两个人，而且都是小孩子。以小孩子怕践踏草里竹笋，男小孩和女小孩吵起来，戏情可以说极为简单。但是这两个人靠舞蹈的功夫，弄的台底下目不暇给。

（原载1955年9月13日香港《大公报》）

菱湖公园

在安庆有一最能表现乡土观念的地方，提起来说是菱湖公园。原是很大一块池塘，叫做菱湖。在清末民初，就改作菱湖公园了。虽然没什么名胜，倒是树木很多，在夜晚上，两三朋友在树林之下，徘徊两周，却也清气勃然。不幸抗战时日军怕这里会藏游击队，一齐砍了。现在重新来看，地方也改大了许多，还挖了很多池塘。不过，要树木成林，总还要三四年，才有当年之盛吧？所以我到菱湖去的时候，在芦席新竹编的茶社里，对朋友说，绿树荫浓，还在三年以后，我们大家应当帮助政府，协助成立大花园，我们赶上来乘凉呵！朋友为之一乐。

（原载1955年9月14日香港《大公报》）

夫 子 庙

扬子江上下游的大轮船，差不多每日总有这么一条。大概安庆下水轮船，总在十点钟以后到。轮船码头，一天以前，已经将行期钟点，报告出来，真是准确，一分钟都不差。我是十一点钟上的船，天不亮已经到了芜湖，正下大雨。半里路以外，已经难于分辨，但是轮船，依然开了走。十二点钟附近，到了南京。就依照原来的计划，下榻我本家弟兄张友鹤君家中。南京，当然是我们极熟的地方，虽然古迹名胜很多，这个我们不记。我们记的，就在新旧方面，把事物对比一下。

我们要谈的第一项，就是夫子庙。解放以前，夫子庙酒楼茶社，歌台舞榭，真是林立。可是我们试嗅一嗅，就说他六朝金粉，那空气也肮脏得很。现在那些东西，一扫而空。再看与夫子庙齐名的秦淮河，名字是好听，但是真的去逛，实觉得气味难闻。如今秦淮河涨了一河的水，一点臭气都没有，这是第一件快事。此外搭了几道桥，平整可步，这也是一喜。我们向夫子庙一行，往庙里一看，所有摊子都移走了，显得空阔了许多，这里已改为人民游艺场了。大殿改为越剧社，两旁改为弹子、象棋社，等等，这倒给人一种兴奋。晚饭以后，朋友四五人，笑说往观白鹭洲如何，那地方，颇有点新的意思。我答可以。起身前往，到其处四周芦苇瑟瑟，水沼一变，月色微明，人影依稀，晚景倒很不错，白鹭洲在水的北边，一个新建筑的大亭子，倒很有曲折，这是以前所没有的。当然，李白所谓

“二水中分白鹭洲”，与这里毫无关系。

（原载1955年9月14日香港《大公报》）

燕子矶

到南京后第二天，邀到同好黄君到燕子矶一观，我们在淮海路搭坐长途汽车前往，共是一十五里。车子到了燕子矶，也是一个小码头，下车前往，共有三条街。燕子矶原在街的边上，门口立有燕子矶公园的横匾。约有一码多路。路上立有一亭。路旁是山石，这就登山了。向右行，石砌陡立。陡坡方尽，面前又立一亭，其中嵌一石碑，是乾隆一首七绝，诗并不佳。旁边有平屋一所，原来是卖茶的，现在空屋相向了。亭外一片空蒙，朝北一望，长江夹江，依山矶流去。朝东一望，山势慢慢向前延展，山坡斜倾下去。大水的时候，恐怕是很险的吧？燕子矶看毕，往看三台洞，好像这是固定的事。不看三台洞，就觉得燕子矶没有看完似的。

出了燕子矶街上，有公路相通。这里南边是山，虽不高。然而一山连一山，却没有断。靠北，都是水村，田陌纵横，扬子江被外面水村挡住了，过了半里，在悬崖上，有亭阁依山势树木丛起，很是雄壮。依山城步行前进，上面门首，题着观音洞。入庙，靠山有两幢殿阁，上供佛像，这里有几户平民住处。相传题“岩山十二洞，铁链锁孤舟”之处。也在此地，向前行，又半里许，路北有一庙，庙前有一匾，题为“古抬头洞”。入庙观看，第一进，尚很清洁，供如来佛。第二进，是悬崖，约为民间房屋三个这样大。此庙还有一和尚。据说，地下石头，有一牛形。有一洞约两人深，相传是六祖说法处。按六祖出家，虽在金陵以北祖传寺，拉到此地，有点儿为的是蓬荜生辉吧？而况此地黑黯黯的，何以能说法呢。又出庙行约半里，也是小山洼中，门首题为“抬头二洞”。里面住的自然是平民。里面有一佛殿，一洞。无甚可观。出庙前进，前面不通。我们玩三抬头洞，遂不免作罢。据路人云，燕子矶以三抬头洞最佳，洞后，有三层，并有一线天等名目，他为我们没去成而可惜，我们以为留点儿想头，也好。

（原载1955年9月15日香港《大公报》）

玄武湖与雨花台

我们逛了燕子矶以后，回来顺道儿，就看看玄武湖。该湖已经完全新式，在城边先设一入湖的售票所，进门以后，柳堤已完全加宽，而且新栽的柳树，成林也相当的快，已经是绿荫合树了。先踏上湖堤，约莫有一里路长，全是在绿树丛中，而两边又是湖水，令人有玄武湖新来之感了。从前的玄武湖，中间仅仅通了两洲，余外有三洲全是竹篱茅舍，还不免鸡鸭成群，对于湖里，有些不调和的地方，现在原来二洲，完全翻新，有些地方，还是新添的。至于另外三洲，也有极大变化，当局先替那些平民另找了地方，妥当安置，回头把这三个地方，完全接拢起来，有该立亭子的地方就立亭子，有该添水榭就添水榭，最妙的添一段长堤，长堤有三道桥，当然上面种了柳树，这就是说三个不通的洲，从此打通，可以通到鸡鸣寺了。鸡鸣寺原来是没有城门的。现在却有了一个门，迎接这新打通的三洲，这实在是好。这时，张君也到了，找了一个白苑树木丛生的底下，消受湖光。我们看，围着这玄武湖的北边以及东边，是那紫金山一带，全是高高低低的山，而且都是森林环抱。靠西边一带，全是年老城墙。城墙原是不美的。但是玄武湖天然的林木，映着这一带城墙，也就有十分静穆的美。再加十里湖光，又添上许多楼阁，除了西湖以外，我觉人工、天然二者合而为一，玄武湖的确要算一个吧！而且还觉天然战胜的地方为多呢。

我们歇了许久，找了一只小艇，缓缓地划，绕着长堤，划到鸡鸣寺登岸。我说这堤像苏堤、白堤一样，为不可少的点缀。同时，古城半环，很多幽花，令人忘俗。

我既觉得这玄武湖甚好，朋友都说，雨花台也值得重逛一回。我当时羡然愿往，薄暮便行。雨花台是梁武帝时代，宝志在这里讲经得名的所在，这多朝代，没有人修理过它。解放前虽去过两回，真是一径荒草，毫无足观。现在已陡然改观，新辟了汽车路层层可以上去。所栽的树，业已长成，直觉四山环绕，葱茏一片。第一层为烈士墓，这墓经许多人削平山尖，阔大基地，显出一块平坦区，而且还加了树木，在这里站立片时，真觉有一种敬意悠然而生。第二层为广场，第三层为山巅，层层都有树木，真觉洗清精神不少。山巅之下，尚有一八角大榭，是卖茶的所在。从前可看见卖雨花石的，还有几个，都摆摊子在树荫里，这可见要有六朝烟水气，还是事靠人为呵！

（原载1955年9月16日香港《大公报》）

中山大道

在南京停留不论久暂，人总问你中山陵去过没有？别中山陵也快到十年了，自当要看一下。而且博物院也在这里，顺便看看也不坏，于是同张君一路，先看博物院。这院略仿中式所造，三高楼，大门口也很宽阔。入门便可参观，不须任何手续。第一室至第七室，参观已毕，大概殷代之物，为鬲、鼎。鬲为煮熟东西之食具，底下有三只脚，约有一小桶大。鼎有长方的、圆的两种，长方的形如一小桌，高约二尺，长约可三尺；圆鼎亦有椅子大。第二室为周朝文物，骨尺一根，颇引人注目。

出博物院，张君雇一三轮车，驰往城外。中山门外夹道大树，只觉凉风习习，车在树林子里头钻，精神为爽。因从前在南京时，树植秧未久，未见佳处。现一别十年，但见树木成林，车子在林荫大道上奔驰，树林以外，不见别物。有时树木盖顶，天都少见。植林佳处，至此方见其妙。车子先到灵谷寺，停车，即看无梁殿。其大门以内，路径广阔，倒是很好。至于大殿，砖石砌的，确是无梁。巍然一座大殿，并无佛像，四壁空垂，也没有字。除了大殿，一切都无。灵谷寺在东首，这寺的妙处，不在庙内，三四殿宇，几盆花草，这不算什么。只是庙门以外，树木高的，有的六七丈，小的也有四五丈，微风吹来，便觉其声瑟瑟，仿佛就有凉意，真是宇宙清气，不招自来。我就约来的朋友，在这里歇上两三个钟头。回头进城，车过中山陵时，见当年林木，分着层次，一层高似一层，望山岗上的黄色琉璃瓦屋。有画的意味。远望南方，在这里绿色田园山谷，慢慢的和白云混着一团，那就是天边了。车再过明陵，这里向来景色不恶，钟山逐次下降，便是明陵。不过，朱元璋虽看中这里地势，可是在排场上，那就大不如北京近郊的明十三陵了。明孝陵完全以风景取胜，论到陵墓，一段小小的红墙，里面虽也配上了三个宫殿，都规模不大（后来虽修理一次，然宫殿的地基在那里，决计大不了）。就是隧道，也仅仅一条。十三陵据说是永乐帝的长陵，石人石兽，还有大门口的配殿，这就有十里路长。再到说十三陵的本段，红墙宫门，一律伟大。进门以来，那层宫殿，与真的无二。隧道一分为二，往上通往朱砂碑亭，这也是明孝陵所没有的。一个陵尚且如此，比起来，明孝陵自逊一筹。但是人家说起明朝来，不管朱元璋怎样，总要比十三皇帝高一个码子。所以明孝陵仅仅以风景取胜，倒也不坏。

（原载1955年9月17日香港《大公报》）

太平天国之某王府

太平天国在南京建都，照说南京就应当有好多史料供给。可是经过前清的时候，老百姓的隐瞒，以及反动分子毫不注意，结果是非常的少。现在忽然宣传某王府发现，当然值得一观。张慧剑先生商洽妥当以后，我们就往堂子巷某王府雇车前去。只是何以叫做某王府，连个姓名都不传呢。考究这一个缘故，就是洪秀全到了晚年，封王二千多人，这王位实在太多了，这多的王，自有不出名的王爷在内，久而久之，自然把姓名就忘了，但这里住过王爷，的确是事实，所以叫做某王府了。到了某王府，三座门楼，都不怎样大。投信毕，有负责整理工作的人出来，引我进去。屋凡三进，是五开间。这房子在南方很普遍，北方却很少。房子当中，有一天井。第一进，不多见的壁画就是此处。壁画是向外绘成，外面即是堂屋。我们看了一下，壁画一半，尚是干净。其余一半，因平民住此多年，为屋内柴烟所薰黑。不过内有一幅，画作水师扎寨，其中有一寨，凭空建立，凡五层，每层有窗户，靠窗可以望远，尚完好。我点头说，这的确是太平天国之画，保存到现在，没有模糊，真是不易。中门方面，还有五爪金龙一画。此是从别家屋里取了来的。据说，是殷王之物。但太平天国遗史，并无殷姓其人得封王位。但搬来之人，力言姓殷，只好认这主人姓殷了。此外房间，都已打通，里面存的有门牌、结婚证书及与外国朋友往来信件，等等。除了这些，尚有滚木擂石一件，大者如人头，小者像饭碗，旧时守城之法，用此物件击人，这个就是吧！

（原载1955年9月19日香港《大公报》）

上 海 一 滴

据朋友说，上海市民，有六七百万。所以上海人来人往，在繁华的几条街上，简直都是人。人虽然比以前多了，但是交通秩序，显较以前大有改进。

上海马路，有几条却是挤窄得很。若福州路、南京路，是最繁华的地方，都嫌挤窄了。现在把那最挤窄的地方，开始放宽些。上海地方，拆房子真是不容易的事，一幢临马路的房子，拆起来要上万。我们算一算，拆出一条马路要花多少钱呢。

上海黄浦江边上，从前也是相当的挤窄的。现在拆填很宽，有人行道，有马路，还有花圃。听说每日走这条路的人和电车、汽车比哪条路都忙。

上海跑马厅，从前是大花钱的地方，若是还有租界，中国人别想去逛，现在改了公园了，这很有意思。公园有三座门可以进去，里面有茶社。茶社里尚有便餐供应。进门有荷塘，有花园，尚有跑道。上海求这样大的一个花园，是难得的。

公园隔壁，这就是博物馆。博物馆占了两层大楼，里面的陈列，和南京差不多。也是从三千多年以前殷代的骨器陈设起，到近代珐琅瓷器等为止。该馆印有“上海博物馆陈列室简要介绍”，这对初次进博物馆的人很有帮助。

你到了上海，总想看一回戏，尤其是越剧、京戏。可是工人有钱看戏，看戏人太多了，戏票非常难买，好一点儿的戏，总要排上几个钟头班。你若是一个人到上海来，总会有点儿事，看戏这件事，那就牺牲了罢。

当这天气十分热的时候，你到了上海，你总要洗一回澡。那末，仔细算一算，还是住国际饭店，比较合算。因为该店最低的价钱，是三元五角。虽是最低的价钱，却是洗澡盆样样都有，洗两次澡，洗澡堂里的钱，就省出来了。

上海城隍庙，是老住上海的人都知道的。到这里来一次，什么东西不时兴，什么东西尚可以，这里会给你一种暗示。这里等于是一种土产品的百货公司，若是能找个老上海陪同去买，那就更好了。

关于衣服的问题，以前到上海去的人，总得考虑一番。现在已经没有这种考虑了，只要穿得干净，什么衣服都可以。至于上海人穿的衣服，男的一般是西服裤子，上着衬衫，穿西服上衣的也有。女子穿的当然漂亮一些。

（原载1955年9月20日香港《大公报》）

大明湖

济南这地方，来去过十几回，却没有下车去过。这回有朋友在那里住着，就决定坐车先赴济南。济南现在住有市民六七十万人，当然，这对市里繁华，是有关系的。我的朋友，住在南门。朋友说，舜在这里耕过田，这是一种传说，我们不必怎样考究。

我到济南，觉得要看的，第一就是大明湖了。大明湖大概有十多平方里那么广阔。据说，从前，垃圾乱倒，湖里水草丛生，这个湖虽有那么宽，却是肮脏得很。后来人民政府认为这湖是济南一个名胜，就加意修理。我去大明湖，正是晚霞东映，映着石牌坊写着大明湖三个字。望湖心走有个巨大的亭子，靠了好些个游艇。朝湖心一望，只觉晚景朦胧，四边树木，交错湖中。一些亭榭，在树叶湖光中，加上许多菱蒲莲叶，倒有意思。雇了一只小船，向湖中慢慢摇去。这里共有五处可逛，有点儿风景的，只有两处，就是历下亭和铁公祠。历下亭在湖心，四围都是水，不叫游艇，是不得到的。现经政府，油漆一新。亭子四面透风，也栽着许多花木。一二朋友，在亭后水边谈心，这地方倒不错。还有，就是铁公祠，正在修理，祠的前面，有几棵树木，临水摇曳，这里就是《老残游记》所记的“四面荷花三面柳，一城山色半城湖”那个地方。的确，当天色很好的时候，那千佛山倒影湖中，确是有点儿画意。

（原载1955年9月21日香港《大公报》）

趵 突 泉

在济南看完了大明湖，就是看这里天下驰名的泉水了。这里著名的共有三道泉。就是黑虎泉、珍珠泉和趵突泉。珍珠泉在省人民政府之内，这里不谈。黑虎泉离朋友家中不远，转弯儿就到。泉是三股，三个虎头，由地上喷出来，泉的前面，有一道濠。人家的濠沟，都是浑水，这里却是清水，因为这里从前是南门外，所以有这一道濠沟。现在拆了城墙，填平大马路了。所以看不出是濠。黑虎泉看过，我们去看趵突泉。这趵突泉是济南七十二泉中第一泉，所以人都要看。出了西门，由一条人行巷中前进，还没有到泉，就见两旁水沟，水势非常的汹涌。后来进了泉门，一看已建筑了两重房屋。一座大池子，水中间涌出几粒细珠，池旁有石碑，上刻“第一泉”三个字。这里已很多人观着。再过去，池头搭了一座平板石桥，隔桥观看，只见池的中间，忽从地底下翻涌泉水出来，这泉水真的有水桶那么粗，头上尽翻白色，这就是趵突泉了。据《老残游记》里说，共有三个，我们只看到一个，是老残夸大哩？还是几十年前，真有三个呢？这还得问老济南。这里有一座茶社，我们便进去泡了一壶茶，坐下对这泉水，仔细的观看。看了许久，只觉泉头那样粗大，周年不息，这真是一奇。据说，还是周年不冻，无论怎样冷，泉水还是汹涌地流出。这一池水，自然很清，但是池塘底下，常常冒出一股清泉，比这水还清似的，慢慢涌到水面，有洄纹流起，你看得很清楚，这种泉水还很多，只看那洄纹，去了一个，又上来一个，这也不是别处泉水里所能看到的。古来人家赏玩趵突泉，总题上两句诗。《随园诗话》有句“倒翻庐阜瀑，长涌浙江潮”。但是夸大得可以，太不近乎写实了。看这泉流，坐了许久。后来我想起济南朋友常常告诉我，济南蒲菜很不错，就让朋友请我上了一回馆子，要的菜是黄河鲤鱼、清炖蒲菜。据馆子里人相告，还是大明湖的蒲菜呢。

济南耽搁两天，我便坐火车回北京。沿途拉杂写成杂志，自愧无生花妙笔，描绘不出祖国锦绣河山。

（原载1955年9月22日香港《大公报》）

北京人随笔

春游颐和园

四月中旬，清明已过，新红破蕊，嫩绿抽芽，这正是游园的好季节。

颐和园是我们祖国最大的一个花园。当年的建筑工人汇集了苏州、杭州、无锡等处有名的风景、建筑形式，修造成这样一个美丽的花园。但是，这里的山——万寿山，水——昆明湖，却是天然的山水。远在一千五百年前郦道元的《水经注》里，就记载了这个山、这个水，而且还说它是更古一些的“燕之旧池”，并且在郦道元那时候，就已经是亭台远瞩、陆游之地的风景区。但在后来，却被统治阶级占为已有，成为禁苑。远在八百年前，金朝建都燕京的时候，这里就修筑了“西山行宫”，山称昆山，水称大泊湖。到了明朝，又增加了不少建筑，便起了个园名叫好山园。到了清代乾隆年间，把它列为禁苑之一。1750年改名清漪园，山改名万寿山，水改名昆明湖，更修筑了周围十六华里的园墙，人民从此再想看一看那波平如镜的水面，却不可能了。后来，1860年英法联军攻进了北京城，焚毁了圆明园和这座清漪园。英法联军走了，逃跑到热河的西太后回到北京，为了她个人的享受，竟动用了最重要的国防费用——海军经费，来重修这座园林，因为她要“颐养天和”，就从她个人享受上改了园名叫颐和园。不但把原来清漪园重修起来，还另外修建了许多殿宇楼阁，如有名的排云殿，就是那次重修后的新建筑物。颐和园由于封建统治阶级搜刮民财、荼毒民命（为了修颐和园，曾收土药税，公开卖鸦片烟），枉费人力，才把这座名园装点得如此宏丽，我们今天游颐和园时，不能不对这种暴政憎恨，但也不能不对我们劳动人民的灵巧双手表示钦佩。1914年，颐和园开放了，但园内建筑并未修葺，并定极高的票价（1935年票价一元），所以那时颐和园的开放，对于广大劳动人民来说，仍然等于禁苑。

解放后，颐和园经过政府大力的修缮，二百七十三间的长廊，不但藻绘一新，而且每间都画出不同的风景来。颐和园里有一个地方叫画中游，我看走一走长廊，那才真是画中游呢。

春天了，我们好好游一游颐和园吧。

颐和园在北京西直门外西北二十华里，有京颐、西颐两条公路可以从城里直达园门。我们一过海淀镇，便可远远看见仿佛仇十洲青绿山水画中的云中楼阁，那就是高达一百三十五公尺的万寿山。等到了园门，只见焕然一新的朱门，却看不到山景了。进园门过了仁寿门，迎面就是仁寿殿，里面陈设着西太后坐朝的原样子，有宝座、御案和龙凤宫扇等旧物，那里有服务员给游人讲解西太后坐朝的情形。向西北走，是德和园，里面有三层楼的戏台，戏台对面是颐乐殿，西太后就坐在颐乐殿里看戏；当那颐和园里锣鼓喧天的时候，也就正是园外六郎庄、挂甲屯一带稻农含着眼泪卖青苗的时候。现在，每年夏天有工人同志、劳动模范在这里休养，颐和园接待了它自己的主人。

穿过宜芸馆后身，就到了乐寿堂了。乐寿堂是当年西太后的卧室，现在仍然保留着当年西太后在这里饮食起居的一些排场，从这里我们可以看出封建统治阶级奢靡的享受来。乐寿堂后院有玉兰花四株，这在北方是很少见的名贵的花木，据说，从前清漪园时代，这里的玉兰还是蔚然成林的，所以这里叫过玉香海。但那些名花也在1860年被英法联军给摧毁了，仅剩下这四株，还可以供我们欣赏，从它身上也引起我们对帝国主义者的更强烈的仇恨。宜芸馆的南面是玉澜堂，正在仁寿殿后。乐寿堂的前轩，额为“水木自亲”，打开门来，就是昆明湖。

出乐寿堂，从邀月门起，往西直达石丈亭，就是那二百七十三间长廊了。长廊既是这样长，所以靠山一带名胜，就都在它的怀抱中了。放眼望昆明湖上一看，只见春波荡漾，十里湖光；再远看一点儿，十七孔桥把湖山分成了两半儿；仿照黄鹤楼形式建筑的涵虚堂，和北岸遥遥相对，矗立在南湖小岛上；堂下就是游船的码头，岛上还有龙王庙。横卧在湖的西部的是长约五里的西堤，堤上有仿西湖六桥的豳风桥、玉带桥、镜桥、练桥、柳桥、绣绮桥。沿堤杨柳，已然抽出来新叶，飘拂着水面，真仿佛是到了西湖柳浪闻莺了。走到东段长廊的西头，正对着西湖云辉玉宇的北面宫门，那就是排云门。颐和园里安排得样样都好，只是那些殿宇题名太富贵气，唯有用这排云两字，才比较好些。游人进了排云门，过了荷花池的小石桥，进二重门就是排云殿，这里是颐和园的山景中心，过去是西太后受朝贺的地方，殿里还有原来样式的陈设，只是经过反动政府多年的摧残，陈设已然不是原来那样了。排云殿后是德辉殿，德辉殿后是佛香阁，一层比一层高，都围绕着名胜而上。上完了这些名胜，再朝下一望，真是排云而上啊！佛香阁是金山的最高处，是八角形的三层佛阁，下层内供接引佛。它和德辉殿完全是石级，要步步爬上，这个石级，也有名字，叫做朝真磴。此外还有两条路：往东通转轮藏，转轮藏楼前有“万寿山昆明湖”的大石碑，碑阴刻着《万寿山昆明湖记》。往西通宝云阁，这个阁的栋宇、窗牖、佛案，完全是用铜铸成的，所以又叫铜亭。从这里，我们可以认识到我们祖先高度的冶金技术和劳动人民的辛勤劳动。

翻回来，我们再从排云门顺着西段长廊往西游，经过山色湖光共一楼、听鹤馆，就到了长廊西尽头的石丈亭，现在这里辟做食堂——饮食服务处，每到假日，有多多少少的游人们在这里进餐，他们吃着价格极便宜的干烧鲜鲭鱼，欣赏着祖国的山水景物，欢度自己的假日。石丈亭外，那就是纯石头建成的清宴舫了，说起清宴舫，也许有人不知道，可是你提起它另一个名字石舫，那就无人不知了。石舫本来是从乾隆年以来的旧名字，1903年在石舫上又起了二层楼，才改称清宴舫。清宴舫旁，就是船坞，从这里可以坐船到南湖龙王庙去。我们不坐船可以从此登山，虽然是登山，可是一路也是石桥流水，亭榭重叠。登山东行，半山之上，有石面路，斜曲向前，徘徊四顾，西山、玉泉山如行人在空中招手，西山更加亲近似的。路平空一曲，便抵画中游了，如从正面来说，画中游正在听鹤馆后上方，高度是一零五公尺，它已然是半山腰了。这座画中游，是由一座二层的八角亭为主体建筑，配以东面的爰山、西面的惜秋两楼，联系着画廊，一道曲线，在树木中穿过，叫画中游，倒是不错。再宛转东行，经过湖山真意，就到山顶的智慧海了。智慧海在佛香阁之后，俗称无量殿或无梁殿，三楹佛殿的栋宇窗牖，全是砖石砌成的，外砌琉璃砖，砖上全有佛像，殿南有琉璃牌坊一座，我们在远处看，琉璃瓦在日中大放光芒的，就是这里。在智慧海可以看到整个湖面园景，也可以看到后山的各处风景，在智慧海的下面，后山腰上的是香岩宗印之阁，再下面就是只剩有殿基的须弥灵境，须弥灵境左右点缀着几处园、斋、轩、楼，现在也大部分倒塌了。过了须弥灵境，就是后湖，上有长桥，直达北宫门，北宫门就是原来清漪园正门，解放后开放了这个门，便利了不少游人。门内的西边，后湖的北岸，就是当年的苏州街，那是乾隆年间在这里列市，备统治者游览逛市的地方。

我们不向后湖去了，往东下山吧。稍南的一偏，行到半山中间，在四山成阴，寂无人语的境界里，看到一个亭子，这就是重翠亭。远看湖中，近看山底，水色空蒙，山光阴约，真是绝妙佳境。下山经过景福阁，到了一个山石重叠，修竹摇曳，清流潺潺的所在，这就是谐趣园的西北角玉琴峡，这就是仿照惠山寄畅园修造的园林，原名惠山园，1893年重修后改名谐趣园。园里有随着堂、轩、楼、斋筑就的水池，夏季荷花盛开的时候，是别有风趣的。由玉琴峡往东南一拐，就是谐趣园正厅涵远堂，是以前西太后避暑的地方，现在是陈列着古物，在明净的玻璃窗里，可以一览无余。涵远堂的东后偏是湛清轩，里面藏有刻石。顺着白玉石栏东南行，在东岸的是知春堂。由知春堂过知鱼桥，顺着画廊西南走，过饮绿亭和洗秋、引镜两亭，就到谐趣园的园门，回顾那春水微波的谐趣园就如在脚下，而园西的澄爽斋、瞩新楼却兀自独立在谐趣园门的北面，它仿佛是谐趣园的欣赏者和旁观者。出了谐趣园门向南走，经过一个上写“赤城霞起”的城关式建筑，那就又到了西太后听戏的德和园了。

我们没游南湖、西堤，可是我们从长廊远观了它的秀丽景色。我们也没游后山，可是从智慧海俯视了后山全景。这一个封建统治王朝修建的禁苑，而今成为广大人民游览胜地。

（原载《北京文艺》1956年4月号）

北京动物园

北京动物园，在西直门外。从右边进去，先是小动物园。现在我把这些小动物介绍一下。

进园来一看，有大柳树数十棵，浓荫罩着院子，中间有一个大水池，两边是动物住的房间，有两人高。这样的屋子，有二十所，一律隔成三间。屋子都是面对面排列着。到院子顶端，有一座猴儿山，用石子、水泥砌成，石栏杆，中间凹下去。在那凹下去的地方，堆了很大的一座假山，猴子在上面爬上爬下。

大熊猫与小熊猫

先给诸位介绍这小动物园里的稀有动物。那三双大熊猫，是熊一类的东西，外表又仿佛像猫，不过身体大得多，雄的有一百五十公斤，雌的有一百公斤。身上的毛很光泽。全身以黑白两色为主，四肢、耳朵、眼圈、肩膀，全是黑的。此外差不多都是白的。出产在西康、四川的天全、宝兴、泸定、汶川一带。它们极不怕冷，平常住在五千公尺以上的冰天雪地之中。它昼伏夜出，雌雄两两，缠在一起。捕捉它极为困难；捉到了，倒是很温驯的。在每年夏末秋初，只生产一个崽。

小熊猫与大熊猫都是同科目的浣熊科的熊类，不过它们绝不是一个种。你看，这里的一双小熊猫只有小哈巴狗那么大，长着一条很长很粗的尾巴。再看它毛的颜色，全身以赤黑色为主，加上一点儿黄白色。上身完全是赤栗色，下部四肢是黑色，头和耳朵又有些白斑。大熊猫只产于四川、西康两地的某些县，而小熊猫却产于尼泊尔、西藏、四川西南、云南北部。单拿这一点来论，显然也大为不同了。小熊猫又叫九节狼，或者叫山门蹲。与大熊猫一样，喜欢栖息在人烟稀少、高达三四千尺以上的森林地区。平常总是三五只在一起，住在树林里或山崖的空隙中。它不怕冷，极怕热。夏天温度到达摄氏二十度，大熊猫就热得直喘气，小熊猫也受不了。小熊猫喜飞跃，性懦怯，捕得后，很温驯。它平常也是昼伏夜出。虽为食肉这一科，但喜欢吃板栗、野菜、竹笋，也吃饭。这和大熊猫差不多。

豹与哈巴狗

下面我要介绍一件有趣味的事儿。那路北有一间屋，关着一只豹、一只狗，这两个动物相处极好，在一块儿睡，一块儿吃，还一块儿玩耍。怎么豹不咬这条一尺多长的哈巴狗呢？这豹是美洲墨西哥产。它出世了，这只狗也出世了。后来把狗抱开，把豹抱了进来，就把母狗乳改喂这豹子。直等豹子不吃乳了，又将狗抱来一起过活。生活得很好。苏联就把这豹与狗，送给我们，这是一九五四年的事情。豹子性情最粗暴，会咬动物，会游水，但是哺过了狗乳，它就发生了感情，狗虽然同它一起生活，从来不咬他。不但不咬而且拿走了狗，它就非常不快活。这可见性情这种东西，虽在动物，也是可以改造的。现在这动物园里，也模仿这一幕喜剧，在南边屋子里，喂养了一只豹，一条巴儿狗。豹子还只有尺多长吧，它对哈巴狗也是很好的。据说，这豹子还只有五个月，要咬人还在七个月后。会咬狗不会咬狗，要那时候再看。

动物园中形形式式

小动物园里的小动物，说来也颇多可怪之处，其一是猞猁，是猫科，也只猫那样大，它的性子，天生残忍，曾于一晚上咬死过四十头羊，但它平常的食料只吃一只鸡也就够了。其二是蓝狐、白狐，都生长在极寒冷的地方，所以它的毛非常值钱。蓝狐还不宜离开寒带，因为到了不冷的地方，它的毛会减少光泽。白狐打洞穴在冰雪交加的地方居住，这样，它才感到满意。其三是獭，毛非常光滑，还不沾水。身子只有一尺多长。喜在河岸边打一个穴居住，所以水性十分精通，善捕鱼，以鱼为正食，性子也很驯，许多打鱼人养着它们为自己捕鱼。其四是青鼬，也只猫这样大，青灰色，头小，尾巴比身子还长，走起路来，一蹦一跳，它的产区主要是东北，我国南北各地也有，性活跃，能够追食野兔，或者爬上树去吃鹧鸪，也吃水果。怪就怪在这里，跑的飞的，它都能追逐而食之。不过，它还有一样好处，就是能传播花粉。

象、狮、虎的生活

动物园分为三大区。一是小动物园，包括狮象房、猴楼。二是猛禽槛。三是鹿苑兽室，还带着畅观楼。看完了第一区的一部分，再往北走，丝柳成行，青翠拂天。左边是儿童运动场，什么杠子、秋千、软绳木头城等，应有尽有。右边是象房，这房用水泥砖新盖的，四围有很大的玻璃窗，外面是一个很大的空场，旁边有一个池塘，是为象在热天洗澡而设的。象是硕大无比的动物，听说这里的象，一头挺大的，有一千八百公斤重。虽然这样庞大，但其温驯之处，也非其他动物所能比。牵象的人要上它身子，要它跪倒，它就跪倒。它还能搬运木料，它将鼻子一卷，就将木料搬起。虽然所做的工作全是迟钝的，可是很听人呼唤啊！现在两只大象，并排站在空场里，一动也不动，听人家称赞与批评，两只耳朵只是摇摇摆摆。它的食料，只吃些瓜菜，虽然肚量大，倒好打发。

再往前走，就是狮虎房子。右边是两头狮子，左边是两头虎。这狮子据看守的人说，可以活四十年。狮子叫声很大，一里外可以听到。它也是日间睡眠，夜间行动。为什么要夜行呢？我想就因为它身体庞大。白天出来，百兽看到，都为之躲闪了。狮子每年一产，生三只小狮子。再看老虎。虎也是晚上出来。白天睡觉。现在动物园里一周喂牛肉三十斤，野兔子一双，有充足的营养，老虎每年生产一次，一次一只。

小猴儿玩猴楼

我们来到了猴楼。几间房子，前面有一座楼。楼的前面，用铁丝、铁柱攀住极高的一个院子，院子分三部分，第一二部分是小猴儿取乐的地方，有枯树、吊绳、秋千。另一部分，有铁梯搭的天桥，还有许多玩具，这是共同取乐的地方。这里有四川猴、广西猴、熊猴、红面猴。还有花叶猴、巴氏叶猴、台湾猴、白颔卷尾猴，最奇怪的是白颔卷尾猴，身子不过一尺多长，尾巴比身子还要长，赋性灵敏，吃起东西来，尾巴可以代手用。因为它头上有一片深色而又长些的毛，所以又叫僧帽猴，叫起来不好听，又叫泣猴。

飞　　禽

离开了猴楼，慢慢往西走，过了易桥，有亭一角。左边是大塘，数十年的老树，纷披左右。前去就是豳风堂。这个堂是动物园的游览中心，建筑藻丽，东边为石洞，西边为曲廊，前面是荷花池塘。过此为曲廊四围，中栽牡丹数十本，前后有亭子，亭前有匾，题曰：停云轩。廊后有大树数株，土山一带，靠树铁丝围着，是猛禽槛。这里有特大的猛禽在飞翔。再过去，有一岛式园地，长着很多松树。下面有重屋子，叫松风萝月轩。现在这地方改为鸟室，面对水禽湖。现在我把鸟室分成三段，一是鸣禽部，二是鸟部，三是水禽部。鸣禽部修了几间美丽的屋子，分作两排。中间一重很大的院子，用铁丝拦住，这里有许多好看的鸟。有些不十分能飞，又不能游泳的，就在对过儿园林里。水禽若上岸来，就混在一处。我看那戴在头上黄金色的大羽冠，那野鸡周身穿着羽衣，那鸳鸯翠绿色的羽毛，多好看呵！还有那小鸟，穿起红黄绿颜色的羽毛，几间屋子里翱翔着，叽咕叽咕，叫个不了，才是真乐呢！

欧洲野牛与犁牛

现在我要到兽室去参观了。清溪那边是鹿苑。鹿苑里面有许多栏杆，编成无数的空场。这里有许多奇怪野兽。最奇怪的，莫如欧洲野牛了。我们看这野牛，周身长着黑色长毛，虽然跟牛差不了许多，但身体极大，有八百五十公斤重。这园里有两头牛，是美洲牛的混血种，但依然极大。它爱在近水的地方居住。一九二三年，开了一次国际野牛保护会，全世界保存到现在的只有五十六头了。我们西藏的犁牛，既像牛，又像羊。何以像牛呢，因为它的角长而美观，何以像羊呢，因为它短腿上长着长毛。不但它形状像家畜，就是它脾气也非常听话，平常总是五六十只一群，不怕冷，五千尺以上的高山照常上去。

梅　花　鹿

既是鹿苑，当然要谈一下鹿。我们认为可以延年益寿的鹿茸，就是从梅花鹿的角上取来的。为什么叫梅花鹿呢？因为它长一身黄毛，黄毛上长着许多白色的斑点，望去像梅花一样。它头上戴的角分四叉，样子倒很好看。但是雄的才有角，雌的没有。雄的每到冬季以及春季，那角就要脱去，到夏季角又重生。长新角的时候，角质是软的，上面有茸毛，这就是鹿茸了。这角正在生长时，对雌性开始追逐。雄的里面有怯弱的就被强鹿用角刺死。和梅花鹿差不多的，就是马鹿，生角的时候，也常把本事不如它的雄鹿用角刺死。它的体重，平均五百公斤。还有一种驼鹿，产在东北内蒙古各地，这是森林动物，极喜欢水，常在水里面洗澡，比梅花鹿小一点儿。

角　马

鹿苑里头的大羚羊、瘤牛，说起来也好玩。大羚羊有普通羊一只半那样大，有两只弯弯的长角，生长在非洲，喜欢住在古林阴湿的地方。它洗澡完了，常涂了一身泥，自然这是怕敌人害它。身上涂泥，旁的动物，还没有听说过吧？它也喜欢联群，常有二三十只在一处跑。再说瘤牛，从外表上看，和黄牛差不离儿。可是仔细一看，背上长了一个头样的东西，同时还长两个小角，垂在肩膀上。这牛生在印度，还是神品，人民不敢侵犯它，使它在森林原野上慢慢的散步。鹿苑中动物很多，放下不提。现在要看兽室。兽室建筑得尚为精巧，四面安上铁丝网，一个黄色的牌子上面书名什么动物。靠南两方墙上，还写着动物的简单历史。室的每间屋子后面，都有一个门，通后方大院。先谈谈角马。它大致像条水牛吧，周身是深灰浅蓝色的毛，头很大，比平常的牛马要短些。一对几寸长的角，微微弯曲，尾巴是黑色，所发声音也很大，常常咪赫咪赫的叫。它激烈好斗，斗起来，把头低着将角拼命的戳。它腿短，却会跑。人要拦住它，也会攻击人。它常和大羚羊在一起，自己结群，一群有二十几只。

斑马与鸸鹋

斑马，猛然一见，一定要说声奇怪。它只有骡子那样大，可是身上起了紫色的斑纹，而且斑纹是不乱的，从头到蹄，一道一道，长得清清楚楚。大概每道斑纹有大拇指那么粗，斑纹以外，就是白色。身上像披一条花布被。斑马生长在非洲，每次出来，就是一大群由三十只到五十只。它感觉很灵敏，性情也很温驯。不过很不容易捕捉，它听到有些响动了，就分群四处奔走。它可与驴交配，只生一胎，受胎期共四十八周。它出游时却同羚羊、驼鸟结成好友，一同戏耍。我们再谈谈驼鸟吧。驼鸟有八尺长，体重二百多斤，像只鹤，不过颈子要短些，喜欢吃石子。一小时可以走二三十里，急起来可以走八九十里。室里还有鸸鹋，只有两公尺高，样子和驼鸟固然相同，嗜好也相同，喜欢吃石子。它家在澳洲，向来一夫一妻制，这倒尊重女权哩！

兽室看过了，再向西走，出了那藤萝架，遇到一个绿园：这里是钓鱼潭，买票可以钓鱼。再顺这条路走，尽是几十岁的老树，伏荫前后。所过的地方，有温室，室中多热带植物。有抱翠亭，有畅观楼，有艺春堂，石头假山，李杏交柯，颇妙。再从南路出园。此园里面很大，要畅玩一个痛快，非作整日之游不可。

（原载1956年6月1日至5日香港《大公报》）

天　坛（上）

天坛这地方，很好很好。这里外垣，周围十一华里；内垣，周围七华里。从正门到二门，约有一里路。单是这一截路，就已有一个公园大了。

进了第二道门，路面还是那么宽而平直。两边树木叶密。我走了约三里路，却遇着一条大坝似的大路，将去路拦住。坝约有三尺高，不用梯或坡子，是将路斜斜的修高。上了这条大路，看看有四丈宽。中间一条石头大路，石板有三尺长，三四尺宽，这路有多长呢？大概有一华里半那样长。这路是由北到南，两边是红墙砌成的三座圆门，北面有宫殿式的屋脊。

北面三座门，进门是个大院。再上几层石阶，就是祈年殿了，在祈年殿门口一望，那条大路果然平坦、宽阔，但当年的皇帝仅仅是每年来一次罢了。祈年门也像皇帝住的宫殿一样，可由三座门里的任何一座门进去，两边是配殿，房屋很高大，现在修饰中，里面摆列着古代乐器。正面的祈年殿，矗立在三层白石栏杆的露台当中。殿和露台一样，全是圆形。屋檐三层，瓦是琉璃质的，全用青色。这里露台，分成前后一层三个坡子，三层九个，东西都是一层一个。在露台上望白石栏，相当壮丽。爬过二十七层坡子，经过一截露台，便是祈年殿。进得殿来，这圆形殿中，有很大的座台，上面配了皇帝坐的宝座和桌子，是祭祀皇天上帝用的。中间红色般金花的柱子，直达圆形屋顶。屋顶下面，完全用金子描花，柱子也用金色。柱子有多大，有两个人合抱还抱不拢来那样大。这里柱子有四根，是什么意思？就是代表一年四季。四根柱子外头，又是十二根柱子，全部红漆，那是代表十二个月。再外边，和雕栏互相配合，也是十二根柱子代表着子丑寅卯十二个时辰。这柱子是从西康运来的，是那么长的冬青木。这柱子有多长呢，从平地到屋顶，三十八公尺。这样一棵大树，那个日子既无火车，也无汽车，我们人民能把它运来，真是力量伟大。

这殿本来是明朝永乐时候建的，到清光绪年间，不晓得如何失了火，再照原样子仿造，就是现在这个殿子。屋子有三十公尺高，那时候没有起重机，完全靠手支架直立起来，真是不容易啊！还有一层，是到这里来的人都欣赏的，就是这里上面凭了屋顶，用金色书了一条龙，下面配块儿大理石，大理石的花纹是天然生长成功的龙凤呈祥。云南大理，离北京几千里。运来这块儿大石头又不知花费了多少人力、物力，多少个昼夜啊。

（原载1956年6月9日香港《大公报》）

天　坛（下）

看了一会儿这祈年殿，对于过去的工人，产生了无穷的景仰。出殿后为乾皇殿，现在在整理中，将来陈列各国给我国的礼品。这些殿宇以前做什么用的呢？原来是皇帝每年在此祭祀皇天上帝，时间是在阴历正月初一日，谓为“以祈丰年”。东方有个廊子，共有七十二间那么长，用二十五间通到神厨，用四十七间通到宰牲亭。原来怕天阴下雪，盖廊子为避寒用。所以廊子下半截用砖墙，上半截打着直篱笆模样。后来清朝亡了，天坛年久失修，到一九三七年，北京才仿修。这廊子有两丈多宽，还刻着很好的壁画。关于通到宰牲亭的那四十七间，现在人民政府修得更美丽了，将玻璃装上了窗户，还配上了门，里面摆了许多陈列品，大概不久就要开放。顺了这廊子外走，远远望到那边林子里，有八块儿小石头。七块儿是指天上的七星，一块儿指的是北极，所以虽然是八块儿，依然是称为七星石。

这一带的树，都在往上长，看着颇有生气，我就顺了原路走，看着两边树林，也就忘路之远近。出了成贞门，过两重院宇，又见树木丛起，路旁有一棵柏树，上面挂了一牌，云此树已过五百年。两旁树林中设有茶座及小卖处。东面有院墙，此处已经到了皇穹宇了。入门进去，四围圆形墙垣，壁上钉有木牌，有“回声处”字样，好多人靠墙侧耳细听。其实这个事是很容易知道的，那是声音由空中传播，有障碍的时候，凭原处改着它的方面前进。登坡而上，一个圆形小殿，便是皇穹宇。这皇穹宇比祈年殿小，屋架都是庳拱式。室内有八根柱子。这室还是明朝盖起，原封未动，所以这些柱子也就有四百年了。立这皇穹宇做什么用呢？就是在皇帝祭天的日子，把殿内的神位请下来，请到门外，在那圆丘上祭一下，祭完，又请进去。一年，也就是这样一回。皇穹宇逛完，就出门到圆丘。圆丘，先有两道围墙，四四方方，将这圆丘围住。墙垣上先开十六个门，都是白石砌起。圆丘有三层露台，全以白石为栏。头两层台，有十几步宽，顶上是平台，青石铺地，铺到中间，有一块儿圆形青石。台上周围，估量约有二三百步。举目四望，树木丛合，地方空阔。至于何以叫圆丘？圆，是天体；丘，是土地上高的地方。它的意思就是环境像天，这是专制时代皇帝骗人的玩意儿。

看完了圆丘，出了祭天的门，我就在小树林里了。这原都是高大的柏树林，被国民党军队砍的精光。人民政府来了，就力加整理，几年以来，种树种花，修路，修整宫殿，所以天坛不但可复旧观，还要比从前好呢。我们试步林下，各种树木，慢慢都已成林。那春夏秋的花儿，也到处都是。远处小孩儿的欢呼声，告诉我们正在乐园里面兴致勃勃地玩儿呢。再上前去，是斋宫，四围绕上了水池，有一道石桥通至里面，这里门辟有露天剧场，有时，京戏、大鼓都演。这里空阔无边，树木林立，我们看过以往人民这样伟大的建筑，正可以缓步当车，倘佯散步而回呢。

（原载1956年6月10日香港《大公报》）

荣宝斋的木版水印画

我拿着一张生宣纸，上面画着各种颜色的图画，送给人看，问这是什么？任何人看到宣纸的洁白，和画上颜色鲜艳，毫不犹豫的说，这是某先生的国画。我笑说，错了，这是荣宝斋取了某先生的国画，制成木版重印出来的。

荣宝斋是北京经营木刻彩印画的一家。先前这铺子叫松竹斋，后来改作荣宝斋，在琉璃厂靠西路北。我们从前知道某人有好诗笺，不用提，那准是荣宝斋的。荣宝斋一九五二年改为国营，它在发展祖国民族艺术的基础中，放着光辉的异彩。

这种木版套印，大概宋朝就开始有了。那时已大量印行木版书，套印彩色画，也就是从这时慢慢发展起来的。当然，彩色方面，还不能像今天这样精致。有什么依据呢？查徐度《却扫编》说：“彩选格，起于唐李郃，至刘贡父，独因其法，取西汉官秩升黜次第为之。”这不是证据吗？这个法子，从前叫着彩选格，还没有图画。到了宋朝，就有升官图，当然这里面有图，还夹杂一点儿红绿的颜色，这不是木版套印的初步吗？你必定要问，像这种雕刻印刷，恐怕要好些个用具吧？

你这样想，其他人也必是这样想。其实这完全是靠眼、手和思想这三样东西。至于雕刻用具，荣宝斋设下三个玻璃桌子，要用的东西，全排列在里面。是些什么东西呢？就是刻刀，大小有几十种，笔、排笔，也有几十种。此外是刷子，三四只洗笔的碗，几十根装着颜料的玻璃管子。如此而已。版是怎样仿造的呢，这说起来又相当的难。先把原画放在玻璃桌子上，底下放了电灯，那就上下透明了。就在原画上描摹好几张，名字叫作套版。平常花草，不用什么颜料，也须套个六七次版！若是复杂一点儿，套用几十块版子，也很平常。譬如刻玫瑰花，先刻花中的点子，还要刻一块版。次刻花上细枝，又要刻一版子。又其次，淡红的花瓣，也要刻一块版子。这样零碎刻版，刻完了，然后一块一块复印，掀开版子一看，那就和原版一色无二。就是原作者自己盖的图章，在这上面也与原作不差分毫。

去年秋后，荣宝斋曾将五年来出版的大小二百多幅作品，在美术展览会里陈列出来。里头分作年画，诗笺谱，十竹斋笺谱，敦煌壁画第一、二、三、四辑，民间剪纸，沈石田卧游册，恽南田花草册，任伯年画册，陈师曾山水，现代国画，齐白石画册，现代国画选集，中国古代漆器图案，古代画集。这些展览画受到北京中外人士的一致赞扬。

（原载1956年6月17日香港《大公报》）

天　桥

天桥没有宫殿山水，没有珍珠宝贝，就靠艺人们一张嘴、两只手、一双脚打出天下，吸引着无数的观众。

但是跑了叫天桥的地方一周，也瞧不见桥在哪块儿，甚至水沟也瞧不见一条。这是怎么一回事？我说，你别忙，桥是有的，不过已被历史冲刷掉了。在很早以前，永定门一带有一片湖泊，夏天还可以游湖呢。到了北洋军阀时期，湖泊虽多半填平了，但是还有好几条沟渠。天桥就位于天桥大街的起点。桥是用白石建成，石上雕有花纹，当然很结实。距今三十年前的光景，桥下水沟全堵死了，桥已失去作用，还影响交通，所以把它拆了。

近三十年来，天桥有很多变动。先是，天桥靠东，摆上了很多百货摊子，各项杂要，也在这里摆下。后过几年，杂要玩意儿，大部分向西边摆，并逐渐向南移。自从人民政府来了以后，这里修筑起很多条马路，马路两旁又修筑了许多大厦。演出过苏联天鹅湖舞剧的天桥剧场，就巍然建立在天桥的南边。过去天桥是流氓、地痞、恶霸集中地，现在这些恶势已经消除了，社会风气焕然一新，卫生清洁各项，也办得头头是道。无论哪种买卖，公平交易，价目统一。

天桥的交通四通八达。我们下了电车，从小口子里进去，举目四望，只见万头攒动，广场上全是人。从前听得人家说，天桥扒手多，你得留神。现在没有这回事了。那班扒手经过改造，变为好人了。这里游人成堆，有的围聚在露天地里，有的拥挤在白布棚里，那悬牌的剧院门口，川流不息的有人进出。还有那摆摊子的，都在行人来往的路边摆着。走过空场经过一条小街，这里全是卖鞋子、袜子和一些零碎东西的小店。在第二、第三空地上，全是卖艺人支起的棚帐，一群群人在那里围看。

天桥游艺的内容是很丰富的。唱戏的有五家（天桥剧场除外），唱京戏、河北梆子和评戏。电影院三家。大鼓书四家。说相声的两家。清唱京戏的有两家。说评书的有十几家之多。摔跤（一名掼跤）一家。演幻术的六家，拉洋片的一家。

大家都知道，过去在天桥演杂技的第一流名手，早已组成了中国杂技团到各国演出过，博得了很好的声誉。演出的节目中，像踢毽子、走高跷、练双石、攀杠子、双轮车、抖空竹等，最为精彩。

上天桥玩，价钱是十分便宜的。譬如看戏，充其量不过五角四角钱，看幻术不过一角钱。好多玩意儿，你坐着看可以，站着看也可以，等他歇艺，向你道着劳驾的时候，你伸手给五分钱，他还向你道谢呢。甚至没有钱，卖艺的也就算了。小摊子上、小饭馆里的东西也非常便宜，花几角钱就可以吃个饱儿。至于买些小东西，这里也很方便，有好几条街出售鞋子、袜子、衣服等零碎物品。就是要买点儿农具，以及自行车上少哪几项零件，这里也给你预备着。所以京郊附近的农民也多上这里玩儿。这里有许多小旅馆，就是给农民预备的。

（原载1956年6月20日香港《大公报》）

游中山公园（上）

中山公园在明清之季是社稷坛，一九一四年（民国三年）十月十日开放，定名为中央公园。后中山先生死在北京，一九二五年为纪念先生，改名为中山公园。到今年已四十一年了。

到北京来，中山公园是不能不到的。入门，便见古柏夹道。两边全有游廊，东边游廊通到来今雨轩。西边游廊，又分两路，一条通到兰亭碑亭，一条通过这里的御河桥，直达水榭。向正中看去，石牌坊一个，其下人行大道，东边树木荫浓，西边草地整齐。再前进，有金银花无数本，银木搭架，任金银花盘绕。这里已是古柏凌云，几不见日。下面是水泥铺地，平坦可步。其前为习礼亭，面对红墙一弯，柿子丁香，分排左右。一对儿狮子，分守着大门，门里面就是社稷坛了。掉首南顾，一带游廊，中间有一所比地还矮三尺的房屋，那就是唐花坞。到这唐花坞来，就要看看这时候花坞里养些什么花儿。花坞是折面式扇面儿的屋子，有我们五间屋子大。

唐花坞对过儿，有一岛式平地，周围全是荷花池子围绕着，平地中间有一所屋，曰四宜轩。这里的杨柳居多，望对过儿水榭东南角，那杨柳高可拂天，景致更好。过红桥可以在此小歇。又过一桥，一带土山，上面栽满了丁香树，山涯里面，有一个草亭，叫迎晖亭。爬石坡而上有屋，半属陆上，半临水居，而且屋宇甚广，四周环连，此即为水榭。外人多借此地开展览会。进而东行，便是游廊。当荷花盛开时，在游廊漫步，莲花微香，才觉妙处，游廊末端，有亭一方，亭中一方大石碑，曰兰亭碑。上刻人物述王羲之三月三日修禊的事。这碑原在圆明园，圆明园火灾以后，便移植此地。出游廊北行，则古柏交加，浓荫伏地，夏季在树荫中小坐，忘暑已至，所以茶馆多设在此地。向北进，过山亭二处，有儿童运动场。此处另辟一门，直通南长街。从前原有一门，跨一长桥，通西华门侧面，现在不必走此弯路了。向东行，依然古柏很密，中有一格言亭，此系中山公园恰到一半儿的地方。东行为午门。转身南行，经过六方亭、十字亭，达一大厦，即来今雨轩。五月初，公园牡丹盛开。说到牡丹，觉得北京之花，仍以公园为第一。名种之多，约可以分为四大种，即丁香、牡丹、芍药、菊花。而四种之中，仍以牡丹为佳。昔日各公园未开放，北京人要看牡丹，都跑往崇效寺。该寺在宣武门外白纸坊，地极为幽僻。该寺虽牡丹开日，也不过二三十盆花。今公园单以种类论，就有三十多种，再以盆数论，有几百盆之多，和崇效寺比起来，是不可以道里计了。

（原载1956年6月21日香港《大公报》）

游中山公园（下）

中山公园外围，已算游过了，现在该游里面。里面有红墙一道，隔成四方形，统有四重门，一方一个。我们走南方进去，那里是南方种丁香，北方种芍药。社稷坛就在前面，这是公园最中央的地方，坛筑成正方形，三层石阶。土分五色，黄、红、青、白、黑。黄色居中心，其余四色，各占一方。四方也是以短墙支起，四面开门。这是从前皇帝祭祀土神、谷神之所，在明朝永乐年间就有了。上去是中山堂，从前叫作拜殿。后面还有一个殿，旧日题名，叫做戟门，从明朝传了下来，共有七十二把铁戟，存在这里，八国联军之后，这些戟却没有了。两边还有两块儿空地，全成为花圃。谈到花圃，我们就要谈到菊展了。

本来菊花会，以往京城私人方面也常举行，不过盆数不多，收的种子也不齐。一九五五年中山公园菊花展览，有几千盆之多，就在社稷坛上，用芦席盖了个蔽风雨之所。有多大呢，直有五十步长，宽的上有百步那样宽。遮风雨的棚子下，也有丈来深，一丈多高，这要摆菊花，试问要摆多少？他们又玩儿些花样，用大盆栽着菊花，花是肉红色，将花编得一样齐，一盆一个字，合起来乃是“菊花展览”四字。站在社稷坛上一望，只觉红的、白的、黄的、紫色的，绿叶托着，一层又一层，摆得有五六尺高，真是万花竞艳，秋色无边。

（原载1956年6月22日香港《大公报》）

陶 然 亭

陶然亭好大一个名声，它就跟武昌黄鹤楼、济南趵突泉一样：来过北京的人回家后，家里人一定会问："你到过陶然亭吗？"因之在三十五年前，我到北京的第一件事，就是去逛陶然亭。

那时候没有公共汽车，也没有电车。找了一个三秋日子，真可以说是云淡风轻，于是前去一逛。可是路又极不好走，满地垃圾，坎坷不平，高一脚，低一脚。走到陶然亭附近，只看到一片芦苇，远处呢，半段城墙。至于四周人家，房屋破破烂烂。不仅如此，到处还有乱坟葬埋。虽然有些树，但也七零八落，谈不到什么绿荫。我手拂芦苇，慢慢前进。可是飞虫乱扑，最可恨是苍蝇、蚊子到处乱钻。我心想，陶然亭就是这个样子吗？

所谓陶然亭，并不是一个亭，是一个土丘，丘上盖了一所庙宇：不过北、西、南三面，都盖了一列房子，靠西的一面还有廊子，有点像水榭的形式。登这廊子一望，隐隐约约望见一抹西山，其近处就只有芦苇遍地了。据说这一带地方是饱经沧桑的，早年原不是这样，有水，有船，也有些树木。清朝康熙年间，有位工部郎中江藻，他看此地还有点儿野趣，就在这庙里盖了三间西厅房。采用了白居易的诗"更待菊黄家酿熟，与君一醉一陶然"的句子，称它作陶然亭，后来成为一些文人在重阳登高宴会之所。到了乾隆年间，这地方成了一片苇塘。乱坟本来就有，以后年年增加，就成为三十五年前我到北京来的模样了。

过去，北京景色最好的地方，都是皇帝的禁苑，老百姓是不能去的。只有陶然亭地势宽阔，又有些野景，它就成为普通百姓以及士大夫游览聚会之地。同时，应科举考试的人，中国哪一省都有，到了北京，陶然亭当然去逛过。因之陶然亭的盛名，在中国就传开了。我记得作《花月痕》的魏子安，有两句诗说陶然亭："地匝万芦吹絮乱，天空一雁比人轻。"这要说到序属三秋的时候，说陶然亭还有点儿像。可是这三十多年以来，陶然亭一年比一年坏。我三度来到北京，而且住的日子都很长，陶然亭虽然去过一两趟，总觉得"地匝万芦吹絮乱"句子而外，其余一点儿什么都没有。真是对不住那个盛名了。

一九五五年听说陶然亭修得很好，一九五六年听说陶然亭更好，我就在六月中旬，挑了一个晴朗的日子，带着我的妻女，坐公共汽车前去。一望之间，一片绿荫，露出两三个亭角，大道宽坦，两座辉煌的牌坊，遥遥相对。还有两路小小的青山，分踞着南北。好像这就告诉人，山外还有山呢。妻说："这就是陶然亭吗？我自小在这附近住过好多年，怎么改造得这样好，我一点儿都不认识了。"我指着大门边一座小青山说："你看，这就是窑台，你还认得吗？"妻说："哎呀！这山就是窑台？这地方原是个破庙，现在是花木成林，还有石坡可上啊！"她是从童年就生长在这里的人，现在连一点儿都不认得了。从她吃惊的情形就可以感觉到：陶然亭和从前一比，不知好到什么地步了。

陶然亭公园里面沿湖有三条主要的大路，我就走了中间这条路，路面非常平整的。从东到西约两里多路宽的地方，挖了很大很深的几个池塘，曲折相连。北岸有游艇出租处，有几十只游艇，停泊在水边等候出租。我走不多远，就看见两座牌坊，雕刻精美，金碧辉煌，仿佛新制的一样。其实是东西长安街的两个牌楼迁移到这里重新修起来的。这两座妨碍交通的建筑在这里总算找到了它的归宿。

走进几步，就是半岛所在，看去，两旁是水，中间是花木。山脚一座凌霄花架，作为游人纳凉的地方。山上有一四方凉亭，山后就是过去香冢遗迹了。原来立的碑，尚完整存在，一诗一铭，也依然不少分毫。我看两个人在这里念诗，有一个人还是斑白胡子呢。顺着一条岔路，穿了几棵大树上前，在东角突然起一小山，有石级可以盘曲着上去。那里绿荫蓬勃，都是新栽不久的花木，都有丈把儿高了。这里也有一个亭子，站在这里，只觉得水木清华，尘飞不染。我点点头说：这里很不错啊！

西角便是真正陶然亭了。从前进门处是一个小院子，西边脚下，有几间破落不堪的屋子。现在是一齐拆除，小院子成了平地，当中又栽了十几棵树，石坡也改为泥面的。登上土坛，只见两棵二百年的槐树，正是枝叶葱茏。远望四围一片苍翠，仿佛是绿色屏障，再要过了几年，这周围的树，更大更密，那园外尽管车水马龙，一概不闻不见，园中清静幽雅，就成为另一世界了。我们走进门去过厅上挂了一块匾，大书“陶然”二字。那几间庙宇，可以不必谈。西、南、北三面房屋，门户洞开，偏西一面有一带廊子，正好远望。房屋已经过修饰，这里有服务外卖茶，并有茶点部。坐在廊下喝茶，感到非常幽静。

近处隔湖有云绘楼，水榭下面，清池一湾，有板桥通过这个半岛。我心里暗暗称赞：“这样确是不错！”我妻就问：“有一些清代小说之类，说起饮酒陶然亭，就是这里吗？”我说：“不错，就是我们坐在这里。你看这墙上嵌了许多石碑，这就是那些士大夫们留的文墨。至于好坏一层，用现在的眼光看起来，那总是好的很少吧。”

坐了一会儿，我们出了陶然亭，又跨过了板桥，这就上了云绘楼。这楼有三层，雕梁画栋，非常华丽。往西一拐，露出了两层游廊，游廊尽处，又是一层，题曰清音阁。阁后有石梯，可以登楼。这楼在远处觉得十分富丽雄壮，及向近处看，又曲折纤巧。打听别人，才知道原来是从中南海移建过来的。它和陶然亭隔湖相对，增加不少景色。

公园南面便是旧城脚下，现已打通了一个豁口。沿湖岸东走，处处都是绿荫，水色空蒙，回头望望，湖中倒影非常好看。又走了半里路，面前忽然开朗，有一个水泥面的月形舞场，四周柱灯林立。摆池足可以容纳得下二三百人。当夕阳西下，各人完了工，邀集二三友好，或者泛舟湖面，或者就在这里跳舞，是多好的娱乐啊！对着太平街另外一门，杨柳分外多，一面青山带绿，一面是清水澄明，阵阵轻风，扑人眉发。晚来更是清静。再取道西进，路北有小山一叠，有石级可上，山上还有一亭小巧玲珑。附近草坪又厚又软。这里的草，是河南来的，出得早，萎枯得晚，加之经营得好，就成了碧油油的一片绿毯了。

回头，我们又向西慢慢地徐行。过了儿童体育场，和清代时候盖的抱冰堂，就到了三个小山合抱的所在，这三个小山，把园内西南角掩藏了一些。如果没有这山，就直截了当地看到城墙这么一段，就没有这样妙了。

园内几个池塘，共有二百八十亩大，一九五二年开工，只挖了一百七十天就完工了，挖出的土就堆成七个小山，高低参差，增加了立体的美感。

这一趟游陶然亭公园，绕着这几座山共走了约五里路，临行还有一点儿留恋。这个面目一新的陶然亭，引起我不少深思。要照从前的秽土成堆，那过了两三年就湮没了。有些知道陶然亭的人，恐怕只有在书上找它陈迹了吧？现在逛陶然亭真是其乐陶陶了。

西北行

西　安

去年夏初，中国文联组织了一个访问团到西北去。同行十一人，另外有两位主持内外事务的朋友，我们开了一个会，推举冯至做团长，于七月十六日出发。

我们准备访问的地区，包括西安、铜川、延安、兰州、玉门、敦煌和酒泉。去来真不算近，有一万七千里的路，在三伏天，有这样远的行程，这也可以说一声豪举了。

十八日四时我们到了西安，歇在人民大厦。当地各有关方面的负责人，待我们都如家里人一样，十分周到。我们前后到西安三次，约共有十一天，所有参观的地方，约有半坡村（在有文字记载的历史以前，我们祖先所住的村落），临潼的华清池、博物馆、碑林、杜公祠、大雁塔、国棉四厂，城外新建筑，秦代以前的村落遗址、钟楼，还有许多地方。这一些地方，《新闻日报》记者曾随上海西北参观团来过。来的时候，比我们后一个月光景。所以这些地方记者大概都报道过了，因之我不愿去谈它。不过我在廿二年以前，曾到过西安、兰州的，关于西安的样子，可以比上一比，那今天的西安真是人间天上了。

廿二年前，也是一个夏天，我到了西安。那时候，全城不上二十万人口（现在有一百万）。城里头有这么一小节马路，马路全是石头子铺的，人一过去，尘土飞扬。小截马路以外，便是小街。那时候，不但看不到新建筑，就是城里还有好多未建筑的空地。还没有电灯，没有自来水，每到晚上七八点钟，有那管理灯火的人，挑着十几盏油灯，在原地方挂起，这是指马路上而言。至于小街小巷，那一到晚上，就漆黑了，这是指灯。论及水，西安城里，若打井，三十丈深一口井，也有水的。可是这水不能喝，它全含着咸性，要喝甜水，西门城里有一口井，那水倒是甜的。可是那水，是不便宜的。约莫一桶水，至多是二十斤，要价五分或是一毛（看路之远近而定）。你想，这价目可观不可观？火车，当时还没有通，只通到潼关，沿海工业品，运来这里，当然很贵。

现在怎么样呢？一概是柏油马路，四通八达，尤其是城外，都是四五层的大楼，那个棉业工厂，单说工人就有五千五百多人，这简直和从前无法子比了。

我们谈起上延安，顺便过铜川看看煤矿，此间当局是极其欢迎的。西安文化局和文联为我们安排了极为便利的条件，二十一日上午起程，搭上火车，于当日下午四点多钟，就到了铜川了。铜川，对于陕西以外的旅客，好像还是很陌生的，其实，这煤矿有工人六万多人，我们是不应该陌生呵。

铜　川

铜川，从前不叫铜川，叫同官县。后来因为有一条小水，叫着铜川，就改为铜川县。这里到西安，约三百里路，后来发现煤田，非常旺盛，一九四二年就通了火车。火车经过咸阳转北，再经过泾阳、三原、耀县，这就到了。

我们到了铜川，这里矿务局非常欢迎，就把我们招待到他们局子里面住。但我们歇足的地方，不是铜川县，是五里铺，到铜川还有五里路。我在五里铺，曾经靠马路走了一线，大约也是五里路。怎么叫一线呢？因为这里两条山，五里铺是一条山，对过儿也是一条山，两山之间，夹上半里路的平原，火车就通到这里。所以我们顺了五里铺街上走，也是靠了山脚下走。街上倒是各项应用物件都有卖的，不过所开铺子，都是临时搭的，铺子门面，整齐上差一点儿。这里人口，约共有五万多人，将来还要发展。

我们说了这里街的情形，现在要把矿务局的形式，略为介绍一下。沿着铁路，靠山建立了矿务局。那是三层楼房，还在建筑中。可是这楼房，一半是山洞子，这就是局的情形，对过儿当然是一座山，河流其下，名为淇水河。两面山的中间，也建了一块工人家属所住的地方，大概住个二三百户人家。没有房屋住的人，当然还有的是，这就只好在两边黄土山层打洞子住了。洞子不过两丈深，宽五六尺。我们看到洞门，好像江南人住家半圆窗式一样。

此外，我们就要看看铜川县，是什么样子了。走这边五里铺马路前进，也是依山脚行。进南门，出北门，大约一里路长。这里街道，也就只有南北门这一条。城墙为黄土所筑，南北城门，多已打通了。这城一大半绕山建筑，山上无人居住，倒也完好。不过五里铺人口猛增，将来房子日多，这个县城，就会和五里铺连起来的。到那时，铜川县就不是现在的铜川县了。这里有五万多人（有人也说六万人），又只一条长街，所以街上人，总是拥挤。矿务局看到人这样多，建筑住宅，就没有停过。但是住宅没有盖好，要房子住的人，就早已定满了。所以在铜川，盖房子问题是个重大的问题。

这里工人，虽感觉房子不够住，但工作一点儿不松懈，下边就把他们艰苦耐劳的精神，谈上一谈。

工　人　好

我们晓得到这里来的人，源源不断，我们就准备看看矿务情形。据这里总工程师告诉我们：“这里有四个矿，以张家埝为最好。矿务局共有矿工一万二千人，当然不够。现在房子不敷需要，只好慢慢的添人。”我们打听煤的产量如何？他对我们做了一个说明：“这里从陕西韩城东边起，西抵陇县，东西四百余公里，地下都是煤田。现在我们只好在铜川地方，开采少数煤罢了。至于采煤的情形，等各位参观煤井就知道。”

然后，我们就去找工人直接谈话。到工人家属村落，没有好多路，下一道坡，过一道桥就到了。这里有围墙，围墙里面为工人之家，这里约有两三百户人家。房子是弄堂式，排着一批一批房子。走了进去，一间住房，一间厨房，尚有电灯一盏，玻璃窗户，房里要用的东西，也还齐全。两个人当然好住，三四个人，也勉强可住。我们访了老工人，还有其他的工人，他们告诉我们说：“我们工作，是八小时。但工作以外，还学习文化。此外还有娱乐，生活得很愉快。至于工资，当然比以前好得多，大概有六七十元（那时工资尚未调整）。三四口人的家，大概够了。”

我们再问他们：“你们到矿上来工作，心里愿意吗？”许多工人都回答说愿意。他们说：“这里矿务局同事，都看待我们如兄弟一般。这里的娱乐，有电影，有球赛，还有各地来的戏曲表演。生病有医院，还有学习文化的机会，我们都感到满意了。但是有一层，我们时间总是感到不够哩。你们这么多人来参观，那更是给我们很大鼓舞。”

我们还谈起过去的“好汉窑”。那时私人开设了窑，看到年轻力壮的人，就把他骗下窑去，连带那些用具，也投下落窑井去。可是你想上井来，那就几个月、几年，或者一辈子，都不能上来，干脆你就死在这里了。所以，每个井里有几十个尸骨存着那是常事儿。直等这煤井被封了，人家才晓得人是死了。你一定问，硬逼人家下井，当时官府岂能不问吗？你要知道私人开矿，都是些什么人哩？都是与军阀勾通的，或是军阀自己开的，你有冤向哪里去伸？何况把你骗下了井，你的家人亲戚，根本不知道呵！所以现在的矿，跟“好汉窑”一比，那简直天上地下。

我们又问，现在矿工能回家看看吗？他们又答：“自然可以呵！不但是看看家属而已，就是你要接家眷来，只要有房子住，矿务局也是极端欢迎的。只要房子问题解决了，这里人口还要大增。”

黄 帝 陵

我们再往北行，目的地是革命圣地延安。从铜川往北走，是没有火车的，所以我们由公路前进。在陕西往北行走，很多人都以为这里都是黄泥巴地，不长树木。可是事实不是这样的，不过这里的水，是缺少一些，树木也少一些而已。经过宜君县，我们看到大路上立了一块石碑，大书为“老彭故里”。这里是我儿时读书时读到的号称八百岁的老彭呵！再过去是黄陵县，从前叫中部县。因为就在这城附近有黄帝陵，所以叫黄陵县。

黄帝，是我们祖先。我们既然路过，当然要瞻仰古代帝王的陵墓。车子在车站歇了，这里有专管黄帝陵墓的人，我们叫汽车司机把他找到了，就叫他引我们上山。

这里是一座山的支脉，满山尽是柏树，据我看来，每一棵树，都有三四百年的模样。但是我们同行中有人以为树在西北，长起来要迟一点儿，所以他认为还不止三四百年哩。顺了柏林中的大路，我们慢慢行走，就遇到一个土丘。土丘旁边，立了一块碑，上面写着汉武帝亭。后来亭子倒去，就剩这一堆土了。土堆过去不远，就是黄帝陵。

这里柏树成林，有一所大亭成多角形，雕梁画栋，都是新制，中间立了一块碑，书曰：黄帝陵。我们站立亭边，静静地观看山下，觉得八方山野，都朝这里微拱。返观亭侧，柏树青荫，是没有一点儿声音的，十分静穆。转了这亭几步，就是陵寝。一个土丘，外面围以短墙，短墙前面，又立着一碑，碑上有字，文曰“桥上龙驭”。

我们在黄帝陵前，瞻仰了一会，就下山到轩辕庙去。轩辕是黄帝的号，所以这里名曰轩辕庙。轩辕庙有一个有廊牙的一字大门。庙有三进，规模都嫌不大。第一进，几间庙屋。第二进，为一过厅式的亭子，亭中立有几块儿碑。第三进，为轩辕殿。殿里供着轩辕的牌位。没有雕塑，这倒是对的。因为根据传说黄帝那时虽有了衣服，但到底这衣服是怎样一个样子，我们还不能知道吧。我看道旁边摆了张长桌子，上面摆着十几样新出土物件，大概是唐朝的殉葬物件。

顺着出门的道路，这么一瞧，柏树有上百株，都是成林的枝丫。大门以内，几棵柏树有屋几倍高。其中有这样一棵，树干要七个人才能抱住。这树前面还立了石碑，题曰黄帝手植柏。这里题曰黄帝手植柏，那就是说是四千年以上了，这话当然不可靠，还有几株长得绿丫纷披，就在轩辕殿前面，其中有一株，也列了一碑，文曰："汉武帝北巡朔方，挂甲于此树。"这当然也不可靠，然而就树来说，至少也有六七百年的寿命了吧。

革命圣地延安

我们别了黄陵县，到洛川县。这是这条路上唯一大站，以所经过的几个县来说，还比较整齐。在此用饭后，我们继续北行。先所过为鄜县，杜甫的家曾迁到这里来过。但据公路上人说，真正杜甫故居，到这里尚有六十华里呢。再前进，为甘泉县。我们在这个县穿城而过，街道窄小，无甚可谈。至七点钟，我们渴想的革命圣地就到了。这是七月二十五日下午。

延安地方当局，早接着电话知道我们来了。所以在招待所打扫了几间屋子让我们下榻，招待十分殷勤周到。这里我们应当把延安介绍一下，使那些没有到过延安的人，也知道一个大概。因为陕北多山，延安附近，全是万山盘绕。不过这个山，并不是那样陡险的。所以我们在山隙钻过来了，结果还是山，但是人行路还是有的。我们钻山，慢慢地看到一个宝塔，又过了一道很长的板桥，那就是到了延安了。延安你若是大概地看一看，先是两座山，把延安抱住。这底下还有一条河，名叫白河，蜿蜒着向东南而去。白河两面，朝北一望，那全是瓦屋，这叫着南关。对过儿也是一山，山上有许多窑洞，还向前，宝塔山在此，这就叫宝塔山了。宝塔山正对着延河，两山夹着流来，那水势稍猛，于是白河流去，延河流来，在这个地方齐会向南流了，这河会合的对岸就是延安城。延安从前是个府城，所以有个县，名为肤施，现县名是不存在了，城墙也快拆得没有什么了。街道有几条，最大的一条，有电影院、新华书店、电报局、百货公司。街很宽，也很干净。

至于各种机关大概都在南关上，这南关约有两里路长，上面直通到板桥为止。这里不是有个宝塔吗？塔在白河对面，还是唐朝修的，有九层，有六十公尺高，本来这宝塔前后，都有树木的。后来因受轰炸，那些树木早就没有了。这里还有古迹吗？有的，一是嘉岭山，一是万佛洞。

嘉岭山就在宝塔脚下。当宋朝为西夏骚扰，曾派大员在这里镇守，范仲淹就是一个。范仲淹在此时，曾在白河流入延河的地方，写了嘉岭山三个大字，刻在这山削的石壁上，现在还看得见，写有六公尺那样长。再就是万佛洞，在延安对河。延河沿河绕山直上，有一个十丈见方的山洞，里面刻佛一万个，系北宋元丰二年刻成。小的有筷子长，大的有三尺长。

杨 家 岭

我们坐车到杨家岭，在门外就看到三层楼，想不到当年四围被封锁着，还能造起这样完整的一层大楼。我们是由正面进去的。

这楼是用石头盖成的。石头，就在这门外大山上，要多少有多少。

自然，石头不是乱堆上去的，是用磨得平整的一块块石头，砌上去的。往门外一看，这楼笔直立在这山缝当中，大门微微的八字形。门外有一片空地，在当中还辟了一座花圃。进得门来，原来这里作了历史博物馆，分作两部分，一部分是长征前后的文物，一部分是抗战时期。我们若把历史博物馆的物件，都谈一遍，那一时谈不完。现在把两三样东西，简单的介绍一下吧。第一，匣子誊写版，这誊写版是随二万五千里壮士长征的。要用，打开匣子来誊写一番，遂即印上百十张，不用就收起来，把匣子背了好走。第二，有这么一件破棉袄。破得是不能言状了，就是数，这补丁，也数不清，简直是补丁上加补丁。这件棉袄，穿了五十年，可算得破衣服里面的一本帐簿了。第三，博物馆有木炮。这是一棵大榆木，中间去心，旁边钻一眼儿，灌上火药和铁子，就放了出去。虽不能射远，但在近处，它的威力很大。这是以前的东西，观看起来，一项一件，都有它的历史。

我们出楼房通过一道桥，毛主席当年住的窑洞就在面前了。这里三面环山，前望是一道树林子，气势雄壮。过去一片小平原，再过去又是延河，过了延河，河那边又是山了。以前，这里不过住了五十个人的小村落，人口本来很稀少。

毛主席住的窑洞在这山的半山腰，一列摆着三个洞门。洞门边，用青石头砌着，这好比是墙。洞的窗户，半圆形，倒是很亮。中间洞内，有两个门微斜，一边是通着毛主席看书的洞子，一边是家属住的，这以外就没有别的东西了。洞门边，有防空洞，这防空洞里有数道门，若是对洞里不熟悉，那就会迷失道路的。右边，有十几道洞门，办公人员当时在这里住着。左边，有厨房。毛主席尚住洞子，而且住处非常简陋，办公人员当然一律简陋。

此外，我们参观了中央大礼堂。礼堂一半石制，一半砖制，礼堂是个方形。这里东西二门进去，在门边我们可以看到溜圆柱子，笔直挺了上去。但是它不是用水泥做的，而是用石头做的。封锁，这不必怕。各个人有一双手，这双手是什么困难都能克服的，双手真是万能啊！

枣　园

在延安住过的人，都知道枣园，枣园又名延园。这枣园并不出枣子，不过树木很多，大的树，大概有上百年。后来有个军阀，名字叫高双成，他看到枣园很好，就出少数的钱，将枣园买了下来，作了他自己的庄院。延安解放之后，他就跑了。后为中共中央重要机关，就迁居这里，这枣园就更是无人不知了。

枣园到延安约有二十里路，我们坐了车去。在门柱上有枣园两字。进门，这一丛丛的树，长着碧绿的树叶，几乎把路都挡住了。我们先要看毛主席所住的土窑，因之一直往前走。这里有三间屋子，收拾很干净，听说这是以前接宾客用的。我们走这屋子边上，踏上坡子上去。坡子爬完，就是一个院落。再进去，便是各人的洞子了。先看毛主席的洞子，洞子是五个门，并排立着。在五扇门旁边，用木牌写了字，有办公室、寝室等字样。我们先进这办公室，这洞系相连着的，洞内有一门，可以两边都通。五扇门都有窗户，窗户都是圆顶，而且也都是纸糊着。因为那个时候，没有玻璃往陕北来的。洞子是如下安排着，第一室是图书室，二为家属室，三为寝室，四为办公室，五为会客室，办公室内有旧木椅，毛主席就坐此椅，阅读文件。洞外有一个院子，有石桌、石墩，毛主席常常在这里休息。毛主席当时看这里还有一些空地，就在这里门边，栽了几株丁香花。

这院子两边，有两道墙。往东边，这是周总理住过的洞子，共有四间，内里也有门，可以打开。靠里又通了一个门，又通一个小些的洞子。往西边，这是朱副主席住过的洞子，也有五个门。所有防空洞，都在洞子前不多的路。这里三个院子，都栽了树木，靠后面，是一座山。办公后休息散步，也极其便利。下来，就是刘委员长住过的洞子，也和其他三个洞子一样，但是天然风景，还好一点儿，那满园的绿树，新熟的果子，已经长成，别有情趣！

这里有百十间房屋，所以有礼堂（杨家岭小些），有浴室，有前方归来的人一种休养室。枣园很有名，有名，当然不是因为这里有几株树木，因为这里是真正革命圣地呵！这里还有几个庄稼人，常见毛主席的，他们说，毛主席实在好，他在这里，常和他们谈谈收成，过年的时候，这些首长，分批到他们家去拜年，他们还托这些庄稼人问毛主席的好。

延安点滴

我们到了延安，有些小事，也值得记录的，现在把它追记于下。

延安南关有一条街，都是山路，要慢慢的往上走。这条街都住着人家，看不到一家商店。但是从前，并不是这样子的。在抗战时期，毛主席看到山沟里极好躲飞机炸弹，所以劝老百姓尽量搬到南关这山沟里去，许多老百姓还在这里开了店。因之，这山沟里便成了市场。毛主席亲手写副长对联道：

坚持抗战，坚持团结，坚持进步，边区是抗日的根据地；

反对投降，反对分裂，反对倒退，人民有充分的自由权。

这里有一个民间艺人，叫韩起祥。他两眼只有一点儿微光，几乎是一个盲人。他表演时，是自弹自唱。他手上拿一支三弦，唱时，他坐着，左腿微微落地，大腿下系有夹板四块，一块绑住，左脚颠起，三块敲打。右手背上，也系了夹板，共为八块，是自撞作响。这里两手共抱三弦，且弹且唱。我们请得他来，他先唱了《宜川大捷》，后来又唱《刘巧儿团圆》，都唱得好。《刘巧儿》现在北方成了北京评戏的好戏，其实，是采取韩之著作改编的。

此外我们去参观了“四八”烈士墓。

“四八”烈士是怎样叫的呢？就是四月八日这天飞机遇难的。飞机上面，有秦邦宪、王若飞、叶挺及全家人，又有邓发、黄齐生、李少华等人，他们一同从重庆飞返延安。不料行至中途，天气大变。驾驶员迷失了方向，在山西兴县黑茶山与山头碰上，就全机遇难，事后埋葬在这公路边（去延安只有五华里路），这就是“四八”烈士墓。

离延安两三里路，有地方叫作少陵川，就是纪念杜甫的地方。这里也是四面皆山，当路弯转的时候，有一石山，方石壁上刻了“少陵川”三个字，字有桌面大。这字旁边有一个庙，那就是杜公祠，可是庙里均已破坏了。杜公祠大门对准了两条河，一是白河，一是少陵川，川中间略微有水一道，川的两岸多栽些柳树。川的两边，山势婉转，也很幽美。不过杜甫之家，一度曾迁鄜州，是否到过这里，还不得而知。

我们在延安，看过一回秦腔的戏，是榆林地方的班子。这戏在旧参议会里演。演员一半是孩子，这倒是可以看的，因为还是可以赏鉴的地方戏。主持人也许怕我们嫌腔太闹，打起锣鼓来，就不怎么闹。戏以一个十二三岁的女孩儿，演得最好。

在 兰 州

到兰州以后，我总惦记着二十二年前到兰州的事实，是住在城里老秦王府的花园里。这次，也是这地方吧？可是事实与理想总不符合。我们在离黄河稍远的地方下了火车，被引到一幢八层楼的旅舍住着，叫兰州饭店。从这里进城，还有三华里，但这里已定为兰州市中心地带了。兰州在我上次到的时候，人口不满十万人，现在已有六十万人了。从前兰州没有马路，现在已是马路如网了。那时所谓街，也是极短极短的，几家小店铺，在十字街口摆着几种零碎东西而已。现在十字路口有好多条街，百货公司都是几层大楼，商场也是像北京西单商场一样，两边全是各式各样的商店。听说，这还不是真正街道哩。

兰州有个五泉山，出城几步就到。五泉山，当然以泉得名。它是一支山脉，上面有五个泉，一名惠泉，二名甘露泉，三名摩字泉，四名蒙蒙泉，五名掬月泉。这五道泉水，据说，都是明朝洪武时候所开。不过五泉水汇为一泉，由山沟里流出，倒是澄清没有渣滓。我们在兰州，看来河里流水，全是混黄而含着沙泥极多的，有这样的清水终年流着，而且不冻，所以很是宝贵。山的名字，是这样来的。

从五泉山左边起，为翠幽新圃，有池，有廊，而且在树荫深处。出来了登山，有一处殿宇，中间曰嘛呢寺。殿后有路，绕泉而行，山路一弯，这地有楼，一名曰畅观楼。楼逐节向上，依山有好几层，并有好几十间。在五泉山右边，是紫云阁，逐渐向下，又经过好几处佛殿，最后就到了山的中间，有大殿好几处，其旁流泉潺潺作响，外面还有回廊，都嵌了壁画。这就是兰州市当局，要我们画壁画的原因之一。

我们这一行，本来有五位艺术家都能画。可是壁画，谁都没有动过笔，甘肃省方面，既然这样的说了，大家硬起头皮，就只好答应。至于所画的地方，他们倒是选择好了，就是大门进去的第一个大殿。中间有一个大亭，经甘肃画家，套用齐白石、陈半丁等先生的《和平颂》。下面东西两方走廊，有八块地方，上面铺了白粉，就是请各位画家画的所在。画面每幅有一丈多宽，一丈二三尺长，这些画家还是初次画壁画，都怕有点儿吃不消。大家商议一下，答应只画四张画，并以东方悬廊为我们的画址。甘肃省方面立刻搭架子，而且找了好多位本省画家帮忙。

我们这里还计议了一番，动员四位画家去画，一人担任一幅，由陶一清担任第一幅，周元亮担任第二幅，孙福熙担任第三幅，周怀民担任第四幅。这样计议好了，便动起手来。除了陶先生年纪轻一点儿，其余都是六十将近的人，画起来，站在跳板上面，就有点儿发抖。三天过去了，他们都画完了。陶一清画的是《长江堤影》，一带绿色的堤，在帆影绿波之间。周元亮画的是《云汇天都》，所画为黄山主峰，在奇松怪石的里面，是一峰兀立。孙福熙画的是《稽山红叶》，为红树数株，石桥压水，近处是湖水涟波，远处是禹庙露影。周怀民画的是《太湖秋晚》，为苍松入云，秋波散翠。我不会画画，便在周元亮画上题了一首诗，因为黄山是我的家乡呵。诗曰：

豁然天底万山图，
怪石奇松盖世无，
看毕诸峰三十六，
白云深处是天都。

玉 门 市

我提笔写到这里，要谈玉门市，为什么不说玉门，或是玉门县呢？因为玉门县还离这儿一百多华里。这里的原名，是老君庙，后来因为这里成了市，就改为老君庙玉门市。所以写上玉门市，还怕有错误，就加上老君庙三个字，那就没有错了。这里距兰州有一千六百四十四华里。

再就地势上说，玉门、安西、敦煌这三县，都在沙漠一带。从前的人，以为这里是化外之地，也不晓得这里出宝贝，纵然晓得一点儿，也不会用，这多可惜，别算从前吧，就是我们这一行人，虽然知道这玉门油矿可贵，但不知道的地方，还很多很多。我们现在就谈一谈这不懂的人入玉门市的经过吧。

我们于八月十二日夜晚二时，搭火车离开兰州，第二天上午过乌鞘岭。这时是八月，在我国的东部一带正是正热天气，可是我们到兰州那气候就像九月尾旬，晚上非盖棉被子不可。兰州朋友听说我们要到玉门去，就劝我们添上毛线衣服。我们虽然买了，但也没有注意。谁知道一到乌鞘岭边上，就觉得冷气袭人，赶快把买的衣服加起。靠窗户一望，这里火车是盘旋着绕过这乌鞘岭的。四围全是山峰，虽然天气过冷，但山上铺的麦苗，十分青翠。这里不分山上山下，一大半种的是麦，一小半却种的是油菜，这时正是黄花遍地，翠绿的山，夹上一块儿一块儿的黄花，看起山来还是很美。

乌鞘岭虽偏在高原，但那地点所含沙漠为数不多。入夜，经过武威，此地为古凉州。该处是平原，有祁连山雪水经过，尽管西北缺乏雨水，武威却是经年不旱，每年丰收。这是甘肃西部沃土之区呵！过了这一区，那就真是沙漠地带了。沙漠是怎么一个情景呢？它是由沙子或者鹅卵石铺成地面的。这里是无树，无人，无人家，这里唯有一种骆驼草长在地上，风吹得摇摆不定。从高处一望，只是一种昏黄色，遮遍了大地。两边有时候有山，山也是光秃秃的，唯有极远极高的山，盖着一带的白色，这是因为山长得极高，在常雪带中，经年落雪的原故。这样看起来应该没有动物的，但有黄羊子这种动物，光吃骆驼草还能生存，常有七八只一群，或者一两只，在我们面前出现。此外，偶然是一只鹞鹰在空中闪掠一下，再就什么也看不见了。

次日早上，到了清水，这里约进去十四华里路，才到张掖县，张掖原叫着甘州。从前无数的曲子，如《凉州》《八声甘州》等，这都是寄怀边地的调子，所以甘凉二州在古时就很有名了。我们是挂了一节车子到玉门的，因此在这里须另搭一路火车才能带到玉门。因为这节路还未修得齐备，所以铁道上不能卖客车票。我们在这里待候了四五小时，十二点多钟才挂上这里一截货车，就慢慢地西上。走这里过去，差不多全是沙漠，昏晚过大白河，约略言之，河面十里路宽，水只一小条，水上搭有火车通的桥，除此以外，均是黄沙石砾，并无人迹。过河后，有一车站。临时搭的。我们这就很是疑惑，这种沙漠里头，一株树也不长，这玉门车站，无非也搭盖在一片沙漠中吧？车于晚上还是前进，我们展被睡觉。但到十二时，车中朋友将我们唤醒，说是玉门南站到了，有人来接。我们赶快起床，果然有许多人来接，只听见为首的一位说，听到诸位先生要来，我们六万人，都非常欢迎。我一听到说有六万人，吃了一惊，从前甘肃除兰州外，没有这样大的城市啊。

采　油

我们到了玉门四天，便要看石油是怎样出来的。自然，这一类事，还得请教这儿当事人。他先告诉我们，使我们知道是哪年发现石油的，然后带我们去看炼油厂。

谈起石油发现，见诸历史，隋唐就有了。隋唐时代，这里部队防止敌人（契丹）爬酒泉的城，就浇火油，泼在墙上，使敌人不敢进前。酒泉有火油，就是玉门市这一带去的。后到一千九百三十四年，才开始调查。一九三六年，地质学家孙建初先生，根据油苗显示，发现了老君庙有油田。老君庙地方，只有很小一个庙宇，没有房屋，孙到了此处，就只有支起帐棚来住，钻探的结果，发现了石油了。孙是河南濮阳人，号子乾，他自己骑着骆驼到了张掖，后又到了玉门市，一路非常艰苦。一九五二年因病去世，只有五十五岁！后来玉门市建了一座公园纪念他，他可以说是寻出这里石油的开山祖师。

一九四九年九月廿五日，玉门市油矿才获得解放。解放以前，全市油矿工人不过四千四百人。而且矿中工人，只是住着土窑洞和茅席棚，冬天就是一件老羊皮披身，其余就不必谈了。解放后，单工人就有四万多人。现有大的单位，约十一个，例如钻探队、筑水井队、炼油厂，等等。关于炼油和钻探情形，略志如下。

炼油厂在玉门市街市尽头，规模相当伟大。进门有三个厂，厂里机器盘旋，大概为冷热两部。这里引用原油，从原油缸里用管子引出来，然后进机器厂。厂里又经过相当洗炼，流出来就是汽油了。该厂曾拿原油给我们看，为黑色，略带胶质状，此是未曾炼过的油，内中含有汽油、煤油、柴油、沥青油和蜡。蜡就是做蜡烛之蜡。本来鲸鱼身上也藏有蜡，但为数甚少。后又到一脱盐厂，因为原油里面有盐质，此处为洗掉盐质之用。

选油厂，为在地下拔取原油的。该厂盘在山下，机器不多，地上按了许多闸门，地下通有无数油管，这其中就有选油机，我们摆动选油机的扳手，就见地下的热气，滚滚而出。写到这里，觉得我们以前有些误解，以为原油在地底就是油，我们就用管子取地底下的油。其实不是这样的，原油在地底下为固体，在我们拔取的时候，才变成液体。

钻探机甚大，在这一带，你只要看见那搭着四方架子，高到二十多丈高，这就是钻探机。底下一批机器，往上绑了几根铅丝绳子，将一节长约两三丈，口径有钵子粗细的空管绑着，开着轮盘，就使劲儿往盥井里打。打下多深呢？要三千多公尺深，再看有油无油，方才停止。这是一种相当艰苦的工作，冬天井上要达到零下二三十度。

敦　　煌

敦煌，是有火字边的煌，就是伟大的意思。我们用惯了敦煌两个字，就把千佛洞这一个名字，也叫敦煌。一般人平常口里要说到千佛洞去，也不会说到千佛洞去，总还是说上敦煌，其实敦煌城距千佛洞还有十几公里。我们自安西坐汽车，在下午四点钟的时候，开车的朋友说到了到了。我们一看，白茫茫的沙漠，就是那旁边的山，也是白茫茫的。可是那山分了一个大口，在那口子里边，却有极大的树林，树林子里面，就是千佛洞。

我们来千佛洞，就是从树林里穿过的。挨着山边走，就看到山壁有成群的洞口，这洞口也不一律，有的在山壁上开发极大的敞式的窗户，里边塑了佛像，还是穿着五色斑斓的法衣。有的门边支着渡人的天栈，有的山壁上修起几道飞檐。一望山壁，全是洞口，总有一公里长。至于树林，大半是白杨树，长得有五六丈高。我们看过这些以后，就到了研究敦煌办公室的地方，在这里工作的朋友，把博物馆后面的几间房子，指给我们住。可是他们这里，总共有三四十个办公人员，这千佛洞并无他人，“你们带来了吃的没有？”他问。原来这里没有住宿人家，所以他们对于吃的东西，晚上睡觉的铺盖，无法照管。我们说：“我们全有，还有一位厨师。”他们这才安心让我们住下来。难怪玉门那边朋友早叫我们带吃的了，这真要谢谢。

“水，最好你们带得一点儿。因为水这里倒是有的，不过流出来经过了碱地，是碱的。”我们也说有。这就明白了，我们还带有两桶水来。至于铺盖，要在祖国的东方，这时候，是没有必要的。可是在玉门我们尝过这里很冷的滋味，所以每人也带有两床铺盖。不过这也是玉门老朋友给我们办的，他们实在想得最周到了，下次还有人游敦煌，望谨记这一点。

我们先说一说这千佛洞对外的大势。沙漠从东到西，在南方有山名叫鸣沙山，山都是积沙，内中藏着鹅卵石。自然，山上都没有长草，不过这山盘成石壁以后，就有佛洞嵌在上边。佛洞旁边，就是杨树林。这林子有点儿奇怪，约有半里路的树，都向东弯着。树林子里边，有三座三界寺，中寺最大，有二三十间屋，现在作了敦煌研究室。树林前面，新设了一个博物馆。再前面，便是一道沙河。这沙河是干的，大约古来也有水的。沙河旁边，有一节水沟，就是我们说有碱的水了。河对岸，又是一道山，当太阳西落，这山放出光芒，这在佛家看起来，说是佛光。这里有许多黄土堆成宝塔式的坟墓，这都是出家人的长眠之所。

嘉 峪 关

敦煌千佛洞的情况，因为已有许多人写过，这里我从略了。在看过千佛洞口以后，我们又开始东行，先一站回到玉门。因为玉门火车还是运货，无车可搭，所以仍旧坐了那送我们上敦煌的一部很新的汽车，走公路东归。而且，走这段路，我们还可以逛嘉峪关以及酒泉，都是值得一看的地方。尤其是嘉峪关，是长城的终点，更使我向往。

八月廿六日上午九时，到了嘉峪关。在未到嘉峪关的时候，汽车所跑的地方，全都是沙漠。到了嘉峪关，遥看形势，这里南北二山，在我们前面相合。中间有一条山尾，自北慢慢的南移。前面山上，有几所楼角，分别露出，这就是嘉峪关。汽车穿过铁道，以及折了几弯的长城和已经扒平的山道，便到嘉峪关脚下坦地。这里的长城，因年久失修，风雨剥蚀，倒坏的也很多，残存的有丈把厚，高也只一丈多高，有些地方，也有缺口。至于城墙建筑起来的，倒并非烧的砖，尽是挑黄土所筑成。就是挑黄土，也不简单，因为这附近尽是沙漠，虽然关里有土地，也是不粘的，所以黄土也不是近处挑的。

此地更有一事，为到嘉峪关的人必须知道的，便是：这地方有一道寒泉，沿着关里由北到南，潺潺地流着。水很清，流量也很足。此泉从哪里来的呢？因为北方的大山，为雪盖住，天气一暖和，面上一层就立刻化雪成水了。冬天闻此水也不枯涸，所以驻军于此，没有口渴的毛病。到长城外，都是沙漠，只要到城里，便有这种寒泉，一关之隔，便像两个天地，这倒有点儿怪了。

这关是怎样一个形势哩？先进一城门洞，可过汽车和马车。门洞墙上铺以麻石，其上铺砖，约高四五尺。门洞含有四丈深，上面还建一所谯楼。城内本有许多房屋，现在房屋倒塌。出门，有一古庙，亦复破坏。穿过空地，有一关帝庙，尚很完整，绿瓦红栏，依稀的存在。庙的外边，有一戏台。进庙，见两廓画有许多三国故事，正殿中所奉关羽，与他庙不同，系一文像，没有挂剑和灯下观《春秋》的那种威武。按明清两朝，对于关羽没有别个古人比得上。所以当时在这里立个关帝庙，是很有作用的。

我们把关内形势看一看，觉得两山合抱沙漠地面，完全在关上人掌握之中。关外人若是走动，或者攻城，关上看得十分清楚，这就可以用箭射了。因为在这里一望全是沙漠，一点儿掩蔽也没有，向来这里是易守难攻的。甘肃省方面，据说，马上将关修理修理，因为这是古迹，在这里凭吊一番，总是有益的。

酒　泉

这天汽车走得真快，十一点钟就到酒泉县，我们起初以为，酒泉大概和玉门县、安西县差不多，不过有一条街道而已。及至过了一段公路桥（此桥修得极好），往东一拐，就见这里马路是柏油路面，也有三四丈宽，两旁齐齐的杨树，比屋还高，至于店铺，也极为齐整，这就令我们大吃一惊。汽车顺了马路走，街的中心，有一鼓楼，共三层，也修得甚为雄壮。楼上还有一匾额题着“气壮雄关”。这里到嘉峪关只有五六十公里，从前这里是边境，现在修得这样好，这是我们所料想不到的。

酒泉这个县名，也是很特别的。这里城外有个酒泉公园，酒泉之名，就出在这里。我们先到一旷地，有一圆门，入门，有白杨数十株。旁有石碑，上写着：“西汉酒泉胜迹”。碑石有一八角亭，亭中挖有一井，这里就是酒泉了。亭子过去不远，有一大塘，塘外筑堤，也有四五百步，堤上栽有若干垂柳，将大塘包围。这里的水，也是清的。因此泉像酒，所以叫酒泉。但是一县都叫酒泉，可见酒泉名声很大。到底是怎样来的呢？应劭《地理风俗记》上说："其水若酒，故曰酒泉。"颜师古《汉书注》，也说："旧俗传云：城下有金泉，泉味如酒。"这两个说法，都是说水味儿像酒，酒泉名字是这样来的。但是地方有一种传说，倒是很有趣味。他们是这样说的：从前有位带兵的将官，皇帝赏赐他几瓶酒。将官一想，只不过是几瓶酒，出征兵士很多，不要说每人喝上这么一口办不到，就是叫每人摸上一摸瓶子，也怕是难办，所以他将酒瓶子向泉水一倒，叫大家各喝一口水，也算喝了酒了。这个故事很好，说皇帝这样悭吝，犒劳兵士喝水就当是喝酒了。

说到酒，我就记起唐诗"葡萄美酒夜光杯"来了。这夜光杯也是这里的特产。有一种石头，像玉一样，石头的颜色，有淡绿的，有鸡蛋色的，有咖啡色的，凿成各式各样的东西，以夜光杯最为出名，所以到过甘肃的人，都买一套夜光杯回去。但是雕杯的人太少了，现在只有一家。许多人去买，夜光杯只剩两个了，而且是有痕的。可是有裂痕的我们也愿意买，其余，什么手镯子、印色盒子，我们都买了一点儿。这就是说我们到了这夜光杯出产的地方以后，留下了一点儿纪念。

这里原来是边地，问问这里人口有多少。此地当局说，城区内外有五万人。人口所以这样多，是玉门油矿建筑了一批房子，让工人家属住在此地的。还有此地要建起一些工厂，像棉纱厂就是一项。因有这种缘故，所以到这里来的人，也就很多了。经这么一说，城外新建筑了新庄，我们就去看了一看。这里的房子，比玉门还要好，虽然是平房，比上海弄堂式的房子还要宽阔，因为还有一个小小的院子。

第二日我们又在这地方动身。一路上，经过高台县、临泽县，最后行抵张掖。这里是我们坐汽车的最后一站。这里本来叫着甘州，后来改名叫张掖。所以叫张掖的原因，应劭《汉书注解》说："张国臂掖，故曰张掖也。"这就是把国家的手臂，这样升张起来了。这一县也很繁盛，不过没有酒泉那种整齐。在张掖又住了一宿，我们就搭火车东下，来去共费了五十天。西北这一行，我们所领略到的，真是太少得很，所写的也不能表达它们的万一，不过叙述个人片面的感想，与追记个人所遇到的事情罢了。

（原载《乡土》1957年第三期、第四期、第五期、第六期）

西安的黎明

当！当！远处的钟声遥遥的敲了几下，从北京到西安的火车，就要到站了。这时，天还没有明亮，蒙蒙薄雾，映着淡黄色的电灯，我们在许多欢迎的主人之中，在这灯光被薄雾笼罩下出了车站。第一个印象，就使我吃了一惊！整齐的街道，两边都是两层楼或者三层楼的房子，电灯照着，一线笔直。我就想到二十二年以前，那时初到西安，有这样一个说法：说火车通了，靠北一带是城墙，城墙以下，是黄土一片，种了一些菜，二三里路不见人家，车站就设在这儿。这在当时完全是一种理想。今天一看，黄土和菜园子都不见了，变成许多条马路了。

第二个印象，就是我们住的人民大厦，令人惊异。这时快天亮了，薄雾慢慢地散了，有些东方发白的样子，不过天上还有几点亮星。我抬头一看，这人民大厦有八层楼，下面是很大的花圃。这样大的大厦，不但二十二年以前没有这个拟议，甚至也梦想不到西安会有这样的大厦出现。这个时候，只有打地洞，房子盖成窑洞的模样，夏天避暑，冬天也不十分冷，这就算是很讲究的房子了。盖几层楼根本没有这个理想。

第三个印象，第四个印象，好多印象，就陆续的来，也陆续的回想到二十二年前，那种十几万人口的都市，真是一点儿也不振作。譬如，天色快要黎明，古都里的老百姓，正是梦寐未醒，大街小巷，根本没有灯火，也没有客来。现在呵，夜晚无论何处都有电灯，你站在窗户边上一望，只见楼角重重，天色要亮不亮，那屋外一排排的树木，更觉青翠欲滴。一些修建好了的楼房，正是重门将启，一些楼房，也刚要动工。至于火车汽车就根本没有停过。宝成路开车了，那西安是南北要道的口子，更要昼夜忙碌，根本没有什么夜晚与白天之分了吧。

等到天色大亮了，我就走出屋子，站在阳台四围看了一周，那南方是南门与小南门外边，有四层五层的楼，接二连三，正在日夜加工，这里是学校区。朝东一望，往前约有二十里路一带，有盖好了的，有在赶修的，有正在计划还没有动工的，这是一片工厂。这里两个工厂，一是电灯厂，一是国棉四厂都已盖好，完全开工。我仅提国棉四厂，现在工人就有五千六七百人，还在陆续的来呢。望北，有二十余公里的路，这里盖起很大很大的房子，大概比旧的县城还要大得多吧。最后，西安铁路车站和咸阳铁路车站将要在这里两下连接起来。将来的新西安要比旧西安城十倍那样大！你看，这是多么庞大，多么惊人呵！我们再数一数老西安，那是个什么样子，那个时候，工厂根本没有，连一根柱子，一盏电灯都没有呵！至于四郊，尽是田地，再不然，就是些黄土堆与丘陵罢了。

我记得过去的二十二年，我来到西安，就住在西北旅社，那时候，这是头等房子。是怎样一幢房子呢？是完全旧式的三进房子，西北旅社因为时常客满，为此又作了一进仿地洞的房子而已。论起这房子的地点，也是很重要的一条马路。不过那时候一切筑路材料都没有，仅是石子拼成的路。两面两条阳沟罢了。如今呢？西北旅社已不存在了，那条马路已成柏油马路，那两旁黄土筑的墙，已成为油漆一新的店铺了。这在新旧之间，我兴起了那么多的感想！

（原载于《山窗小品及其他》香港通俗文艺出版社出版）

敦煌游记

敦煌，是中国在海禁未开，通西方的大道。离县城十几公里路，自北魏以来，经过隋唐五代宋元以及清，都把沙石崖上，凿了好多佛洞，就叫千佛洞。到敦煌千佛洞去参观，那不是太容易的事。因为千佛洞没有旅馆，没有吃喝，晚上还没有被盖，这些东西，事前都要好好的准备。因为到千佛洞去，经过沙漠，动不动好几十里没有人烟，借也没有地方借去。我们把一切东西，都已准备得很好，因之没有问题。

谈千佛洞先谈外表。我们汽车经过上千里的沙漠，我们左右回顾，全是白茫茫的不毛之地，车轮下面，也是沙漠和鹅卵石子。后来汽车司机说是到了，我们看见有一个山头，也是光秃秃的。可是那沙山突然中断，弯成一个口子。口子里却是白杨罗列，把它变成树林，这就是千佛洞了。

我们由树林穿过，挨着山边走。这就看到山壁上，开了好多洞口，有的山直开了极大的敞式洞门。里面塑着很多的佛，还是穿着五彩斑斓的法衣。有的洞门悬在半空，修起一条栈道。有的俯伏山底，大门洞开。总而言之，满山壁上，全是洞子，有一公里长哩。白杨，我们看来，不算稀奇。可是树在这里，便是稀奇之物。这里的白杨，有五六丈高，而且不带旁的树，因为旁的树，越发不易生长了。

这里两边都是小山，中间夹了一条干河，也变成沙漠了。口外自东到西，是一条大沙漠。在千佛洞对过，这山名叫鸣沙山。这里的山，都是积沙，内中藏鹅卵石。自然，这山上不长树木，也不长草。事倒奇怪，这里凿壁却雕塑许多佛像。还有一事，从前西域僧人，每到傍晚，却见鸣沙山金光万道，就说这里是佛地了。

千佛洞是笼统的一名词，要论起名之初，那倒真有千余个佛窟。这多年以来，佛窟就屡次倒坏。尤其是明朝，嘉峪关以外，就视同化外，倒坏之处更多。所以到现在真正的佛洞，只有四百六十九个。这四百多洞子，探记如下：魏窟三十二个，隋窟九十个，唐窟二百零六个，五代窟三十二个，宋窟一百零三个，西夏窟三个，元窟八个，清窟五个。这么多佛窟，先看哪一个呢？后来决定，先请这里人，带我们先看一个大致，回头就看各人的嗜好，你要对哪个洞子有兴趣，就看哪一个洞子吧。

我们把佛窟看了，这里画的怎么样，以及塑的怎么样，我们自觉程度浅，还谈不到；不过这里有众人必须知道的，我们谈一点儿。

第一，是三尊大佛。鸣沙山对过有七层屋檐，都是亭台楼阁的模样，你稍微站得远一些看，像真的一样。其实这是嵌在石壁上的，就是屋檐小一点儿吧。走进洞去，也是很大一间殿宇，可是石壁都没有图画。朝里一些，只看到一件袍子的下角，怎么悬下来，我们还不能望见。挨着袍子边，朝上看去，是洞内凿成七层高的佛窟。这高的窟，就是里边光立着一尊佛像。这佛身披着袈裟，模样十分和气。这是一位释迦牟尼的像，佛像有华尺十丈高（三十三公尺），除了云岗石佛而外，恐怕也没有其他地方的佛像可以相比吧？洞为盛唐时代所造，总共费了一十三年工夫，可想这是何等伟大。至于身上所披的袈裟，以及衣服里外面，涂饰的颜色，也还半新，这不知是原来的颜色呢，或者是后代重修的，但观看颜料的配合，决计不是近代的。

第二，也是一尊如来佛。出洞往北走，中有一门牌为一三零号，这大门是封锁了，我们走旁门进去，进去之后，上了盘梯两层，有楼，佛像刚到一半儿。这里向西开有极大的窗户，凭窗观看，佛像共有二十五公尺，把以前那种大佛来比，小了一丈多，其余，所制无甚分别，也是盛唐年制。

第三，是一尊卧佛像，在这一列佛窟的尽头，是一个西夏制的佛窟。西夏为拓跋氏，当年割据称帝，宋朝打了好多年仗，总灭不掉他。一度建都横山县，后都宁夏，割有陕西边境，蒙古自治区，甘肃西北。他建立这样一个洞头，自然要看上一看。

洞在浮沙上，先立了一个庙门。进门，站有几尊神像，都有威武之气。最奇坚的，凡胸上或者手上，都盘弄着或者擒拿着一条蛇，这不晓得是何意义。外有两只狮子，作跳跃状而且昂起头，这越发不解了。观后入洞，洞内，为一张睡榻，两头都不空，上面睡了如来佛，身子有两丈多长。睡容为一手长垂，覆盖着在自己左腿之上，一手托着自己的右额，双目微闭，似睡未睡，这个像塑得很是不坏。身后站立七十二弟子，其像高不过二尺，环立在如来佛身边，都没有快乐样子。

这洞画的供奉人，衣服及鞋帽与汉人有什么分别没有，我本想研究一下。但是壁上像只有尺把高，看起来，男人长衣方巾，女人也是长衣，脑上挽了一个圆髻。洞中又很阴暗，可说一无所得。

我们谈完三尊大佛，就对洞子也谈上一谈，当然这不过是百分之一而已。先说北魏的洞子，假如我们为了立刻就看到的话，穿过杨树林，这里有一座古牌坊，上面题了字，曰古汉桥。穿过牌坊去，有坡子，两旁有木栏杆，因为这坡子相当的陡。这里佛洞，就一个挨着一个，而且上下都是一样，最多的洞子，有上下五层。所以走这坡子，就越过两层佛洞，方才到达我们所要到的佛窟。这才第一看见北魏窟。这里所谓北魏，不是曹丕的魏，是晋朝已不能守北方，交与魏国。那魏国拓跋氏，建都洛阳，北几省的地盘，差不多都归了他。洞里有几尊佛像，是何时代出品，还不能定。至于壁上画的壁画，那确是魏朝人的手笔。它这画一律是粗线条，眼睛画两个圈圈，嘴上画一撇，这就是眼睛和嘴。但是画得好，画得刚刚就像嘴和眼睛。其余身上有脱赤膊的，也画几根粗线条，将上下一钩，就两条胳膊出现，这个完全以旷野表示。

离开这里，两边佛窟都可以相通的。不过佛窟，有大小不同。有大的，有我们屋子四五倍大，照样是雕格玲珑。小的呢，那就只好容一人在里面。因为这是当年供奉人供奉着佛，就打一佛窟，供奉人有的钱多，就打大些，有的钱少，那就小得只容一个人。但是虽然大小不同，供佛都是一样，所以佛的香案上，至少有三尊佛像。我跑了许多洞子，有的低着头，一翻身就是一洞。有的就如同进了庙里一样，十分宽大。

我们以朝代而论，先就论到隋朝佛窟。隋佛窟中佛像的衣服，花纹很少，佛像有时呆板一点儿，不过所画的供奉人，都长袍大袖，那就不是魏佛窟所配的人像，是旷野一流了。而且不但衣服花纹很少，那折纹也少得很。隋朝在中国虽是统一了江南江北，但是年数很短，还没有在艺术上表现特点。回头就论到唐朝了。唐朝在画上是两个特点，一个是盛唐，一个是晚唐。盛唐画法，只是堂皇富丽，晚唐的画法，却甚细致。本来唐朝佛窟这层也有的，只是求几幅代表作，还是向底下去看，经过了靠北几个佛窟，这就到了几个盛唐时代的代表作的洞子。这里有一个佛有半座佛堂那样大，上面有五尊佛像，塑法都十分自然。尤其居中一个，对人嘻嘻的笑。至于所穿衣服，这都有细细的波纹。画人像方面，自然只能代表唐时候的人。男子头戴乌纱，身披着长袍，异常宽大。至于女的头发，都是头上梳一个圆圆的发髻，束在头顶当中，外穿件半长的长袍子，下面露着裙子尺把多长。这个时候，都是天脚，鞋子前面，一个平头。手里提着香炉，但香炉不是现在的香炉，像个熨衣服的熨斗。提了一只柄，上面还有一圆盖。至于十三四岁的姑娘，头发左边梳一圆髻，右边梳一根辫子，横过来塞在小圆髻之下。此外，一把遮阳伞，伞的样子，也和五十年前的万民伞差不多，但是它的伞柄不同，就是伞下伞柄约有尺把长，稍微弯弯一曲，那阴处恰盖在前面人的身上。这虽不足代表唐朝的全部，然而这总可以表示一点点吧？

至于五代画，我看到与唐朝尚无分别。到了宋朝，这个佛窟的作用，又是一变。我曾参观许多佛窟，所塑的佛像，及衣服，又觉得稍花一点儿。但是所塑的像，那精神没有以前的好。所有供奉人都是长袍要瘦些。唐朝供奉人，大的画得比我们人还高，至于宋朝大的也不过两尺高，小的就几寸高了。

下降元清两代，我匆匆看过一遍，无甚可言。再就佛的画像说，画着的多是佛家故事，都在佛窟两边墙上。这本是极好的故事画，但大半均已模糊。我们细细观看，这里分成舍身喂虎，得道成佛，等等。这些故事，尽管是佛出世的事情，但我们可以当作参考资料，了解古来的生活。比如说，我们没有凳椅座位，这画里，就有些比桌椅还矮的桌子，供奉鲜果，这就可以想到古来堂屋是怎样一个模样。又比如说，我们从前牛车、马车是怎样的坐法。这画里，画得也有。所画的牛车、马车，比桌面还要大，比桌子还要高，人盘了腿坐在上面，这也可以想到我们古来马车是怎样坐法了。所以这些古董虽然还是古董，但翻开历史，比没有参考，那总要好得多。

敦煌要谈的事情是很多，这仅是我草草勾画出的一个轮廓。

（原载香港《文艺世纪》1960年3月号）